I0611825

ARTEMIS

Volume 10

Narrativa

Susy E. Vizzo W.

IL TULIPANO CHE FIORÌ

TRA LA NEVE

Editing e impaginazione: R. D. Hastur

Copertina: Davide Romanini

ISBN: 978-88-6817-065-3

Pubblicato da **Eclypsed Word**

Marchio di **Kreattiva Edizioni**
Via Primo Maggio, 416, 41019, Soliera (MO)
Tel. +39 3316113991 +39 3392494874
Cod. Fisc. 90038540366
Partita IVA 03653290365

Collana "Artemis", 2019

Dedicato a G.B.

Per tutto quello che è stato,

per tutto quello che continua ad essere.

A lui, che ha dato un senso al "per sempre".

A lui, che è stato il mio per sempre.

A lui, che continuerà ad esserlo.

A lui, che amerò per tutte le vite che verranno.

Tutti i tulipani gialli nati ai bordi dei prati,

e tutti gli altri tulipani variegati, per te, ancora:

ora puoi sfogliarne il color di velluto,

così che tu possa nella notte quieta,

aspirarne la tenera presenza.

Parte II

Berlino, 29 Giugno 1943.

Un boato squarciò il cielo.

Mi svegliai di soprassalto, rimanendo tremolante nel letto di casa mia. Ero sudata, avevo il cuore che batteva alla stessa velocità di una locomotiva; da quando anche Aaron era partito, gli incubi si erano fatti ricorrenti: sognavo che era stato ucciso, sognavo il suo corpo morente, vittima del fuoco nemico e mi ritrovavo a singhiozzare nel sonno. Ogni tuono mi faceva pensare allo scoppio di una bomba e rimanevo immobile, in attesa, col cuore in gola, il fiato spezzato e le viscere somiglianti a gelatina; poi realizzavo trattarsi solo di un temporale estivo e, momentaneamente, mi sentivo al sicuro.

Guardavo la semioscurità della mia camera, mentre i battiti del mio cuore impazzito rompevano il silenzio della notte.

Il mio fratellino dormiva quieto nel suo letto, io invece ero paralizzata: il vuoto non andava via. Mai.

Osservavo la pioggia scrosciare fuori dalla finestra, le case sembravano soltanto una visione sfocata. Le rose che fiorivano rigogliose sul davanzale della mia finestra oscillavano nel vento, lo stelo cercava di opporsi alle sferzate inflitte dalla pioggia battente.

Cercavo di distrarmi, soffermandomi su dettagli insignificanti: il ticchettio delle lancette dell'orologio, il respiro lento e regolare di mio fratello, la scrivania leggermente scheggiata, la gonna e la camicetta di lino piegata sulla sedia.

Quando i miei occhi smettevano di osservare e le mie orecchie smettevano di ascoltare, realizzavo una dolorosa verità: lui non era più lì.

*　　　*　　　*

Ho sempre pensato che la pioggia fosse quanto più vicino ci sia alla pace: c'era qualcosa di ristoratore e tranquillizzante in quelle goccioline trasparenti, nel loro infrangersi al suolo e disperdersi velocemente nei solchi dell'asfalto, accorpandosi poi alle altre.

Ho sempre pensato che la pioggia confonda e appaghi. Copre le lacrime, tramuta sentimenti liquidi in semplice "acqua".

Ero seduta su una panchina, nel bel mezzo di un temporale di fine Giugno. Una vecchia panchina di legno, logora e con le croste di vernice che venivano via solo sfiorandole; c'erano delle iniziali sullo schienale, forse incise con un coltellino da qualche coppia giovane e felice.

Felice.

Quell'anno si era trascinato con una lentezza estenuante, la guerra infuriava violenta e nessuno sapeva quali fossero i miei veri sentimenti, cosa provassi ogni volta che vedevo una divisa, ogni volta che sentivo il rombo di una moto, ogni volta che scorgevo un sorriso gentile che però non era il suo...

In quei mesi, i giornali si vendevano con una facilità disarmante; ognuno era in trepidante attesa di avere notizie rassicuranti dal fronte, che continuava a spostarsi.

Hitler teneva ancora i suoi discorsi aizzatori e in qualche modo riusciva a infondere speranza nei cuori dei tedeschi, che lo ascoltavano con gli occhi che brillavano d'orgoglio. Ogni giorno faceva presagire che la Germania fosse sempre più vicina alla vittoria, che le ostilità sarebbero potute cessare da un giorno all'altro; invece non era mai così.

Alzai il viso verso il cielo color ardesia di Berlino, mentre l'acqua continuava a infradiciare completamente il mio vestito leggero di cotone. Ignorai gli sguardi curiosi dei passanti con gli ombrelli e gli impermeabili, che si chiedevano cosa ci facessi immobile nel bel mezzo di una tempesta.

Non era chiaro? Cercavo pace!

Pace dal mio cuore a pezzi, dai miei pensieri. Pace da *lui*.

Speravo che quella pioggia arrivasse a placare la voragine che mi si era formata dentro da quando era partito, da quando ci eravamo detti silenziosamente addio.

Strinsi forte l'anello al dito, rigirandolo, come se quel gesto fosse in grado di riportarmi come per magia indietro nel tempo.

Col senno di poi, pensavo che avrei potuto fare di più. Dire di più. Avrei dovuto impedire alla paura di prendere il sopravvento sulla necessità di vivere certe emozioni.

E ora era tutto sparito, come il vento quando spazza via tutte le foglie che avevi diligentemente ammucchiato; e ti ritrovi lì, a dover ricominciare tutto da capo. Ti chiedi come sia possibile farlo di nuovo, come farai a ricominciare quando la volontà viene a mancare.

L'acqua si confuse con le mie lacrime, sul mio volto impassibile. Nessuno si sarebbe mai accorto che, dietro quella apparente quiete, nascondevo mesi di tempesta. Una tempesta che non riuscivo a placare.

Erano passati i giorni senza che io me ne fossi neppure resa conto. Si erano trascinati, ora dopo ora, lenti e inesorabili e lui non era mai tornato.

Non una lettera, non una sola parola in tutto quel tempo. Un silenzio atroce era calato su di noi, inesorabile.

Sebbene i miei sentimenti nei suoi confronti fossero vivi e immutati dal giorno in cui era partito, non riuscivo a figurarmi lo stesso per lui. Non c'era un giorno in cui non lo pensassi; mi chiedevo oziosamente se qualche suo pensiero ogni tanto si posasse su di me, anche solo per sbaglio.

La sua presenza aveva riempito le mie giornate ed era accaduto senza che me ne accorgessi, mi ero resa conto troppo tardi di aver sprecato il mio tempo con le persone sbagliate.

Se avessi saputo come sarebbero andate le cose, gli avrei regalato tutti i miei istanti, così preziosi; tutti i miei secondi, le mie ore, i miei giorni.

Il reggimento che aveva fatto ritorno dalla Francia si era stanziato a Berlino, prendendo il comando. Un nuovo ufficiale aveva iniziato a girare per la città. Mi spaventava da morire quell'uomo: i suoi capelli erano chiari, quasi tendenti al ramato, i suoi occhi grigi erano cattivi e freddi. Lo avevo incrociato per strada un paio di volte ed entrambe le volte avevo deliberatamente evitato di guardarlo. Forse era anche più giovane di Schwarz, ma sicuramente, più crudele.

Mi decisi ad alzarmi.

Tutto era verde, di un verde troppo acceso e allegro per il mio stato d'animo. L'estate era lì e si espandeva prepotente attorno a me, sbattendomi in faccia la sua felicità, mi diceva che la vita andava avanti, che un'assenza, per quanto pesante potesse essere, non avrebbe fermato il tempo.

Lo avevo già provato con mio padre e ora anche lui se n'era andato. Sapevo che non era morto, la Francia non era un posto pericoloso... o così mi aveva detto prima di partire, cercando di rassicurarmi velatamente.

Quando era andato via, avevo cercato di nascondere il rumore del mio cuore che cadeva a pezzi. Non avere sue notizie era stato come perderlo una seconda volta.

Non sapevo nemmeno se l'avrei più rivisto, la guerra sarebbe potuta finire il giorno dopo, o nel giro di una settimana. Come l'avrei ritrovato? Sarebbe potuto finire in prigione, se la Germania avesse perso, o peggio: giustiziato. O semplicemente, sarebbe ritornato alla sua vita borghese, lontano da Berlino. Lontano da me.

Realizzai in quell'istante che la mia vita sarebbe sempre stata perennemente in bilico, perché mi ero innamorata di un soldato. Non importava se decidessi di fare un passo avanti o uno indietro: comunque mi sarei mossa, sarei caduta in un abisso.

I colori dei fiori, i frutti che maturavano e poi cadevano al suolo... tutto trasudava vita. Fuori era estate, ma dentro di me, era perennemente inverno.

Ancor prima che la mia mente si decidesse ad accettarlo, il mio cuore l'aveva già fatto: mi ero innamorata di lui, contro tutti i pregiudizi che quel sentimento mi comportava. Mi ero innamorata di lui e accettarlo ora che era lontano, era ancora più devastante.

Camminavo col capo chino, i capelli legati in uno chignon scomposto e appesantito dalla pioggia, le scarpe facevano rumore sull'acqua accumulatasi ai lati della strada. Ogni tanto passavo su qualche pozzanghera e sentivo l'acqua bagnarmi i piedi.

Avevo bisogno di qualcosa che mi facesse sentire viva. Ancora una volta.

Immaginavo la Francia quasi come un posto idilliaco: la guerra era lontana, le ragazze belle e sorridenti, con i loro modi di fare maliziosi e i fianchi floridi.

Mi immaginavo Aaron, a stretto contatto con le donne della casa a cui era stato assegnato. Sarebbe bastato molto poco per far sì che qualcuna si innamorasse di lui, dei suoi occhi, dei suoi modi garbati, seppur scostanti, del suo animo raffinato e della sua compostezza.

Scossi la testa: pensare a certe cose mi faceva solo più male e lui di sicuro desiderava conforto dall'orrore che gli opprimeva il cuore. Tante volte mi aveva detto che io ero il suo: "momento normale della giornata".

All'epoca non avevo realizzato quanto per lui significasse. Non avevo realizzato che seppur celatamente, mi aveva detto che io per lui ero importante: ero qualcosa di raro e appagante.

E se lì avesse finalmente trovato la pace di cui aveva bisogno? Se lì, qualcuna di loro, gli avesse davvero dato ciò che cercava?

Io speravo solo che stesse bene, che fosse vivo e in salute.

Il mio cuore infranto sarebbe passato in secondo piano, avrei potuto accettare il fatto che lui si fosse innamorato di qualche francese. Avrei raccattato ancora una volta i pezzi del mio cuore e li avrei rimessi insieme, ma non avrei mai potuto accettare altre notizie.

Lui e io non eravamo niente: non eravamo fidanzati, non eravamo amanti, non eravamo promessi. Sapevo soltanto che lui si era rivelato essere uno spirito affine al mio, mi aveva capita quando tutti gli altri non l'avevano fatto, aveva messo da parte l'odio e mi aveva salvata in ogni modo possibile.

Io lo amavo, ma non sapevo se fosse lo stesso per lui; non avevamo avuto il tempo per dirci nulla, qualsiasi parola sui nostri sentimenti sarebbe stata solo più dolorosa.

A quanto pareva, i congedi non erano ancora arrivati. Forse in Francia la situazione era più complicata di quanto non immaginassi.

Poi arrivò anche Settembre e, con esso, la guerra cambiò il suo volto.

L'8 Settembre 1943, il capo del governo italiano, il maresciallo Pietro Badoglio firmò l'armistizio con il generale Eisenhower, comandante in capo delle forze anglo-americane: l'Italia era diventata una nemica della Germania e alleata dell'America.

Mia madre e io ascoltammo la notizia con sgomento e pensammo a cosa stesse accadendo in quei momenti di tensione e confusione nella nostra Patria. Ora più che mai, ci trovavamo in terra a noi ostile: sebbene fossimo cittadini tedeschi a tutti gli effetti, la nostra provenienza non sarebbe passata inosservata.

*   *   *

Quella volta non fu solo un tuono.

Fu il rumore di un caccia nemico: con i suoi motori provocò un boato nel cielo notturno, il quale si mescolò al naturale frastuono emesso dall'ennesimo temporale estivo abbattutosi su Berlino.

Mia madre e mio fratello non erano in casa, quella notte: Gabriel era rimasto a dormire a casa di un suo compagno, mentre mia madre stava passando la notte dai coniugi per i quali lavorava; l'anziano Mitterwald era malato e sua moglie non riusciva più a prendersene cura da sola.

La sirena antiaerea suonò, in maniera prolungata e minacciosa.

Mettetevi in salvo! - Strillava.

Il nuovo reggimento avrebbe avuto da lavorare, quella notte. I soldati non lasciarono uscire più nessuno dai rifugi, si piazzarono davanti alle vie d'uscita e chiunque tentasse di sgattaiolare fuori ad attacco ancora in corso veniva rispedito di sotto, a suon di imprecazioni e colpi di fucile.

Non avevo voglia di lasciare casa mia. Non avevo paura. Non quella notte.

Gli aerei sorvolavano i tetti delle case, a bassa quota, lampi di luce seguiti da piccole esplosioni provenivano dall'esterno. La controffensiva tedesca era iniziata, ma non m'importava più.

Infilai una mano sotto al letto e tirai fuori un piccolo scrigno rosa antico. Lo appoggiai sul materasso, senza far rumore e tirata fuori la chiave dal cassetto, aprii il catenaccio.

Tra piccoli oggetti apparentemente privi di significato, come una piccola pietra bianca, una conchiglia dalle striature viola, il tappo di una bottiglia di Coca Cola, la prima della mia vita, il ferma capelli di mia nonna e il vecchio vestito di una bambola, c'era il disegno che mi aveva fatto Aaron.

Il fruscio della carta spiegazzata veniva ovattato dai continui boati che produceva il cielo, e io potei osservare per qualche minuto, sotto la pallida luce della luna, quei punti dove un tempo aveva corso la mano del mio ufficiale.

Tracciai con l'indice il contorno del mio viso, il sofà soltanto delineato, il vestito leggermente sollevato. La mia mano indugiò per più tempo lì dove la matita sembrava aver fatto più pressione: sul suo nome.

Sorrisi, poi involontariamente le lacrime mi offuscarono la vista.

Vivi per me, soldato. Vivi e torna da me.

Mi strinsi per qualche secondo al petto quel foglio di carta inanimato, creando l'illusione momentanea che Aaron in quel modo potesse essermi più vicino; infine lo ripiegai con cura e chiusi nuovamente lo scrigno a chiave.

Mi sdraiai di nuovo, afferrando il lenzuolo. La calura estiva non era attenuata neppure dalla pioggia scrosciante.

Era già passato un anno. Un anno senza il suo viso, senza la sua voce, senza i suoi occhi. Un anno di silenzio.

Chiudi gli occhi, signorina Monroe. Chiudi gli occhi. Sono accanto a te.

*   *   *

Camminai fino a casa e mi immersi nella vasca. Sebbene fosse estate, ero scossa da brividi di freddo. Mia madre era di nuovo dai Mitterwald e Gabriel era ancora a scuola; lei si era accorta del mio umore, che cambiava giorno per giorno, ma non aveva mai osato chiedermi il motivo. Forse, in cuor suo sapeva, ma sarebbe stato meno doloroso da accettare se fosse rimasta solo una supposizione.

Mi persi nella mia solitudine. Sembrava essere l'unico sentimento, insieme alla tristezza perenne, ad accompagnarmi costantemente ovunque andassi.

Qualche sera prima, dopo un bombardamento, un caccia si era schiantato al suolo, prendendo fuoco nella campagna berlinese, poco lontano dalla città. I soldati tedeschi ne avevano scandagliato l'intero perimetro, cercando qualche superstite da arrestare, torturare e alla fine, mettere al muro, ma tutto quello che trovarono furono cadaveri carbonizzati, rimasti intrappolati nelle lamiere e lo scheletro di un aereo in fiamme.

Sguinzagliarono i cani, facendoli avventurare anche nei boschi poco lontani e dragarono il lago alla ricerca del nemico. L'ufficiale Winter, dopo un giorno intero, aveva richiamato i suoi uomini e quelli avevano abbandonato le ricerche considerandole totalmente infruttuose.

Quel giorno ero di ritorno dal mercato: avevo comprato delle verdure, del pane, qualche patata, del latte e altre materie prime che a Berlino costavano un occhio della testa. Sebbene la strada fosse parecchia, ero disposta a sacrificarmi pur di spendere di meno e comprare più cose.

Avevo le braccia doloranti e segnate dalle buste pesanti. Indossavo un vestito bianco con delle rose azzurre, delle scarpe basse e avevo legato i capelli in una coda.

Ogni tanto facevo qualche sosta, perché i polsi erano gonfi e rossi. Mentre camminavo sul ponticello in pietra che attraversava la campagna, sentii un lamento provenire proprio sotto di me; credetti di essermi immaginata tutto, quando sentii ancora una volta un rantolo soffocato. Mi sporsi leggermente in avanti e i lamenti si fermarono, ma rimasi con un orecchio teso.

Ero immobile e cercavo di non far rumore. Dopo qualche secondo, si udirono di nuovo dei lamenti sommessi, seguiti da uno strisciare di abiti sull'asfalto. Sotto al ponticello era cresciuta a dismisura della sterpaglia selvaggia e capire cosa ci fosse sotto senza addentrarsi lì dentro era quasi impossibile.

Scesi rapidamente e invece di dirigermi verso la città, cercai di passare tra l'erba folta e capire se effettivamente ci fosse qualcuno che avesse bisogno di aiuto.

Il cuore mi batteva impazzito nel petto; avevo paura di quello che avrei potuto trovare. Cercai di fare meno rumore possibile, mentre scostavo i fili d'erba alta e mi addentravo sotto il ponte di pietra.

Un cunicolo umido, breve e buio si snodava sotto di esso; feci qualche passo in avanti, sino a varcarne la soglia. Riverso a terra vidi un uomo.

Riuscii a intravedere i suoi strani abiti, grazie all'unico spiraglio di luce che riusciva a filtrare. Quando si accorse di me sgranò gli occhi e iniziò a strisciare all'indietro, schiacciandosi contro un muro.

Facendo attenzione, mi resi conto che quelli che aveva addosso non erano semplici vestiti: si trattava di un'uniforme, ma mi pareva di non aver mai visto nessun soldato tedesco con indosso un'uniforme di quel colore.

- Non, - dissi, con la voce più incerta del solito. - Non voglio farvi del male.

L'uomo aggrottò le sopracciglia, evidentemente non capiva il tedesco. Forse si trattava di uno dei superstiti del rogo dell'aereo schiantatosi sere prima.

- Non avvicinarti. Ho una pistola.

La lingua di quelle parole mi fece sgranare gli occhi: non era tedesco, era italiano!

Un soldato italiano.

Dopo l'armistizio con l'America, anche i soldati italiani erano stati spediti al macello in Germania e in altre parti del mondo, dove la guerra infuriava violenta.

Nella mano destra stringeva una pistola, il dito fermo sul grilletto e me la stava puntando addosso.

- No, - dissi ad alta voce, alzando le braccia in segno di pace. - Sono italiana anche io.

Lui mi guardò spaesato, cercando di capire cosa avessi intenzione di fare. Era evidentemente ferito e molto probabilmente era lì sotto dall'attacco della sera prima.

- E cosa ci fate in Germania? - Chiese lui, all'improvviso.

Io sbattei le palpebre più volte, poi risposi sorridendo e facendo qualche passo verso di lui:

- Non dovete aver paura di me. Io non sono come loro.

Chi l'avrebbe mai detto che anche io avrei pronunciato quelle parole?

Mi inginocchiai accanto a lui e mi accorsi dal viso che era giovane.

- Siete ferito... - mormorai, osservando l'uniforme color sabbia macchiata di sangue ormai rafferno.

- Sì, - disse, guardandosi attorno. - Sono riuscito a scappare dai crucchi, ieri notte.

- Odiano essere chiamati così, - commentai, ammonendolo; poi spostandogli la mano che teneva sul petto, aggiunsi: - devo curarvi.

- Siamo nemici, - disse lui, candidamente. - Non potete curarmi.

Io sorrisi appena:

- Non siamo nemici: io sono ebrea. I soldati tedeschi, loro sono i miei veri nemici.

Lui rimase in silenzio. Evidentemente, tutti ormai erano a conoscenza di come noi ebrei eravamo visti da Hitler e dai suoi seguaci.

- Non posso farvi uscire ora, - osservai, guardando la luce del sole che ancora illuminava la campagna che ci avvolgeva. - Sarebbe troppo pericoloso.

Il suo elmetto era sporco di terra e sebbene fosse stanco e ferito, il suo viso rimaneva comunque fiero, quasi imperscrutabile. Mi alzai, dicendogli:

- Tornerò a prendervi al tramonto. Vi porterò degli abiti con cui potrete cambiarvi e vi curerò. Poi potrete andare via.

- È un bel rischio... - commentò lui, seguendo con gli occhi la mia figura.

- Se in pericolo ci fossi io, vorrei che qualcuno facesse lo stesso per me. Non muovetevi. Tornerò presto.

Mi feci strada tra le sterpaglie e afferrai le buste che avevo nascosto tra l'erba folta.

Tornata a casa, poggiai tutto sul tavolo e dopo aver sistemato le provviste, corsi su per le scale, nella camera da letto dei miei genitori. Nell'armadio c'erano ancora parecchi vestiti di papà.

Afferrai una camicia, un paio di pantaloni marroni, una giacca dello stesso colore e delle scarpe un po' logore. Discesi le scale in fretta e preparai una sacca, infilandovi dentro tutto l'occorrente e la nascosi dietro un mobile di legno.

Mi sedetti al tavolo e iniziai a picchiettare nervosamente le dita su di esso. Sapevo che se mi avessero scoperta, avrebbero fucilato me e quel ragazzo seduta stante. Stavo aiutando un soldato nemico della Germania; non volevo mettere in pericolo la mia famiglia, ma non potevo lasciar morire un essere umano standomene a guardare. Non potevo cedere alla mia codardia.

Ognuno deve poter fare qualcosa, per impedire che una vita possa spegnersi senza prima aver lottato. La guerra si stava portando via già troppe persone, io non potevo starmene con le mani in mano.

Il nuovo reggimento che si era stanziato a Berlino aveva portato con sé un nuovo medico e avevo la sensazione che molto presto avrei perso quell'impiego. Lavoravo a stretto contatto coi nuovi soldati del reggimento e con l'ufficiale Winter, che sembrava davvero fatto di ghiaccio.

Molte volte mi ritrovavo a incrociarlo nei corridoio della Kommandantur e i suoi occhi grigi mi facevano rabbrividire tutte le volte. Mi spaventava.

Non c'era Adrien. Non c'era Hans. Non c'era Aaron.

Ormai, ero sola. Mia madre e mio fratello rimanevano pochissimo in casa: se avessi nascosto il soldato nel seminterrato, probabilmente non l'avrebbero mai saputo; nessuno scendeva mai là sotto, a mia mamma dava i brividi.

Non c'era bisogno di coinvolgere nessuno di loro.

Pranzai con la mia famiglia e cercai di essere il più disinvolta possibile, sebbene ogni tanto facessi cadere la forchetta a causa del tremore delle mani.

Verso il tramonto, mia madre mi salutò, dicendomi che sarebbe andata dai coniugi per cui lavorava. Mio fratello, invece, andò di nuovo dal suo amico, a due case di distanza dalla nostra.

Rimasi completamente sola. Scostai le tendine della finestra e osservai il sole calare pian piano, lasciando che Berlino cadesse nel buio del crepuscolo. Afferrai la sacca e aprii la porta.

Era il momento. L'adrenalina e la paura si mescolavano tra di loro; mentre camminavo mi guardavo attorno ostentando sicurezza, ma sapevo che quell'atteggiamento avrebbe solo attirato di più l'attenzione.

Dei soldati di pattuglia erano fermi agli angoli della strada e imbracciavano il fucile. Non era una novità, i soldati c'erano sempre. Chiacchieravano tra di loro, senza mai perdere di vista la strada che era stato imposto loro di vigilare.

Quando passai davanti a loro sentii le gambe farsi molli. I loro occhi erano fissi su di me. Con la schiena dritta, a testa alta, continuai a camminare. Una volta che li ebbi completamente superati, mi lasciai andare a un sospiro, rilasciando la tensione che avevo accumulato poco prima.

Riuscivo a scorgere il ponticello in pietra. I lampioni erano ancora spenti e la radura era avvolta nella penombra. Mi avvicinai all'erba incolta e iniziai a farmi strada a tentoni, incespicando di tanto in tanto nei miei stessi passi.

Mi fermai sotto al ponticello, lasciando cadere la sacca a terra; mi inginocchiai accanto a essa ed estrassi una piccola lampada a cherosene che mi ero portata dietro. Le dita mi tremavano e dovetti fare due tentativi prima di riuscire a accenderla.

Il soldato era ancora lì; stringeva la pistola in una mano, gli occhi vigili e guardinghi. Quando mi riconobbe, vidi i muscoli del suo corpo rilassarsi e lasciò cadere la pistola accanto a sé.

- Siete voi.

- Avevate dubbi? - Mormorai, provando a sorridere. - Vi ho portato dei vestiti, dovrebbero starvi.

Gli lanciai la sacca e lui la aprì, scrutandone il contenuto.

- Prima di indossare ciò che vi ho portato, - ripresi, mormorando. - Devo farvi una fasciatura provvisoria. Perdete ancora sangue.

Mi inginocchiai accanto a lui e lo aiutai a sfilarsi la giacca e la camicia. Era stato ferito nella parte alta del petto, vicino alla spalla sinistra.

- Da quanto tempo siete qui sotto? - Chiesi, mentre lui guardava altrove.

Dalla sacca estrassi una vecchia federa che non usavamo più e dopo averla tagliata con delle forbici che mi ero portata, gliela legai trasversalmente, per impedire la fuoriuscita momentanea del sangue.

- Dalla sera dell'attacco, - disse, una leggera nota di risentimento nel tono della sua voce. - I miei compagni sono tutti morti, io sono riuscito a fuggire.

- Vi lascio a cambiarvi.

Mi allontanai, allungandogli la lampada accesa. Appena fu pronto gli dissi:

- Dovete lasciare qui la vostra uniforme. Non posso rischiare che mi trovino con questi abiti nella sacca.

Lui annuì.

- Ce la fate ad alzarvi? - Chiesi, avanzando verso di lui.

I suoi capelli neri erano appiattiti dall'elmetto che aveva portato per così tanto tempo, il suo viso sporco e stanco. I suoi occhi azzurri, quasi tendenti al verde erano stretti a fessura, la mascella rigida e le labbra sottili erano serrate.

Lui provò ad alzarsi in piedi e una fitta di dolore gli attraversò il petto, palesandosi sul suo volto. Provai a sorreggerlo, ma lui rifiutò il mio aiuto. Uscimmo da quella sterpaglia e ci mettemmo in cammino sul sentiero.

- Cercate di camminare il più normalmente possibile. Ce la fate?

- Lui annuì e ci incamminammo nel buio. - Siete un soldato semplice?

- Sono un ufficiale, signorina.

Io persi un battito. Un ufficiale.

La sua andatura era ancora abbastanza claudicante, si vedeva che le forze stavano per abbandonarlo.

- Come vi chiamate? - Chiese, a un certo punto.

- Edith. Voi?

Lo vidi tentennare. Forse non si fidava al punto da rivelarmi la sua vera identità.

- Me lo direte più in là, - mormorai rassicurante. - Non c'è tutta questa fretta.

Lui sembrò sollevato, poi annuì. Restammo in silenzio per un po'.

La luna si ergeva pallida nel cielo, gli alberi erano scossi dalla leggera brezza che tirava in quella bizzarra sera d'estate. Il sentiero ciottoloso era silenzioso e solitario. I nostri passi rimbombavano sul selciato e, sebbene cercassi di tranquillizzarmi, il mio cuore batteva all'impazzata.

- Non dovete farlo per forza. - Disse, quasi come se avesse intuito la direzione che avevano preso i miei pensieri.

- Fare cosa? - Chiesi.

- Aiutarmi, - rispose, commentando. - Siete nervosa.

- Non mi avete chiesto nulla. Sono io che ho deciso di farlo.

- Potrei trovare un posto dove stare senza crearvi ulteriori problemi. Magari potrei rifugiarmi in un fienile fino a quando non troverò un altro posto dove andare.

- Non vi lascerò in balia dei soldati tedeschi. - Dissi, risoluta.

- Perché lo fate?

Le cicale cantavano allegre. La strada era estremamente buia e le stelle erano così limpide che se mi fossi trovata in una situazione diversa, mi sarei sdraiata e sarei rimasta a guardarle per tutta la notte; magari insieme ad Aaron.

- Perché c'è qualcuno lontano da me. E mi piace pensare che se lui dovesse trovarsi in pericolo, lì possa esserci qualcuno come me che sia disposto a lasciar perdere il colore delle divise e farsi travolgere dall'umanità.

Per il resto del tragitto, il soldato non parlò più.

Quando arrivammo all'entrata della città, decisi di imboccare una strada diversa da quella che avevo usato per uscire. Non volevo che i soldati di pattuglia mi vedessero di nuovo, quella volta insieme a lui. Ovviamente, ce n'erano altri due che si fermarono a osservarci.

- Datemi la mano. - Dissi, sottovoce.

Lui non replicò, ma fece esattamente come gli chiesi di fare. La sua stretta era sorprendentemente vigorosa. Sebbene tra i due lo straniero fosse lui, io ero decisamente più spaventata... e pallida.

Lui non mostrava alcun segno di inquietudine, o spavento. Il suo volto era fiero, così come la sua andatura. Sorrisi: mi ricordava qualcuno...

Attraversammo la coppia di soldati, con il cuore in gola e il respiro spezzato e da lontano scorsi la mia casa.

- Siamo quasi arrivati. - Dissi, osservando ancora una volta il suo viso.

Salii in fretta i gradini e infilai la chiave nella toppa. Accesi le luci e lo condussi giù, nel seminterrato.

- Voi starete qui. Almeno fino a quando non riuscirò a procurarvi dei documenti falsi e farvi andare via col primo treno.

Trascinai un materasso e lo sistemai accanto al muro. Presi delle lenzuola da un cassetto e le sistemai su quella specie di giaciglio arrangiato.

- Mia madre e mio fratello non dovranno sapere che siete qui. - Dissi, guardando i suoi occhi di quell'azzurro così intenso.

- Certo. Non vi darò problemi, ve lo prometto.

- Non ne dubito, - mormorai, poi cambiai discorso. - Che ne dite di darvi una lavata? Sopra c'è un lavandino, potrete rinfrescarvi e dopo vi porterò qualcosa da mangiare e vi medicherò la ferita.

- Siete troppo gentile... - disse, scuotendo la testa.

Io sorrisi e gli indicai la strada da seguire. Lui mi seguì in silenzio, poi entrò e io gli preparai fuori dalla porta altri vestiti puliti.

Feci qualche passo, poi mi fermai. Premetti la fronte contro il muro freddo e sospirai. Calde lacrime iniziarono a rigarmi il volto. Speravo con tutta me stessa che Aaron e mio padre stessero bene.

La lontananza era qualcosa di terribile. Il non avere notizie forse era anche peggio.

Quel ragazzo aveva portato qualcosa che nella nostra casa mancava ormai da tempo: la speranza.

La speranza che potesse esserci sempre qualcuno disposto ad aiutare il prossimo, senza prendere in considerazione quelle stupide fazioni che quella stupida guerra aveva creato.

- Va tutto bene?

La voce del soldato mi riportò alla realtà e mi affrettai ad annuire.

- Sì... sì. Vi sta tutto? - Chiesi, guardando i vestiti che una volta appartenevano a mio padre.

Ero sicura che se lui avesse saputo quello che stavo facendo sarebbe stato orgoglioso di me. I suoi capelli neri avevano ritrovato il volume e la lucentezza, il suo viso ora era pulito e candido. Era di una bellezza travolgente, dovetti sforzarmi di non dirglielo apertamente.

- Sì, mi sta tutto. Grazie mille.

Provai a sorridere, e insieme scendemmo nel seminterrato. Era molto alto e la sua altezza mi ricordava quella di Aaron.

- Se vi accomodate qui, vi farò una vera e propria medicazione.

Lui annuì e si sistemò sul materasso, con una smorfia di dolore che gli attraversò il volto. Si sfilò la camicia, io presi dell'alcool e iniziai a disinfettare per bene la ferita.

Occorsero dei punti, perché ero sicura che non si sarebbe mai rimarginata senza un piccolo aiuto. Poi la bendai. Per tutto il tempo lui se ne rimase in silenzio, a osservare il soffitto. Forse non aveva voglia di dialogare.

- Vi porto qualcosa da mangiare.

Così dicendo, salii in cucina.

Presi tutto quello che potevo. Di sicuro era sfinito, voleva solo mangiare e poi riposare un pochino. Scesi con il piatto pieno di cibo tra le mani e lui era lì, intento a guardare una fotografia con uno sguardo pieno di tristezza.

E piangeva in silenzio. Quando si accorse di me, si affrettò ad asciugarsi le lacrime che gli avevano rigato il bel volto e provò a sorridere. Era la prima volta che glielo vedevo fare.

Nascose la foto sotto la camicia, proprio sul cuore. Gli porsi il piatto e ricambiai il sorriso. Mi inginocchiai accanto a lui e provai a scrutare la sua espressione, non ero riuscita a vedere il soggetto ritratto nella foto. Lui scoperchiò il piatto e iniziò a mandar giù qualcosa.

    - Va bene, vi lascio solo allora. - Dissi, lisciandomi la gonna del vestito. - Buonanotte.

Mentre stavo per aprire la porta di legno del seminterrato per ritornarmene al piano di sopra, mi giunse la sua voce.

    - Perché non rimanete con me a tenermi compagnia?

    - Vorrei parlare. In trincea le uniche cose che ascoltavo erano le grida e le imprecazioni.

Mi voltai verso di lui e mormorai, con un sorriso:

    - Con piacere.

Mi fece spazio sul materasso ed entrambi ci appoggiammo con la schiena contro al muro. Lo lasciai mangiare in pace, poi si voltò verso di me.

    - Cosa volete sapere?

    - Perché prima stavate piangendo.

    - Siete molto diretto. - Mormorai, ma non rimproverandolo.

Anche io ponevo le mie domande senza troppi giri di parole.

    - Lo sono da sempre.

Appoggiò il braccio sulle sue gambe e piantò gli occhi sul mio viso.

    - Sto perdendo tutte le persone a cui tengo. - Dissi, semplicemente.

Lui aggrottò le sopracciglia. Un filo di barba gli ombrava il volto bello ma temprato dalla sofferenza.

    - Chi?

- Ho perso mio padre. È stato deportato in un campo di lavoro. E ho perso l'uomo che amo, il suo reggimento si è trasferito in Francia. Non ho idea se rivedrò mai più uno dei due.

- Siete ebrea, quindi?

Io annuii.

- Siamo molto simili. Loro sono i miei nemici, non voi.

Lui annuì e appoggiò la testa sul muro dietro di lui.

- Tocca a voi. - Dissi, incrociando le gambe sotto di me.

- Quando è scoppiata la guerra sono stato richiamato alle armi, - disse, strofinando una macchia inesistente dal suo pantalone.

- Mi sono arruolato al Regio Esercito all'età di sedici anni, quindi era previsto. Ero grato di poter fare qualcosa per la mia patria.

- E la foto che stavate guardando? - Dissi, inclinando la testa di lato.

Lui sorrise e la estrasse dalla camicia; me la porse, sorprendentemente e io la guardai.

La foto ritraeva una ragazza, sui venti anni, vestita in un abito bianco. Era seduta su un muretto, alle sue spalle si intravedeva una casa con un giardino. I suoi capelli scuri erano lasciati sciolti sulle spalle, in morbidi boccoli definiti. Gli occhi stretti a fessura e un sorriso spontaneo sul suo volto giovane.

- Come si chiama? - Chiesi.

- Vanessa. - Disse, tristemente.

- È la vostra fidanzata?

Lui annuì.

- Ci eravamo appena promessi quando la guerra è scoppiata e io sono dovuto partire. Mi manca da morire. Cosa non darei per abbracciarla anche un solo secondo.

- Avete intenzioni serie con lei? - Dissi, commossa dalle sue parole.

- Quando la guerra sarà finita voglio sposarla. Non le ho chiesto di sposarmi prima di partire, anche se lo desideravo fortemente, perché non volevo che lei fosse legata a qualcuno che sarebbe potuto morire da un giorno all'altro. Quando tornerò e sarò certo di poterle offrire un futuro stabile, allora la sposerò. Non riesco a immaginare la mia vita senza di lei. È tutto ciò che ho di più prezioso.

Mi mostrò la catenina che teneva appesa al collo. Una "V" pendeva dal filo dorato.

- Le scrivete?

Lui annuì.

- Ogni volta che posso.

- E lei vi scrive? - Chiesi.

- Mi scrive. Ho lasciato le sue lettere sul campo di battaglia. Non ho avuto il tempo di tornare indietro per riprendermele.

- Non saranno un paio di lettere a tenere vivo in voi il ricordo di lei.

- No, infatti. Lei vive dentro di me.

Una lacrima solitaria mi scese inconsapevolmente lungo il volto, bagnandomi la guancia.

- La rivedrete. - Dissi sicura, afferrandogli la mano.

Lui sembrò quasi spiazzato da quel mio gesto, ma in un secondo momento strinse le dita attorno alle mie. Non c'era malizia in quel gesto.

Entrambi amavamo un'altra persona e il ricordo di quella era così straziante da farci sentire legati. Avevo trovato in lui un'anima tormentata, quasi quanto la mia. Nessuno riusciva a capire quanto difficile fosse la lontananza finché non la provava sulla propria pelle.

- Spero di poter rivedere il suo volto...

Lo guardai: i suoi occhi erano persi nel vuoto e il suo cuore lo era in chissà quale posto.

- La ricordo ancora. Mi sembra di vederla, ogni tanto. Mentre ero sul campo di battaglia, mentre la furia cieca della guerra imperversava e le bombe scoppiavano, mentre io cercavo di ignorare le pallottole tedesche che cercavano di ammazzarci, io l'ho vista... lì in mezzo. Era lì e mi guardava... è come se rivivessi nella mia mente ogni giorno il momento in cui ci siamo salutati.

- Il suo vestito nero si muoveva nel vento, lei era ferma lungo il vialetto che portava alla stazione. I suoi capelli scuri erano mossi dalla brezza e le lacrime le rigavano il viso. Era bellissima... le ho dato un ultimo bacio, ma nessuno dei due è riuscito a parlare. Non le ho detto addio, perché non era quello che volevo che fosse.

Si fermò; forse i ricordi erano troppo vividi per essere raccontati a mente lucida.

- Io mi sono allontanato da lei, ma prima di sparire completamente, mi sono voltato un'ultima volta. Lei mi ha sorriso e ha fatto ondeggiare la mano per salutarmi. Questo è l'ultimo ricordo che possiedo di lei.

Mi asciugai le lacrime involontarie che mi stavano rigando il volto e mi persi per qualche secondo a cercare di immaginare la stessa scena che da tempo lo tormentava.

- Se vi sposerete voglio essere invitata al matrimonio.

Lui mi guardò con un'espressione stralunata dipinta sul volto, poi proruppe in una risata spontanea e fragorosa, che coinvolse anche me.

- Ma certo, sarete la prima persona che inserirò nella lista degli invitati - mormorò, con un sorriso.

- Vi lascio riposare, ora, - dissi, facendo per alzarmi. - Vi prego solo di non fare rumore. Domani mattina verrò a portarvi qualcosa da mangiare e a cambiarvi la fasciatura. Poi inizierò a attivarmi per farvi avere dei documenti falsi e un biglietto del treno che vi porterà via di qui.

Lui annuì e provò a alzarsi per salutarmi. Io con un gesto della mano lo fermai. Non volevo si sforzasse ancora di più, nelle sue già precarie condizioni di salute.

Gli lasciai una lampada a olio accesa, poi mi avviai verso la porta e la chiusi alle mie spalle. Sicuramente proveniva da una buona famiglia.

Era istruito, lo si capiva dal modo in cui si esprimeva e dai suoi modi di fare.

Mi preparai qualcosa da mangiare anche io, poi rimasi sul divano a leggere e a aspettare che la mia famiglia tornasse a casa. Gabriel fu il primo a tornare. La signora Wolf lo accompagnò a casa, lo salutò con un bacio sui capelli color carota, poi se ne tornò alla sua abitazione. Mia madre ci raggiunse dopo poco. Promisi a me stessa che non avrei fatto in alcun modo trapelare l'agitazione di avere un soldato italiano nascosto nel seminterrato di casa nostra.

La cena si svolse tranquilla, nessuno sembrò intuire che in me ci fosse qualcosa che non andasse. Come appena potei, mi sottrassi dai loro sguardi e me ne andai a letto.

Fissai il soffitto per un'ora buona, prima di prendere sonno.

Non riuscivo a smettete di pensare a quel soldato e alla sua Vanessa. Speravo con tutta me stessa che un giorno sarebbero riusciti a ricongiungersi. Speravo, con tutta me stessa, che un giorno sarebbe potuto accadermi lo stesso con Aaron.

Salutai quel giorno così singolare con un sorriso e sul fianco sinistro, mi lasciai andare alla quiete del sonno.

*   *   *

Edith Monroe.

- Ho incontrato parecchi soldati dell'Armata Rossa. - Disse il giovane soldato, un giorno.

Gli avevo preparato dello stufato di patate, con del pane e versato un po' di vino, portatomi da Hans tempo prima dalla Kommandantur.

- O meglio, li ho visti morire. Credevo che Mussolini ci odiasse quando ha deciso di spedirci in Russia a combattere coi tedeschi, per di più in inverno e senza l'equipaggiamento adatto per affrontarlo, - disse, scuotendo la testa. - Ma Stalin doveva odiare i suoi soldati di più.

- Perché? - Chiesi.

- Hai sentito parlare della strage del fronte orientale?

Io scossi la testa e mi rannicchiai contro le mie ginocchia.

- Io ero lì. Ero stato mandato in Russia con un corpo di spedizione, eravamo divisi in tre squadre e combattevamo insieme ai tedeschi. I crucchi avevano assediato Leningrado, occupando i boschi e bloccando qualsiasi via d'uscita per i civili che volevano scappare e per far entrare le provviste in città. L'assedio è durato un anno. È stato terribile. I civili di Leningrado hanno cominciato a morire, di freddo, di fame, di stenti; noi lo sapevamo, ma ci avevano ordinato di assediare la città, - disse, mentre i sensi di colpa riaffioravano sul suo viso. - Nel 1942, i soldati sovietici hanno cominciato la controffensiva, impedendo ai crucchi di penetrare la difesa del fronte, costringendoci così alla ritirata. I sovietici non si sono arresi, sebbene avessero subito perdite enormi, tra civili e soldati. Ma l'Armata Rossa non ha indietreggiato, non poteva farlo: Stalin non lo permetteva. Erano addirittura messi peggio di noi. Ci hanno cacciati alla fine, ma è stata una carneficina.

Io scossi la testa e rabbrividii. Pensai a quanti soldati russi avessero perso la vita in quella battaglia durata un anno e quanti italiani e quanti tedeschi fossero morti. Poi, per cosa?

- Hai dovuto farlo, - dissi, cercando di lenire i suoi sensi di colpa. - Sei un soldato.

- Un soldato che impedisce a dei civili di salvarsi, - disse, con amarezza. - Bambini, donne, anziani...

Fece una pausa, deglutendo, come per inghiottire la frustrazione. Poi continuò:

- Ricordo un soldato dell'Armata Rossa, in particolare, uno che trovammo in un nostro accampamento, in mezzo ai boschi. Lo facemmo prigioniero. Per Stalin, cadere nelle mani del nemico era considerato tradimento. Assurdo, vero? Quando guardammo attentamente i gradi sulla sua divisa capimmo che non era un soldato semplice, ma un Maggiore. Avevo catturato un Maggiore dell'Armata Rossa, - disse, gli occhi persi nel vuoto. - Lo portai al campo, al cospetto del Maggiore tedesco della Wehrmacht. Lui lo prese prigioniero e lo mise in una tenda. Gli offrì sigarette, vodka e cibo in cambio di informazioni sui battaglioni sovietici, su quanto fossero vicini, di quanti uomini disponessero e quanto fossero armati.

Lo guardai, aspettando che continuasse.

- il Maggiore non disse nemmeno una parola. Non ci disse nulla del suo battaglione, né della posizione dei suoi ufficiali. Nemmeno quando il Maggiore tedesco gli offrì la libertà in cambio di quelle informazioni. Quello che non riesco a dimenticare sono i suoi occhi. Erano così scuri e insondabili...

- Che cosa successe al prigioniero? - Chiesi, curiosa.

- Lo liberai, - disse, scuotendo la testa; io sgranai gli occhi per la sorpresa. - Mi misero di guardia alla tenda del Maggiore, ma pioveva e io stavo congelando. Lui uscì fuori e mi invitò a entrare nella sua tenda e, sebbene fosse proibito stabilire un contatto coi prigionieri, accettai. Ero Sott'ufficiale all'epoca.

Si schiarì la voce, prima di continuare.

- Approfittammo del fatto che il Maggiore della Wehrmacht fosse lontano, e accendemmo un fuoco. Divise con me la sua zuppa e mi offrì qualche sigaretta. Non parlava una parola di tedesco, io non capivo una parola di russo. Ma conosceva un po' di italiano. Mi disse che alcuni dei suoi parenti erano italiani e in modo molto strascicato, mi fece capire che tutto quello che voleva era far uscire una persona da Leningrado.

- Una persona? - Chiesi.

Lui annuì.

- La ragazza di cui era innamorato: voleva farla scappare, farla uscire da Leningrado il più in fretta possibile, perché non avrebbe sopravvissuto ancora a lungo senza cibo. Si era spinto nel campo tedesco per capire quanti uomini avessimo e quante armi. Fortuna per lui che l'unico terreno minato era quello attorno alla tenda del Maggiore.

- Era molto giovane, ma non era uno sprovveduto, sapeva ciò che faceva. Era intelligente, sapeva muoversi. E quando mi disse che continuava a combattere solo per dare a lei una speranza, solo per permetterle di continuare a vivere, non ce l'ho fatta. Se Vanessa fosse stata in pericolo, se in Italia non fosse più riuscita a vivere, io non avrei fatto lo stesso? Non avrei rischiato la mia stessa vita per permetterle di salvarsi? - Disse, con gli occhi sempre più lucidi. - Aspettai la notte, poi gli tolsi le manette e lo liberai. Lo scortai fino alla linea di confine col territorio sovietico, poi tornai al campo.

- Cosa ti hanno fatto quando hanno scoperto che era riuscito a fuggire?

- il Maggiore della Wehrmacht era un uomo tollerante, forse fin troppo buono per essere un crucco. Mi ha spostato in prima linea, sotto il fuoco nemico. Quasi tutte le sere dovevo farmi ricucire qualche ferita. Mi ha negato le razioni di cibo per due giorni, ma poi mi mandava qualcuno la sera, con un tozzo di pane e un po' di vodka.

Sorrisi.

- Sei stato molto coraggioso. - Ammisi.

- No, - replicò lui. - Sono solo stato umano.

- Chissà cosa è successo a quel Maggiore, - dissi, persa nei miei pensieri. - Chissà se è riuscito a salvare quella ragazza.

Immaginai all'improvviso un soldato con gli occhi impenetrabili, giovane, che combatteva ferocemente col pensiero di liberare la strada per la vita della ragazza che amava. Lo immaginavo mentre sparava e si difendeva, solo per permetterle di vivere. Strinsi gli occhi, pensare a certe cose era doloroso.

- Me lo auguro, - disse, sorridendo tristemente. - Almeno adesso avrei due vite in meno sulla coscienza.

Oh, Aaron. Dove sei?

- Non capirò mai la guerra, - dissi, fissando il pavimento. - Tanto spargimento di sangue per cosa? Potere di singoli uomini. Vi mandano al macello, vi mandano a morire e loro che fanno? Hitler, Stalin, Mussolini rimangono rinchiusi nei loro bunker a sbraitare ordini e cercare di lavare via dalle loro mani il vostro sangue innocente.

- E sebbene cerchino di lavarlo via, di strofinare sempre con più veemenza, il sangue rimane sempre lì, impresso sulle loro mani, come promemoria vivente delle vite che hanno condannato a morte. Così, loro sai cosa decidono di fare?

Il soldato scosse la testa, smettendo di mangiare.

- Indossano dei guanti, - mormorai, con le lacrime agli occhi. - Dei bei guanti di pelle, con i quali possono finalmente ignorare il colore vermiglio del sangue di cui le loro mani si sono impregnate, nasconderle al mondo intero e fingere che siano puri e integri. Fingendo che il male non li abbia toccati.

- Perché deve succedere tutto questo? Io ho paura. Sono anni ormai che ho paura, anche se cerco disperatamente di nasconderlo, - dissi, voltandomi verso di lui. - Ho perso mio padre, a causa di questa guerra. Ho perso l'uomo che amo. È stato spedito in Francia e non ho più notizie di lui. Non so se è vivo, non so se si trova ancora lì. Non so niente. Per quanto mi riguarda a quest'ora potrebbe essere sotto il fuoco nemico a combattere chissà dove...

- Neanche Vanessa sa più niente di me. - Disse, scuotendo la testa.

- Rifiutatevi di combattere. - Mormorai, con la voce incrinata.

Lui sorrise, poi mi guardò malinconicamente.

- E poi? - Chiese.

- Se non ci sono uomini che combattono, la guerra non può continuare. Così loro saranno costretti a cessare le ostilità per cause di forza di maggiore e tutti voi tornerete a casa. Lui tornerà da me, tu tornerai da Vanessa.

- E non vuoi che il tuo soldato si batta per gli ideali in cui crede?

- Lui non crede negli ideali di quell'esagitato di Hitler, grazie al cielo, - dissi, torturandomi le mani. - E se potessi nasconderlo per non farlo combattere più, lo farei. Lo nasconderei qui sotto, fino alla fine della guerra. Non mi importerebbe della diserzione, del tribunale militare e di tutto il resto.

- E non pensi che forse a lui importerebbe? Voglio dire, magari vuole continuare a combattere e vuole farlo per te. Per rendere il mondo un posto migliore per te.

Lo guardai, inclinando la testa.

Il mondo non sarà mai un posto migliore. Lo sarebbe solo se Aaron fosse con me.

- Tu vorresti farlo per Vanessa?

- Lei è l'unica cosa che mi ha dato la forza di continuare a combattere.

Scivolai lentamente lungo il muro, fino quasi a sdraiarmi. Uno spiraglio di luce filtrava dal finestrino fissato sul muro in alto, e io osservavo il soffitto, con le mani in grembo e gli occhi stanchi.

- Quando un giorno tutto questo finirà, - dissi chiudendo gli occhi. - Voglio tornare in Italia. Voglio respirare l'aria primaverile che sa di pace, sfiorare ancora i petali delle mie rose rosse, voglio sentire il calore del sole sul viso, voglio il cielo senza più aerei militari, niente più bombe, ferrovie distrutte, provviste bloccate. Niente più morte, - dissi e le lacrime cominciarono a scendermi lentamente lungo le guance. - Voglio il mio soldato accanto a me. Voglio vedere il suo volto privo del fardello della guerra. Voglio vedere i suoi occhi finalmente limpidi, senza più le nubi delle bombe. Voglio vederlo togliersi quella divisa per sempre, chiuderla in un baule e posarla in un posto per non essere mai più vista. Voglio vivere senza più paura del domani, senza la paura che possa vederlo andare via ancora una volta. Ti prego... dimmi che non sarà soltanto una fantasia. Dimmi che un giorno questa guerra finirà. Dimmelo, perché ho esaurito anche le lacrime.

- Finirà. - Disse, con voce calma, ma provata.

Stava cercando di non piangere anche lui. Il dolore era troppo. Eravamo entrambi devastati.

- Finirà, Edith, te lo prometto. E non si morirà più per lo scoppio delle bombe, dei fucili, delle mitragliatrici. Si morirà di vecchiaia, nel proprio letto, col conforto dei propri figli, delle proprie mogli e dei nipotini. Si morirà quando sarà il momento e chi morirà non indosserà più una divisa sporca e macchiata di sangue. Non si dirà più: Oggi è morto un soldato tedesco, oppure è morto un soldato italiano. Si dirà solo: "Oggi è morto un uomo, era vecchio e stanco e ha potuto vivere la sua vita. Ha amato ed è stato amato e ora è in pace". Si dirà questo, Edith. Non ci saranno più guerre, forse l'umanità ne avrà abbastanza di tutto questo sangue. E tu potrai invecchiare e potrai vedere invecchiare il tuo soldato. Potrai vedere i suoi capelli ingrigirsi, le rughe iniziare a comparire sul suo volto. Potrai stringere la sua mano, davanti a un fuoco, mentre i vostri nipotini corrono in giro. Ma ora non piangere più. Anche se sembra tutto così lontano, non perdere la speranza. Abbi fede, Edith. È l'unica cosa che ci aiuta a combattere, oltre alle persone che amiamo.

Lo abbracciai, scoppiando in un pianto straziato. Lui mi tranquillizzò, accarezzandomi i capelli.

Il silenzio era rotto solo dai miei singhiozzi. Il suono della sirena antiaerea mi fece sobbalzare. Guardai il soldato negli occhi e deglutii.

- Non puoi rimanere qui. - Dissi, osservando le pareti del seminterrato.

- Sì, che posso, - mormorò, sorridendo. - Questo scantinato mi proteggerà.

- No. Il controllo disse che questo seminterrato non era abbastanza profondo da essere adattato a rifugio antiaereo. Non è sicuro, non posso lasciarti qui sotto.

- Devi andare di sopra, Edith e devi sbrigarti. Io starò bene, sono sopravvissuto ad attacchi peggiori. Forza, - disse, spingendomi via. - Muoviti!

Io indietreggiai e, dopo avergli lanciato un'ultima occhiata, chiusi la porta alle mie spalle e corsi su per le scale. La sirena continuava a lamentarsi, mentre io rimasi a fissare la porta chiusa ancora per qualche secondo.

Non ce la facevo a lasciarlo lì sotto. Mi avviai verso la porta di casa e la aprii. Le persone si erano già recate quasi tutte ai rifugi e la strada era semideserta. C'erano soltanto i soldati del reggimento dell'ufficiale Winter che si preparavano alla controffensiva.

Mentre stavo per uscire, ricordai di aver dimenticato la borsa sull'appendiabiti. Feci una piccola corsa nella stanza accanto, ma sull'appendiabiti non c'era. Aprii il cassetto della mia camera, le ante dell'armadio e la trovai sepolta sotto a un cumulo di vestiti.

All'improvviso, dei suoni concitati cominciarono a provenire dalla stanza accanto. Mi ricordai troppo tardi di aver commesso un terribile errore: avevo lasciato aperta la porta di casa.

Mi precipitai in salotto e vidi due uomini rovistare negli stipetti, nella dispensa, nei cassetti. Stavano rubando tutte le mie provviste. Mi scagliai contro di loro, afferrando una sedia e li colpii violentemente alle spalle, urlando:

- Andate via!

Lo sciacallaggio durante i bombardamenti era all'ordine del giorno.

Uno dei due indietreggiò, lasciando cadere un paio di scatolette di tonno sul pavimento. Si chinò e raccolse nuovamente il suo bottino, mentre l'altro continuava a riempirsi la sacca che si era portato con altre cose da mangiare. Lasciai cadere la sedia sul pavimento con un tonfo e mi scagliai su uno dei due, cercando di strattonarlo e gli sfilai dalle mani la sacca piena di alimenti. Quello si voltò come una furia e mi rifilò un pugno così violento da farmi cadere di schiena. Imperterrita, strisciai verso di lui e lo afferrai per un lembo dei pantaloni.

Gli intrappolai la gamba e lo trascinai a terra, spargendo ancora una volta le scatolette di prosciutto in giro per la stanza. Quello mi bloccò i polsi e mi schiaffeggiò di nuovo. Mi spinse al suolo, impedendomi di muovermi.

- Aiuto, - urlai. - Vi prego!

Lui mi schiaffeggiò ancora.

- Chi credi ti senta? Sono tutti al rifugio e i soldati sono impegnati nella controffensiva. Ora chiudi questa fottuta bocca, puttana! E tu, - sbraitò verso il suo compagno. - Muoviti a prendere il cibo!

Mi girai di scatto e gli morsi un polso, facendolo urlare dal dolore.

Iniziai a strisciare sul pavimento, cercando di raggiungere la porta del seminterrato e chiamare il soldato che c'era nascosto, ma uno dei due mi afferrò per le caviglie, strappandomi un urlo acuto e mi trascinò via dalle scale. Io cercai di fare pressione con le unghie sul pavimento, ma quello mi voltò e si posizionò su di me, bloccandomi ancora una volta le mani sopra la testa. L'altro intanto stava scandagliando ogni angolo della cucina e stava trafugando tutte le provviste che ero riuscita a accumulare nel corso dei mesi.

Proprio mentre stavo per sferrargli un calcio, la porta del seminterrato si aprì e il soldato si scagliò sul primo dei due uomini. Con un calcio assestato sul petto lo scaraventò a terra e iniziò a profilargli una serie di pugni a raffica.

L'altro uomo, vedendo il compagno in difficoltà, accorse in suo aiuto e afferrò il soldato per le spalle. Lo trascinò via, ma quello si divincolò facilmente dalla presa e voltatosi con una mossa rapida, si trovò faccia a faccia con l'uomo. Gli sferrò una violenta gomitata al volto, facendogli perdere l'equilibrio per qualche secondo, poi gli profilò un pugno che lo stese. Poi, passò all'altro.

Era solo contro due uomini e sembrava cavarsela piuttosto bene: era abituato ai corpo a corpo, mentre i due uomini non ne sapevano un accidente di combattimenti e battaglie, altrimenti non sarebbero stati lì, ma al fronte.

Quando riuscii a rialzarmi, afferrai una sedia e colpii uno dei due alle spalle, facendolo accasciare in avanti. Il soldato, approfittando della situazione di parità, atterrò il più grosso e si apprestò a finirlo. Quello però strisciò sulla schiena e si alzò a malapena, attraversando la porta di casa sanguinante e barcollante.

Il suo compagno, vistosi abbandonato e in inferiorità numerica, tentò di scappare col sacco delle provviste, ma il soldato lo fermò e, dopo avermi restituito la sacca, lo lasciò andare. Mi lasciai cadere sul pavimento, sfinita e sanguinante, mentre lui guardava la strada col fiato corto e i pugni ancora serrati. Si precipitò verso la porta e la chiuse rapidamente, poi mi guardò.

- Ormai è tardi per andare al rifugio. - Sentenziò.
Io annuii. Non ne avevo neppure la forza.

- Devi curarti. - Disse, facendo qualche passo verso di me, piegandosi sulle ginocchia.
Il sangue del mio labbro spaccato e del mio naso colava sul pavimento. Alzai la testa, guardando il soffitto.

- Sì. Ora vado, - dissi, osservando gli occhi azzurri del giovane e afferrandogli una mano. - Grazie, davvero.

- Che soldato sarei, - disse, sorridendo. - Se non proteggessi i civili?

- Un soldato con qualche ferita in meno, - mormorai, tentando a mia volta di sorridere. - Torna di sotto: non posso rischiare che ti trovino qui. Appena potrò, verrò.
Lui annuì e senza fiatare, riaprì la porta e sparì nel seminterrato.

Io mi alzai, dolorante ed entrai nella sala da bagno. Mi fermai davanti allo specchio e sciacquai le ferite abbondantemente, poi presi del disinfettante e tamponai il taglio che si era aperto sul labbro inferiore. Bruciava maledettamente.

La sirena antiaerea suonò ancora. Io sospirai e chiusi gli occhi. Tornai in salotto, raccolsi il sacco marrone e diligentemente sistemai di nuovo tutte le scatolette negli scaffali. Mia madre e Gabriel entrarono dopo qualche minuto e lei sgranò gli occhi.

- Che cosa ti è capitato? Perché non eri nel rifugio? - Chiese, afferrandomi le guance tra le dita, osservando lo zigomo e il labbro.

- Sono entrati degli sciacalli. Ho dimenticato la porta aperta e...

- Hanno rubato qualcosa? Ti hanno toccata? - Era sempre più sconvolta.

- Non hanno preso niente, - mormorai. - Sono fuggiti.

- Come? Come hai fatto a farli fuggire? - Chiese, confusa.

- Ho rotto loro un paio di sedie addosso, mamma, - scherzai. - Alla fine si sono arresi.

- Sei una guerriera. - Disse, stringendomi al petto.

- Già...

Quando tutti furono andati a letto, io presi un piatto. Vi misi piselli, patate lesse, del prosciutto, del tonno, un po' di formaggio e del pane. Aprii la porta e scesi le scale buie.

- Sono Edith, - dissi, sottovoce. La lampada si accese, e il soldato uscì alla luce. - Ti ho portato da mangiare.

I suoi capelli neri erano scompigliati e i suoi occhi verdazzurri erano piccoli e lucidi. Le nocche delle sue mani erano rotte a sangue, la palpebra inferiore era tagliata, il labbro gonfio.

Presi del cotone, lo cosparsi di disinfettante e tamponai i taglietti superficiali sul suo bel viso. Lui se ne rimase in silenzio, lasciando che lo medicassi.

- Ti è capitato altre volte di aver a che fare con questi bastardi? - Chiese, sedendosi sul materasso.

Io scossi la testa.

- È stata la prima volta. Ho avuto più problemi coi soldati tedeschi, in realtà.

- E come hai fatto a liberarti di loro?

Una voragine si aprì nel mio cuore.

- Lui era sempre lì.

- Lui? Il tuo ufficiale?

Io annuii.

- Non ha mai permesso a nessuno di farmi del male. Mi ha sempre protetta, anche quando credevo non lo stesse facendo. Era l'ufficiale del suo reggimento, bastava una parola per fermare tutti i soldati.

- Deve amarti davvero tanto... - disse, assorto.

- Non me l'ha mai detto. Quindi non lo so.

- Una persona agisce in questo modo solo quando è innamorata.

- Vorrei tanto me l'avesse detto, - mormorai, sconsolata. - Prima di partire.

- Almeno ha un motivo per restare vivo, Edith, - Io inclinai la testa di lato, invitandolo a continuare. - Tornare da te, per dirti che ti ha sempre amata.

*   *   *

Passarono due settimane.

Le mie visite al soldato si erano fatte regolari; non mi aveva detto ancora il suo nome e io non gliel'avevo più chiesto. Gli portavo da mangiare, coperte pulite e, quando mia madre e mio fratello erano fuori, lo facevo salire per permettergli di lavarsi.

Più i giorni passavano, più il suo colorito si accendeva. La sua pelle era dorata, i suoi capelli neri e lucidi; gli occhi somigliavano a un cielo estivo, venati di striature indaco e verdi. Aveva un corpo ben formato, spalle ampie e un'altezza considerevole. Era sicuramente più alto di tutti i ragazzi che conoscevo; forse, era alto quasi quanto Aaron. Parlavamo molto, quando ne avevamo l'occasione.

La boutique era ritornata alla monotonia di sempre. Per fortuna, i soldi che il reggimento di Schwarz ci aveva dato per la confezione delle uniformi ci stavano salvando.

La situazione a Berlino era diventata insostenibile: da quando il nuovo reggimento si era stanziato in città, la vita era diventata sempre più drammatica per gli ebrei; la Wehrmacht aveva cominciato a collaborare apertamente con le SS e sentivo, in cuor mio, che presto qualcosa sarebbe cambiato. E non in meglio.

Mi misi in contatto con un'associazione clandestina che mio padre conosceva bene. Chiesi loro quanto mi sarebbe costato procurarmi dei documenti falsi e un biglietto per il treno e quanto tempo sarebbe occorso. Mi dissero che la somma in condizioni normali sarebbe stata abbastanza consistente, data l'enorme richiesta che c'era stata nell'ultimo periodo, ma per la figlia del Signor Monroe avrebbero fatto un'eccezione.

Li ringraziai di cuore e, con l'animo colmo di gioia, a sera inoltrata tornai per comunicare la buona notizia al ragazzo. Aprii la porta del seminterrato e mi precipitai giù.

- Sono io! - Dissi, facendo roteare gli occhi nella penombra di quella stanza umida.

- Sono qui, Edith.

Si era nascosto dietro gli scaffali, come gli avevo detto di fare ogni volta che sentiva qualcuno scendere le scale.

- Esci da lì, devo dirti una cosa!

Il ragazzo accese la lampada a cherosene che gli avevo lasciato e mi raggiunse; gli spiegai la situazione:

- I documenti falsi e il biglietto del treno saranno disponibili in quattro o cinque giorni. Devo solo fornire un nome e un cognome falsi.

- Davvero? - Disse lui, incredulo e gli occhi gli si fecero lucidi.

Annuii, raggiante. Il ragazzo all'improvviso mi prese tra le braccia, sollevandomi di peso. Mi aggrappai alle sue spalle per non cadere e risi insieme a lui.

- La rivedrò? - Mi chiese, mentre le sue braccia non ne volevano sapere di allentare la presa.

- Sì, la rivedrai, - risposi, con il cuore colmo di commozione. - Vi sposerete... e sarete felici!

- Come potrò mai ringraziarti? - Chiese lui, con uno sguardo in grado di trapassare completamente l'anima di una persona.

- Ricordati di me quando sarai con lei sull'altare. Dille che ho sempre creduto in voi. Capito?

Lui sorrise.

- Sarebbe il minimo. Le parlerò di una sorella italiana. Di una sorella italiana che mi ha salvato la vita in Germania, pur sapendo di mettersi in pericolo. Le parlerò dei veri ideali, le dirò che c'è ancora qualcuno pronto a sacrificare sé stesso per il bene degli altri. Qualcuno che va oltre i colori di una divisa. Va oltre le alleanze di una Nazione.

- Sei tu che vai al fronte. Che rischi la tua vita ogni giorno per proteggere la Patria che crede in te.

- Io rischio la mia vita ogni giorno per cercare di proteggere Vanessa. Per proteggere persone come te.

Io sorrisi e sospirai.

- L'Italia è fortunata ad avere un soldato come te nel suo esercito. Sono onorata di condividere i natali con te. La tua fierezza, il tuo orgoglio e il tuo onore fanno di te un soldato come ce ne sono pochi.

- Grazie. - Disse e, per qualche istante, vidi l'uomo dietro al combattente. L'uomo di cui Vanessa si era innamorata.

Era un uomo fiero. Non rideva quasi mai, rari erano i suoi sorrisi, ma questo non lo rendeva superbo o scostante: anzi; era capace di una gentilezza che avevo visto in poche persone. Probabilmente quando ancora non indossava quella divisa, la sua espressione era più dolce, rideva e sorrideva più spesso, il suo animo era più leggero.

La guerra lo aveva cambiato, come mi aveva confessato un giorno lui stesso; cambiato irrimediabilmente. Aveva visto cose che non avrebbe mai più potuto dimenticare: aveva visto i suoi compagni morire a pochi metri da lui e si era sempre detto che sarebbe potuto accadere anche a lui, da un momento all'altro; aveva sparato e ucciso, si era macchiato del crimine più brutale che l'umanità potesse conoscere, aveva tolto la vita a un suo stesso fratello.

Ma la guerra è anche questo. Si basa sul principio uccidi prima di essere ucciso.

Lui non poteva farci nulla, non era colpevole. Nessuno di quei soldati lo era. Erano colpevoli solo di essere nati nell'epoca sbagliata, l'epoca in cui gli uomini sembravano essere impazziti.

L'umanità, l'intera umanità era colpevole. Nessuno era più innocente di un altro; l'innocenza era morta, insieme a quei bambini che perivano sotto lo scoppio delle bombe.

Cercai di immaginare il giorno in cui lui e la sua fidanzata avevano ascoltato alla radio l'entrata in guerra dell'Italia, a come entrambi abbiano immediatamente pensato al fatto che la loro vita stesse per cambiare, alla consapevolezza che ogni momento insieme sarebbe potuto essere l'ultimo.

- Come hai capito di esserne innamorato? - Gli chiesi, una volta.

- All'inizio speravo di sbagliarmi. Credevo che l'amore potesse renderci vulnerabili, in qualche modo e cercavo di dire a me stesso che non fosse per lei quando il mio cuore iniziava a correre al doppio della velocità.

Risi. Anche io avevo provato quella sensazione. Mi intristii.

- Ma col tempo dovetti arrendermi all'evidenza. Ogni volta che la incrociavo per strada mi sentivo inchiodato al suolo. Anche quando la vedevo alla fermata di un autobus, che aspettava di andare al mercato e io ero di pattuglia mi offrivo di accompagnarla e di portarle le buste. Erano troppo pesanti per lei. Sai, - disse, sforzandosi di rimanere serio. - Essere un ufficiale mi dava un sacco di vantaggi. Quando poi mi sorrideva, accorgendosi di me, sembrava restituire un senso alla mia giornata. All'inizio lei sembrava intimorita da me e io non volevo che si sentisse così. Avrei voluto dirle che ero io a essere intimorito da lei.

Io annuii. Mi piaceva ascoltarlo parlare, la sua voce dava soltanto vita a ciò che io stessa avevo provato, ma che mi ero rifiutata di ammettere per troppo tempo, sprecando così dei momenti che rimpiangevo.

- Il suo candore, i suoi occhi, la sua andatura... mi atterrivano. Sembrava la creatura più pura sulla quale i miei occhi si fossero mai posati. Quando l'ho baciata ho capito che non avrei mai potuto amare più nessun'altra, ho capito che volevo invecchiare con lei. Le ho chiesto di sposarmi e lei ha acconsentito. Poche settimane dopo è scoppiata la guerra e io sono stato richiamato alle armi.

- Mi dispiace così tanto. - Dissi, con le sopracciglia inarcate all'insù.

- Aveva paura che la distanza avrebbe potuto affievolire i miei sentimenti verso di lei. Ma più le rimango lontano più realizzo che non potrei passare il resto della mia vita senza.

- E non la passerai. Lo so.

- Grazie, Edith.

Io annuii.

- Come posso far scrivere sui documenti? Ti serve un nome tedesco.

Lui scrollò le spalle. Sapevo che non mi avrebbe fornito le sue vere generalità, ma non importava: erano comunque documenti che avrebbero riportato un'identità fittizia.

- Non me ne intendo di nomi tedeschi. - Mormorò, abbozzando un sorriso.

- Allora lo sceglierò io per te. Ti troverò un nome e un cognome facili da pronunciare.

- So parlare un po' il tedesco. In Italia e in Russia, quando eravamo alleati coi crucchi, eravamo anche a stretto contatto con loro. Ho imparato soprattutto oscenità e parole di guerra.

Sorrisi. Meglio, si sarebbe trovato meno in difficoltà.

- Baptist. Baptist Herrmann, - proposi. - Come ti sembra?

- ... Tedesco. - Rispose.

Mia madre e mio fratello non si erano ancora accorti di nulla. Lui rimaneva lì sotto in silenzio, senza fare il minimo rumore; non si lamentava mai, non osava profferire una parola che non fosse un "grazie" o un "mi dispiace del disturbo".

Il giorno arrivò: i documenti falsi erano pronti e il biglietto del treno era sigillato in una busta gialla a parte. Infilai tutto nella borsa e iniziai a camminare per le strade berlinesi gremite di SS.

Il cuore mi salì in gola, mi sembrava che ogni soldato appostato sul ciglio della strada sapesse ciò che stavo facendo e mi avrebbe fatta arrestare da un momento all'altro. Cercai di rimanere calma, ma mentre stavo per svoltare nella stradina che portava a casa mia, una SS si avvicinò a me. Mi bloccai sul posto e il sangue mi defluì dal volto all'improvviso.

- Buongiorno, signorina.

Aprii la bocca, ma la voce non volle saperne di uscire, quindi mi limitai ad abbassare la testa in segno di saluto e abbozzai un sorriso.

- State bene? - Chiese, all'improvviso.

Cercai di calmare il tremore delle mie mani e annuii.

- Sì, - risposi. - Certo, perché?

- Niente. Siete solo molto pallida.

- So che il bianco va di moda, quest'anno. - Dissi, provando a smorzare la tensione che si era venuta a creare.

Il soldato ci pensò su, poi scoppiò a ridere.

- Penso sia vostra, questa. - Mormorò, porgendomi una piccola fedina.

Quella che tenevo all'anulare da quando Aaron mi aveva lasciato. Era un simbolo: il simbolo di una promessa inespressa, una promessa che gli avevo fatto in silenzio. Un tacito accordo.

Quando tornerai, perché tu tornerai, io sarò qui ad aspettarti.

Come aveva fatto a scivolarmi? Mi sforzai di sorridere, mentre la tensione accumulata iniziava a scemare e presi l'anello dalle mani del soldato.

- Sì, - balbettai. - Sì, grazie.

- Siete gelata, signorina. - Disse ancora, quando le mie dita sfiorarono le sue.

- Mani fredde, cuore caldo. - Mormorai, sbattendo gli occhi.

Lui mi lanciò uno sguardo malizioso, poi si abbassò il berretto in segno di saluto e mi liberò la strada. Mi allontanai in fretta, domandandomi come diamine avessi fatto a perdere quell'anello che mi aveva quasi fatto rischiare la prigione.

Spinsi la porta di casa e mi precipitai giù per le scale. Aprii la porta e lo chiamai. Lui apparve dopo qualche secondo, con un'espressione stralunata: era più agitato di me.

- Ebbene? - Chiese, in trepida attesa.

Con le mani che tremavano, spostai la tracolla e la aprii lentamente; vi infilai una mano ed estrassi i documenti. Il soldato sorrise, sbattendo più volte le palpebre.

- Non posso crederci, - mormorò entusiasta. - Ce l'hai fatta!

In un lampo, poggiò a terra la lampada e corse verso di me, la sua gioia era incontenibile; mi afferrò, abbracciandomi con foga. Era mosso dalla speranza. Io ricambiai l'abbraccio, felice.

- Questi sono i documenti che ti permetteranno di lasciare la Germania indisturbato e questo è il biglietto del treno. Ti dovrai accontentare della seconda classe, - dissi, scrollando le spalle. - Non avevo soldi a sufficienza per la prima.

- Ti prometto che ti ripagherò tutto. - Disse, mentre mi teneva le mani.

- L'unico modo in cui voglio essere ripagata è una lettera in cui mi dici che sei arrivato sano e salvo e ti sei finalmente sposato con la tua Vanessa, - dissi, mentre gli occhi mi diventavano lucidi. - Questo devi prometterlo.

- È il minimo che possa fare. - Rispose.

Io annuii, allontanandomi prima di scoppiare a piangere. Gli preparai uno zaino, dove misi qualcosa da mangiare, da bere, delle bende per la ferita, un cambio e un po' di soldi che tenevo da parte.

Prima di lasciarlo uscire, aprii la porta e controllai che le sentinelle avessero smontato e, durante i minuti in cui c'era da effettuare il cambio della guardia, la strada era completamente incustodita: era il momento adatto per farlo uscire.

- Penso tu sappia dove si trova la stazione, - dissi e lui annuì, io proseguii con le lacrime agli occhi. - Bene. Da questo momento in poi le nostre strade si dividono.

Lui si aggiustò lo zaino in spalla con una mano e annuì.

- Sì, - disse, prendendomi le mani. - Non potrò mai dire quanto ti sia grato per tutto quello che hai fatto per me, Edith. Non ti dimenticherò mai.

- E io non dimenticherò te, - mormorai, mentre le lacrime avevano iniziato a bagnarmi le guance. - Non potrei mai farlo.

- Spero che il tuo soldato possa tornare da te sano e salvo, - disse, mentre eravamo entrambi consapevoli che quella fosse l'ultima volta in cui ci saremmo parlati. - Spero tu possa essere felice.

- E io spero che tu possa tornare dalla tua Vanessa e renderla felice. Ora va', perché odio gli addii. Buona fortuna per tutto, soldato.

- Buona fortuna, Edith. E grazie.

Le sue mani lasciarono le mie e fece qualche passo indietro, prima di voltarsi. Mentre si allontanava nel buio, si girò verso di me un'ultima volta, proprio come aveva fatto con la sua Vanessa.

Quel soldato senza nome, il cui destino si era incrociato col mio, nel bel mezzo di una guerra mondiale, nel bel mezzo del dolore, nel bel mezzo dei ricordi. In quel momento, seppi in cuor mio, che non l'avrei mai più rivisto.

* * *

Non riuscivo più a comprendere per quale motivo il cielo fosse così incredibilmente azzurro. Di quel colore quasi accecante, così vivo. Così maledettamente vivo.

Osservavo, distesa su un immenso prato verde, le nuvole bianche che passavano davanti al sole offuscandolo per qualche secondo. Avrei desiderato avere anche io la mia nuvola bianca personale che arrivasse, anche solo per qualche minuto, a offuscare il dolore che avevo dentro: il senso di vuoto, di inadeguatezza che mi avevano colpito da quando Aaron se ne era andato.

I fili d'erba alta mi solleticavano la pianta dei piedi, mentre con le mani dietro alla testa, cercavo di tornare a vivere per qualche ora. Cercai di tornare sulla terra.

L'aria era fresca, i raggi del sole erano caldi e piacevoli. Lo specchio d'acqua si muoveva silenzioso, mentre i fiori bianchi degli alberi di ciliegio venivano scossi da una leggera brezza che proveniva dal lago.

Quel lago dove Hans mi aveva uccisa. Quel lago dove Aaron mi aveva riportata in vita.

Quello stesso lago che ora mi vedeva inerme, in uno stato di transizione e stallo da cui non sapevo più venire fuori.

Il non avere notizie era logorante. Nessun soldato aveva ancora fatto ritorno dalla Francia e il reggimento dell'ufficiale Winter era ancora lì e non accennava a partire.

Mi alzai pigramente, reclinando la testa all'indietro e sospirai. Mi infilai le scarpe, raccolsi la borsa e mi apprestai a ritornarmene in città, a cercare di far finta che fossi ancora viva.

Appena arrivata, il primo rumore che sentii fu il rombo del motore di una camionetta militare. Mi riparai gli occhi dal sole con la mano e cercai di osservare la scena con un occhio solo: un gruppetto di soldati scese dalla camionetta, radunandosi attorno alla fontana. Delle ragazze si precipitarono in piazza, tra queste c'era Lisa Hubermann.

Gli anziani li osservavano, appoggiati al bastone, noncuranti. Da lontano, notai che un soldato mi stava fissando. Lo osservai a mia volta per qualche secondo, prima di rendermi effettivamente conto che si trattava di Hans.

Deglutii a vuoto. Si era tagliato i capelli, i riccioli erano spariti e sembrava più magro. Lisa Hubermann gli corse incontro, sorridente. Lui la sollevò, ridendo e si scambiarono un bacio che mi lasciò indifferente.

Feci scorrere gli occhi freneticamente tra le divise verdi di quei soldati, avanzando rapidamente verso di loro. Cercavo con gli occhi un volto in particolare. Disperatamente.

Dov'è Aaron?

Quando mi resi conto che non era tra quei soldati in congedo, fissai il veicolo blindato con sgomento. Era tornato soltanto un gruppetto del suo reggimento, lui era rimasto in Francia.

Mi fermai a poca distanza da loro, col cuore in tumulto. Avevo una paura assurda di ricevere notizie. Il fatto che quei soldati sapessero di Schwarz mi rendeva tremendamente ansiosa.

Hans si girò ancora una volta verso di me, Lisa intuì la direzione del suo sguardo e stringendo gli occhi a fessura, si staccò malvolentieri dal suo fidanzato. Hans si sistemò il berretto e iniziò ad avanzare verso di me. Ero una maschera di tensione.

- Edith.

Mi sforzai di sorridere, ma la sua vista mi provocava solo brutti ricordi. Era la prima volta che parlavamo, da quando mi aveva confessato del suo matrimonio imminente con Lisa.

- Siete tornati... come mai? - Chiesi freddamente, guardandolo a lungo negli occhi.

Lui annuì, poi si guardò gli stivali. Il suo volto era più adulto, un velo di barba gli copriva le guance e il mento, gli occhi sembravano aver perso la brillantezza che li aveva caratterizzati un tempo. Erano opachi e offuscati.

- Non è stato semplice stabilirsi lì, - disse. - Ma adesso un gruppo di soldati ha ottenuto questo congedo. È il primo.

- Lo so. - Replicai.

- La corrispondenza con la Francia è interrotta, per via dei continui bombardamenti. Tutte le lettere tornano indietro.

Io annuii e non seppi per quale motivo, ma mi sentii sollevata. Forse era per quel motivo che Aaron non mi scriveva.

- Edith, - mormorò e provò a avvicinarsi. - Sono felice di vederti.

Io indietreggiai. Non volevo che mi sfiorasse neppure con dito. La sua mascella assunse una linea dura e annuì, poi mi rivolse un sorriso ironico, stringendo gli occhi a fessura. Quell'espressione non l'avevo mai vista sul suo volto. Mi spaventò.

- Saresti stata più contenta di vedere qualcun altro, vero piccola Edith? - Mi chiese e non tardai a notare la palese ironia presente nel suo tono di voce.

Nuovamente, deglutii a vuoto.

- Magari il nostro Kommandant? - Aggiunse.

Rimasi impassibile davanti a quella insinuazione, fui tradita solo da
un ripetuto battito di ciglia. Poi nient'altro.

- Mi dispiace, - disse e avvicinò le labbra al mio orecchio. - Ha
preferito rimanere in Francia. Pare che non riesca a smettere di
scoparsi quella puttana francese dove alloggia.

Un senso di disgusto mi strinse lo stomaco in una morsa, ebbi come
un violento vuoto d'aria. Avrei voluto prenderlo a pugni. Mi stava
provocando, era ovvio.

Mi morsi violentemente l'interno della guancia sinistra, per
impedire alle lacrime e alla rabbia di prendere il sopravvento. Alzai la
testa e lo guardai negli occhi, talmente a lungo che sperai con tutta
me stessa che riuscisse a scorgere l'odio profondo che stavo nutrendo
in quel momento per lui, che un tempo era stato il mio migliore
amico.

- Credi di ferirmi, così facendo? - Chiesi, con la voce intrisa di
rancore.

- Non lo so. Ci sono riuscito?

Io sorrisi e scossi la testa. Avvicinai il mio viso al suo e le mie labbra
quasi gli sfiorarono la guancia.

- Va' a farti fottere, Hans Meyer. - Dissi, lentamente e
scandendo bene tutte le parole.

Indietreggiai, senza mai staccare gli occhi dal suo viso. Stavo
sorridendo, fino a quando non mi girai di spalle e quel sorriso si
spense, lasciando il posto alle lacrime.

Camminai a passo svelto verso la boutique, sbattei la porta alle
mie spalle e mi lasciai cadere sul divano.

Non era vero. Non poteva essere vero.

Hans aveva detto quelle cose solo per vedere la mia reazione e capire se effettivamente, ci fosse qualcosa tra me e il suo Kommandant. Schwarz lo aveva umiliato pubblicamente e punito; Hans si era vendicato di lui su di me.

Non avrei mai messo in pericolo Aaron. Non avrei mai lasciato che i sentimenti prendessero il sopravvento sulla ragione. Non avrei mai permesso a Hans di condannare a morte Schwarz.

Venni a sapere, successivamente, che sarebbero rimasti a Berlino un mese, durante il quale avrebbero collaborato con il reggimento stanziato, soltanto durante gli attacchi se ce ne fosse stata la necessità.

Fu proprio durante un attacco, che Hans trovò il disegno.
La luce della mia camera era accesa, io ero seduta sul letto intenta a osservare quel foglio. Ormai quegli attacchi non sembravano più così letali, i caccia non sganciavano più una bomba da almeno tre settimane.

Gabriel dormiva nel suo letto quando la sirena iniziò a suonare. Nel momento esatto in cui quella suonò, un'esplosione giunse violenta a pochi metri dalla mia casa. Scattai giù dal letto in pochi secondi, afferrai Gabriel e lo trascinai di peso giù per le scale. Mia madre spalancò la porta e tutti e tre ci riversammo in strada.

Una casa stava bruciando, un albero si era abbattuto al suolo e un incendio divampava feroce nei pressi del luogo dove la bomba era caduta.

Entrammo nei rifugi. Gabriel si rannicchiò accanto a me, mentre continuava a tremare. Cercai di calmarlo, cantandogli un motivetto e accarezzandogli dolcemente i capelli rossi. Ad attacco terminato, i soldati scortarono le persone fuori dal rifugio.

Un gruppo di cinque soldati stava cercando di domare l'incendio, a breve avrebbero ricevuto rinforzi. Entrai in casa e, in piedi accanto al letto, c'era Hans con il mio disegno tra le mani.

- Che stai facendo? - Mormorai, mentre una sensazione di gelo mi avvolse, dalla testa ai piedi; la sua espressione mi impietrì. - Esci immediatamente dalla mia stanza!

Lui si voltò lentamente, facendo sventolare il foglio nel vuoto per qualche secondo.

- Era come sospettavo, quindi, - commentò. - Il nostro Kommandant se la spassa con un'ebrea.

Sgranai gli occhi, sbigottita. Non era lo stesso Hans che avevo conosciuto. Non poteva essere lui.

- Come puoi parlare di me in questo modo?

- Quando stavi con me, Edith... ci sei andata a letto? - Chiese, con gli occhi come due tizzoni ardenti.

- Come puoi...

- Cazzo, Edith, dimmi se te lo sei scopato mentre eri insieme a me!

Le sue urla rimbombarono per la stanza e mi fecero tremare i polsi. Sperai con tutta me stessa che mia madre e Gabriel si fossero trattenuti il più possibile dalla madre di August, l'amichetto di mio fratello.

- Io non mi chiamo Hans Meyer, - urlai, con le lacrime agli occhi per la rabbia. - Non sono te, stronzo!

Lui sembrò riprendere il controllo di sé stesso, poi deglutì a vuoto.

- Ridammi il disegno, poi esci da casa mia e non farti vedere mai più.

- L'hai baciato? - Chiese, un sorriso perfido appena delineato.

- Mentre eravamo insieme? O meglio, mentre tu portavi avanti quell'insulsa recita con me? - Mormorai, inclinando la testa di lato e mi morsi un labbro, furiosa. - Sì. L'ho baciato!

Lui sembrò perdere l'equilibrio per qualche secondo, aveva gli occhi spalancati. Non se lo aspettava. Neppure io mi aspettavo che lui, tempo prima, stesse pianificando il matrimonio con qualcun'altra mentre stava insieme a me.

- Mentre tu ti sbattevi Lisa Hubermann, io combattevo coi sensi di colpa. Giorno per giorno, ora per ora, mi biasimavo per aver baciato Schwarz. Mi biasimavo per aver provato qualcosa di così forte per qualcuno che non fossi tu. Perché tu, il ragazzo più dolce che avessi mai conosciuto, tu... non lo meritavi. Mi biasimavo, perché mi rendevo conto di amare lui come non avevo mai amato te. Mi rendevo conto di essere innamorata, come non ero mai stata innamorata in vita mia, ma non avevo la forza né il coraggio per lasciarti. Perché ti volevo bene come non ne avevo mai voluto a nessuno, Hans. Ma se avessi saputo prima quello che mi avresti fatto, avrei trascorso i giorni che mi rimanevano insieme a lui... non insieme a te. Sei la persona più viscida che abbia mai conosciuto; questa è la verità!

Le mani mi tremavano per la collera e per quella verità che mai avrei creduto di sputare fuori in maniera così razionale e fredda. Hans mi guardò immobile, come una statua di bronzo, il disegno tra le mani e gli occhi che non riuscivano a staccarsi dalla mia faccia. Avvicinò il foglio al suo viso e ne scrutò attentamente i dettagli. Poi lo ripiegò e fece per metterselo in tasca.

- Che cosa stai facendo? - Chiesi, mentre inconsciamente stavo già valutando come fare per impedirgli di lasciare casa mia con quel foglio tra le mani.

- Lo porto all'ufficiale Winter. Non gli farà piacere sapere che uno degli ufficiali più decorati della Wehrmacht ha coperto un'ebrea e poi se l'è scopata.

- Anche tu sapevi che ero ebrea, - replicai determinata, ma stavo tremando. - Eppure non mi hai denunciata!

- Sì, - mormorò, freddamente. - Ma io non ti ho scopata.

- Come ho fatto a stare con uno stronzo come te... - dissi, consapevole che forse, quell'ultima conversazione era arrivata a seppellire per sempre anche i ricordi più belli dei momenti che avevamo condiviso. - Dammi il disegno.

Gli tesi la mano, ma lui scosse la testa.

- Non mi interessa se sei un fottuto soldato del Reich, Hans, - incalzai, sempre più furiosa. - Devi darmi quel disegno.

- Lo vuoi? Dammi quello che ha avuto il Kommandant e lo avrai.

- Che cosa vuoi? - Dissi, ma conoscevo già la risposta.

- Fotterti.

Spalancai gli occhi. Non diceva sul serio.

- C'è mia madre di sotto. - Mormorai, per cercare di dissuaderlo.

- Con lui come facevi? Ti metteva una mano sulla bocca per non farti urlare e ti sbatteva?

- Adesso basta, - dissi, con le lacrime agli occhi. - Smettila, Hans. Dammi quel maledetto disegno.

Stavo per crollare. Mi resi conto di quanto fossi stata cieca nei suoi confronti. Mi resi conto di quanto le impressioni, a volte, possano rivelarsi sbagliate.

Lui si lasciò cadere sulla poltrona accanto al letto, con le gambe spalancate e si sbottonò la cintura. Poi, si infilò il disegno nei pantaloni:

- Vieni a prenderlo. Se non lo farai, questo disegno andrà direttamente all'ufficiale Winter che farà fucilare Schwarz per alto tradimento e manderà te e la tua famiglia nei campi di concentramento. A te la scelta, dolce Edith: hai in mano la vita di altre tre persone.

Scossi la testa, le labbra mi stavano tremando e le lacrime mi offuscavano la vista.

- Perché lo stai facendo Hans? Avevi detto che mi avresti protetta, nonostante tutto, - cercai i suoi occhi, ma lui serrò la mascella, distogliendo lo sguardo. - Non sei davvero tu. Questo non è l'Hans che ho conosciuto e a cui ho voluto bene. Ti prego, non farmelo fare.

Lui annuì, sfiorandosi l'accenno di barba con le dita:

- Hai ragione. Non sono l'Hans che hai conosciuto. Quell'Hans è morto, - disse, mentre i suoi occhi si velarono di malinconia. - Ora voglio tutto quello che quell'Hans non è riuscito a ottenere. Voglio tutto. Voglio quello che ha avuto il Kommandant. Adesso vieni qui e dammelo, Edith! Non è una richiesta.

Con le lacrime agli occhi, cominciai ad avanzare verso di lui. Mi fermai a qualche centimetro di distanza dalla sedia e lui mi invitò a sedermi sulle sue gambe. Aprii le ginocchia, mi alzai il vestito e mi sedetti su di lui. Il disegno era proprio lì. Prima che potessi farlo io, Hans prese il disegno e se lo mise in mano; poi mi scoccò un sorriso:

- Mostrami quello che hai mostrato a lui.

Mi avvicinai al suo viso. Gli sfiorai la guancia con le labbra, mentre con la mano scesi giù fino alla patta dei pantaloni. Chiusi gli occhi, stringendoli. Per fortuna, lui non poteva vedermi.

- Per la cronaca... - gli sussurrai, mentre sentivo il suo respiro farsi meno regolare.

Gli sfiorai il lobo dell'orecchio con le labbra e lo sentii ansimare. Il disegno era ormai a portata di mano.

- ... io con lui ci facevo l'amore. Schwarz non mi ha mai fottuta, bastardo!

Prima che potesse effettivamente rendersi conto delle mie parole, gli strappai il disegno dalle mani, gli rifilai uno schiaffo e spinsi la sedia all'indietro, facendogli perdere l'equilibrio.

Mi alzai dal pavimento e iniziai a correre lungo le scale. Mia madre e mio fratello non erano ancora rientrati in casa. Sentii Hans imprecare, mentre correva giù per scale nel disperato tentativo di riacciuffare quell'unica prova per denunciare l'uomo che l'aveva eclissato su tutti i fronti. Solo per vendetta.

Mi inginocchiai accanto al camino e cercai di accendere il fuoco il più rapidamente possibile. Mi tremavano le mani. Quando finalmente la prima fiammella arancione divampò, lui era alle mie spalle e mi stava puntando una pistola in faccia.

- Non lo fare, - m'intimò. - Fermati immediatamente.

Il disegno giaceva tra le mie mani, a qualche centimetro dal fuoco. Hans respirava a fatica, il dito premuto sul grilletto e la canna della pistola puntata verso di me.

- Potrai denunciarmi alle SS perché sono ebrea. Hai sempre potuto farlo e potrai farlo per sempre, non posso toglierti questo potere. Ma non ti permetterò mai di avere potere su di lui. Non ti permetterò mai di avere prove contro di lui... non ti permetterò di condannare a morte l'unico uomo che abbia mai amato. L'unico ad avermi sempre protetta, rischiando tutto. Lui è tutto quello che tu non sarai mai.

Col cuore pesante, lasciai la presa. Il foglio cadde lentamente sui ceppi di legno, tra le fiamme che danzavano allegre attorno a esso.

Vidi la carta rattrappirsi e bruciare in pochi secondi, sotto il mio sguardo malinconico. Deglutii e mi voltai a guardare Hans, col braccio ancora teso e l'espressione annichilita.

- E adesso, se vuoi, spara pure...

*   *   *

Quel giorno Hans premette il grilletto, ma non contro di me. O almeno, non direttamente.
Mirò alla mia destra e il proiettile mi sfiorò il braccio, provocando un taglio superficiale e lacerando il tessuto del vestito, per poi andare a conficcarsi nella parete alle mie spalle. Io chiusi gli occhi nell'attimo stesso in cui vidi Hans premere sul serio il grilletto e avvertii lo sparo.

Forse mi avrebbe uccisa davvero, dopotutto; ma alla fine non ne ebbe il coraggio. Forse voleva solo spaventarmi, ma non l'avrei mai ritenuto capace di ammazzarmi. Non così, a sangue freddo.

Forse ci eravamo sottovalutati entrambi. Lui forse si aspettava che scappassi, lasciandogli il disegno e l'avessi implorato di risparmiarmi, pregandolo di portarmi a letto e dimenticare tutto e al diavolo l'ufficiale.

Ma non immaginava quanto forte fosse il mio amore per Aaron e quanto immensa la mia stima per lui. Mi maledisse, scuotendo il capo e abbassò il braccio giusto in tempo per il rientro di mia madre e Gabriel, che osservarono la scena per qualche secondo senza capire realmente cosa fosse successo.

Hans rinfoderò la pistola, serrando la mascella. Continuava a guardarmi con gli occhi pieni di rancore. Mia madre mandò Gabriel di sopra e chiese cosa fosse accaduto, appoggiandosi allo schienale di una sedia con uno sguardo confuso.

- Voi odiate i soldati tedeschi, - disse, con la voce bassa e roca, piena di risentimento. - Non vi farà piacere sapere che vostra figlia è diventata la puttana di un ufficiale della Wehrmacht.

Rimasi inebetita davanti alla crudeltà di quelle parole, ma non ne fui sorpresa. Sapevo che il nuovo Hans sarebbe arrivato anche a quello.

Il nuovo Hans.

Forse era sempre stato così, forse si era solo palesato tardi. Troppo tardi.

Lasciai che aggirasse mia madre, che a sua volta rimase immobile, con un'espressione di disgusto sul volto; lasciai che aprisse la porta infuriato e la richiudesse con violenza alle sue spalle.

Guardai mia madre negli occhi, ma lei non disse niente. Le rughe le solcavano il viso, lo sguardo spento e consapevole. Sì, consapevole.

Forse Hans non le aveva rivelato niente che non conoscesse già. Molto probabilmente, lo aveva capito da tempo, ma non me ne aveva mai parlato per non avere una risposta affermativa da parte mia. Sarebbe stato doloroso per lei.

Aveva accettato Hans solo perché eravamo cresciuti insieme e sapeva che, tutto sommato, non avrebbe abbracciato le loro idee.

Non le avrebbe abbracciate.

Aveva acettato Hans, ma non poteva accettare un ufficiale. Non Schwarz.

Non avrebbe mai accettato che io, sua figlia, un'ebrea, potessi amare un ufficiale nazista, che potessi davvero provare qualcosa che non fosse odio, disgusto, abiezione per uno di quei soldati.

La verità, l'unica verità di cui mi importava era che lo amavo: lo amavo, nonostante la svastica cucita e quel colore verde spento, nonostante l'aquila sul berretto, nonostante la pistola, il fucile sulla spalla e quell'appellativo che si portava addosso: *nazista*.

Mia madre non parlava, ma potevo sentire le sue parole:

Come puoi amare uno di quei cani che ci odiano fino al midollo? Come puoi amare qualcuno che ti odia?

Lui no, mamma, - avrei voluto dirle. - Lui non mi odia.

Lui che era stato il mio cielo, le mie giornate al lago, la mia brezza di primavera, le mie nuvole bianche. Lui che era stato anche la mia neve, la mia notte, la mia luna, la mia dimora, il mio giardino d'estate. Il mio mondo si era ristretto a lui; a lui, che ora se ne era andato, portando via con sé le stagioni del mio cuore.

Non dissi niente e lei non mi guardò. Sfiorò la superficie del tavolo con l'indice, poi si aggiustò una ciocca di capelli che le era ricaduta sulla fronte e risalì le scale.

- Un giorno saprai, - mormorai, sottovoce. - Forse un giorno saprai chi era davvero Aaron Schwarz. E forse ci sentiremo in dovere di chiedergli scusa per tutto l'odio che gli abbiamo rivolto, senza che lui avesse colpe.

*   *   *

Aaron Schwarz, Presente. Francia, Giugno 1943.

Mi reco di corsa nell'ufficio del Maggiore, per scrutare i nomi di coloro che hanno ricevuto il permesso per tornare a Berlino per circa un mese.

Con sgomento, mi accorgo che il mio nome non compare nella lista. Chiedo spiegazioni, ma il Maggiore mi dice che quel speciale congedo è stato esteso soltanto a un ristretto gruppo di soldati: gli ufficiali non sono compresi.

Rimango fermo per qualche minuto davanti alla sua scrivania, inebetito, con i palmi aperti su di essa.

- Perché ti interessa così tanto, Aaron, - dice lui, accendendosi un sigaro. - Non hai nessuno a Berlino che ti stia aspettando.

Io deglutisco a vuoto, scuotendo la testa.

Sì, qualcuno c'è. Almeno, spero mi stia ancora aspettando.

- Sono disposto a comandare le manovre mattutine e serali, Mein Kommandant. Posso comandare i presidi stradali e i posti di blocco tutte le volte che ne avrà bisogno, ma ho bisogno di tornare a Berlino. Sto impazzendo qui.

Lui tossisce, poi sorride e mi guarda con un'espressione priva di vigore:

- I ragazzi se la spassano con le francesi. Sono molto disponibili, sai? Potresti provare a rilassarti anche tu... cosa ti manca? Quelle ragazze implorerebbero per venire a letto con te.

Cerco di nascondere il senso di disgusto che quelle parole hanno suscitato in me e lo guardo, pieno di biasimo. Vorrei implorarlo, ma lui continua:

- Non posso privarmi del mio ufficiale migliore, Aaron, - dice, inclinando la testa di lato e guardandomi con biasimo. - Il tuo collega non durerebbe un giorno da solo. Mi dispiace, non posso concederti nessun permesso.

Sento il cuore farsi pesante e tutte le mie speranze si vanificano nello stesso istante in cui sono nate.

- Quella ragazzina dove alloggi... viene alla Kommandantur più volte a settimana e ti porta addirittura da mangiare, quando non rientri a causa delle manovre. Sai cosa significa?

Io scuoto la testa, anche se so dove vuole andare a parare e io non voglio ascoltare.

- Si farebbe portare a letto con una facilità disarmante, Aaron! Gli piaci e vuole solo le tue mani tedesche su quelle sue belle grazie francesi, - tossisce vigorosamente una risata. - Magari fossi come te, Aaron, non mi lascerei scappare nemmeno una vedova. Goditi questa fottuta guerra finché puoi.

Io annuisco. Come posso spiegargli che non mi interessa portarmi a letto nessuna di quelle ragazze? Come posso dirgli che non riesco neppure a guardarle in faccia?

Edith. Se non mi vedesse tornare, penserebbe a qualcosa di brutto. Per quanto ancora potrà aspettarmi? Per quanto ancora potrà mantenere fede alla sua promessa? L'ho lasciata lì, in mezzo alla guerra, in mezzo a soldati a lei ostili, con nient'altro se non il mio cuore tra le mani e... Dio, la sua stretta diventa sempre più forte ogni giorno che passa; credevo bastasse, ma ora non ne sono più così convinto: temo che lei possa stancarsi e decidere di frantumarlo tra le sue dita, sparpagliandone la polvere al suolo e guardando il vento che la porta via. Lei tornerà integra, io rimarrò per sempre incompleto.

- Maggiore, per favore...

Non sono abituato a supplicare, ma se servisse a tornare da lei, sarei disposto a farlo ancora e ancora.

- Basta, Aaron! La questione è chiusa, ora vai.

Stringo la mascella, faccio il saluto e lascio la stanza, con lo stomaco in subbuglio.

Realizzo che sia lei ad aver il potere di farmi vivere o uccidermi, non la guerra; lei. Lei, col mio cuore tra le mani.

Ti prego Edith, custodisci il mio cuore. Custodiscilo e aspettami. E se un giorno dovessi sentire che il tuo è stanco del dolore, stanco di aspettare, stanco di soffrire, ti supplico... strappalo via e metti il mio al suo posto. Vivi attraverso di me. Vivi e perdona il ghiaccio che l'aveva avvolto prima di incontrarti. Vivi e prova ciò che ho provato io. Vivi e perdonami. E quando un giorno tornerò da te, non avrai bisogno di restituirmelo. Vivrò attraverso di te. Ma ti prego, Edith, vivi. Aspettami. Perdonami.

*   *   *

Cammino per queste strade che ora non mi sono più tanto estranee. Vedo una città che, sebbene non sia così evidente, è sfigurata dalla guerra. I colori sembrano sbiaditi, il sole meno brillante, tutto procede a rilento. I monumenti sono coperti, ci sono carri armati fermi sul ciglio della strada e soldati che ne presidiano il perimetro imbracciando i fucili; chiacchierano tra di loro, calciando qualche ciottolo di tanto in tanto per scacciare la noia, fanno apprezzamenti sulle ragazze che passano davanti a loro e quelle ne sembrano lusingate. I rifugi sono segnalati da cartelli, la ferrovia è in ricostruzione. I binari sono stati bombardarti. Sebbene si cerchi di nascondere al meglio l'orrore della guerra, la sua mano è presente, palpabile e nessuno può lavare via i segni che lascia.

Noi soldati ne siamo la prova più tangibile.
La calura estiva è sopportabile, qui in campagna. Ci sono pioppi maestosi che offrono una piacevole ombra e sono un posto tranquillo dove potersi rifugiare quando ne si ha abbastanza dei loro: "Oui, monsieur officiel" e "Quelque chose ne va pas, monsieur officiel?" e dei loro sorrisi ingenui e degli sguardi languidi.

La vita sembra scorrere tranquilla, la guerra incombe su questa città come un fantasma. Gli aerei della Luftwaffe hanno smesso di sganciare bombe. Ormai la Francia è sotto il nostro comando, non ce n'è più bisogno. I francesi, però, sembrano accondiscendere.

C'è una convivenza pacifica tra noi soldati tedeschi e i cittadini. Alcuni si mostrano più gentili di altri, forse perché hanno solo paura. Altri ci odiano, ci detestano; vedo il loro sguardo su di me quando passo, vedo quegli occhi pieni di risentimento che mi guardano e sperano che una bomba possa cadere dal nulla e sterminarci tutti. Ci biasimano per i telegrammi che arrivano con mesi di ritardo, annunciatori che uno di quei soldati francesi che ci combatte al fronte è caduto, o disperso. Centinaia di madri, mogli e fidanzate mi odiano e io non posso biasimarle, ma vorrei spiegare loro che la guerra è anche questa e, che per quanto assurdo possa sembrare, anche i tedeschi muoiono al fronte, arrecando sofferenza ad altre madri, altre mogli, altre donne come loro.

I miei soldati stanno bene; a parte le manovre sfiancanti, li vedo allegri. La guerra qui, tutto sommato, non è così pressante; di sicuro non come lo è a Berlino. Ci sono meno attacchi da fronteggiare e mantenere l'ordine pubblico non è poi così complicato, visto che la maggior parte della popolazione è composta da donne, bambini e anziani. Il mio reggimento ha requisito quasi tutte le provviste e io, in qualità di ufficiale, sono incaricato di ascoltare tutte le lamentele dei francesi quando il Maggiore non vuole farlo.

Molte donne, durante i colloqui privati che chiedono, si sono dette disposte a venire a letto con me pur di avere qualche sacco di farina in più. Mi supplicano di andare a letto con loro, perché non hanno altro con cui pagare il cibo. Regalo loro la farina e le rispedisco a casa, minacciando di arrestarle se provassero a propormi di nuovo una cosa del genere.

Non le biasimo, ma non ne posso più di questo tipo di richieste. Vorrei che capissero che non tutti i soldati sono uguali.

I francesi hanno depositato le armi che avevano in casa, ma io so che hanno consegnato soltanto quelle registrate: non rimarrebbero mai disarmati contro un esercito di soldati tedeschi. Non quelli della resistenza francese, almeno.

Mentre io rifiuto qualsiasi tipo di proposta indecente, alcuni dei miei uomini sono pronti ad accettarle. Prima mi limitavo a una strigliata verbale, ora sono passato alle punizioni.

I ragazzi del reggimento sembrano non sentire la mancanza di Berlino, le ragazze francesi fanno dimenticare loro tutti i problemi. Le vedo civettare a ogni occasione: si fermano, ai lati della strada, con la loro pelle d'avorio, i modi maliziosi e i sorrisi perennemente stampati sui volti di porcellana e ammiccano ai soldati mentre marciano, tanto che mi tocca richiamarli sempre all'attenzione.

Questo Giugno del 1943 sembrerebbe un Giugno come tanti altri, un'estate come tante, da quando la guerra è scoppiata.

La Francia ci ha accolti senza poter fare altrimenti e noi stiamo facendo di tutto per non far pesare questa convivenza ai cittadini, ma inesorabilmente, quando cammino per queste strade assolate, col sole che mi batte sul viso e ascolto il frinire dei grilli e sfioro i fili d'erba alta che mi circondano, non posso fare a meno di sentire quel vuoto. Non mi sento più completo: il mio corpo è qui, apparentemente sono tutto intero, ma il mio cuore è a Berlino. Costantemente, perennemente, senza sosta, il vuoto si fa pressante e mi blocca i muscoli e le articolazioni e mi impedisce di ragionare lucidamente, di parlare senza pensare a qualcosa che mi riporti a lei. Non riesco a guardare alcun luogo senza pensare che vorrei portarla lì: nei campi sconfinati di lavanda, vorrei farle vedere come il sole che muore si specchia nell'acqua cristallina del fiume poco lontano da dove abito, vorrei portarla a vedere la campagna francese, i girasoli, l'erba alta e gli olmi secolari; vorrei fare l'amore con lei sotto lo stesso cielo che ci ha visti fare l'amore a Berlino, allontanandomi per qualche ora dalla guerra, dalla Kommandantur, dai francesi e dal 1943.

Non riesco a guardare una donna senza vedere gli occhi di Edith in quelli di lei. Non faccio altro che domandarmi costantemente se sia viva, se sia salva.

Se mi sta ancora aspettando.

La corrispondenza è stata interrotta, non ho sue notizie e lei non ha mie notizie da mesi, ormai. Su di noi è calato un silenzio insopportabile, opprimente.

Conosco le sue paure: era spaventata di lasciarmi andare, era spaventata che io potessi trovare in Francia quello che cercavo. Se solo avessi avuto il tempo materiale per dirle che l'avevo già trovato a Berlino. Cercavo lei.

Questo silenzio, è solo controproducente.

Non posso chiedere a Meyer di farle sapere che sto bene e che mi manca più di quanto non avessi mai immaginato. Non posso farlo in nessun modo. Non ho contatti con lei ed è logorante. Non riesco a sopportare l'idea che lei possa aver trovato conforto in qualcun altro che non sia io, che si sia lasciata andare a braccia che non siano le mie, che qualcuno abbia sfiorato la sua pelle, sentito il suo profumo, le abbia sondato l'anima e l'abbia sentita ridere.

Non voglio che quelle cose che lei riservava soltanto a me, adesso siano proprietà di qualcun altro. Se solo potessi farle sapere che sono vivo, sano. Lei è la mia speranza. Voglio soltanto lasciare questo posto e tornare da lei. Dal giorno in cui sono arrivato, non penso ad altro.

Mi appoggio a un albero e chiudo di occhi, sento il ronzio lento e cadenzato delle api che volano attorno ai girasoli. Prendo tra le dita l'anello che lei mi ha dato il giorno della partenza del mio reggimento. Lo stringo forte nel palmo e lo bacio.

Portami da lei. O portala lei qui da me.

- *Monsieur officiel...*

Apro un occhio e la osservo. È la ragazzina che abita insieme a me.

Ha diciassette anni, è praticamente una bambina. I capelli biondi sono raccolti in due trecce, la frangetta ordinata, gli occhi verdi mi guardano con fare languido, il vestitino rosa le copre appena le ginocchia, una scollatura che le lascia scoperta la parte alta del seno e in mano porta un vassoio.

Sospiro. Distolgo lo sguardo per qualche secondo, non mi scompongo, poi ritorno a osservarla.

- Questa è per voi, - biascica in un tedesco stentato. Mi sforzo di non ridere. - Con cibo che soldati hanno portato io preparato questa.

L'accento francese è così forte che quasi non riesco a capirla. Toglie lo strofinaccio che copre qualsiasi cosa abbia in mano e ne esce fuori una torta di mele. Le sorrido:

- *Danke.*

La prendo e la appoggio sul prato accanto a me, ricoprendola con lo strofinaccio. Lei non accenna ad andarsene, indugia accanto a me, mentre dondola sulle ginocchia. Reprimo l'istinto di alzare gli occhi al cielo.

- Posso sedermi? - Chiede, candidamente.

Io annuisco, poi mi giro dal lato opposto. C'è un casale, poco lontano. Fatto di pietra, in rovina, con guglie non molto alte e torri che sembrano quasi secolari. A Edith piacerebbe, le sono sempre piaciute le cose antiche; tutti quei castelli...

La ragazza si sistema la gonna, poi incrocia le gambe. Le sue braccia scoperte mi sfiorano l'uniforme, le ginocchia toccano i miei pantaloni.

Chiudo gli occhi per qualche istante e mi scosto, impercettibilmente. Lei mi guarda, si aspetta forse che le dica qualcosa? Disattendo le sue aspettative e me ne rimango in silenzio.

Edith. Edith. Edith.

Il suo nome mi ronza continuamente nelle orecchie, come una filastrocca. Perché non c'è lei, seduta accanto a me?

- Quando finisce guerra?

Io sorrido. Che diamine posso saperne?

- Nessuno può saperlo. - Dico, scuotendo la testa.

- Germania è come qui? - Chiede e deve ripetere la domanda

per due volte prima che riesca a capire tutte le parole.

Quando le parlo in tedesco, lei sorride. Mi trova divertente?

- No. La Germania è completamente diversa. - Dico, osservando il cielo troppo azzurro, il ruscello troppo limpido e silenzioso, l'erba troppo tenera e i giorni senza Edith.

- Vi manca Germania? - Mormora, inclinando la testa.

Apro il palmo della mano e guardo l'anello così piccolo. Anche i suoi occhi si posano su quello. Scuoto la testa.

- Non è la Germania a mancarmi.

Perché tu non mi odi? - Vorrei chiederle. - Parla con qualche ragazzo francese e lasciami in pace, per favore.

Poi mi rendo conto che i ragazzi francesi sono tutti partiti per la guerra.

- Ragazza? - Dice e sbatte le ciglia.

Io annuisco.

- Bella?

Io annuisco ancora.

Bellissima.

- Germana? - Chiede ancora, io rido e scuoto la testa.

- Non tedesca. Italiana.

Lei annuisce, seria.

- Somiglia me?

La osservo per qualche istante. I capelli neri di Edith appaiono come un lampo davanti ai miei occhi. Le sue labbra rosa, gli occhi scuri, la pelle ambrata. Ho un fremito e la disperata voglia di stringerla tra le braccia. Lei è la mia sorgente e io sono in mezzo a un deserto da troppo tempo.

- No. - Dico serio.

Lei si guarda le mani e rimane in silenzio per qualche minuto. Forse l'ho delusa.

- Più belle francesi o italiane? - Chiede.

Io le guardo le lentiggini. Alzo le spalle.

- Lei.

- No è risposta questa. - Scuote la testa, facendo ondeggiare le trecce bionde.

- Lo è. Tedesche, francesi, russe, italiane, americane... la risposta esatta sarebbe sempre: *lei*.

La ragazza inclina la testa di lato, molto probabilmente non ha capito. Non importa.

Da lontano, vedo sua madre che avanza verso di noi; la chiama e sembra preoccupata. Mi rivolge un'occhiata interrogativa e io la ignoro. La ragazzina si alza e si pulisce con le mani, fili d'erba cadono dal suo vestito a fiori. La madre lancia un'occhiata alla torta accanto a me.

- *Un jour*, - dice e ride, mostrando i denti bianchi. - *Je l'espère, de trouver un soldat comme vous.*

Forse crede che non l'abbia capita.

- Un giorno, - dico, sottovoce, mentre lei è già lontana. - Spero di non essere più un soldato.

*   *   *

Edith Monroe. Berlino, 30 Ottobre 1943.

I mesi passarono in fretta, scanditi dall'orrore che la guerra aveva portato su Berlino. Si erano trascinati, tra il dolore inclemente che mi tormentava il cuore di giorno e mi infestava i sogni di notte.

Negli ultimi giorni di Ottobre arrivavano dalla resistenza ebraica tedesca voci non troppo incoraggianti: nell'ultima settimana, le SS avevano radunato centinaia di ebrei e li avevano spediti a lavorare in un campo di lavoro a Buchenwald.

I viavài dei camion si erano intensificati, i loro viaggi erano diventati sempre più frequenti, le persone che venivano caricate sopra di essi erano sempre di più.

Mia madre era preoccupata, sebbene andasse in chiesa ormai regolarmente: era dimagrita notevolmente, i vestiti le stavano fin troppo larghi. Gabriel era silenzioso, giocava raramente e disegnava ancor meno; sembrava che anche lui avesse percepito l'alone lugubre di paura che stava inghiottendo Berlino.

Di Aaron non avevo avuto notizie. L'estate se n'era andata, lasciando il passo all'inverno e lui ormai sembrava essere diventato un fantasma del mio passato. Fingevo di ignorare le parole velenose che Hans aveva insinuato nella mia testa, ma in alcuni momenti la forza mi abbandonava lasciando il passo alla disperazione e non potevo fare a meno di crederci.

Ma non potevo biasimarlo. Se quello era l'unico modo per scacciare via la guerra dal suo cuore per qualche istante, io non potevo condannarlo. Ma io non avrei fatto lo stesso, non avrei mai potuto.

Cercavo di tener vive nella mia memoria le immagini del suo viso, il suo profumo, ma il tempo sbiadiva le cose e per me diventava sempre più complicato; ma l'amore che provavo verso Aaron, quello rimaneva immutato. Niente, neppure il tempo sembrava scalfirlo.

Mi resi conto che erano passati quasi due anni da quando lo avevo conosciuto. Due anni in cui erano successe tante cose. Due anni in cui la guerra si era portata con sé la Edith bambina che ancora risiedeva dentro di me. Due anni che si erano portati via per sempre la mia innocenza.

Poi, arrivò *quel giorno*.

Ero nella mia boutique, ormai vuota da tempo. La guerra rendeva il lavoro meno complicato, non mi teneva impegnata granché, visto che quasi non ce n'era. Le persone non venivano a spendere come prima e il guadagno era diminuito notevolmente.

Abbassai la serranda del negozio e a ora di pranzo, me ne tornai a casa. Per strada, c'era uno strano fermento. Mi accorsi immediatamente che quel giorno era diverso da tutti gli altri: qualcosa non andava; c'erano molte più SS in città e i soldati della Wehrmacht fiancheggiavano gli uomini vestiti di nero, bloccavano persone e le trascinavano via, gridando.

La gente urlava, vedevo i bambini venire strappati dalle loro madri e dai loro padri. Corsi a casa, allarmata, mentre nel mio cuore si insinuò il seme della paura e del sospetto.

- Mamma? Gabriel? - Chiamai, poggiando la borsa e il cappellino nero sul tavolo.

- Mamma? - Mormorai flebilmente, entrando nella stanza accanto.

A terra, in mille pezzi, c'era un vaso. Alzai gli occhi, per capire cosa fosse successo, ma tutto il resto mi sembrava normale. Il cuore iniziò a aumentare i battiti e cominciai a chiamare la mia famiglia con più insistenza.

-Gabriel! - Urlai, totalmente nel panico. - Mamma!

Entrai nella camera da letto di mia madre e trovai le ante dell'armadio spalancate. I vestiti erano a terra, il letto disfatto, le poltrone e i comodini erano riversi al suolo. Tornai in cucina, spaesata. Non sapevo cosa fare.

- Edith, Edith...

Una voce, quasi un sibilo, provenne da dietro alla cappottiera.

La spostai con la schiena e spinsi la carta da parati che nascondeva la porta per raggiungere il rifugio segreto.

- Gabriel! - Dissi, cadendo in ginocchio e stringendolo in un abbraccio soffocante.

- Gabriel dov'è la mamma? - Chiesi, asciugandogli con il pollice le lacrime che gli scendevano silenziose lungo le guance paffute.

- L'hanno portata via i soldati, - disse, scosso dai singhiozzi e dai tremiti di paura. - Quelli vestiti di nero.

- Perché? Dove l'hanno portata? - Chiesi ancora, portandolo fuori dal cunicolo.

- Non lo so, la mamma piangeva. Dicevano che siamo ebrei... ma prima che entrassero e la portassero via è riuscita a nascondermi. Torneranno, Edith...

Mi portai le mani nei capelli. Non era possibile, ciò che stava accadendo era solo un brutto, bruttissimo incubo. Nulla di quello che stava accadendo era reale.

- Va bene, Gabriel, - dissi, cercando di ragionare in modo razionale. - Ora mettiamo il cappotto e andiamo via di qui.

Vestii il mio fratellino, coprendolo bene e lo presi per mano, mentre correvo veloce tra le strade della città.

Un gruppo di SS stava facendo irruzione nei negozi, stava frantumando le vetrine e razziando gli interni delle abitazioni, gettando addirittura oggetti dalle finestre, mentre delle urla disperate si disperdevano in quella Berlino sfinita e massacrata.

Gabriel si tappò le orecchie, e io lo attirai in un vicoletto. Ci nascondemmo entrambi dietro a dei bidoni per la spazzatura in alluminio, grandi abbastanza da occultarci. Gabriel singhiozzava:

- Hans... i soldati dicevano il cognome di Hans, - mormorò, mentre le lacrime gli bagnavano il viso. - Ma perché Edith, perché?

- Cosa, Gabriel? Cosa hai detto? - Chiesi, cercando di calmarlo. - Lo ha detto Hans ai soldati che siamo ebrei?

Chiusi gli occhi.

Sì.

Lui. Lui che aveva giurato di proteggermi. Lui che per vendetta aveva condannato non solo me, ma la mia intera famiglia e un bambino di nove anni.

Una rabbia cieca si impadronì di me. Quel bastardo. Quel fottuto bastardo vigliacco.

Tutti. Chiunque, ma non lui. Non potevo credere che proprio lui ci avesse denunciati alle SS. Non lo ritenevo capace di tanto, ma evidentemente mi sbagliavo. Lo avrei ucciso con le mie stesse mani, se mai ne avessi avuta l'opportunità.

Con le mie stesse mani!

Il Kommandant del reggimento che si era stanziato a Berlino aveva promesso un'ingente somma di denaro a chiunque avesse avuto preziose informazioni sugli ebrei, se queste avessero contribuito al loro arresto. Berlino era in ginocchio, le condizioni economiche erano sempre più precarie e io non avevo alcuna difficoltà a immaginare qualche nostro conoscente consegnarci ai soldati per qualche soldo in più. Ma non Hans.

- Non è colpa di nessuno, - dissi, con la voce che tremava. - La

colpa è solo sua. Di quel bastardo.

Alzai gli occhi al cielo:

- La colpa è solo di questo mondo malvagio.

Strinsi mio fratello al petto, mentre una scarica di proiettili si librò nell'aria. Mi appoggiai col viso sul capo del piccolo, tremando e cercai di non fargli udire gli spari inclementi dei mitra che stavano rastrellando ebrei incessantemente.

Singhiozzai, mentre le mie unghie affondavano nel cappotto grezzo di Gabriel. Quando la pattuglia di SS si allontanò dal luogo in cui ci eravamo nascosti, approfittai dello stato di apparente quiete e preso Gabriel per mano, iniziai a correre.

L'unico posto che mi venne in mente fu la panetteria del padre di Hans. Forse lui non sapeva ancora ciò che aveva fatto suo figlio.

- Stanno arrivando, signor Meyer! Hanno portato via mia madre, - dissi, spalancando tutta trafelata la porta della panetteria, tremando dalla rabbia. - Vostro figlio, vostro figlio ci ha denunciati!

- Che cosa? - Disse, fermandosi tutt'a un tratto.

- Le SS! Stanno portando via tutti gli ebrei.

- Edith, calmati. Denunciati? Mi hanno detto che hanno bisogno di manodopera, tutto qui. Perché sei così agitata? Perché Hans avrebbe dovuto denunciarvi? - Disse, offrendomi una sedia per potermi sedere e riprendere fiato. Sembrava seriamente sconvolto. Forse, non sospettava davvero di niente.

- Ci ha denunciati per vendetta personale, signor Meyer. Ho paura. È una copertura, questa cosa del lavoro, per me non è niente di buono. Ma voi siete da sempre stato come un padre con me e sono disposta a perdonarvi il fatto di aver organizzato il matrimonio con Lisa se ci nasconderete dalle SS, vi supplico!

- Edith... - disse lui, alzando gli occhi alle mie spalle.

- Cosa?

- Sono qui!

Mi voltai appena, giusto quel tanto che bastava per scorgere tre soldati che si apprestavano a entrare nella panetteria.

- Edith, - sussurrò il padre di Hans, a labbra strette. - Va' di là.

Io ero pietrificata dalla paura. Le labbra mi tremavano, ero incapace di distogliere lo sguardo da quelle figure lugubri che stavano per fare il loro ingresso.

- Edith, - mormorò insistente il signor Meyer. - Muoviti!

Il mio cervello, però non riuscì a connettere. I tre varcarono la soglia, uno alla volta, spingendo la porta di vetro e facendo tintinnare i piccoli sonagli appesi al soffitto. Strinsi involontariamente più forte la mano di Gabriel e fissai uno degli ufficiali con uno sguardo impassibile.

- Signor Meyer, - disse l'ufficiale dai capelli ramati, con un'aria atona e un'espressione indecifrabile. - Il carico oggi non è arrivato puntuale alla Kommandantur.

- S...sì, lo so. Le strade erano tutte intasate e il camion non è riuscito a rispettare i tempi prestabiliti.

Sembravano totalmente estranei a tutto il caos che i loro uomini stavano seminando proprio al di fuori di quella stessa panetteria. Il padre di Hans, invece, stava sudando. L'ufficiale aveva un'espressione da sfinge, mentre scrutava l'ambiente con i suoi occhi cattivi e indagatori. Io smisi di respirare.

- In tal caso, - disse, con un sorriso così falso che mi fece gelare il sangue nelle vene. - Dovremmo farvi un piccolo appunto sul nostro registro dei cattivi, signor Meyer.

Il padre di Hans si sforzò di sorridere, ma anche lui sembrava teso almeno quanto me. Il silenzio nella stanza si fece troppo pesante all'improvviso e gli occhi dell'ufficiale si posarono su di me, inclinando la testa:

- Ma che splendida ragazza, - disse, portandosi una mano sul cuore. - Il vostro negozio è frequentato da ragazze così belle e voi non ce lo dite neppure? Molto male, signor Meyer... - commentò l'ufficiale, generando un risolino divertito nei soldati alle sue spalle.

Quando smise di ridere, tornò a guardarmi. Gabriel intanto si era eclissato dietro di me.

- Dove abiti? - Mi chiese.

Non risposi e strinsi il piccolo alle mie spalle. Mi sentivo minacciata.

- È tuo fratello? - Domandò ancora e, ancora una volta, non ricevette risposta da parte mia.

I suoi occhi gelidi furono attraversati da un lampo di sfida.

- Ti ho chiesto di dirmi dove abiti! - ripeté, in tono meno pacifico.

- Poco lontano da qui. - Mi limitai a dire.

- I tuoi genitori? - Chiese, facendo qualche passo verso di me.

- Io me lo ricordo, il bambino...

Una voce dietro di lui mi portò a distogliere lo sguardo dal viso dell'ufficiale che mi stava facendo quelle domande; un altro soldato alle sue spalle stava scrutando attentamente Gabriel e notavo dalla sua espressione che stava per mettersi davvero male.

- ...era nella casa dove abbiamo prelevato quell'ebrea, stamattina. Quella casa che ci ha indicato quel soldato, Meyer. Non so come diavolo abbia fatto a scappare!

- Oh, quindi i bambini sono senza mamma, adesso, - mormorò l'ufficiale, incrociando le braccia al petto. - Molto triste.

- Non siete degno di parlare di lei. - Mugugnai tra i denti.

- Vostro figlio ha collaborato all'arresto di ebrei, signor Meyer, - commentò l'ufficiale nazista. - Dovreste essere molto fiero di lui.

Io mi girai verso l'omone alle mie spalle e il padre di Hans evitò di rispondere, abbassando gli occhi. Nel mio sguardo c'era il rancore più profondo.

- E tuo padre, ebrea? Dov'è?

- L'hanno portato via! - Gabriel, accanto a me, si era lasciato sfuggire quell'esclamazione prima che potessi fermarlo.

- No, Gab, - gli dissi, sottovoce. - Dannazione!

- E come mai voi siete ancora qui?

L'ufficiale mi guardò con aria truce e spostò gli occhi da me al mio fratellino, conscio del fatto che ci fosse qualcosa che non tornava.

Sperai con tutta me stessa che il nome di Schwarz non fosse saltato fuori e che lui fosse rimasto fuori da tutta quella storia. Sarei stata capace di fingere di non averlo mai visto in vita mia, pur di proteggerlo. Avrei negato, fino alla morte.

Il cuore iniziò a battermi forte nel petto, sapevo di dover fare qualcosa per uscire fuori da quella situazione. Se fossi rimasta lì, per Gabriel e per me sarebbe stata la fine. Avrei almeno dovuto provare a salvare mio fratello, lo avrei fatto per mia madre e per mio padre.

- Gab, corri! - Gridai all'improvviso, prendendo lo sgabello alle mie spalle e lanciandolo contro l'ufficiale, cogliendolo di sorpresa.

Avevo firmato la mia condanna a morte.

*　　　　*　　　　*

Gabriel spinse la porta e iniziò a correre in strada più veloce che poté fino a quando non scomparve dalla mia vista. Lo vidi arrancare, passando di corsa attraverso le persone, col fiato corto e gli occhi spalancati. Si girò un'ultima volta e io sentii il cuore frantumarsi in mille pezzi.

Ciao piccolo mio, che Dio ti assista.

Provai a mettere piede fuori dal negozio, ma una mano mi afferrò prepotente e mi bloccò prima che potessi compiere un solo passo.

- *Dreckiger Jude*, - gridò uno dei soldati, trascinandomi all'interno del negozio. - Che diamine pensavi di fare, eh? Ora verrai via con noi!

Cercai di opporre resistenza, ma sapevo di star lottando invano.

- Lasciatela andare, vi prego.

Il padre di Hans sbucò dalla porta dietro alla quale era sparito poco prima, quella cigolò e l'omone comparve con un'espressione contrita disegnata sul volto; si stava torturando le mani sporche di farina, la maglia marrone scorciata fino ai gomiti, il grembiule imbrattato e i pantaloni color sabbia.

L'ufficiale stava tastandosi la fronte, sanguinante a causa dello sgabello di legno che gli avevo scagliato contro per permettere almeno a mio fratello di tentare la fuga. Era furioso, i suoi occhi grigi mi avrebbero ammazzata all'istante, se solo avessero potuto.

- Silenzio! Tornate a fare il vostro lavoro, panettiere, - disse, con un tono molto poco rassicurante. - In quanto a lei, pagherà cara la sua bravata.

- Non fatele del male, - continuò Meyer, implorante. - È come una figlia per me.

Io gli lanciai un'occhiata carica di rimpianti.

Non saremmo qui, se vostro figlio fosse stato un vero uomo.

- Non spetta a voi decidere il comportamento che i miei uomini devono adottare, Herr Meyer. - Sputò cinico l'ufficiale.

Provai a divincolarmi ancora dalla stretta, ma sonoro come un tuono, mi arrivò un potente schiaffo sulla guancia, stordendomi per qualche secondo. L'ufficiale aveva lasciato l'impronta della sua mano sulla mia guancia, che ora mi bruciava maledettamente.

Fece un sorrisetto compiaciuto dopo aver osservato il suo operato.

Fissai il pavimento, umiliata e non ebbi il coraggio di alzare lo sguardo ancora una volta. Gli altri due uomini mi scortarono fuori dal negozio, trascinandomi come fossi un cane al guinzaglio.

Era il penultimo giorno di Ottobre e un soldato delle SS mi teneva per il braccio, mentre mi scortava per le vie di Berlino, come in una lugubre processione, ma nessuno sembrava farci caso: ero solo una delle tante persone arrestate, in quel mesto giorno autunnale.

I soldati mi chiesero più volte di indicargli la mia abitazione e dopo il terzo schiaffo decisi di desistere e accontentarli, mentre le lacrime cominciarono a indugiare nei miei occhi. Sperai con tutta me stessa che Gabriel non fosse stato così stupido da essersi rifugiato a casa nostra. Aprii la porta di casa e venni spinta all'interno senza il minimo riserbo.

Uno di loro mi seguiva come un'ombra scrutando tutti i miei movimenti, anche quando mettevo i pochi vestiti che possedevo in una vecchia valigia marrone di cuoio, tutta rovinata. Con la canna del fucile, rovistò all'interno di essa, sebbene fosse rimasto lì a controllare per tutto il tempo, poi mi fece un cenno con la testa, intimandomi a richiuderla rapidamente. Gabriel, osservai con sollievo, non era in casa.

- Devo andare in bagno. - Dissi, con la mia ombra ancora dietro di me.

- No.

Lo guardai, alzando un sopracciglio.

- Sì, credetemi. Devo andarci per forza.

Il soldato sospirò, poi mi diede una spinta per invogliarmi a camminare e io aprii la porta del bagno.

- Da sola. - Dissi, risoluta.

Il soldato chiuse la porta, dopo aver controllato che non ci fossero finestre che potessero permettermi di fuggire, lasciandomi un po' di intimità e si piazzò fuori dall'uscio senza più muoversi.

Dalla tracolla estrassi un blocchetto con una penna e dopo aver strappato un foglio scrissi una cosa per mio fratello: gli intimai di andare dalle suore o dai frati e di chiedere ospitalità, visto che in quel periodo quelli sembravano essere i luoghi più sicuri e gli scrissi di non fare mai più ritorno a casa. Diedi un bacio sulla carta e sperai con tutta me stessa che almeno lui riuscisse a evitare qualunque cosa i nazisti avessero in serbo per noi.

Aprii la porta e dopo essermi infilata il cappotto e presa la valigia, fui portata fuori. Lanciai un'ultima occhiata alla mia casa, poi uno di loro mi spinse a camminare e dovetti puntare gli occhi sulla strada fangosa.

Mentre continuavo ad avanzare verso l'incertezza, poco lontano da me scorsi Hans: era fermo accanto a una camionetta, con un mitra tra le mani e osservava le scene di violenza che si stavano consumando sotto i suoi occhi in modo totalmente impassibile.

Mi bloccai sul posto e una SS mi spintonò, per farmi camminare. Hans, in quel preciso istante, alzò gli occhi e si accorse di me. Lo vidi deglutire e stringere il mitra. Io avevo la bocca semiaperta. Lui mi osservò con gli occhi sbarrati, estremamente pallido, forse non aveva messo in conto che avrebbe potuto assistere alle conseguenze di ciò che aveva fatto; non aveva messo in conto che avrebbe potuto vedermi mentre venivo arrestata e deportata.

Il percorso che le SS scelsero per me, prevedeva il passaggio proprio accanto a lui. Quando arrivai a pochi centimetri da Hans, mi fermai. Una delle SS urlò, chiedendomi perché mi fermassi in continuazione. Hans mi guardò e provò ad aprire la bocca pallida, ma non ne uscì un suono; notai un lieve tremore nelle sue mani. Era dunque così codardo da non riuscire nemmeno a sopportare il compimento della sua vendetta.

- Arriverà il giorno, - dissi, lanciandogli un'ultima occhiata piena di odio. - In cui dovrai chiedere perdono a Dio per aver condannato un bambino di nove anni!

Lo vidi barcollare, poi un soldato mi spintonò col calcio del fucile e io continuai a camminare. Mi voltai un'ultima volta, poi decisi di non girarmi mai più.

Camminammo a lungo e io ero stanca. Le gambe mi pulsavano e avevo la faccia e le mani congelate dal freddo, rosse e quasi atrofizzate.

- Aspetta qui, insieme a loro. - Mi disse uno di loro, spingendomi addosso a un signore anziano.

Ero stanca di essere trattata come un sacco di patate.

Mi guardai attorno, cercando di capire dove mi trovassi e cosa stesse succedendo. Poi capii perfettamente dove fossi: una volta messo a fuoco, mi resi conto di essere alla stazione di Grunewald.

Un treno merci era fermo al binario 17 davanti a noi e per tutta la banchina si estendeva una fila di persone con le valigie in mano, proprio come me.

Il mio vestito svolazzava nel vento, così come i capelli, mentre io continuavo a osservare inerme il destino che si stava decidendo per me. Le persone si guardavano attorno, spaesate e spaventate e stringevano le mani dei figlioletti con vigore, mossi forse dalla paura scaturita dalla precarietà di quella situazione.

Dopo qualche minuto, un signore con un cappotto verde passò accanto a noi, chiedendoci di depositare le valige su un carrello che stava trasportando.

C'erano uomini, donne, bambini e anziani. Tutti ammucchiati lì, senza distinzioni. Molti di loro li conoscevo: erano di Berlino e li avevo visti tante volte per le strade o quando facevo il turno al locale. Ma non tutti erano ebrei, o almeno era questo ciò che sapevo.

I nazisti, dunque, non stavano prelevando soltanto gli ebrei?

Il fischio del treno mi ridestò dai miei pensieri e le SS aprirono le porte dei vagoni, tirando con vigore.

Per la stazione riecheggiò il suono dei fischietti, le urla in tedesco, i tacchi degli stivali sul suolo e i vestiti che sfregavano l'uno sull'altro. A gruppi, iniziarono a spingerci all'interno del treno, in malo modo e con imprecazioni in tedesco sulla nostra lentezza.

Appena misi piede all'interno di quel bugigattolo, buio e stretto, realizzai una tremenda verità: non eravamo più persone per quei soldati, solo merce.

Lo scompartimento era praticamente claustrofobico, piccolissimo e solo con una piccola finestrella a grate da dove filtrava la luce e un po' d'aria, con della paglia gettata per terra. In quel misero spazio che poteva contenere non più di trenta persone, eravamo stipati in quarantacinque.

I bambini piangevano disperati e le madri non sapevano cosa fare per calmarli. Se avessi avuto meno pudore, avrei iniziato a piangere anche io.

Molti di quei bambini erano stati divisi dai propri genitori e ora piangevano senza sapere cosa fare. Da soli, spaventati, in mezzo a estranei, verso un futuro incerto.

Mi raggomitolai in un angolo e mentre la folla si dimenava per cercare di capire cosa stesse succedendo, io rimasi in silenzio con la consapevolezza che la vita che avevo condotto da persona libera fosse finita in quel momento.

*   *   *

Verso Auschwitz, 31 Ottobre 1943.

La nottata era stata terribile.

Eravamo addossati l'uno sull'altro e non potevamo fare nulla per creare un po' di posto a chi non ce la faceva più a stare in piedi. Avevamo trascorso ore in quello scompartimento e per qualche tempo nella cabina era calato un silenzio surreale. Non ci erano stati dati cibo o acqua, avevamo continuato a viaggiare incessantemente.

Il rumore dei vagoni che cigolavano mi stava facendo impazzire. Mi ero tirata su un paio di volte e mi ero alzata sulle punte dei piedi per cercare di scorgere qualcosa fuori dalla grata posta in alto, ma non riuscivo a scorgere nulla che non fossero tralicci, poi campagne, poi boschi in lontananza o pascoli. Avevo inspirato a fondo, cercando di assimilare quanta più aria possibile. In quella cabina mi mancava il respiro.

- Signorina...

Ero tornata al mio posto, seduta con la schiena poggiata al muro, con la testa fra le mani e avevo tolto il cappotto perché mi stava iniziando a mancare l'ossigeno, quando un bambino mi poggiò il ditino sulla mano. Alzai lo sguardo stanco verso di lui e vidi un paio di occhietti grigi che mi guardavano confusi; il viso piccolo e rotondo, spruzzato di lentiggini, le guance rosee in netto contrasto con la sua pelle pallida.

- Dove stiamo andando? - Mi chiese, in piedi, con la sua aria inconsapevole.

Io scrollai le spalle e cercai di abbozzare un sorriso. Mi si strinse il cuore. Quale bambino sulla faccia della terra poteva essere considerato colpevole per qualcosa che estraniava completamente dalla sua comprensione?

- Non lo so, piccolo. - Dissi sinceramente.

Nessuno di noi sapeva la destinazione, eravamo semplicemente affidati alle SS che ci guidavano.

- Ho perso la mia mamma e il mio papà. - Disse, stringendo la scimmietta di pezza che teneva tra le mani.

Nei suoi occhi scorsi una muta rassegnazione.

- Mi dispiace... - risposi e in quel momento pensai a Gabriel.

- Sono solo e ho paura.

Mi spinsi un po' di più verso il muro e battei la mano due volte su un piccolo spazio di pavimento, che bastava giusto per un bambino minuto come lui. Il bambino si accomodò accanto a me, sistemandosi con cura la scimmietta di pezza sulle ginocchia, quasi fosse il bene più prezioso che possedesse.

- Come ti chiami, piccolo? - Chiesi, guardandolo dritto nei suoi occhi grigi.

- Christoff. - Rispose, sfiorandosi l'orlo del maglioncino color crema.

Io annuii e gli spostai i capelli che gli ricadevano sugli occhi.

- Quanti anni hai?

- Cinque.

Era davvero piccolo. Sperai con tutta me stessa che non mi avesse chiesto il motivo per il quale ci trovavamo lì, non avrei mai saputo come rispondergli. In realtà, non lo avevo compreso a fondo neppure io.

Eravamo tutti ammassati e sebbene fosse Ottobre, il piccolo finestrino era spalancato, perché stavamo sudando a causa del caldo che si era creato. Mi mancava l'aria. Non c'era spazio nemmeno per muovere le braccia, eravamo ammassati come maiali che vengono spediti dritti al macello e forse la metafora non era poi tanto sbagliata.

*   *   *

4 Novembre 1943.

Non osavo aprire più gli occhi. Stavamo viaggiando da quattro dannati giorni.

Molte persone erano morte durante il viaggio, per le pessime condizioni igieniche, la fame, la sete e la stanchezza. I corpi venivano ammassati in un angolino, l'uno sull'altro, come sacchi di spazzatura e venivano gettati non appena il treno si fermava. Morivano di stenti, morivano senza un motivo e più ci avvicinavamo ai campi, più capivo che quella del lavoro era soltanto una scusa, come avevo sempre pensato.

Ogni tanto i vagoni sostavano per qualche giorno in prossimità dei raccordi ferroviari, in attesa che altri convogli transitassero. Ammassati all'interno di quei vagoni merci, soffrivamo per il sovraffollamento e per il caldo.

Ad esclusione di un secchio, non c'erano altri sanitari e l'odore di escrementi e urina si aggiungeva così alle sofferenze e alle umiliazioni cui già tutti noi eravamo costretti a sottostare.

Una volta, mentre il vagone stava effettuando una sosta prima di ripartire, un uomo che si trovava nel vagone insieme a noi tentò di scappare; vani furono i tentativi di un ragazzo di dissuaderlo dal suo intento, lui scese dal vagone quando tutte le SS sembravano essere lontane e tentò una piccola fuga, che durò però solo per pochi metri; una guardia armata imbracciò il mitra e gli sparò addosso una scarica di proiettili, finché il corpo trivellato e senza vita dell'uomo crollò al suolo, immerso nel suo stesso sangue.

Io misi una mano davanti agli occhi del piccolo Christoff, che ormai si era praticamente attaccato a me e repressi un singhiozzo involontario che mi suscitò la vista di quella scena così crudele.

Alzai gli occhi al cielo e mi tappai la bocca, strozzando un gemito. Non volevo che il bambino accanto a me potesse notare la paura che si stava pian piano insinuando dentro di me.

Lui, fortunatamente, sembrò non dar peso alla cosa e continuò a parlare con la sua scimmietta di pezza.

Una donna aveva nascosto del pane nella tasca del cappotto e un giorno decise di dividerne un po' con noi; il piccolo aveva fame, sentivo il suo stomaco brontolare in continuazione, così decisi di dare a lui tutto ciò che sarebbe andato a me. Mi dissi che probabilmente lui ne avrebbe avuto più bisogno.

*   *   *

Arrivammo a destinazione, una gelida mattina di Novembre. Le guardie aprirono i vagoni e un'ondata di aria fredda ci fece letteralmente tremare. Ci puntarono i fucili addosso e con la canna piantata su di noi ci intimarono di scendere, sputando ordini in un tedesco stretto e minaccioso.

C'erano delle donne che si preoccupavano di dividere rapidamente la fila e urlavano quasi in preda a una crisi isterica.

Io presi Christoff per mano, aiutandolo a scendere dal vagone e seguii la scia di corpi che si mettevano in fila ordinatamente. Vidi volti provati dal viaggio, membra tremare per il freddo e per la paura.

Alcune SS colpivano con il calcio del fucile chiunque non stesse dritto o non camminasse a passo col resto della fila. Iniziarono a urlarci contro, ancora e ancora e a poco a poco, le SS ci separarono, disponendo gli uomini in una fila e le donne in un'altra. Christoff mi fu strappato brutalmente dalle mani e disposto accanto a una fila formata solo da bambini. Fummo divisi con una rapidità disarmante.

In pochi minuti i treni si erano svuotati e la stazione risuonava di urla, ruote dei carrelli che stridevano sulla ghiaia e lamenti delle persone che avevano viaggiato insieme a me. Vidi qualcuno che cercava di camminare rapidamente per non essere colpito, qualcuno che a stento si reggeva in piedi.

Degli uomini camminavano rapidamente avanti e indietro per la banchina, indossavano un lungo cappotto bianco e scrutavano i nostri visi con molta serietà. Dopo qualche minuto, delle SS strillarono un ordine e delle guardie iniziarono a camminare accanto a noi, intimandoci di tenere il passo.

Mi resi conto che chi trasportava i carrelli delle valige non faceva parte dell'esercito di Hitler: quelle persone indossavano una strana divisa, a strisce bianche e grigie. Camminavano ricurvi, col viso emaciato e le mani che a stento avevano la forza per spingere il carrello.

Cominciammo a muoverci, qualcuno era spaesato, qualcuno come me non faceva altro che guardarsi attorno, alla ricerca disperata di un viso familiare. Ma nel mio caso, ero combattuta: non volevo scorgere tra quel trambusto di corpi né il volto di mia madre, né quello di mio fratello.

I nostri piedi incontrarono un sentiero ciottoloso. Nell'aria si disperdevano i suoni ritmici delle scarpe che battevano sull'acciottolato, gli stivali delle SS e le urla.

Da lontano iniziai a scorgere dei capannoni messi in fila. Più ci avvicinavamo a quelli, più il panorama si faceva lugubre e per niente rassicurante.

Ci condussero in uno spiazzale. Alle nostre spalle c'era una struttura mastodontica, sovrastata da due enormi comignoli. Le file erano state effettuate a regola d'arte e con una rapidità disarmante. Iniziarono a fare l'appello; quando veniva chiamato il nostro nome dovevamo alzare una mano e gridare: Jawhol.

Poi, da uno dei capannoni uscì un ufficiale. Si fermò davanti a noi, osservandoci con una palese aria di disgusto e poi iniziò a parlare. Parlò della Grande Germania, di servire il Reich, di ordine, di disciplina e soprattutto di lavoro. Ci disse che eravamo ad *Auschwitz*.

Chiese ad alta voce se ci fossero medici, tra di noi, avvocati, meccanici, falegnami o sarti.

Io alzai la mano. Una SS si avvicinò all'ufficiale, sussurrandogli qualcosa all'orecchio e lui annuì, osservando il selciato.

Per la prima volta ci rivolse un sorriso. Ci disse che al campo c'era molto bisogno di noi, c'era bisogno di lavoratori onesti che servissero il Reich, perché lo sforzo bellico stava richiedendo più manodopera di quanto si fossero aspettati.

- Prima di essere assegnati alle vostre mansioni al campo, ognuno di voi farà una doccia. L'igiene è fondamentale per evitare il contagio di malattie infettive, visto che lavorerete a stretto contatto tra di voi. Dopodiché un medico vi visiterà e poi potrete sistemarvi nei vostri alloggi con i vostri effetti personali.

Un mormorio generale di consenso si sollevò attorno a me. Le persone sembravano sollevate. Io, però, non lo ero affatto.

Ci divisero in tre gruppi, dopo averci scelti uno a uno e in modo meticoloso.

Le guardie si mostrarono più gentili di quanto non lo fossero state alla stazione e ci condussero in una stanza arredata con panche di legno e ganci attaccati alle pareti. Ci spiegarono che dovevamo spogliarci, appendere i nostri vestiti a quei supporti e entrare nella porta di ferro che avevamo di fronte per fare la doccia che ci era già stata annunciata in precedenza.

La guardia uscì e ci lasciò a scrutarci tra di noi: delle complete estranee, che si trovavano tutte nella stessa imbarazzante situazione.

A poco a poco, facemmo come ci era stato ordinato e vestito dopo vestito, ci spogliammo. Entrammo ordinatamente in una stanza relativamente grande e ci mettemmo in fila sotto i soffioni delle docce fissate al muro. Aspettammo in attesa per qualche minuto, perché l'acqua tardava a uscire.

All'improvviso, le luci si spensero. Le donne iniziarono a urlare, accalcandosi l'una sull'altra, e io fui travolta da quell'ondata improvvisa di panico. Nessuna di noi sapeva cosa stesse per accadere.

Poi, all'improvviso come se n'era andata, la luce tornò e insieme a essa, l'acqua iniziò a sgorgare dai soffioni appesi sul soffitto. Ci lavammo, lasciando scivolare via anche quel viaggio pietoso che eravamo stati costretti a fare. Lasciai che l'acqua mi scorresse addosso, mentre un senso di inadeguatezza e inquietudine mi attanagliava.

Attorno a me vidi soltanto persone sconosciute. Facce estranee, corpi di qualsiasi età. Vedevo i segni del tempo che comparivano su quelle carni pallide, alcune floride e sane, altre cadenti ma comunque robuste.

Dopo quella breve doccia, uscimmo e ci asciugammo. Indossammo i nostri abiti e ci recammo nell'androne dove ci avevano chiesto di rimanere in attesa di ordini, ma quando ci ritrovammo in quello spiazzale, mi resi conto con estremo sgomento che il numero di persone era diminuito drasticamente: non vedevo le donne del terzo gruppo.

Una voce mi distolse dai miei pensieri e una guardia delle SS ci condusse in alcuni padiglioni poco lontani. Non appena fummo condotte all'interno, un odore acre mi penetrò nelle narici. Delle donne erano sdraiate su delle cuccette di legno duro. C'erano due donne per ogni cuccetta, che aprirono stancamente un occhio per capire cosa fosse tutto quel trambusto.

La guardia urlò qualcosa in tedesco che non capii, perché ero soprappensiero e le donne scattarono in piedi. Il sangue mi si gelò nelle vene. Alcune di loro erano spaventosamente magre, il pigiama che portavano addosso era più largo di almeno due taglie, indossavano scarponi logori, qualche maglia strappata e rammendata.

Ma la cosa che notai per prima era che nessuna di loro aveva più i capelli: tutte con lo stesso taglio cortissimo, tutte con gli occhi spenti e la pelle pallida. Delle bandane coprivano i capelli cortissimi, ma forse servivano più a riparare dal freddo.

La guardia ci spiegò che avremmo dormito in quel padiglione.

- Tenetevi pronte, tra poco sarete convocate.

Sbatté pesantemente il cancello di legno rinforzato e rimanemmo al buio, uno spiraglio di luce lunare filtrava dall'unico finestrino della stanza; si era fatta sera e io non me n'ero neppure resa conto.

Più tardi, una donna con un enorme carrello passò a ritirare i nostri vestiti. Indossammo le divise che ci avevano lasciato e aspettammo, in silenzio, qualunque cosa fosse stata decisa per noi.

*   *   *

Primo giorno ad Auschwitz, 5 Novembre 1943.

Ci avevano tatuato un numero sull'avambraccio sinistro. Con l'indice lo toccavo in continuazione, sfiorando quella parte della mia pelle che era stata marchiata a vita. Quell'inchiostro scuro che spiccava sulla mia pelle ambrata, una parte del mio corpo che non sarebbe mai più stata immacolata.

Quel numero serviva a distinguerci, mi resi conto progressivamente che avevamo perso la nostra identità: non avevamo più un nome o un cognome, ci chiamavano *prigionieri*; non eravamo più persone, eravamo *il prigioniero numero A17814*.

Ci avevano fatto indossare delle divise, con degli scarponi logori. Potevamo indossare un cappotto e una sciarpa nei giorni più freddi; le calze solo se riuscivamo a trovarle.

Assistei lentamente alla vista dei miei capelli che cadevano al suolo, ciocca dopo ciocca. L'uomo che stava compiendo l'operazione mi tappò la bocca, per impedire che potessi ancora disturbarlo con i miei singhiozzi disperati. Una ragazza, una prigioniera come me, fu chiamata in malo modo e iniziò a raccogliere i miei capelli meticolosamente, sistemandoli in una busta trasparente.

Le mani mi tremavano, mentre toccavo lì dove un tempo c'erano stati i miei capelli. Sfiorai il taglio cortissimo che mi avevano fatto, con delle forbici malandate e in maniera molto affrettata e trattenni a stento le lacrime. Erano stati tagliati a chiazze: parti dove erano più lunghi, altri dove non ce n'erano affatto.

Quella mattina fummo svegliate all'alba. Una guardia urlante ci condusse in un padiglione poco lontano e ci distribuì una misera razione di zuppa, accompagnata da un pezzo di pane raffermo. Ero affamata, non mangiavo da giorni; divorai quel po' di cibo, che però non bastò nemmeno in parte a placare il mio appetito.

Mi infilai la bandana sulla testa, cercando di calcarla il più possibile e mi asciugai le lacrime con la manica del pigiama, per impedire che qualcuno potesse vedermi.

Passò poco tempo prima che cominciassi a vedere l'orrore che si perpetrava in quel campo di lavoro: vidi delle SS percuotere a morte una donna perché scoperta a rubare un po' di zuppa, era un'ebrea addetta alle cucine, era sgattaiolata nel padiglione femminile perché voleva portare un po' di zuppa alla sua bambina, separata da lei mesi prima. La sentii dire queste cose con le lacrime agli occhi, mentre veniva massacrata con ferocia da un soldato. Con un manganello, una SS la colpì, più e più volte, finché la donna non si ritrovò riversa a terra, in una pozza di sangue, con gli occhi vitrei e ormai senza vita, rivolti verso il cielo.

Forse, mentre veniva percossa, i suoi occhi erano rivolti verso cielo proprio per implorare pietà a un Dio che l'aveva abbandonata. Un ultimo calcio alla schiena completò l'abominio e due prigionieri furono costretti a portare via il cadavere.

Indietreggiai, cercando di mantenere la mia lucidità almeno fino al capannone. Poi, girai l'angolo e piegata in due, vomitai succhi gastrici. Scivolai lentamente sul pavimento, mentre le lacrime mi rigarono il viso e un senso di impotenza si fece strada dentro di me.

Il lavoro era massacrante. Non avevano ancora deciso a che padiglione assegnarmi, quindi durante la prima settimana, mi utilizzarono per fare un po' di tutto, come il trasporto di massi lungo una salita ripida e impervia; mi impiegarono anche in una piccola fabbrica per la produzione di armi belliche, producevamo proiettili, poi pistole, poi mitra e pezzi di assembramento per carrarmati tedeschi.

Le razioni di cibo erano misere; eravamo costretti a lavorare incessantemente, per tutto il giorno, senza il giusto nutrimento. Le condizioni igieniche erano pessime: dovevamo lavarci in un catino, con acqua freddissima; alcune mattine, l'acqua si ghiacciava, impedendo perfino di sciacquarci. Dormivamo in due su una scomodissima brandina di legno. Chiunque si ammalasse, veniva portato in quarantena, lontano dal campo e Dio solo sapeva che cosa facessero a quelle persone: la maggior parte di loro non tornava più.

Quando la sera provavo a mettere la testa sul cuscino, i miei occhi non facevano altro che proiettare davanti a essi le immagini disumane che avevo visto durante il giorno: maltrattamenti, urla, violenze gratuite e risate spietate dei nostri aguzzini. Le loro voci mi perseguitavano durante le poche ore di sonno che facevo, riuscendo a dormire solo perché la stanchezza sembrava essere più forte di tutto il resto.

C'erano alcune donne che a volte attraversavano il campo e portavano ancora i capelli lunghi; non le avevo mai viste lavorare insieme a noi, passavano ogni tanto e di fretta. Sembravano più nutrite di noi e trattate sicuramente in modo più decente.

Mi sdraiai sulla schiena, fissando il legno della brandina sopra di me. Faceva freddo e le coperte non bastavano per coprirci entrambe. Dividevo il letto con una ragazza di poco più piccola di me, aveva occhi verdi del colore dei prati in estate, dita affusolate e labbra sottili; l'orrore era costantemente dipinto sul suo volto, teneva quasi sempre lo sguardo fisso sulla porta, sobbalzava per qualsiasi rumore, seppur minuscolo; aveva sui polsi delle macchie violacee, le stesse che aveva sul collo, la pelle cinerea, la bocca screpolata e tremante. Si chiamava Meredith.

Ogni tanto parlavamo, per lo più per dimenticare lo strazio che ci circondava. Ormai la consapevolezza di essere morti che camminavano si era radicata dentro di noi.

Ogni giorno trascorso lì dentro era un traguardo. Quando arrivavo a fine giornata, mentre camminavamo per entrare nel nostro capannone, guardavo il cielo e mi dicevo di essere ancora viva. Non sapevo se fosse lo stesso per mia madre, mio padre e Gabriel.

Dopo qualche settimana passata al campo, mi decisi a volerlo scoprire a tutti i costi. Trovare mia madre sarebbe stato più semplice: se era ancora viva, si trovava in una di quelle baracche. Per mio fratello, invece, sarebbe stato decisamente più complicato: si trovava nel padiglione maschile, dall'altra parte del campo. I prigionieri non potevano avere accesso neppure al cortile, o agli interni degli uffici se non per pulirli, figuriamoci attraversare il campo.

Novembre stava per terminare e con la sua fine, arrivò la prima neve.

*   *   *

Aaron Schwarz, Presente del 1943.

Berlino non è cambiata. Forse, è soltanto più vuota.
La neve ha cominciato a imbiancare tutto. I tetti delle case sono di nuovo appesantiti da quella coltre candida. Qualche automobilista impreca perché il motore ha ceduto al primo gelo. Il tempo stesso sembra essere congelato: Berlino è sempre la stessa.

E io sono tornato.

Il reggimento è di nuovo in città. Le persone si sono affacciate alle finestre, appena hanno udito il trambusto fatto di cingoli, rombi di motociclette e camion. Nessuno sapeva del ritorno dei soldati.

In pochi minuti, le case si sono svuotate, tutti si sono riversati in strada per dare il benvenuto al reggimento. Le donne piangono di gioia nel veder ritornare i propri mariti, i propri figli, i propri fidanzati.

Quante lacrime, oggi. Tante quante quelle di quel triste pomeriggio di molto tempo fa, quello in cui il reggimento andò via. I sentimenti che però animano ora queste lacrime, sono totalmente diversi: si tratta di lacrime di gioia.

Scendo dalla motocicletta, mi tolgo in fretta gli occhiali e mi avvio lungo la strada innevata, affondando a ogni passo fatto un po' troppo di corsa. Il cuore mi martella nel petto. Si congela, eppure a me sembra di non aver mai avuto più caldo. Ogni mia terminazione nervosa vibra a ogni passo che mi avvicina alla boutique di Edith.

La mia Edith.

Non appena svoltato l'angolo, però, mi accorgo che la serranda è abbassata. Mi avvicino un pochino, cercando di capire se ci sia qualche cartello che spieghi il perché sia chiusa, ma non trovo nulla. La serranda è sporca e sembra non venga aperta da tempo.

Mi allontano in fretta. Devo trovarla!

Mi sembra di ricordare dove si trovi la sua casa e infischiandomene del resto del mio reggimento, mi metto in sella alla mia moto e raggiungo quei gradini che mi sembra di non aver mai dimenticato. Busso al campanello e rimango sulle scale in trepidante attesa. Tutt'a un tratto mi rendo conto che è la prima volta che mi presento a casa sua senza una valida scusa. E se venisse ad aprirmi sua madre? Che cosa le dico?

Salve signora, sono venuto a prendere sua figlia perché non posso passare un minuto di più della mia vita senza di lei.

Scuoto la testa, strizzando gli occhi. Ci penserò dopo.

Guardo la finestra della camera di Edith: le tende sono tirate, non si riesce a scorgere nulla al suo interno. Busso ancora e sento il trillo all'interno che si perde nelle stanze adiacenti, vuoto; nessuno sembra essere in casa. Indietreggio, scendendo gli scalini con una strana sensazione.

I soldati sono il volto della felicità, non riescono a contenere la gioia che colma i loro cuori nell'essersi ricongiunti con i propri cari. Berlino è in fermento. Io, invece mi sento svuotato.

Rimango immobile, mentre tutto il resto della gente festeggia e ride.

Mi guardo attorno, scrutando attentamente ogni volto presente in strada e senza saperlo, cerco lei in ognuno di quei visi estranei. Vedo dei capelli neri, mi sembra lei, poi mi rendo conto che sono più corti dei suoi. Degli occhi scuri... No, non sono come quelli di Edith.

Gli occhi di Edith somigliano alla pace.

La mia moto è ancora lì, ferma sul ciglio della strada. Il mio smarrimento sembra passare inosservato. Meglio così.

- Meyer! - Urlo.

Il ragazzo si volta verso di me e mi raggiunge in poche falcate:

- Ja, Mein Herr?

- La signorina Monroe... hai notizie di lei?

Hans serra la mascella e alza appena gli occhi per osservare il mio volto. Mi pare che impallidisca.

- No, Mein Herr. Nessuna notizia.

- C'è qualcuno qui che sappia qualcosa? La boutique è chiusa, a casa sua sembra non esserci nessuno.

- C'è mio padre, - dice Hans, pulendosi la giacca. - Possiamo chiedere a lui.

Coraggio, moccioso, che diavolo stai aspettando?

Meyer sembra ridestarsi, perché il mio sguardo si indurisce di colpo.

Hans fa strada, e io lo seguo diligentemente. La panetteria è aperta e Meyer entra senza esitazioni. Suo padre, non appena lo vede, gli getta le braccia al collo.

Ha già avuto un congedo mesi fa, al diavolo le smancerie!

Parlano a lungo e io me ne sto fermo in un angolo, il sangue comincia a ribollirmi nelle vene. Tengo le braccia incrociate al petto e il mio sguardo è volutamente puntato su di loro.

- Lisa come sta? - Chiede Hans, abbassando la voce.

- La signorina Monroe... - li interrompo all'improvviso, ne ho abbastanza; il signor Meyer alza gli occhi, guardandomi di sbieco. - Dov'è? A casa sua sembra non esserci nessuno, la boutique è chiusa...

Sono sulle spine e non ce la faccio più a aspettare. L'espressione del vecchio Joseph cambia; guarda suo figlio con fare interrogativo. Meyer abbassa lo sguardo con aria colpevole, poi scuote la testa impercettibilmente.

Cosa mi stanno nascondendo questi due?

Il panettiere aggira il bancone e osserva il muro bianco alle sue spalle, il forno acceso e le fiamme che crepitano allegre, consumando la legna:

- Papà, diglielo.

La voce di Hans sembra essersi incrinata. Si spiegazza nervosamente la giacca dell'uniforme e i suoi occhi verdi osservano il padre trepidanti.

Dirmi cosa? Aveva detto di non sapere niente di Edith.

Mi allontano dall'angolo in cui mi sono rintanato per tutto il tempo in cui padre e figlio hanno scambiato convenevoli che non mi interessavano un accidente e mi avvicino al bancone leggermente sporco di farina. Lancio un'occhiata a Meyer.

- Papà... - ripete Hans.

- Dannazione, parlate!

Alzo la voce e il mio tono così perentorio obbliga il signor Meyer a rivolgermi uno sguardo impaurito. I miei occhi sono spalancati, torbidi. Dentro di me sta infuriando una tempesta che non conosce barriere.

- L'hanno portata via. Il nuovo ufficiale del reggimento l'ha fatta prelevare. È ad Auschwitz.

Nel momento esatto in cui sento le parole, mi sembra di ricevere una pugnalata alla schiena. Profonda e fatale. Mi aggrappo al bancone con una mano a causa del leggero mancamento che mi ha colpito.

- Da quanto tempo?

La mia voce ormai è ridotta a un sussurro. La testa mi gira vorticosamente, non riesco più nemmeno a guardare negli occhi i due uomini che mi osservano attoniti. Come potrebbero anche minimamente comprendere cosa io stia provando in questo momento?

- Credo siano settimane, ormai.

Mi ridesto. Abbandono il negozio in fretta, lasciando Hans e suo padre a fissare la porta.

Le persone incrociano il mio cammino, ostacolandomi, ebbre di gioia, ma io le scanso come se fossero soltanto moscerini fastidiosi. La moto si accende con un rombo e senza neppure ascoltare le voci dei miei uomini che cercano di chiamarmi, mi reco alla Kommandantur.

L'ufficiale Winter è lì. Sta mettendo a posto gli ultimi effetti personali, la loro partenza è imminente. Gli scatoli sono poggiati a terra, impilati meticolosamente l'uno sull'altro, sigillati e pronti per essere portati altrove.

Io, prima di rivolgermi a lui, tento di darmi un contegno. Il mio stato d'animo è palese. I segni del mio scombussolamento sono quasi visibili sulla mia pelle.

Vorrei spaccargli la faccia.

È l'unica cosa che mi viene in mente di fare guardando il sorriso da sfinge che pare perennemente disegnato sul viso del giovane ufficiale che ha osato fare quello alla mia Edith.

- Salve. - Dico, riacquistando la compostezza.

- Salve. - Ripete quello, al quanto disorientato.

- Sono Aaron Schwarz, ufficiale del reggimento che era stato stanziato in Francia.

L'ufficiale sembra capire e mi stringe la mano con vigore:

- Oh, ma certo. Salve. Cosa posso fare per voi? - Chiede, continuando a mettere a posto le sue cianfrusaglie.

Devo trattenermi dallo sbattere la sua faccia sulla scrivania di cedro davanti a noi. Quella che mesi prima era stata la mia scrivania.

- Ho bisogno dei registri dei prigionieri che sono stati prelevati recentemente da Berlino. il Maggiore mi ha chiesto le stime e mi ha chiesto di averle quanto più in fretta possibile. Ci sono le famiglie ebree di Berlino che sono state prelevate? - Chiedo, in maniera molto concitata.

La domanda è retorica, so che inevitabilmente sarà affermativa. L'ufficiale si tocca i capelli ramati, poi aggira la scrivania; chiama uno dei suoi attendenti e gli riferisce di prendere i registri dei vari campi e portarglieli alla svelta.

Il soldato scatta, e io rimango in attesa, col cuore che sembra essermi impazzito nel petto. Questa sensazione che sto provando mi è così estranea, il rumore che fa il mio cuore contro lo sterno è una novità.

Non mi sono mai sentito così per nessuno: credevo che il mio cuore fosse spento, ormai; invece è qui, vivo e pulsante. E prova un dolore terribile.

Scambiamo qualche chiacchiera inutile, io cerco di rispondere cercando di nascondere il rancore che il suo viso mi scatena. Quando i registri arrivano, l'ufficiale in carica me li porge con un sorriso e io li afferro tempestivamente.

Mi congedo con un saluto affrettato e lascio velocemente la Kommandantur.

La folla di gente è ancora lì, qualcuno è rientrato in casa, qualcuno è andato a bere qualcosa. Io mi reco dal lato opposto, cercando un po' di tranquillità. Entro in un bar poco affollato e ordino un boccale di birra; so che non la berrò, ma mi interessa soltanto potermi sedere a un tavolo e studiare attentamente quella miriade di nomi e strade, alla ricerca di quel cognome che preferirei non trovare.

Forse si è sbagliato, forse Edith è riuscita a scappare.

Chiedo un separé, dove poter essere al sicuro da sguardi indiscreti.

Apro quel libro di morte e inizio a far scorrere l'indice lungo le colonne segnate da cifre e lettere. Le pagine ruvide fanno quasi rumore sotto il mio tocco e a ogni pagina che scorre senza il suo cognome, la speranza si fa strada dentro di me. Ma poi... eccolo lì!

Monroe, Edith.

C'è la data in cui è stata prelevata e il treno merci con cui è partita. C'è persino l'ora in cui il convoglio ha iniziato la sua corsa verso la morte.

Auschwitz.

Mi porto le mani al volto, mentre la disperazione assorbe anche l'ultima briciola della forza vitale che mi è rimasta. Scaraventerei sul pavimento tutto ciò che ho davanti, se potessi.

Guardo il nome più e più volte, sperando che si cancelli come per magia, ma non accade. La mia Edith è ad Auschwitz e Dio solo sa se sia ancora viva oppure no.

Cerco di scacciare questo pensiero che mi ha fatto contrarre dolorosamente il ventre e mi alzo di scatto. Lascio i soldi sul tavolo e afferro i registri, uscendo dal locale che ha iniziato a puzzare di fumo.

Com'è possibile che abbiano riaperto il caso su di lei? il Maggiore mi aveva assicurato di aver archiviato tutto.

Qualcuno deve averla denunciata.

È l'unica spiegazione plausibile: l'hanno denunciata; ma chi?

Chi l'ha denunciata?

Fuori, intanto, la sera è calata e io non me ne sono neppure reso conto. I lampioni sono accesi e riflettono la loro luce fioca sulle strade vuote. Cammino a passo svelto per i vicoli solitari e cerco di ricordarmi dove ho lasciato la mia moto.

La giornata ha preso una piega del tutto inaspettata. Mi sento stordito, confuso, come se fossi stato travolto dagli eventi. Non mi è mai capitato di affrontare qualcosa che non riuscissi a gestire, o controllare; mai una situazione mi è sfuggita di mano, ma questa sera mi sento completamente in balia di me stesso e degli eventi.

Torno alla Kommandantur e lascio i registri sulla scrivania dell'ufficiale in carica. Non voglio neppure vederlo.

Scendo gli scalini per andare via da quella che di lì a poco sarebbe diventata di nuovo la "mia" caserma. Una folata gelida mi sferza il viso e rivolgo gli occhi al cielo ancora rossastro in lontananza.

Spingo la porta di una locanda dove si sono riuniti tutti i miei soldati ed entro. Mi tolgo il cappotto e lo porgo a una ragazza che si offre di portarlo via, mi lancia uno sguardo languido e io reprimo l'istinto di alzare gli occhi al cielo. Immediatamente sento un forte odore di tabacco, alcool e voci concitate; sento un soldato ridere sguaiatamente:

- Non ci posso credere Meyer, sei proprio un figlio di puttana.

Mi avvicino, ascoltando senza entrare nella stanza e mi tolgo i guanti, mentre quello continua:

- Hai davvero denunciato la tua ex-fidanzata con tutta la sua famiglia? Sei il figlio di puttana più bastardo che conosca, Dio ti benedica!

Meyer sorride, mentre con una sigaretta tra le labbra, scopre una carta dal suo mazzo e la butta con spavalderia sul tavolaccio grezzo:

- Non potevo conoscere un'ebrea e non denunciarla, sarebbe stato alto tradimento.

I soldati lo fischiano, prendendolo in giro. Io mi paralizzo.

- Ma almeno te la sei portata a letto, quella fottuta ebrea?

Tutti ridono. Il sangue mi si gela nelle vene.

Non può essere, non stanno parlando di Edith, vero?

Meyer scuote la testa:

- Ce l'aveva di legno. A quanto pare apre le gambe solo agli ufficiali.

Si solleva un boato di approvazione e rumori di pugni che sbattono sui tavoli.

Entro velocemente nella stanza. Lo sguardo di Meyer si posa su di me e impallidisce; deglutisce a vuoto, lascia cadere le carte sul tavolo e tutti si alzano per fare il saluto.

Io non smetto di guardarlo nemmeno per un secondo. Lui non riesce a reggere il mio sguardo e gli occhi ricadono sul bicchiere di alcool alla sua sinistra. Faccio un gesto con la mano e tutti si siedono.

- Allora Meyer, stavi parlando di quell'ebrea. Peccato che lo fosse, era una vera bellezza. È quasi uno spreco che quel bel corpo debba finire nei forni crematori.

Meyer non ha più il coraggio di parlare. Io appoggio una mano sulla fondina e vorrei estrarre la pistola per uccidere la maggior parte dei soldati presenti in quella stanza.

Adrien mi guarda, con espressione mortificata; si alza, di scatto e mi viene incontro.

- Mein Herr, calmatevi vi prego, - dice sottovoce. - Non fate niente che possa comprometttervi.

Io sto tremando dalla rabbia. Adrien lancia un'occhiata alle sue spalle, poi si gira verso di me:

- La faremo pagare a quel bastardo e troveremo un modo per salvare Edith. Ma ora vi prego, calmatevi.

Lo guardo. So di avere gli occhi iniettati di sangue. Adrien si allontana e mi fa posto accanto a lui: è teso, preoccupato per una mia possibile reazione.

Preferisco sedermi accanto a Meyer. Il ragazzo serra la mascella, ma non può fare a meno di guardami. Adrien è all'erta, Meyer è agitato; io sono furioso. Alzo la mano e chiedo un calice di vino.

- Cosa dicevi a proposito di quell'ebrea, Meyer? - Chiedo, ma non ce la faccio a nascondere il rancore. - Sono arrivato verso la fine, quando hai detto che apre le gambe solo agli ufficiali.

Le mie parole sono piene di veleno: voglio che si senta in pericolo, voglio che percepisca la mia rabbia.

- Chi è? - Domando, visto che non ha il coraggio di replicare. - La conosco?

Ma lui ancora non risponde.

- Meyer! - Urlo.

Adrien mi guarda atterrito, tutti si zittiscono. Mi avvicino a lui, minacciosamente e ripeto la domanda:

- Ti ho fatto una domanda, soldato! - Dico, usando il mio tono più autoritario.

- Sì, - dice Hans, tremando. - La conoscete.

- Davvero? Chi è?

Lui deglutisce e tentenna.

- Non farmi ripetere la domanda una seconda volta o sarà peggio per te.

- Edith Monroe. Aveva una boutique poco lontano dalla piazza.

Sapevo si trattasse di lei, ma sentirlo ad alta voce sortisce un effetto del tutto diverso: è devastante.

Adrien mi guarda cercando di sondare i miei pensieri, ma nessuno sarebbe in grado di indovinare le mie emozioni.

- E come l'hai fatta arrestare? Hai detto tutto all'ufficiale Winter e loro l'hanno prelevata nella boutique o li hanno arrestati direttamente a casa?

- A casa, signore. - Risponde, a testa bassa.

Io annuisco e bevo un sorso di vino.

- Ottimo lavoro! - Dico ad alta voce.

Quando tutti ritornano alle loro chiassose conversazioni, io mi avvicino e aggiungo qualcosa a bassa voce:

- Prima che sia la guerra ad ammazzarti, giuro su Dio che lo farò io.

Lo vedo impallidire.

- Torna in caserma. Adesso.

Meyer posa le carte, beve un ultimo sorso di whiskey e poi saluta i suoi compagni. Afferra cappotto, guanti e berretto e si avvia fuori. Io mi alzo qualche minuto dopo e Adrien mi segue.

- Signore, - dice, afferrandomi l'uniforme. - Vi prego, no.

- Toglimi le mani di dosso, Adrien, prima che tu possa pentirtene. Non voglio farti del male, ma sono ufficiale e non puoi neppure reagire.

- Siete devastato, lo so, ma non potete ucciderlo. Vi rendete conto che se lo ucciderete sarete sottoposto a un tribunale militare?

- Ha fatto arrestare Edith! L'ha spedita in un fottuto campo di sterminio, Adrien! Hai idea di cosa succeda ai prigionieri lì dentro? Li ammazzano, uno dopo l'altro. Per quanto tempo potrà sopravvivere, fragile com'è?

Adrien ha gli occhi spalancati, io non desisto:

- Lasciami andare. Ora.

Lui chiude gli occhi, poi molla la presa:

- Solo una cosa, signore, - dice e io mi fermo, rimanendo di spalle. - Edith ormai ha soltanto voi. Non fate sciocchezze, piuttosto provate a salvarle la vita.

Chiudo gli occhi e continuo a camminare. Meyer è fermo fuori dalla Kommandantur. Sta fumando nervosamente e mi sta aspettando. Sono tutti via, ci siamo soltanto noi.

- Mein Herr, vi prego, lasciatemi spiegare.

Non gli permetto di finire la frase, lo afferro per il bavero del cappotto e lo trascino via. Lo scaravento al muro e gli sferro un pugno:

- Hai il dovere di restare in silenzio! - Dico, mentre lo volto con violenza e gli sbatto la faccia contro il muro più e più volte.

Indietreggio e lui scivola al suolo. Lo afferro di nuovo per il cappotto e lo sollevo appena.

- Perché l'hai fatto? - Gli chiedo, mentre rimango col pugno sospeso a mezz'aria. - Perché hai fatto una cosa del genere, fottuto bastardo?

Lui è affannato, ha il volto tumefatto e non riesce a parlare.

- Per tutto il tempo in cui siete stati insieme non c'era un solo giorno in cui non pensassi che lei fosse troppo per te, che stesse sprecando i suoi giorni con un idiota come te!

Lo lascio andare e mi massaggio le nocche.

- Credevo fossi solo stupido. Non credevo potessi arrivare a tanto.

Gli sferro un calcio allo stomaco che lo fa piegare in due, rantolando. Se continuo così lo ucciderò. Mi allontano e all'improvviso mi giunge la sua voce.

- È rimasta con me solo perché le facevo pena, - rantola, tra i lamenti. - Mi ha detto che non aveva il coraggio di lasciarmi, perché non lo meritavo, perché mi voleva troppo bene. Voi non capite...

Mi giro e lo osservo mentre prova a mettersi seduto.

- Non capite cosa voglia dire sentirsi rifiutato dalla ragazza che hai amato per tutta la vita.

Tiene gli occhi fissi su di me. Io mi avvento su di lui, afferrandolo di nuovo per il bavero.

- Ed è un buon motivo per condannare a morte lei e tutta la sua famiglia?

Lui sospira:

- Mi dispiace.

Gli sferro un altro pugno.

- No, non è vero.

- Vi stava aspettando!

Il mio cuore si ferma per qualche istante a quelle ultime parole. Gli permetto di continuare:

- Quando la camionetta si è fermata in piazza e i soldati sono scesi, ho visto come ci scrutava tutti, uno per uno: stava cercando voi! E quando si è accorta che non c'eravate stava per piangere.

Un dolore lancinante mi attanaglia la gola e mi impedisce di parlare. La parola "tardi" comincia a ronzarmi in testa.

Basta! Smettila di parlare, vorrei urlare, ma sono impossibilitato: quelle parole mi hanno distrutto.

- Lo sguardo nei suoi occhi mentre cercava voi non l'ho mai visto mentre era insieme a me. Non l'ho sopportato. Non importa quante volte io le abbia detto che l'amavo, per lei esistete soltanto voi. E so che vi aspetterà finché la morte non la prenderà tra le sue braccia. Mi dispiace di averle accelerato i tempi.

Chiudo gli occhi. Mi alzo e mi porto le mani al volto.

La mia dolce, fragile Edith.

- Se qualcuno ti chiede come hai fatto a ridurti così, tu digli che è stato un branco di teppisti che poi è scappato via. Se ti azzardi a fare il mio nome, ti ammazzo.

Lui annuisce, ormai annichilito.

- Edith ha bisogno di me e non posso permettermi di andare in prigione. Ma tu dì soltanto una parola e ti sparo. La salverò e poi sconterò la mia pena, anche per tutta la vita se sarà necessario.

*   *   *

Mi allontano a passo spedito, in preda alla disperazione.

La mia vecchia casa. Prendo le chiavi ed entro. Si gela, ma non m'importa: voglio isolarmi da tutto.

Mi rendo conto di essere completamente impotente davanti a quella situazione. Mi siedo e mi prendo il volto tra le mani.

Cosa posso fare per salvarla? Come posso entrare al campo?

Poi, il mio cuore perde un battito; un'illuminazione mi coglie all'improvviso e i miei occhi si spalancano impercettibilmente: so che al campo ci sono principalmente SS, divise tra i compiti che vengono meticolosamente assegnati a ognuna di loro.

Ma forse ci sarebbe stato spazio anche per un ufficiale. Un ufficiale delle SS.

Un ufficiale che svolgesse compiti che non riguardassero il pestaggio, la fucilazione o lo scherno dei prigionieri: forse ci sarebbe stato spazio per qualcuno che supervisionasse il lavoro del campo, qualcuno che avesse familiarità con le scartoffie, abituato alle carte, alle cifre e alla sovrintendenza. O anche alle armi, agli schemi.

Qualunque cosa. Sarei stato disposto a fare qualunque cosa, pur di entrare ad Auschwitz. Forse ci sarebbe stato spazio per me!

Faccio qualche passo indietro per poi voltarmi. Afferro di nuovo la giacca e inizio a correre, in preda all'agitazione. Fisso con gli occhi sbarrati la porta d'ingresso della Kommandantur, chiedendomi perché mai dovrei fare una cosa del genere, ma la risposta è chiara, limpida come un cielo estivo. Senza indugiare oltre, salgo a due a due i gradini dell'ingresso e percorro a passo spedito il corridoio che porta dritto all'ufficio del Maggiore. Nessuno dei soldati mi ferma lungo la via, fortunatamente.

La porta è chiusa e io rimango immobile, col braccio alzato e il pugno chiuso, pronto per bussare. La voce arrochita del Maggiore mi invita a entrare e sono immediatamente investito da una fastidiosa nuvola di fumo.

Odio questi sigari. Anche io fumo, sì, ma odio da sempre l'odore dei sigari prediletti dal Maggiore: anice.

- Schwarz, - dice il Maggiore, aggrottando un sopracciglio.

Ovviamente, non si aspettava di vedermi. Getta un'occhiata all'orologio che segna le dieci e un quarto della sera e poi la sua attenzione si concentra interamente sulla mia figura:

- A cosa devo questa visita?

Tengo le mani dietro la schiena, il mento alto e gli occhi fermi e risoluti:

- Ho una richiesta da farvi. - Dico, deciso.

- Parla, ti ascolto.

il Maggiore aspira un'altra boccata di fumo, che ricaccia fuori lentamente, scosta la poltrona in pelle consumata dalla scrivania e si appoggia con le braccia grassocce ai braccioli.

- Ho sentito che ad Auschwitz il numero dei prigionieri sta aumentando esponenzialmente, - comincio, col cuore che mi batte all'impazzata.

il Maggiore annuisce e con un gesto della mano, mi invita a continuare. Il dipinto di Hitler è lì che mi fissa con sguardo truce, consapevole di ciò che sto per fare.

- Vorrei dare una mano alla nostra grande Nazione più da vicino. Vorrei contribuire a estirpare il male alla radice e sono sicuro che potrò essere di grande aiuto in un campo come Auschwitz.

Mi costa uno sforzo enorme pronunciare queste parole, ma devo farlo. il Maggiore poggia il sigaro marrone sul portacenere in avorio e intreccia le dita sotto la faccia paonazza.

- Mi stai chiedendo di trasferirti a Auschwitz? In Polonia?

La voce del Maggiore è atona. Deglutisco, poi annuisco vigorosamente. Il Maggiore si guarda intorno, accomodandosi meglio sullo schienale:

- In effetti, stamattina mi è arrivata questa.

Così dicendo solleva un foglio di carta spiegazzato e lo sventola in aria; prende gli occhiali dalla scrivania e se li poggia sul naso schiacciato, alzando le sopracciglia verso l'alto.

- Qui dice che molti ragazzi tedeschi stanno partendo proprio per i campi di sterminio europei perché c'è bisogno di SS. I prigionieri sono troppi e quelle bestie hanno continuamente bisogno di sorveglianza. Si prendono libertà che non sono concesse se non vengono strigliati a dovere.

Un barlume di speranza si fa spazio dentro di me e devo reprimere l'istinto di afferrarlo per il bavero e intimargli di smetterla di parlare e darmi un dannato responso.

- Ma mi stai chiedendo di rinunciare a uno dei miei migliori ufficiali. - Dice, inclinando la testa.

Io non rispondo e il Maggiore sospira:

- Potrei fare qualche telefonata... tu sei disposto a rinunciare alla Wehrmacht e diventare una SS?

Annuisco. Il Maggiore accenna un sorriso, seguito da un colpo di tosse:

- Hai fatto un ottimo lavoro in Francia, la Germania e il Führer ti sono grati per il servizio eccellente che stai offrendo.

Quelle parole che un tempo mi avrebbero lusingato, ora mi disgustavano; dopo quello che stava succedendo a Edith.

- Danke, Kommandant. Quando potrò avere una risposta? - Chiedo, cercando di nascondere la mia impazienza.

- Molto presto. Mi hanno già chiesto di reclutare uomini. Sarai il primo che metterò in lista.

- Danke. Gutenacht.

Dopo avergli rivolto il saluto, lascio la stanza con uno stato d'animo completamente diverso da quando sono entrato. Forse c'è una speranza.

*   *   *

Edith Monroe, Auschwitz, 26 Novembre 1943.

Quella mattina Auschwitz si svegliò imbiancata. Una nebbia fittissima aveva avvolto i capannoni e il campo sembrava appannato, immerso in un'aura ancora più spettrale del solito.

Le prigioniere davanti a me si trascinavano senza forze, gli occhi vuoti fissi sul cemento che calpestavamo, nel silenzio surreale del filo spinato.

Di mia madre non avevo avuto ancora notizie. Stessa cosa valeva per Gabriel e mio padre.

Quando la neve smise di cadere, una pioggierellina, sottile come spilli, iniziò a infradiciare le tende dei capannoni.

Quel giorno mi avevano messa a montare dei pezzi di artiglieria bellica; dovevo maneggiare macchinari che non avevo mai visto in vita mia. C'era un nastro trasportatore di colore nero, un mostro di ferro attaccato a un braccio meccanico pieno di attrezzi in una fabbrica enorme e fredda.

Una delle SS ci spiegò sommariamente come fare, urlando a destra e a manca e dandoci delle imbecilli ancor prima che potessimo iniziare ad assemblare i pezzi. Poi sbatté la porta e ci lasciò in balia della nostra inesperienza.

Una delle prigioniere che si trovava lì da più tempo ci spiegò come dovevamo maneggiarlo, cercando di metterci in guardia dai pericoli che quel macchinario nascondeva. In un'altra vita, ci disse, aveva lavorato in una fabbrica che assemblava pezzi di automobili.

Lavorammo con quella divisa addosso, senza guanti, senza protezioni di alcun tipo e eravamo continuamente costrette a toccare pezzi di metallo arrugginito, affilato e molto tagliente, rischiando di tagliarci e prendere infezione. Per quanto ne sapevo, potevamo anche star assemblando dei carrarmati.

La pioggia era diventata ormai torrenziale e batteva sul tetto della fabbrica con una violenza tale da farci tremare le gambe. Le gocce erano possenti e rabbiose, piene di vita. Ascoltammo quel suono inermi, col cuore che martellava nel petto e gli occhi spenti. A fine giornata tornavamo nelle nostre cuccette.

Le mie mani erano piene di tagli; le nocche erano screpolate e sui palmi si contavano le ferite che mi ero procurata a causa di quel macchinario infernale. Quegli scarponi duri mi avevano massacrato i piedi e non sapevo come fare per fermare il sanguinamento.

C'era un ufficiale delle SS, mi pare si chiamasse Steiner; lui ci guardava diversamente da come facevano tutti gli altri: i suoi occhi si riempivano di tristezza ogni qualvolta si posavano su di noi, tristezza che cercava immediatamente di camuffare, non appena un'altra delle SS lo affiancava; allora cercava di tramutare quella pena in odio, in disgusto, ma per quanto si sforzasse, mi accorgevo di quanto fallisse miseramente.

Steiner si affiancava quasi sempre a un'altra SS, di poco più grande di lui: si chiamava Beker. La sua sete di sangue era implacabile, lo avevo visto picchiare senza la minima esitazione una ragazza di quindici, massimo sedici anni. Neppure quando quella aveva implorato pietà, a terra, mentre cercava di ripararsi la testa con le mani per parare i calci che quello gli stava sferrando, si era fermato; sembrava che i gemiti di dolore di quella ragazzina indifesa e fragile e la sua voce accrescessero quell'odio cieco che si era impadronito di lui. Era stato fermato da un'altra SS, che lo aveva spintonato e gli aveva urlato qualcosa in tedesco, Beker allora, con gli occhi ancora pieni rancore, aveva guardato la sua opera diabolica e aveva voltato le spalle, massaggiandosi le nocche arrossate per i pugni; l'altra SS chiamò due prigioniere in malo modo e ordinò loro di portarla in infermeria. Quelle, che erano praticamente due scheletri che camminavano, si piegarono a stento e afferratola per le braccia, la trascinarono via sulla neve fresca lasciando dietro di loro una macabra scia di sangue vermiglio.

Io avevo osservato quella scena inerme, mentre alcune SS ci stavano urlando di continuare a spalare la neve, ma le mie mani tremavano e feci cadere la pala un paio di volte: ero sotto shock, quasi paralizzata; quando mi abbassai per prenderla, mi sentii immediatamente tirare per un braccio. Nel voltarmi, uno schiaffo sordo, bruciante, mi colpì in pieno viso. Rimasi con gli occhi fissi sul muro alla mia destra, non avevo la forza di guardare il volto della SS che mi aveva picchiata.

- Guardami negli occhi! - Urlò il militare e io mi costrinsi a voltarmi, con gli occhi lucidi e rossi, cercando a stento di trattenere le lacrime.

Ero diventata troppo fragile. Ero diventata la Edith che non volevo essere.

Le altre prigioniere osservarono di sottecchi la scena, gli occhi pieni di paura mista a compassione.

- Posso insegnarti io, se vuoi, come si tiene in mano qualcosa, - mormorò, mostrandomi un sorriso perverso dipinto sul volto. - Vogliamo provare?

Io non parlai: se avessi aperto bocca, dicendo quello che mi stava passando per la testa, sarei morta.

L'uomo avvicinò il suo volto al mio e sentii l'alito caldo sulle mie labbra screpolate a sangue. Rimasi impassibile, con le membra rigide, aspettando che si decidesse cosa farne di me.

Lui mi rise in faccia. Batté le mani due volte e scosse la testa dicendo:

- Siete così patetici.

Meredith mi guardò, gli occhi pieni di rammarico.

- Quando avrete finito di spalare la neve... rimettetela da dove l'avete tolta.

Gli occhi delle prigioniere si posarono sul viso pallido della SS.

- Voglio vedervi spalare la neve all'infinito. Finché non vi sanguineranno le mani!

Una giovane prigioniera iniziò a singhiozzare; una ragazza la raggiunse immediatamente, le rivolse uno sguardo preoccupato e le diede una gomitata di sottecchi. La somiglianza fra le due era assurda, molto probabilmente erano gemelle, o semplicemente sorelle.

Era meglio che le SS non ti vedessero piangere: quel tipo di comportamento accresceva la loro irritabilità ed erano capaci di picchiarti fino alla morte.

Gli occhi del militare si posarono nuovamente su di me e con la lingua si leccò le labbra vermiglie:

- Potrei convocarti nel mio ufficio... ma fatti prima un bagno, non mi piace accogliere chi puzza come un cane bagnato.

La sua voce era così bassa che quasi faticai a sentirla. Spalancai gli occhi e il cuore iniziò ad accelerare i battiti nel petto. Il disgusto crebbe dentro di me e indietreggiai impercettibilmente.

Il nostro aguzzino ci intimò con un urlo di tornare al lavoro e noi riprendemmo a spalare la neve.

Tremavamo dal freddo e dalla paura. Le mani erano diventate viola, la nostra divisa era troppo sottile e leggera per resistere al rigido inverno polacco.

Ogni tanto al campo accadevano cose strane: in alcune parti della giornata, le SS entravano nelle loro auto, nei camion e accendevano tutti i motori contemporaneamente. Dopo averlo fatto, acceleravano da fermi, facendo fuoriuscire fumo scuro dalle marmitte dei mezzi e il rumore che quelli producevano era assordante e quasi insopportabile. Il tutto durava giusto pochi secondi, massimo un minuto. Quel gesto, a primo impatto, sembrava assurdo e apparentemente privo di senso: così come li avevano accesi, spegnevano i motori e se ne ritornavano ai loro uffici, come se niente fosse. Dopo qualche ora, le ciminiere iniziavano a fumare: un fumo bianco, denso, simile a nebbia, avvolgeva la parte superiore dei padiglioni, nascondendone le estremità. La puzza era nauseabonda. Le prigioniere che stavano insieme a me si interrogavano su cosa i nazisti bruciassero da impregnare l'aria di un odore così disgustoso, ma di chiedere, ovviamente, non ne avevamo neppure la vaga intenzione. Forse c'era qualche fabbrica che lavorava le ossa degli animali per farne il sapone; in Germania ce n'era qualcuna, in periferia. Nessuna di noi riusciva a spiegarsi quella puzza, ma nessuna di noi ci rifletteva su per più di qualche minuto: la fame, la stanchezza, il freddo e la paura prendevano sempre il sopravvento.

La mia dignità era stata calpestata. Il mio orgoglio era svanito. La Edith sprezzante, che rispondeva a tono, insieme alle sue risposte taglienti erano sparite; al loro posto era nata una Edith spaventata, annichilita.

Non mi piaceva la nuova me, ma dovevo accettarla: dovevo sopravvivere per trovare mia madre, mio padre e mio fratello. Tutto il resto non contava.

Quindi cercavo di fare come mi dicevano di fare, senza tentennare, senza obiettare. Scattavo come una molla non appena udivo un solo ordine impartito in quel tedesco così aspro, quel linguaggio che aveva imparato a farmi tremare.

Sebbene le forze scarseggiassero, mi impegnavo a mostrarmi forte e in salute, avevo capito che lì non c'era spazio per i deboli o i malati.

E, quando realizzammo la verità, sapevamo che molto probabilmente fosse già troppo tardi: quello non era un campo di lavoro. Era un campo di sterminio.

*   *   *

Aaron Schwarz, Presente. Berlino, Novembre 1943.

È passata una settimana. Una settimana in cui sono stato sottoposto a test, esami, visite e controlli per capire se possa effettivamente entrare a far parte delle SS.

Tutto è avvenuto nella massima discrezione. Nessuno, a parte il Maggiore, ne è a conoscenza. Neppure Adrien.

Il mio reggimento è tornato a insediarsi a Berlino definitivamente e tutto sembra essere rimasto esattamente così come l'avevamo lasciato mesi prima. Ma Edith non è qui.

Ogni volta che passo davanti alla boutique, cerco di non guardare quella serranda chiusa, quella serranda che fa riemergere tanti ricordi dolorosi.

Sento il cuore venirmi inevitabilmente strappato dal petto e, seppur riluttante, rimesso a posto malconcio e lacerato. Affretto il passo per non dovermi soffermare davanti a quel negozio chiuso, quel negozio in cui la mia vita ha ricominciato a scorrere, rapida e inesorabile. Lì, dove il mio cuore ha ricominciato a battere, dove ho danzato con una ragazza dai capelli neri come la notte, dove ho riso quando credevo di non poterlo più fare dopo tutti gli orrori che avevo visto. Dove l'ho baciata. Dove ho fatto l'amore con lei. Dove le nostre mani si sono sfiorate e le nostre anime si sono concesse; dove sono state suggellate promesse eterne e silenziose.

Sospiro e fisso la neve pallida sotto ai miei anfibi pesanti.

Il Maggiore mi ha convocato. Non riesco a nascondere la trepidazione che mi ha attanagliato dal momento in cui Adrien, il mio attendente, mi ha comunicato che il Maggiore doveva parlarmi.

Mi fermo qualche secondo davanti alla porta della Kommandantur, respirando e creando nuvolette di fumo nell'aria gelida. Mi sfrego le mani e salgo quegli scalini col cuore in gola.

I miei uomini stanno controllando delle scartoffie che io stesso ho consegnato loro la mattina stessa; qualcuno osserva gli schemi disegnati sulla lavagna, schemi delle manovre che avrebbero dovuto portare a termine entro la fine della giornata.

La porta dello studio del Maggiore è aperta e si può intravedere la sua figura grassoccia che si agita con una forchetta tra le mani e cerca di addentare un pezzo di salsiccia poco cotta. Impreca contro il piatto, poi alza distrattamente gli occhi e si accorge che lo sto osservando con un'espressione mista tra l'inorridito e il divertito.

Lascia cadere malamente la forchetta, con il pezzo di salsiccia ancora infilzato e sposta il piatto con un'espressione disgustata, commentando:

- Che porcheria!

Accenno un sorriso che muore immediatamente sul mio viso.

- Avete novità per me? - Chiedo, col cuore che ha ricominciato a martellarmi nel petto.

- Sì, - dice il Maggiore senza altri preamboli. - Ho novità molto importanti.

Aggira l'imponente scrivania e fa qualche passo, appoggiandosi alla superficie solida. Mi guarda negli occhi, l'espressione indecifrabile.

Parla, dannazione.

- Ho parlato col comandante del dipartimento centrale di Auschwitz. Mi hanno detto che non cercano ufficiali, al momento.

Ascolto quelle parole e mi sembra quasi che il cuore mi si si pietrificato nel petto, ha smesso di battere all'improvviso, come se del cemento si sia calcificato rapidamente attorno a esso.

    - Cosa?

Il Maggiore annuisce, osservandosi gli stivali leggermente coperti di fango.

    - Hai capito bene...

Deglutisco e mi trattengo dal prendere a calci qualsiasi cosa si trovi di fronte a me, Maggiore compreso.

    - Volevi entrare a far parte così tanto del complesso di Auschwitz?

    - Certo, - mormoro sconfortato, facendo qualche passo indietro e afferrando la superficie dura e fredda della porta. - Ma ormai non ha più importanza.

    - Beh, io ho detto che non cercano ufficiali... ma tu non sei un ufficiale qualsiasi.

Alzo immediatamente gli occhi, come ridestato all'improvviso.

    - Sei un ufficiale delle SS! Ti hanno preso, hai superato tutto. Tutte le prove e i test che hai fatto. Cominci tra tre giorni. Viaggerai in prima classe, un'auto ti porterà alla stazione e sarai a capo della sezione che si occupa del denaro, dei gioielli e degli altri oggetti preziosi appartenuti alle vittime delle camere a gas. Le SS lo chiamano Canada, - dice, facendo spallucce. - E ci lavorano soprattutto le donne, quindi avrai anche un bel po' di divertimento. Anche se è vietato avere rapporti con quelle deliziose cagne, troverai sicuramente un modo.

Conclude, dandomi una pacca fiacca sulla spalla destra.

- Sono dentro? - Chiedo, come stordito dalla notizia.

Ancora non riesco a mettere a fuoco le parole che mi sono appena state dette.

- Lo sei. E sono felice che sia così, perché sei davvero uno dei miei ufficiali migliori. Dannato ragazzo, perché hai voluto lasciarmi? Che cosa posso dirti... se non, buona fortuna!

- Grazie, Herr Kommandant! - Dico, rivolgendogli il saluto nazista.

Richiudo la porta alle mie spalle e rimango fermo per qualche minuto sulla parte finale del corridoio. Mi porto le mani al volto e me lo sfrego energicamente. Non posso crederci.

Riprendo a camminare, il vigore è tornato dentro di me. La mia espressione cinica e calcolatrice è tornata a contornare il mio volto già naturalmente austero.

Anche i miei uomini sembrano percepire il cambiamento repentino e al suono dei miei tacchi che battono lungo il pavimento, quelli scattano in piedi, seguendo la traiettoria del mio cammino con lo sguardo.

- Tornate al lavoro! - Urlo e tutti obbediscono.

Meyer abbassa il capo, il volto ancora livido. Sorrido: mi compiaccio del mio operato.

La neve gelida incontra il mio volto caldissimo. I fiocchi si posano lievi sulle mie guance, sulle labbra, sui capelli e sulla divisa. Allungo le mani in avanti, un fiocco mi sfiora il dorso.

E immagino Edith in piedi, di fronte a me: immagino i suoi capelli che ondeggiano, la sua pelle ambrata, i suoi occhi neri e il suo sorriso malizioso; immagino quella mano sottile tendersi verso di me.

La mia bambina.

Quella bambina che ora ha bisogno di me più che mai.

Con gli occhi chiusi, sento sfiorarmi davvero il palmo della mano. Lei è più reale di quanto non creda. Li riapro. Il grigiore del cielo mi invade, il candore della neve sembra quasi sorprendermi.

Solo tre giorni mi dividono da lei e in cuor mio, spero che non sia già troppo tardi.

*   *   *

Edith Monroe, Auschwitz, 1 Dicembre 1943.

Non volevo più aprire gli occhi. Mi sentivo lacerata, svilita.
Avevo provato a uscire dal mio padiglione, una freddissima notte in cui imperversava una tempesta di neve, credendo che nessuno mi avrebbe vista con quel tempo.

Volevo controllare se nei padiglioni accanto al mio qualche prigioniera avesse visto mia madre, se la conoscesse.

Mi presero a metà strada. Una sentinella, ben nascosta, mi aveva vista e mi aveva afferrata per un braccio con violenza.

- Dove credi di andare, ebrea? - Disse, osservando la stella gialla cucita sulla mia divisa.

- Ho appena finito di pulire gli uffici, - dissi, raccontando la prima bugia che mi passasse per la mente in quel momento. - Devo essermi persa.

Molte delle mie compagne mi avevano detto che quella fosse una buona scusa: alcune di loro passavano davvero intere serate a pulire gli uffici dei comandanti o dei loro attendenti e ne uscivano a notte inoltrata, avventurandosi per i padiglioni alla ricerca del proprio.

- Vai a raccontarla a qualcun altro! Stavi scappando...

- No! - Urlai.

Come avrei potuto scappare, circondata com'ero dalle SS e dal filo spinato impregnato di corrente elettrica?

La tempesta, intanto, ululava furiosa.

La guardia mi afferrò per un polso e mi spinse, intimandomi a camminare.

Il buio della strada fu illuminato da un paio di fari di un'automobile poco lontana, che si accingeva ad attraversare il campo. La macchina era nera e lunga.

L'SS si fermò, la stretta si fece più forte. Entrambi ci girammo a guardare l'auto. Non riuscii a vedere all'interno, la tempesta di neve era troppo violenta.

Appena l'auto fu passata, l'SS mi trascinò per un braccio lontano da lì, fino ad arrivare in una baracca minuscola, fatta di legno, dove c'erano degli attrezzi che usavamo per pulire e spalare la neve. Chiuse la porta alle sue spalle con un tonfo e tirò la cordicella che serviva a accendere la lampadina che era appesa al soffitto.

Il vento intanto fuori si stava scatenando, furioso e inclemente.

L'SS era giovane, forse aveva la mia stessa età; indossava una divisa nera sotto il pesante cappotto. I suoi occhi verdi brillavano sotto la luce fioca della lampadina.

Si avvicinò a me a passo lento e io indietreggiai automaticamente. Mi appoggiai con i palmi delle mani al tavolaccio di legno grezzo appoggiato al muro. Lui sorrise perversamente e si passò una mano tra i capelli neri, fece schioccare la lingua e continuò ad azzerare la distanza tra di noi.

- Posso sempre dire che stavi scappando.

Quella voce era tagliente, affilata e crudele.

- N... non stavo scappando. - Dissi, mentre la voce mi moriva in gola.

- A chi crederebbero? A un'ebrea o a un'SS?

Non risposi. Era chiaro, si trattava solo di una domanda retorica.

Deglutii rumorosamente e cercai di sostenere il suo sguardo rovente.

- Non mi piace la violenza carnale, - disse, soffiandomi sul collo.

- Mi piace fottermi donne che siano consenzienti.

Io mi voltai dall'altro lato e strinsi i denti per il disgusto. Come avrei mai potuto essere consenziente?!

- Tu lo vuoi? - Mi chiese.

- No. - Risposi, seccamente.

- Peccato. Dovrò riferire che scappavi, quindi?

- Questo è un ricatto. - Mormorai, sentendo il sangue che stava iniziando a scorrere dalle labbra screpolate e secche.

- Lo chiamo semplicemente scambio. - Disse lui, mentre lasciava cadere il cappotto alle sue spalle.

Sgranai gli occhi e la paura iniziò a attanagliarmi le viscere.

Non di nuovo pensai, mentre cercavo di ricacciare indietro le lacrime che minacciavano di uscire da un momento all'altro.

La sua espressione cambiò all'improvviso: i suoi occhi si fecero meno crudeli, la scintilla della cattiveria sembrò spegnersi. Allontanò il viso dal mio di qualche centimetro e mi osservò meglio.

- Non ti farò male. - Disse.

Aggrottai le sopracciglia, confusa dalle sue parole. Che cosa gli importava di non farmi male?

Avevo visto ragazze abusate piene di lividi, ecchimosi. I soldati delle SS non ci andavano piano con loro. Sfogavano i loro istinti animaleschi senza alcun freno, sebbene avere rapporti con le prigioniere fosse un comportamento vietato nel campo.

- Oh, - disse, sfiorandomi una guancia. - Se lo sapessero, mi arresterebbero.

Sapevo che c'era, al riparto d'infermeria, un dottore che praticava qualche interruzione di gravidanza: se una delle prigioniere fosse stata scoperta gravida, il soldato colpevole sarebbe stato ucciso.

Agli ufficiali andava leggermente meglio: venivano soltanto arrestati, se scoperti.

In più, baciare un'ebrea era un comportamento vietato e quasi considerato un abominio: il campo era stato creato proprio per impedire la procreazione del seme nemico. Il seme ebraico doveva essere estirpato completamente, alla radice.

Io, abbassai la testa e annuii:

- Non voglio essere baciata. - Mormorai.

- Non potrei. - Disse ridendo e sembrò non interessarsene più di tanto. Aprì il primo bottone dei pantaloni e tirò giù la cerniera.

Io serrai le labbra e guardai il muro alla mia sinistra. Stavo per piangere.

Aaron. Amore mio, ti prego, perdonami.

Lui mi sbottonò i primi due bottoni della giacca e mi fece alzare la veste. Io frenai un singhiozzo.

Il vento ululava minaccioso e i miei occhi erano colmi di lacrime amare, non perché mi stesse facendo male, ma perché mi faceva sentire sporca.

I singhiozzi lottavano per uscire, ancora. Ricacciai indietro la testa, cercando di nascondere i gemiti di dolore e rabbia e iniziai a piangere sommessamente mentre il suo piacere aumentava sempre di più.

Mi spostò il viso con una mano, forse non voleva vedermi piangere. Il suo respiro mi disgustava, le sue mani mi ripugnavano. Speravo finisse il più in fretta possibile.

Quando ebbe terminato, si accasciò su di me per qualche secondo, cercando di riprendere fiato.

Mi irrigidii completamente, le mani appoggiate al tavolo, mentre con le unghie ne raschiavo la superficie.

Uccidimi.

Senza dire una parola, si allontanò. Si chinò a terra e raccolse il suo cappotto.

Io mi abbassai rapidamente la veste e mi alzai le mutandine, piena di vergogna, abbottonandomi la camicia e asciugandomi le lacrime che mi avevano accompagnata per tutto il rapporto.

Avevo una paura tremenda delle SS.

Inaspettatamente, lui tornò indietro e mi appoggiò il suo cappotto sulle spalle. Stavo tremando dal freddo.

Alzai lentamente la testa, un'espressione stralunata accompagnò il mio sguardo attonito. Lui mi guardò per qualche secondo, ma non vidi emozioni.

Poi, prese una sedia e si lasciò cadere su quella. Si accese una sigaretta e si mise a fumare in silenzio mentre la tormenta non si placava.

Io rimasi seduta sul tavolo, con il cappotto stretto addosso, a fissare il pavimento. Forse non mi avrebbe fatto ancora del male.

Dopo dieci minuti trascorsi nel silenzio rotto soltanto dalle sferzate violente del vento, scesi dal tavolo e mi sfilai il cappotto, fino a quel momento avevo perso qualsiasi facoltà, di parola e di movimento; mi avvicinai a lui e glielo consegnai in modo molto sottomesso.

Lo guardai per qualche istante e non ebbi il coraggio di chiedergli se potessi andare via oppure no. Lui prese il cappotto e se lo appoggiò sulle gambe. Si passò una mano tra i capelli neri, poi abbozzò un cenno con la testa.

Io mi avviai verso la porta di legno e, tolto il chiavistello, mi addentrai nuovamente nella tormenta.

*   *   *

La bufera della notte aveva sfasciato due capannoni e ovviamente toccò ripararli ai prigionieri.

La sveglia quella mattina fu più dura del solito. Mi sentivo indolenzita e avevo paura mi stesse venendo la febbre per tutta l'umidità che mi era penetrata nelle ossa a causa del freddo pungente.

Le porte si spalancarono all'improvviso, del vento gelido penetrò nella baracca, schiaffeggiandoci violentemente e un soldato ci urlò che dovevamo sbrigarci a lavorare, potevamo anche non lavarci e non mangiare, non aveva importanza. Per loro, ovviamente.

Balzammo in piedi, come spinte da una molla invisibile e ci mettemmo in fila automaticamente. Uscimmo al gelo, tremando tutte vistosamente.

Ci rendemmo conto immediatamente dei danni che la tormenta aveva provocato al campo.

Ci misero in riga, mentre i nostri denti battevano per il freddo. Ci spiegarono sommariamente quello che avremmo dovuto fare e poi ci portarono nelle nostre rispettive aree di lavoro. Fummo divise, a gruppi di cinque per area.

Le mie dita si incastravano spesso e volentieri nella stoffa lacerata: erano intorpidite dal freddo, non riuscivo a muoverle bene e non potevo fare a meno di tremare.

Mi calcai meglio la bandana sulla testa e feci il gesto di scostarmi i capelli dalle spalle. Immediatamente mi resi conto che i miei capelli erano soltanto una memoria di una me diversa, di un'altra vita.

Cercai di non pensarci e mi appoggiai con le ginocchia sulla neve gelida, cercando di infilare la corda attraverso la fessura minuscola, così come mi avevano imposto di fare.

Mi spostai un pochino, fino a dare le spalle ai capannoni ancora in piedi e rivolgere il viso verso il percorso principale del campo.

Da lontano scorsi un gruppo di SS che camminavano, chiacchierando tra di loro, imbacuccati nei loro cappotti di pelle nera e nei loro guanti foderati di pelliccia. Invidiai il calore che offrivano quei cappotti lunghi e imbottiti internamente. Sentii qualche parola sommessa provenire dalle loro labbra e vidi il dito di uno di loro che ci indicava. Poi sentii delle risate.

Una SS mi colpì alla schiena, intimandomi di continuare a lavorare. Io mi piegai in avanti e continuai a incespicare goffamente in quel materiale duro e difficile da maneggiare, serrando le labbra.

I miei occhi si spostarono di nuovo su quel gruppo di SS che indugiava nella nostra area già da troppo tempo: non si trattenevano mai così a lungo in un solo posto, di solito li vedevo passare, lanciare qualche occhiata disgustata verso di noi e poi proseguire oltre; le loro uniformi nere erano una macchia tetra che si aggirava costantemente per il campo, alla ricerca della prossima vittima da tormentare.

Riabbassai gli occhi sulla stoffa e infilai un'altra corda attraverso la fessura.

Le SS si fermarono poco lontano da noi. Non potevo sentire cosa stessero dicendo, erano troppo lontani. Alzai lo sguardo e fui immediatamente catturata da una divisa: era di un colore diverso, di un verde reseda. Avevo visto solo qualche ufficiale delle SS indossare quel colore, poi nessun altro.

Il soldato era di spalle, il cappotto verde gli copriva quasi l'intera lunghezza del corpo, fino ai polpacci. Rimasi in osservazione di quella figura così alta e slanciata, era una macchia di colore in mezzo a tutto quel grigiore. Poi il soldato si voltò. E io credetti di morire.

È solo un'allucinazione. Sto delirando.

Il suo volto pulito, scolpito e i suoi occhi azzurri che si guardavano intorno sembravano volersi prendere gioco di me, della mia sanità mentale. Schwarz non poteva essere davvero lì!

Il suo portamento fiero, l'espressione austera. Lo tradiva solo una strana inquietudine; si vedeva chiaramente quanto fosse smanioso: continuava a guardarsi attorno, i suoi occhi sembrava stessero cercando qualcuno. Era distratto, non ascoltava neppure ciò che i colleghi tentavano di dirgli.

Mi misi in ginocchio, alzando il busto. Non riuscivo a smettere di guardarlo. Ero bloccata, in sospeso tra due realtà, con la stoffa ancora tra le mani e il cuore in tumulto.

Sembrava che la vita mi avesse riportata indietro nel tempo nel giro di qualche secondo, per uno strano scherzo del destino. Aveva riportato a me un volto familiare, il volto dell'uomo che avevo amato tempo addietro. Quell'uomo che avevo aspettato invano, guardando il susseguirsi di stagioni senza poter rivedere i suoi occhi, senza ricevere sue notizie. Mi aveva riportato l'uomo che non avevo mai smesso di amare.

Poi, come un fulmine improvviso, i suoi occhi mi videro. In quel momento il mio cuore sembrò fermarsi per poi riprendere a battere come non aveva fatto più dal giorno in cui era sparito in quel tripudio di carrarmati e motociclette.

I suoi occhi si fermarono nei miei per un tempo che mi sembrò infinito. Lo vidi vacillare.
Mi portai le mani alle labbra, mentre le lacrime calde sembravano bruciare sulle mie guance, secche per il freddo.

I suoi occhi erano vitrei, sbarrati.
Spostai la mano tremante dal mio viso. Non riuscivo a coprire l'espressione di stupore.

In quel momento c'eravamo soltanto noi. Nel bel mezzo della neve, delle SS, dei prigionieri, delle urla, del cielo color ardesia, della morte e della vita, c'eravamo noi.

C'era un ufficiale delle SS che guardava con sgomento una prigioniera atterrita, in ginocchio, privata di tutto.

C'era una prigioniera che guardava un ufficiale delle SS, come se il suo mondo si fosse ridotto all'improvviso soltanto a lui. Com'era stato un tempo.

Lui sembrò ridestarsi. Mi aveva trovata! Io lo avevo trovato!

In quel momento avvertii che ci eravamo persi, solo per ritrovarci di nuovo; che fosse destino, che fossimo destinati a incontrarci sempre. In ogni luogo, in ogni occasione. In ogni vita.

Con il cuore impazzito, le mani che tremavano e il cervello che non voleva saperne di collaborare, cercai di riprendere a lavorare. Solo allora mi accorsi che Meredith ci stava fissando, un'espressione confusa sul suo bel volto.

Io cercai di far finta di niente. Mi voltai di spalle, non volevo che Aaron mi vedesse ancora in quelle condizioni: non ero più la Edith che lui aveva lasciato.

La guerra che lo aveva cambiato, ora aveva cambiato anche me. Mi asciugai qualche lacrima che continuava a cadere e lasciai che la sua immagine continuasse a scorrermi davanti agli occhi. Lui era di nuovo a pochi passi da me.

Mi accorsi, all'improvviso, di non sentire più freddo.

*   *   *

Aaron Schwarz, Presente del 1943.

Metto piede fuori dal treno e un'ondata di malinconia mi assale violenta. Il campo è innevato, silenzioso e lugubre.

In alto, sul cancello di ferro una scritta campeggia a caratteri cubitali:

Arbeit Macht Frei

Il lavoro rende liberi.

Un sorriso amaro mi compare sul volto e fisso il cielo plumbeo. Lei è qui. O, almeno, spero sia ancora qui.

Il pensiero mi provoca una fitta di dolore allo stomaco e cerco di pensare ad altro.

Il mio viaggio è stato un misto di ansia e trepidazione. Non riuscivo a restarmene tranquillo, seduto sulla poltrona del mio vagone in prima classe. Una donna con un carrello del pranzo è venuta due volte a chiedermi se volessi qualcosa da mangiare, ma ho rifiutato entrambe le volte: lo stomaco mi si era chiuso.

Prendo le valigie che avevo appoggiato a terra, ma prima mi aggiusto il bavero del cappotto fino al collo.

Il campo è tetro. Un buio spettrale lo avvolge come un manto, tra la nebbia e la neve che continua a cadere senza sosta. Si scorgono in lontananza i tetti dei capannoni e i comignoli di ferro dei forni crematori.

Guardo il treno alle mie spalle, ormai lontano, una scia di fumo bianco annuncia che il suo viaggio è ripreso.

I cancelli sono aperti, ma un'enorme barriera di ferro con un cartello "Halt" mi sbarra il cammino; di fianco a questa, c'è una guardia imbacuccata fino alla testa e con un fucile tra le mani. Non riesco a capire se stia dormendo o sia semplicemente in catalessi.

Mi avvicino, affondando con gli anfibi nella neve spessa e cerco di attirare la sua attenzione.

- Heil Hitler! - Dico e quello ricambia il saluto, muovendo il braccio quasi come un automa.

È sveglio, allora.

- Cosa cercate? - Chiede.

La voce mi giunge ovattata da sotto il bavero, ma riesco comunque ad avvertire la noia nel suo tono.

- Cerco il comandante in capo del campo, sono il nuovo ufficiale addetto al Canada.

Lui annuisce, entra nella cabina alle sue spalle e spinge qualcosa che fa aprire la barriera che chiude la strada.

Mi indica un passaggio da seguire e mi dà delle istruzione su come arrivare a un ufficio dove avrei potuto trovare la persona di cui avevo chiesto.

Cerco di memorizzare la strada, poi afferro la valigia e mi accingo a varcare quei cancelli che mai avrei desiderato di attraversare.

Sulla mia sinistra si ergono strutture macabre, con mattoncini e finestre con vetri appannati per il freddo. Il vento intanto ha cominciato ad aumentare d'intensità, come i fiocchi di neve che cadono dal cielo nero.

Poco lontano intravedo una struttura, in tutto e per tutto simile alle altre che ho incontrato lungo il cammino, semplicemente più alta; le luci all'interno sono accese. Salgo in fretta le scale, desideroso di ripararmi dalla tormenta imminente.

La porta si apre e viene ad aprirmi una ragazza coi capelli biondi. Gli occhi azzurri mi scrutano attentamente e non posso fare a meno di notare che, nonostante indossi la divisa dei prigionieri, sia in condizioni ancora umane.

Indietreggia per lasciarmi passare e io continuo a guardarla. Forse conosce Edith.

- Chi cercate? - Mi chiede, una nota di timore nella voce.

Questo è l'effetto che faccio sulle persone. Su tutte le persone.

Su tutti, meno che su Edith.

Cerco di scacciare via quel pensiero e mi concentro sulla domanda che la ragazza mi ha appena fatto:

- Sono l'ufficiale Schwarz, vengo da Berlino, sto cercando il comandate in capo del Campo I.

Lei annuisce impercettibilmente e mi indica con il dito affusolato la direzione da prendere.

Non ringrazio, faccio solo un cenno col capo e mi dirigo verso la porta sulla sinistra che lei mi ha indicato. Busso e una voce stridula mi dice di entrare.

Vengo investito da un fortissimo odore di alcool e noto immediatamente la bottiglia di vodka sulla scrivania a U che si trova di fronte a me, insieme ad altre due vuote appoggiate sulla mensola.

Un uomo coi capelli biondi, magro, di poco più anziano di me mi rivolge un'occhiata annoiata.

- Ja? - Dice, lasciando aloni coi polpastrelli sul vetro del bicchiere pieno di liquido ambrato.

Ripeto la cantilena già detta due volte e i suoi occhi sembrano riacquistare vigore.

Si alza, poggiando il suo prezioso bicchiere su un sottobicchiere e aggira la scrivania per venirmi a stringere la mano e a dirmi che aveva tanto sentito parlare di me e tutte le volte in modo positivo. Cerco di reprimere l'istinto di alzare gli occhi al cielo e lasciare quella mano molliccia e sudata.

Fingo un sorriso e cerco di memorizzare tutte le informazioni che mi dà circa il campo, le mie mansioni e i prigionieri.

Mi trattengo dallo sferrargli un pugno quando chiama i prigionieri "luride creature" pensando che anche Edith si trova tra quelli.

- Saprete benissimo che il Canada è un luogo abbastanza complicato da gestire: le prigioniere che sono lì dentro sono sicuramente trattate meglio delle altre, ma solo perché abbiamo bisogno che abbiano la mente lucida, mentre scartano tra le cianfrusaglie di quei derelitti. Voi dovrete assicurarvi che i conti tornino, dovrete sorvegliare quelle sciagurate ed essere pronto a prendervi responsabilità per ognuna di loro. Non vi nego che le esecuzione sommarie siano all'ordine del giorno e abbiamo bisogno in continuazione di nuove donne all'interno del sistema, perché qualcuna di loro è sempre sorpresa a rubare. E se a fine giornata mancasse qualcosa e nessuna confessasse, - dice, con un sorriso che mi fa letteralmente gelare il sangue nelle vene. - Ne prendiamo una caso e la fuciliamo.

Deglutisco a vuoto. Non può dire sul serio, non possono agire davvero così.

- E se qualcosa manca perché effettivamente l'addetto ha sbagliato a fare i calcoli? La stanchezza può portare a qualche errore del genere... - azzardo a dire.

Devo capire come tenerla al sicuro da questi animali.

- Beh, un'ebrea in meno. - Mormora, facendo spallucce, poi prorompe in una risata sguaiata e mi rendo conto che lì dentro è addirittura peggio di quando non si lasci trapelare fuori. Lui riprende: - Potremmo avere bisogno di voi anche nel settore bellico. Un ex ufficiale della Wehrmacht, mi aspetto abbia una buona conoscenza delle armi, giusto?

- Jawhol! - Dico e vorrei aggiungere: *ho più conoscenza di tutto quello che riguarda la guerra di te, fantoccio idiota.*

Lui mi accenna un sorriso molto tirato, che non coinvolge gli occhi e si congratula nuovamente con me, prima di riportarmi fuori, in balia della tormenta.

Ci sta aspettando una macchina nera. Il comandante in capo mi invita a entrare e dà istruzioni all'autista sul dove portami, poi mi augura una buona notte e mi dice che l'indomani avrei iniziato a prestare servizio dalle sette del mattino.

Lo ringrazio, poi sbatto la porta e mi lascio andare contro lo schienale della vettura. Il tepore dell'auto è una piacevole consolazione dal gelo della Polonia.

Il ragazzo alla guida mi saluta, increspando gli occhi che intravedo dallo specchietto retrovisore centrale e inizia a inondarmi di chiacchiere che non mi interessano un accidente. Per il tragitto mi limito a mugugnare qualcosa in risposta alle sue tiritere. Solo verso la fine si accorge che si tratta di una conversazione a senso unico e la pianta di parlare.

Io mi godo il silenzio, finalmente, scrutando i capannoni avvolti nella tormenta e penso che lei in questo preciso istante potrebbe essere dovunque. Potrebbe trovarsi a pochi metri da me.

Mentre camminiamo, scorgo una SS che tiene per il braccio una prigioniera e la sta trascinando via. Le figure sono sbiadite dalla tormenta.

Mi volto ancora a guardare quella prigioniera. Lei si gira, così come l'SS quando si accorgono dell'auto, ma non riesco a vederle il viso.

Chissà cosa avrà fatto. Sospiro e li vedo sparire dietro a un capannone.

Quando arriviamo, la macchina si spegne e il ragazzo scende per aprirmi la portiera.

- Non pensavo ci volesse così tanto per raggiungere il luogo dove abiterò.

- Auschwitz è molto grande, signore. Ci sono diversi padiglioni, uffici e abitazioni. Per spostarci di solito usiamo macchine o biciclette, a piedi sarebbe impossibile attraversare tutto il campo in breve tempo.

Io annuisco e prendo le valige. Il ragazzo vuole aiutarmi a portare i bagagli dentro, ma io rifiuto l'aiuto e afferro soltanto le chiavi.

Apro la serratura ed entro in casa. All'interno c'è un camino, che accendo immediatamente perché si gela. Scosto le tendine e guardo la tormenta di neve che è infuriata all'esterno.

Il campo è lugubre, quasi interamente coperto dalla neve che cade in un turbinio vorticoso. Lei è lì fuori. Al freddo.

Chiudo gli occhi, mentre un dolore quasi fisico si impossessa di me e il mio cervello si annebbia.

Mi appoggio al vetro con una mano e fisso il pavimento in legno. Devo mantenermi lucido: non posso lasciare che i sentimenti mi annebbino la mente.

La casa è essenziale ma confortevole: una scrivania in noce, una lampada curva, un ritratto di Hitler appeso alla parete; un letto a due piazze nella stanza accanto, un tavolo, un paio di sedie, un armadio di noce come la scrivania, un comodino e una sala da bagno.

Mi tolgo il cappotto e faccio scaldare l'acqua della vasca. Mi siedo sul letto, tastando le coperte pesanti e cerco di reprimere l'idea di uscire quella sera stessa a cercarla.

E se fosse morta?

Il cuore si ribella a quel pensiero funesto.

Lei è viva, è lì, e io la salverò. O almeno, cercherò di proteggerla!

Se tu fossi entrato in questo campo di morte per niente? Se ti scoprissero? Sarai fucilato!

La mia mente continua a elaborare ipotesi su ipotesi. Ipotesi che, inevitabilmente, possono rivelarsi corrette; ma devo correre il rischio. Qualunque rischio, per lei.

Mi immergo nella vasca e spero che la notte passi in fretta.

*   *   *

Non sono riuscito a dormire: la tormenta e i pensieri mi hanno tenuto sveglio; ho chiuso gli occhi in maniera sporadica, solo per cercare di dare una parvenza di riposo a me stesso.

Alle sei sono già in piedi, vestito, l'uniforme impeccabile e mi sono fatto la barba. Devo ancora abituarmi alla *Siegrune*: le due S che somigliano a due fulmini.

Apro la porta e il campo è vuoto. Hanno lasciato un'auto fuori dal cancello, le chiavi sono sotto al tappeto. Le afferro ed entro.

Si congela. I vetri sono appannati, il cielo è grigio e minaccia pioggia. Il motore si avvia con un colpo di tosse e dopo qualche scoppiettio, riesce a partire.

Mi ricordo la strada. Dopo qualche chilometro, intravedo il profilo dell'ufficio dove sono stato solo la sera prima.

Il campo è in fermento: si sono rovesciati dei capannoni, altri si sono squarciati e c'è un disastro tra alberi caduti e copertoni che si sono sparpagliati come fogli di carta.

Mi guardo attorno, cercando di focalizzare i volti dei prigionieri che si affannano a obbedire in un battito di ciglia agli ordini urlati dalle SS.

Vedo un prigioniero che cammina curvo, porta in mano dei blocchi di cemento, troppo pesanti per un uomo della sua età. Una SS lo colpisce alla schiena con un manganello e l'uomo si piega in avanti, barcolla, stringe i denti dal dolore, ma non cade; tiene saldi i blocchi con le mani rugose e cerca comunque di affrettare il passo, nonostante pesi poco più di quaranta chili.

Il comandante in capo esce dalla struttura, mentre si abbottona il cappotto. Insieme a lui ci sono altri tre uomini, con dei cappotti di pelle lunghi fino ai polpacci, neri. Appena mi vede, il comandante apre le braccia e mi rivolge un sorriso melenso che mi fa venire il bruciore di stomaco.

Provo a nascondere il mio stato d'animo e mi avvicino.

Ci rivolgiamo a vicenda il saluto, poi mi chiede di seguirlo accoratamente.

I tre uomini ci seguono, come ombre. Ogni tanto mi giro: loro sono sempre lì; bisbigliano tra di loro, ma non si intromettono nei nostri discorsi.

Mi stanno portando a fare il giro del campo.
Cerco con tutto me stesso di prestargli attenzione e quando mi dice che stiamo per arrivare al padiglione femminile, riesce pienamente a farsi ascoltare. Mi volto di scatto verso di lui: ci siamo.

Il filo spinato è tutto intorno a noi, impregnato di corrente ad alta tensione. Le prigioniere sono lì, che si affannano a riparare gli squarci nei capannoni causati dai rami e dalle pietre che hanno preso parte attiva al vortice della sera precedente.

I miei occhi la cercano. Dentro di me si susseguono emozioni contrastanti. La voce del comandante mi sembra ovattata, lontana, distante; tiro un sospiro di sollievo quando fa entrare nel discorso anche le nostre ombre: finalmente non sono costretto ad ascoltarlo.

Mi infilo le mani in tasca, mentre cerco di passare in rassegna i volti delle prigioniere. Mi sembrano tutte dannatamente uguali: il loro sguardo è spento, si muovono in modo meccanico, l'unica cosa che mi fa capire che siano creature umane è il fatto che tremano dal freddo. Hanno tutte i capelli molto corti e i volti estremamente pallidi.

Sono combattuto: da un lato vorrei che lei fosse lì, tra quelle donne, dall'altro lato ho una dannata paura di vedere con i miei occhi in che stato l'abbiano ridotta.

E poi, un viso, attira la mia attenzione: un paio di occhi mi stanno fissando già da un po'. Quando i miei incontrano i suoi, avverto mancarmi il terreno sotto ai piedi.

Edith!

I suoi occhi neri, magnetici, non riescono a spostarsi dal mio viso e mi chiedo se anche lei non stia pensando ciò che sto pensando io.

È un sogno? Lei è davvero qui?

È dimagrita spaventosamente, le sue forme sono sparite. La veste le sta larga, i suoi meravigliosi capelli neri sono andati, al loro posto ora c'è una bandana troppo larga che lei si calca sulla testa, come nel disperato tentativo di non mostrarmi ciò che le hanno fatto. Ma è troppo tardi: quell'immagine mi perseguiterà per tutta la vita.

La collera sta prendendo il sopravvento sulla ragione. Il suo bellissimo viso ora è smunto, pallido, gli occhi sono infossati e cerchiati di nero, le labbra pallide. Sono inchiodato sul posto, sento il cuore sgretolarsi in mille pezzi, come una casa colpita da un violentissimo terremoto.

Lei si porta una mano tremante alle labbra e curva le sopracciglia all'insù. Sta per piangere.

No, ti prego, non piangere. Non farlo ora che non posso stringerti!

I nostri occhi stanno urlando, i nostri corpi invece, sono immobili. Pietrificati.

Stringo i pugni e faccio appello a tutta la mia forza di volontà per non correrle incontro e sollevarla da quella neve fredda.

Guardo il numero cucito sulla divisa. Le hanno strappato la voglia di vivere, le hanno tolto il sorriso che, nonostante cercassi disperatamente di nasconderlo, ho sempre adorato.

Faccio qualche passo indietro, mentre il comandante cerca di richiamarmi all'attenzione. Non ho capito una sola parola di quello che hanno detto. Distolgo per qualche secondo lo sguardo dal mio angelo e guardo il comandante.

- Tutto bene, Herr Schwarz? - Mi chiede.

Le sue ombre mi stanno fissando. Se voglio proteggerla devo imparare a nascondere qualsiasi emozione mi attraversi, soprattutto in sua presenza.

- Jawhol. - Dico, ma la mia voce esce sforzata e arrochita.

Ho le mani che formicolano. I miei occhi si spostano di nuovo su Edith. Lei tiene la testa bassa e si è voltata di spalle.

Un dolore violento e improvviso mi trapassa il petto: si vergogna del suo aspetto, cerca di nascondersi da me. Vorrei dirle che del suo aspetto non mi interessa nulla. L'unica cosa che mi interessa in questo momento è quella di proteggerla.

Mi giro, dandole le spalle a mia volta e decido di non voltarmi più. La speranza mi riscalda come il fuoco di un camino: lei è viva!

Non temere, sono qui per proteggerti. Ora ti ho trovata. E non ti lascerò più andare.

*   *   *

Edith Monroe.

Sentii delle voci che si avvicinavano sempre di più a noi. Meredith, accanto a me, alzò gli occhi alle mie spalle e si morse il labbro inferiore.

- Stanno venendo qui. - Disse e il sangue le defluì improvvisamente dal volto candido.

Quando si avvicinavano non era mai qualcosa di positivo, ormai lo avevamo imparato.

- Stiamo sbagliando qualcosa? - Chiese, mentre le mani iniziavano a tremarle.

Aveva una maledetta paura, come tutte noi prigioniere d'altronde.

- Non credo... - provai a dire, ma sentivo di aver perso la facoltà di formare una frase di senso compiuto.

- Attenti!

Un urlo alle nostre spalle ci fece letteralmente scattare in piedi, come marionette alle quali vengono tirati i fili dal burattinaio nascosto dietro il sipario.

Mi alzai di scatto, con gli occhi fissi sulla neve fredda. Meredith si strinse accanto a me, le braccia penzolanti lungo le gambe quasi scheletriche; era di parecchi centimetri più alta di me, con il mio metro e sessantacinque di altezza riuscivo spesso a eclissarmi facilmente. Soprattutto tra le braccia di Aaron.

Tutte le prigioniere del nostro padiglione si radunarono velocemente accanto a noi, formando una fila ordinata e silenziosa. Alzai gli occhi: Schwarz era praticamente a un metro da me. Il mio cuore si fermò per qualche secondo. Lui guardava altrove, passava in rassegna i volti di tutti le prigioniere meno che il mio.

Perché era lì?

Mi soffermai sulla sua figura più del dovuto, era esattamente come me lo ricordavo: gli occhi insondabili, freddi e bellissimi, la postura dritta e solenne, le mani dietro la schiena, la bocca perennemente piegata in una linea dura. Ma non era più un ufficiale della Wehrmacht, quella che indossava non era l'uniforme che aveva a Berlino, quella era diversa: era diventato un ufficiale delle SS.

- Lui è l'ufficiale Aaron Schwarz, il nuovo sovrintendente delle SS che comanderà il settore che si occupa di monete e oggetti di valore. Qualche fortunata potrebbe entrare a far parte del settore e abbandonare i lavori più faticosi, - disse l'uomo dai capelli biondi, con occhi maligni e un sorriso cattivo dipinto sul volto. - Ma non vi affannate a litigare tra di voi, la scelta sarà solo sua.

I miei occhi scivolarono di nuovo sul viso di Schwarz, non ce la facevo a non guardarlo; i suoi, invece sembravano impassibili, il suo volto non era attraversato da nessun tipo di emozione.

Sembro non accorgersi neppure di me, nonostante qualche minuto prima le nostre anime avessero avuto un'intensa conversazione.

    - Tornate a lavoro, nullafacenti! - Urlò infine e ognuna di noi si affannò a riprendere velocemente il posto che aveva abbandonato.

Io mi inginocchiai di nuovo, afferrando la corda e prorompendo in un violento colpo di tosse. Al primo colpo di tosse ne seguirono altri; mi piegai in due, con le mani poggiate a terra mentre sentivo il respiro venire progressivamente a mancarmi.

    Meredith mi raggiunse e iniziò a scuotermi, dandomi delle pacche sulla schiena, ma la tosse non si fermò. Sperai non si trattasse di una bronchite: se una febbre mi aveva quasi uccisa da libera, non osavo immaginare a cosa potessi andare incontro una volta contratta la bronchite o una polmonite in quel luogo infernale.

    - Quella prigioniera si sta sentendo male.

La sua voce.

    - Starà benissimo... e se anche morisse, un'ebrea in meno, come dico sempre.

Avevo gli occhi che mi lacrimavano per lo sforzo, mentre Meredith cercava disperatamente di capire cosa fare.

    - Ho bisogno di queste ragazze. Se trattate tutte così, io chi prenderò a lavorare nel Canada?

Il comandante in capo lanciò una strana occhiata a Schwarz, cercando di capire se le sue intenzioni fossero effettivamente quelle che aveva appena esplicato. Lanciò poi una seconda occhiata molto rapida verso di me, ancora piegata in due sulla neve gelida.

    - Portatela in infermeria. - Disse, con un vago gesto della mano e iniziò ad allontanarsi, camminando con aria annoiata.

Aaron cercò di guardarmi in modo distaccato, ma nei suoi occhi lessi una tremenda preoccupazione.

Rimase immobile ancora per qualche secondo, fingendo di scrutare il circondario, ma col pensiero rivolto a me.

La tosse si stava calmando e quando una delle SS venne per portarmi in infermeria, rifiutai: stavo meglio e non volevo che le loro mani mi toccassero e mi trattassero con sufficienza, quasi con ribrezzo.

Il soldato fece spallucce e Schwarz scosse la testa, alzando gli occhi al cielo esasperato. Mentre stavo per tornare al lavoro, lui si voltò verso di me e, anche se non parlò, capii perfettamente cosa stesse cercando di comunicarmi in quel momento. Io provai a sorridere.

No, Aaron, su questo non sono cambiata.

Poi, Schwarz si fermò e si voltò verso di noi ancora una volta:

- Portatela in infermeria. Ora.

Mi lanciò un'occhiata truce, che mi fece quasi gelare il sangue nelle vene. Capii che era meglio non contestare l'ordine, almeno per quella volta.

L'SS mi alzò per un braccio, io evitai volutamente di incrociare lo sguardo di Aaron e ci dirigemmo verso l'infermeria.

*   *   *

La visita era stata totalmente inutile: sapevo di avere una lieve forma di bronchite, ma uno dei dottori disse che non era niente di grave e che avrei potuto tornare immediatamente al lavoro. Così feci.

A fine giornata, tornammo nei nostri capannoni, esauste, infreddolite e affamate; la razione misera di cibo che ci davano a fine giornata non era nemmeno lontanamente sufficiente a sfamarci.

Quella notte faceva davvero freddo. Chiesi a Meredith di sdraiarsi accanto a me e la abbracciai, il calore dei nostri corpi ci avrebbe evitato l'assideramento.

- Hai visto il nuovo ufficiale? - Chiese, all'improvviso.

- Sì, - risposi in un mormorio. - Domani avremo un colloquio con lui.

Il solo pensiero di parlargli di nuovo mi faceva tremare le gambe: non sapevo veramente se per lui fosse cambiato qualcosa in quell'anno di lontananza, avrebbe potuto realizzare tante cose; come che sarebbe stato benissimo senza di me, che io non fossi abbastanza per lui, che l'odio nei confronti della mia gente fosse più radicato dei sentimenti che provava per me. O forse si era innamorato di qualche francese, magari una bella ragazza dai capelli biondi, di buona famiglia, col marito in guerra; una ragazza silenziosa, che adorava la musica, i pomeriggi assolati e bisognosa d'affetto, qualcuna che gli avesse fatto perdere la testa più di quanto non avessi fatto io.

Tante cose potevano essere accadute in quell'arco di tempo, per me infinito. Non avevo ricevuto nessuna notizia da lui: né una lettera, né una visita. Più i giorni passavano, più la sua mancanza diventava opprimente, la preoccupazione costante e l'amore intenso. Non passava un solo giorno che non pensassi a lui, nemmeno in quel campo di morte riuscivo a non pensare a lui, qualsiasi cosa mi riportava alla mente l'ufficiale Schwarz, persino i temporali.

- Speriamo, - mormorò Meredith, stringendosi a me ancora di più. - Speriamo possa essere la nostra salvezza.

Ma lui era già la mia salvezza. Lo era sempre stato.

Tirammo la coperta come meglio potemmo e ci addormentammo nel giro di qualche minuto.

La mattina successiva un timido sole si affacciò su Auschwitz, persino quello sembrava essere intimorito da quel campo di morte; forse, per quel sole, illuminare i nostri volti smunti e disillusi con i suoi raggi caldi e impregnati di speranza era troppo. Forse persino il sole si rendeva conto che era troppo... troppo crudele.

Fummo richiamate a gruppi di dieci e attraversammo il campo a piedi, fino ad arrivare all'ufficio centrale.

Uno sbuffo bianco si levò nell'aria, era in arrivo un altro carico di prigionieri.

Alcune SS si prepararono all'accoglienza e si allontanarono in fretta a bordo dei loro camion verdi.

I soldati rimasti ci disposero in fila, strattonandoci malamente e beffandosi di noi, prorompendo in risate sguaiate ogni qualvolta incrociavamo il loro sguardo, anche solo per sbaglio.

Le parole oscene pronunciate sottovoce si protrassero fin quando non toccò finalmente a me. Rimasi in piedi davanti alla porta per un tempo che mi sembrò infinito. Le mani mi tremavano vistosamente e pensai che buffamente non mi erano tremate così tanto neppure quando quella SS mi aveva trovata in giro per il campo nel cuore della notte.

Mi spinsero dentro e io mi ritrovai faccia a faccia con Schwarz; i suoi occhi glaciali mi inchiodarono sul posto.

- Puoi andare. - Disse Schwarz alla SS che indugiava ancora alle mie spalle.

La sua voce non sembrò incrinata. Io, al contrario, mi sentii svenire. Il cuore prese a battermi tumultuoso nel petto, minacciando di uscirmi dallo sterno da un momento all'altro.

Quando rimanemmo soli nella stanza, realizzai di aver perso la facoltà di parola: la mia sfrontatezza e l'arroganza che mi avevano caratterizzata da sempre erano sparite; mi ritrovai completamente impietrita davanti al soldato di cui ero innamorata, che mi aveva cambiata e da cui ero stata brutalmente separata un anno prima.

Avrei potuto dirgli tante cose: confessargli finalmente i miei sentimenti, le pene che avevo attraversato nel periodo in cui lui non c'era stato, la mancanza che si prendeva gioco del mio cuore e si infilava nella mia anima come coltelli infuocati.

Invece rimasi zitta, a contemplare il suo volto bellissimo e statico e i suoi occhi glaciali, mentre con le mani mi torturavo una manica troppo lunga della casacca a strisce che indossavo.

Non potevo stare con lui. Non come mi avevano ridotta. Ero diventata un numero, mi avevano privata di tutto, di tutto ciò che si può togliere a un essere umano; mi avevano tagliato i capelli, ero dimagrita spaventosamente, i miei occhi avevano perso quella luce maliziosa che li caratterizzava.

Lui invece era perfetto, nella sua nuova uniforme: Il suo metro e novanta di altezza incombeva in quella stanza e sovrastava la scrivania, i suoi capelli chiari scintillavano sotto la luce di un timido raggio di sole.

- Ufficiale Schwarz... - mormorai, con la voce spezzata dall'emozione.

Lui non parlava, si limitava a osservarmi, a lasciarmi parlare. Sembrava volesse solo ascoltare la mia voce, forse gli appariva nuova dopo tutto quel tempo; sotto al suo sguardo di ghiaccio mi sentii nuda, inadeguata e annichilita.

- Signorina Monroe, - disse, all'improvviso.

Non ero più Edith, dunque: ero di nuovo la signorina Monroe.

Dopo tutto quello che avevo passato, quelle due semplici parole bastarono per farmi avere un tuffo al cuore. Ricordai nel giro di qualche secondo i nostri rendez-vous alla boutique, gli sguardi fugaci, i sorrisi accennati e le gambe che mi tremavano ogni qualvolta i suoi occhi incrociavano i miei nel bel mezzo di una folla. Sembravamo essere nati per trovarci.

- Quanto tempo... - disse, sfiorandosi le labbra, distrattamente.

In quel momento, la sua voce sembrò incrinarsi. Cosa non avrei dato per conoscere i suoi pensieri.

Provai a sorridere, ma immediatamente gli occhi mi si riempirono di lacrime; non poteva avermi dimenticata, non così in fretta, non dopo quello che c'era stato.

Indietreggiai e, imbarazzata dalla mia stessa debolezza, mi portai le mani al volto, voltandomi di spalle.

- Non guardatemi... - dissi.

Dopo qualche secondo, un paio di mani mi afferrarono le braccia con dolcezza, costringendomi a voltarmi. Le stesse mani che poi scostarono le mie dal viso.

- Una volta per te io ero solo Aaron. - Mormorò, con gli occhi chiari che sembravano essersi addolciti.

- E io ero solo Edith. - Mormorai, tra le lacrime.

- Sei sempre stata la mia Edith... e lo sei ancora.

Mi afferrò per la vita sottile e mi sollevò da terra in un attimo, con facilità e prepotenza. Posò con violenza le sue labbra sulle mie e mi baciò, come se quel bacio lo stesse aspettando dallo stesso tempo in cui lo stavo aspettando io.

Allacciai le mani smunte dietro al suo collo e mi crogiolai nel riparo sicuro che mi offriva il suo corpo in quel momento. Se qualcuno fosse entrato, probabilmente ci avrebbe fucilati.

Appoggiai la fronte contro la sua e quando mi rimise a terra, premetti il viso sul suo petto.

Il suo profumo.

Lui era il mio approdo sicuro: il mondo esterno sarebbe potuto anche finire in quel momento, io non mi sarei accorta di nulla; tra le sue braccia mi sentivo completa.

- Da oggi ci sarò io a proteggerti, non dovrai temere più nulla. Ora però devi uscire e non devi lasciar trapelare nulla di quello che è accaduto qui dentro. Nessuno dovrà sapere di noi. Nessuno dovrà sapere che ci conosciamo, o semplicemente intuirlo. Nessuno, chiaro?

Dovrai fare finta di essere un'estranea, per me. E per quanto potrà risultarmi complicato, dovrò provarci anche io.

Disse, usando il suo tono che non ammetteva repliche. Io annuii, obbediente.

Sapevo che era troppo rischioso; per me, ma soprattutto per lui: se io ero un'ebrea e la mia morte non avrebbe suscitato scalpore, lui era un ufficiale delle SS. Non era ammissibile che un soldato di Hitler rischiasse la propria vita per un'ebrea, per un essere inferiore.

Prima che potessi aprire la porta, le sue braccia si allacciarono ancora una volta attorno al mio corpo e mi poggiò un bacio sulla nuca. Io sorrisi e ringraziai Dio per averci riportati vicini.

Percorsi il corridoio, cercando di nascondere il mio stato d'animo. Il mio cuore batteva impazzito, sapevo di avere le guance arrossate e non riuscivo a nascondere la felicità di averlo ritrovato.

Un sorriso spontaneo si dipinse sul mio volto e io cercai di reprimerlo non appena arrivai nuovamente al cospetto delle altre prigioniere e delle SS che ci controllavano.

*   *   *

Chi l'avrebbe mai detto che in quel campo avrei trovato la forza di sorridere? Chi l'avrebbe mai detto che avrei trovato addirittura un motivo per farlo? Per ricominciare a vivere, un po' alla volta. Chi l'avrebbe mai detto che lì dentro ci fosse stato posto per la speranza?

In un certo senso, avevo sempre saputo che Aaron e la mia famiglia fossero gli unici motivi per i quali continuavo a lottare, ad ostinarmi a sopravvivere. Ora che lui era lì, avrei potuto magari sapere qualcosa anche sulla mia famiglia, sui miei genitori, su mio fratello...

Meredith mi lanciò un'occhiata interrogativa, forse per cercare di capire l'esito del colloquio, che non c'era neppure stato e io accennai un lieve movimento di spalle. Lei era la prossima; avrei voluto dire a quelle ragazze che non avrebbero dovuto avere così paura di incontrarlo, che lui non era come gli altri: lui era la salvezza, tra tutta quella distruzione; era la terraferma durante una tempesta in mare, un raggio di sole in un cielo plumbeo; l'unico uomo, in quella setta di demoni travestiti da soldati.

Lui era il tulipano che fiorisce tra la neve. Raro e meraviglioso. Rimanemmo lì, per un'altra ora, in piedi. Non ci permisero di sederci, ci dissero che avremmo sporcato le poltrone se ci fossimo sedute e che avrebbero dovuto bruciarle per eliminare definitivamente i germi che la nostra razza era solita lasciare su qualunque cosa toccasse.

Uno di loro, il più grande, si avvicinò a noi; sbadigliò un paio di volte prima di stiracchiarsi, con le braccia al cielo. Notai la sua mano, toccare il sedere di una delle prigioniere accanto a noi, lei spalancò gli occhi e vidi la sua mano stringersi a pugno; le sue gote presero colore, ma non disse nulla.

Tutte avevamo notato il gesto, sottolineato anche da un'eloquentissima occhiata dell'SS al suo collega, seguita da un risolino divertito. Poi le disse qualcosa all'orecchio, a voce così bassa che nessuna di noi riuscì a sentire. Vedemmo solo l'espressione della ragazza cambiare all'istante.

L'SS poi si trattenne alle nostre spalle, fischiettando. Eravamo sole con loro, Aaron era in fondo al corridoio, chiuso nel suo ufficio.

Ci ordinarono di tenere gli occhi bassi, non volevano che li guardassimo dritti negli occhi, non ne eravamo degne; potevamo farlo solo quando ce lo ordinavano e, se non lo facevamo, ci picchiavano.

Una delle SS si sedette sulla poltrona davanti a me, con una gamba appoggiata sull'altra. Io alzai di poco lo sguardo, giusto il tempo di notare che mi stava osservando.

Quando focalizzai bene il suo viso, ne capii anche il motivo: era quello che mi aveva trovata la sera della tormenta a vagare nella neve; l'SS che aveva abusato di me.

Distolsi lo sguardo, imbarazzata e piena di sensi di colpa. Cercai di scacciare le immagini di quella notte che mi scorrevano davanti, gelide e dolorose. Mi aveva costretta a fare qualcosa che normalmente non avrei mai fatto: restava un abominio, in qualunque modo venisse descritta la cosa.

Accennò un sorriso che potei notare soltanto io, un senso di disgusto si appropriò del mio stomaco e piantai gli occhi sul pavimento, sentendomi andare a fuoco. Strinsi involontariamente le gambe.

Sperai di non dover essere costretta mai più a fare una cosa del genere, mai più contro la mia volontà. Era troppo da sopportare.

Pensai inconsciamente a cosa avrebbe potuto provare Aaron se l'avesse saputo. Era un ufficiale ed era a capo di tutte quelle SS, o almeno di quelle che si trovavano nel suo reparto. Non era un uomo irascibile, ma la sua calma era più letale di qualsiasi attacco d'ira. L'avevo visto poche volte perdere la pazienza e tutte le volte era stato terribile.

Non gli avrei mai raccontato di quell'episodio, non c'era bisogno di mostrarmi ancora una volta ai suoi occhi come vittima sacrificale: io ero una donna, ero forte nonostante tutto e potevo convivere con ciò che avevo passato, tenermelo dentro senza fargli prendere il sopravvento su di me. Potevo riuscirci perché Aaron era tornato da me e la sua sola presenza mi infondeva forza: in qualche modo, sapevo di non essere più sola.

La porta si aprì e la ragazza uscì dall'ufficio di Schwarz; lui la seguì poco dopo: il colloquio era finito per tutte noi.

Con passo deciso iniziò ad avanzare verso di noi e le SS si misero sugli attenti.

Schwarz si fermò a pochi passi da noi, con le mani dietro la schiena. I capelli biondi scintillavano sotto la luce della stanza, gli occhi scrutavano attentamente i volti di tutte le prigioniere, senza mai soffermarsi su nessuna di noi per più di qualche secondo.

- Tu, tu, tu, tu e tu, - disse, indicando cinque ragazze, fra le quali me e Meredith. - Un passo avanti.

Obbedimmo e lui rimase in silenzio a osservarci per qualche istante. Il suo sguardo era glaciale, intimidatorio, come la prima volta che lo avevo visto al locale, quando mi aveva inchiodata dietro a quel bancone con i suoi occhi calcolatori e io fui in grado di tenergli testa fino alla fine. Repressi un sorriso malinconico.

- Cominciate domani mattina. Fatevi trovare davanti a questo ufficio alle sette in punto. Tutte le altre, - disse con un'inflessione atona nella voce. - Tornate ai vostri padiglioni.

Vidi gli occhi di alcune di loro scintillare per la notizia; vedevano in lui uno spiraglio di salvezza, lo avevo capito.

I miei occhi non smisero di guardarlo per un solo istante, ma i suoi non cercarono mai i miei, neppure una volta. Faceva quasi finta che io non esistessi e per una volta, lo compresi perfettamente: doveva trattarmi esattamente come tutte le altre.

Poi, girò le spalle e diede ordine di riportare quelle che non erano state scelte ai loro padiglioni, mentre a noi fu ordinato di passare in infermeria e poi alle docce.

Seguimmo in silenzio le due SS che ci scortarono con aria stanca. I loro anfibi facevano uno strano rumore ogni qualvolta venivano a contatto con la superficie morbida e spessa della neve. I miei scarponi, invece, affondavano e ormai le parti scoperte dei piedi si erano atrofizzate; non le sentivo neppure più.

Arrivammo in una specie di baracca poco lontana, dalle mura bianche, squallide e asettiche. Le finestre erano oscurate, dall'esterno era praticamente impossibile sbirciare.

Una delle SS entrò per prima e ci disse di aspettare nell'androne. Ci minacciò di pestarci a sangue se avessimo fatto un solo passo verso la sala dove saremmo state visitate.

Erano tutte troppo spaventate per testare la veridicità della sua parola. Più di una volta avevamo avuto prova che tutti mantenevano le promesse, in quel campo di sterminio.

Restammo in piedi, perché anche in quel caso, non ci fu permesso di utilizzare le sedie. Una delle prigioniere che stava insieme a noi, a un certo punto, crollò rovinosamente al suolo: le gambe avevano smesso di sostenerla.

Provò a rimettersi in sesto prima che le SS rientrassero e io, Meredith e un'altra ragazza, di nome Roxanne, cercammo di darle una mano, ma un urlo ci bloccò sul posto.

Rimanemmo in sospeso, tra ciò che avremmo voluto fare e ciò che avremmo dovuto fare. La prigioniera non si reggeva in piedi, pesava sì e no una quarantina di chili.

- Ma che stai facendo? Ti riposi? In piedi, ebrea! - Urlò una delle SS, percuotendola con il manganello di legno.

- Alzati! Alzati! - Continuava a dire, colpendola sui polpacci ogni volta che il suo tentativo di restare in piedi falliva.

La ragazza ce la stava mettendo tutta, ma tutti quei colpi non la aiutavano di certo a mantenere un equilibrio, già precario di suo. Iniziò a piangere, sommessamente; neppure nel dolore un lamento scomposto trapelava dalle sue labbra.

Io guardai la scena, impietrita. Il mio cuore era in tumulto, avvertivo il dolore che lei stessa stava provando, un dolore fisico e psicologico.

D'altronde, quel campo era nato proprio per quel motivo: annullare le persone, fisicamente e psicologicamente; e quei mostri riuscivano benissimo a svolgere il loro dovere, sembrava addirittura non dovessero neppure sforzarsi più di tanto.

Erano degli invasati. Hitler aveva scelto bene il suo esercito di distruzione.

- Ma che stai facendo?!

Un dottore, incuriosito dal tumulto che stava avvenendo fuori dalla porta, uscì all'improvviso e rimase per qualche secondo a fissare la scena. Mi sembrò quasi inorridito da ciò che vide.

- Sei un idiota, un vero idiota!

L'SS si fermò e i suoi occhi scivolarono lungo la direzione dove aveva udito provenire quelle parole.

Il dottore accennò una corsa, fino ad arrivare alla ragazza riversa sul pavimento. Spinse via l'SS, furioso e si inginocchiò accanto a lei.

Quei capelli biondi, quella voce... spalancai gli occhi: era lo stesso dottore che mi aveva visitata a Berlino, prima di partire per il fronte.

Cosa ci faceva ad Auschwitz? Indietreggiai un pochino. Se mi avesse riconosciuta?

L'SS sembrò confusa dall'atteggiamento di quel dottore e si poggiò la mazza sulle spalle, osservando la scena.

- Ti rendi conto che non ce la fa a stare in piedi? - Mormorò il medico, lanciando a quel mostro uno sguardo truce.

- È un'ebrea... - disse l'SS, come se quella spiegazione servisse a giustificare il suo comportamento disumano.

- E se muore lo dirai tu a Schwarz che dovrà sostenere un ulteriore colloquio perché hai ucciso una delle sue ragazze!

L'SS impallidì. Molto probabilmente non aveva considerato quella possibilità.

- Vattene adesso. Penso io a loro.

Quello così fece, aprì la porta e se la richiuse alle spalle con un tonfo, umiliato.

Il dottore aiutò la ragazza a sedersi su una delle sedie e le adagiò dolcemente la testa sullo schienale; poi si alzò, mettendosi le mani sui fianchi, diede una rapida occhiata in giro e sospirò:

- Sedetevi ragazze, forza.

Nessuna di noi si mosse: avevamo paura che fosse una specie di trabocchetto e che se l'avessimo fatto ci avrebbero fatte pestare ancora. Lui si portò una mano ai capelli biondi e li scombinò un pochino, storcendo la bocca, poi provò a sorriderci:

- Con me siete al sicuro. - Disse, indicando le sedie.

I suoi occhi, alla fine, si posarono su di me. Il suo sguardo indugiò sul mio viso per qualche istante di troppo e vidi il suo volto venire attraversato da qualcosa. Forse mi aveva riconosciuta, ma non disse nulla.

Pian piano, ci sedemmo tutte, esauste. Il dottore aprì la porta e, a una a una, ci fece accomodare dentro. Quando fu il mio turno, mi fece sdraiare sul lettino freddo e bianco.

- Chi l'avrebbe detto che ci saremmo rincontrati qui dentro... -

mormorò, mentre mi puntava la luce pallida sul viso.

Si infilò i guanti in lattice bianchi e afferrò uno strano strumento appuntito, in ferro.

- Sei Edith, giusto? La ragazza che l'ufficiale Schwarz mi ordinò
di visitare a Berlino.

Io annuii, mentre mi apriva le palpebre.

La luce mi faceva vedere a strisce, macchioline gialle e verdi apparivano davanti ai miei occhi occhi volta che il fascio luminoso si spostava e il dottore mi chiedeva di seguire il suo dito con lo sguardo.

- Sono arrivato un po' di tempo fa, qui dentro. Ero stato spedito
al fronte, ma poi hanno detto che sarei stato più utile qui, a
Auschwitz per... - si bloccò, poi deglutì. - Niente, lascia perdere.

In ogni caso, sono tornato a Berlino solo per ritirare i miei effetti personali e salutare qualche vecchio amico... come Joseph Meyer.

Aggrottai le sopracciglia:

- Vi conoscete? - chiesi.

Lui annuì:

- Era un amico di mio padre, poi ci siamo persi di vista... ci siamo ritrovati solo quando sono tornato a Berlino, col reggimento di Schwarz.

Io annuii.

Non aveva nessun assistente. L'infermeria era meno spaventosa di come me la ricordavo, forse perché quel dottore, la sua sola presenza, rendeva l'intera stanza meno lugubre.

- Non ho intenzione di dire della tua conoscenza con Aaron, - disse a un certo punto. - Io non ho abbracciato le loro idee.

La sua affermazione mi fece letteralmente sgranare gli occhi. Si picchiettò sul petto con le dita, proprio dove teneva cucita la svastica, poi scosse la testa:

- Quello che ho avuto modo di vedere in questo campo è disumano. Non posso credere che gli ideali in cui ho creduto così strenuamente e per cui io stesso mi sono battuto abbiano portato a questo. Quale ideologia sana, quale mondo nuovo che sta per nascere può ammettere qualcosa del genere? Come può la politica prevedere l'annientamento di migliaia di persone solo perché di una religione diversa, o perché di un orientamento sessuale diverso o perché handicappati? Quale persona sana di mente accetterebbe una carneficina del genere?

Si fermò per qualche secondo, quasi per riprendere fiato. I suoi occhi chiari sembravano quasi trasparenti.

- Farò di tutto per salvare qualcuno di loro. Farò tutto quello che è in mio potere per fermare tutto questo. Non prenderò mai parte a questa pagina nera della Storia. Ci dipingeranno come degli assassini e sarà il termine più tenero che potranno affibbiarci. Le stesse SS qui dentro... se perderemo questa guerra, saranno spacciate. Io lavorerò dall'interno per porre fine a questa crudeltà così efferata e cercherò di salvarvi la vita. Un segreto per un segreto, Edith. Nessuno dovrà sapere niente di queste mie idee sovversive o mi fucileranno e non potrò fare più nulla per aiutare quelle persone.

Gli presi la mano e provai a sorridergli. Lui me la strinse forte e capii che fosse sincero. Ma perché mi stava dicendo tutte quelle cose?

Il dottore mi controllò per bene, confessandomi che le cose erano cambiate un pochino da quando lui aveva preso parte attiva al processo di "purificazione" per il quale quel campo era nato.

Le visite venivano fatte a scaglioni: un medico nazista, proprio come lui, visitava i prigionieri che venivano fatti mettere in fila, l'uno accanto all'altro, controllandone lo stato di salute; quelli che erano ritenuti adatti a lavorare venivano prelevati, gli altri invece rimanevano nei padiglioni senza muoversi per tutto il giorno, perché erano ritenuti *inutili*.

Gli elementi cosiddetti inutili erano i malati, gli storpi, gli anziani e i bambini con problemi psicologici.

La sua espressione si rabbuiò immediatamente quando gli chiesi che fine, a lungo andare, avrebbero poi fatto quelle persone, quelle inutili.

Mi dissi che sarebbe stato meglio non ripetere la domanda una seconda volta, perché forse non avrei voluto sapere la risposta. Disse che avrebbe desiderato dirmi molte più cose, ma non poteva permettersi che quelle informazioni riservatissime e mortali uscissero dalle mie labbra. Si affrettò a specificare che non si trattava di mancanza di fiducia nei miei confronti, ma era più sicuro anche per me se non avessi saputo nulla. Non ancora. Avrei almeno dormito con qualche orrore in meno a cui pensare.

Il resto della visita trascorse in silenzio. Mi fece prendere in segreto delle medicine che avrebbero curato il mio accenno di bronchite, mi disse che le avrebbe lasciate a Schwarz e lui avrebbe trovato il modo di farmele avere: forse, sapeva come muoversi più di quanto mi avesse lasciato intendere.

Quando la visita terminò, mi strinse la mano e, per la prima volta in quel campo, mi sentii di nuovo una persona.

Uscii dalla stanza e mi sedetti sulla sedia. Il dottore aiutò ad alzarsi la ragazza che si era sentita male poco prima e la portò dentro, le accarezzò i capelli mentre lei cercava di fare qualche passo verso il lettino; poi, la porta si chiuse.

*   *   *

Come ordinatoci, alle sette in punto del mattino, eravamo di fronte all'ufficio di Schwarz; infreddolite, con le labbra tremanti, la divisa troppo leggera, la bandana calcata in testa.

Mi vergognavo da morire del mio aspetto, ma non potevo farci granché. Ciò che odiavo di più era il fatto che Aaron fosse costretto a guardarmi in quelle condizioni, avrei voluto rifuggire dal suo sguardo, ma sapevo che non avrei potuto farlo ancora per molto.

Uno stridio di freni ci annunciò l'arrivo di qualcuno. Un rumore di anfibi si propagò alle nostre spalle, seguito dallo strisciamento di un impermeabile sulla stoffa morbida dell'uniforme.

Schwarz si posizionò di fronte a noi, scrutandoci. I mio cuore, come al solito, si fermò per qualche istante; il respiro mi si bloccò in gola e frenai l'istinto di allungare una mano davanti a me, fino ad afferrargli la sua e accarezzarla.

- Stamattina inizierete a lavorare nel padiglione che si occupa del recupero di oggetti preziosi e contanti. Quando saremo dentro vi spiegherò tutte le regole. Per il momento, limitatevi a seguirmi in silenzio.

La sua voce era roca, ferma e decisa.

A passo rapido si allontanò da noi e una delle SS ci urlò in tedesco di muoverci. Ci mettemmo in fila indiana e seguimmo il più velocemente possibile il passo spedito dell'ufficiale. Anche di spalle era uno degli uomini più alti che avessi mai visto.

Aveva smesso di nevicare, un sole pallido ora faceva capolino dalle nuvole costanti che perturbavano il cielo azzurro sopra Auschwitz. La neve brillava, quasi come dei cristalli quando veniva colpita dai raggi tiepidi del sole.

Aaron continuava a camminare e a salutare sporadicamente qualche altro ufficiale che stava gironzolando per il campo. Nessuna di noi osava parlare, e io non facevo altro che sfregarmi le braccia per mitigare il freddo e osservare il mio soldato che ci faceva strada.

Finalmente arrivammo al padiglione in questione: era molto grande e, dall'esterno, sembrava ben tenuto.

Ci fermammo di scatto. Poi, Schwarz fece qualche passo avanti e noi lo seguimmo. Quando entrammo, sebbene i riscaldamenti non fossero accesi, fummo investite da un piacevole tepore, provocato dalla moltitudine di donne che lavoravano lì dentro.

Tutte sedute attorno a dei tavoli, in silenzio e concentrate, intente a scrutare, smistare e scarabocchiare su alcuni taccuini cifre e numeri. Mi accorsi che c'erano anche svariate macchine per cucire dove si rammendavano dei vestiti ancora in buone condizioni, quindi recuperabili.

Schwarz ci ordinò di metterci in fila; il soldato che ci scortava, non pago dell'ordine, ci strattonò per farci prendere posizione. Sembrava non riuscissero a comunicare senza usare violenza.

Le donne si fermarono per qualche secondo, curiose di sapere cosa stesse accadendo e chi fossimo noi, ma un'altra SS urlò loro di continuare a lavorare.

Notai che tutte le donne in quella stanza avevano ancora i capelli: a nessuna di loro erano stati rasati, o forse erano stati rasati, ma poi erano ricresciuti e mai più tagliati. Sembravano anche leggermente più floride, più colorite.

Aaron cominciò a parlare:

- Qui dentro sarete strettamente e costantemente sorvegliate da due guardie. Il vostro compito è quello di recuperare gioielli, oggetti di valori e moneta liquida da queste valigie e abiti che verranno portati ogni giorno qui dentro tramite un carrello. È proibita qualsiasi tipo di domanda alle SS che vi sorveglieranno, nessuno di noi è tenuto a darvi spiegazioni in merito al motivo per il quale voi siate state impiegate per portare a termine questo lavoro. Qualsiasi dubbio sullo svolgimento del lavoro sarà chiarito direttamente da me e da nessun altro. Ricordate che a fine giornata, una di voi raccoglierà tutti i taccuini e terrà il conto di ciò che è stato trovato e del valore annesso e sarà tenuta a comunicarmelo. Io stesso, in serata, controllerò di persona che i conti siano effettivamente corretti. Se dovesse mancare anche un solo oggetto ne pagherete le conseguenze. Non sarò tollerante con voi, questo dovete mettervelo bene in testa. Qualsiasi cosa non dovesse quadrare ne risponderò io stesso e non voglio avere problemi. Per questo motivo mi affido a voi, alla vostra onestà e alla vostra collaborazione. Ho saputo che le esecuzioni sommarie fino a oggi sono state all'ordine del giorno. Sotto la mia sorveglianza saranno momentaneamente sospese.

A quelle parole, le due SS si guardarono in faccia, con un'espressione confusa dipinta sul volto e le donne dovettero contenere un "oh" di meraviglia che tutte avrebbero voluto pronunciare ad alta voce. Vidi un paio di loro alzare appena la testa, con gli occhi sgranati. Aaron continuò:

- Saranno vietati anche i pestaggi senza il mio esplicito consenso, qui dentro - mormorò l'ufficiale e lanciò un'occhiata gelida alle SS alle sue spalle - bin ich klar?

Senza aspettare la risposta, ritornò a rivolgersi a noi:

- Non fatemi rimpiangere questa decisione. Non credo ci sia bisogno di ricordarvi che i provvedimenti nel caso in cui una di voi sia sorpresa a rubare saranno molto, molto severi. Ricordate che le esecuzioni sommarie potranno essere riprese in qualsiasi momento se voi me ne darete motivo, - concluse, impassibile. - Questo è tutto. Cominciate a lavorare. Le donne che sono già qui vi spiegheranno cosa fare.

- Ah, - aggiunse. - Chi è brava a cucire?

I suoi occhi iniziarono a fluttuare per la stanza, ma sapevo di dover alzare il braccio: la domanda era mirata. Alzai timidamente la mano, tenendo gli occhi bassi.

- Tu, - mi disse Schwarz, all'improvviso. - Guardami!

Io alzai la testa e incrociai il suo bellissimo sguardo di ghiaccio.

- Sei davvero in grado di farlo? - Mi chiese, non lasciando trapelare alcun tipo di emozione.

- Sì, - balbettai, incespicando nelle mie stesse parole. - A Berlino

gestivo una boutique di stoffe.

L'emozione era troppa da reprimere. Solo io potei notare il suo impercettibile movimento delle palpebre a quella mia affermazione, come se lui non lo sapesse.

Sentivo che l'aria attorno a noi si stava facendo rarefatta. Le mie compagne osservavano la scena, in silenzio. Lui manteneva la sua austerità in maniera imperturbabile, io mi mostravo sottomessa e intimorita, proprio come tutte le altre.

- Bene. Allora alternerai gli incarichi: un giorno sarai alla

macchina per cucire e un altro farai lo spoglio insieme alle altre,

- disse e, rapidamente, distolse lo sguardo da me. - È tutto.

Uscì dalla stanza, senza dire un'ulteriore parola e noi prendemmo posto insieme alle altre.

Con la coda dell'occhio seguii la scia elegante di Aaron, mentre usciva dalla stanza e si fermava di profilo sulla soglia a scambiare due parole con un altro ufficiale che mi pareva di non aver mai visto. La tua testa si girò verso la mia direzione e i suoi occhi indugiarono su di me per qualche secondo di troppo, come se in quel momento fossi esistita soltanto io.

Così, fui io a distogliere lo sguardo a malincuore e a concentrarmi su ciò che la ragazza dai capelli rossi stava cercando di spiegarmi.

Era una tedesca e nel corso della giornata ebbi modo di sapere che c'erano anche tre italiane, qualche polacca e delle cecoslovacche. Ma lì dentro regnava il silenzio: non potevamo parlare o le SS ci avrebbero colpite alla schiena col manganello che tenevano sempre tra le mani.

Le SS chiacchieravano tra di loro, sedute su un sofà di panno in fondo alla stanza. Ci osservavano e ogni tanto urlavano qualcosa in tedesco per farci stare zitte, sebbene nessuna di noi stesse parlando.

Io dal canto mio, lavoravo in religioso silenzio. Mi calcavo bene la bandana sui miei capelli rasati e cercavo di tirare giù quanto più potevo la divisa che mi lasciava scoperte le gambe. Nella stanza, comunque, si stava abbastanza bene, anche se non ero più abituata a lavorare senza tremare.

Tra le mie mani passarono migliaia di soldi: Lire, Reichsmark, Rubli. Oggetti di valore, quali orologi molto costosi, collane d'oro massiccio dal peso ingente, cimeli di famiglia, anelli, bracciali...

Ognuna di noi teneva il conto di ciò che aveva trovato, trascrivendolo sul taccuino che ci avevano fornito; poi, il tutto veniva stipato in valigie che venivano impilate l'una sopra l'altra su un carrello e fatte trasportare nella stanza di Schwarz.

Sapevamo bene che se fosse mancato qualcosa avremmo rischiato grosso. Le SS mi spaventavano, più di quanto non fossi mai stata spaventata dai soldati della Wehrmacht.

Ogni tanto, per il campo, vedevo girare anche degli uomini in abiti civili, sempre ben vestiti, con borsalini a falda larga, pullover di buona fattura e pantaloni ben confezionati. Su alcuni di loro riconobbi addirittura le stoffe di mio padre.

Una donna anziana tedesca, di Eisenach, che dormiva nel padiglione insieme a noi, ci disse che si trattava di uomini della Gestapo: polizia nazista in borghese. Io non ne conoscevo neppure l'esistenza. Lei ci disse che gli uomini della Gestapo erano poco meno crudeli delle SS: giravano per le città in abiti civili, pronti a massacrare a sangue chiunque fosse colto in flagrante di qualche azione proibita dalle nuove leggi razziali che Hitler aveva emanato.
Quando guardai fuori dalla finestra mi accorsi che era buio e stava nevicando di nuovo.

Una macchina strisciò coi pneumatici sulla neve, imboccando il viottolo che portava verso la stanza dove stavamo lavorando. Il mio cuore iniziò ad accelerare i battiti: qualcosa mi diceva che si trattava di Aaron.

Dopo qualche minuto la porta si aprì e Schwarz entrò, insieme a una folata di vento gelido. Piccoli fiocchi di neve si erano posati sulla sua uniforme e si scioglievano rapidamente l'uno dopo l'altro. I suoi occhi saettarono in giro per la stanza e richiamò a sé le due SS che se ne stavano comodamente in poltrona fino a qualche minuto prima della sua entrata. Li vidi confabulare a bassa voce e li vidi annuire più volte.

- Il vostro lavoro per oggi è terminato. Adesso ho bisogno di qualcuna di voi che mi aiuti con il libro mastro.

Vedevo le sue dita tamburellare dietro la schiena e i suoi occhi guizzare sui volti delle presenti: quando faceva così era perché aveva in mente qualcosa, ormai lo sapevo.

Una delle SS si avvicinò a noi e a una a una, ci prelevò i taccuini che ci eravamo impegnate a compilare. Io, dal canto mio, avevo letto e riletto le cifre prima di passare alla pagina successiva, terrorizzata che ci potesse essere qualche errore di qualsiasi genere: molte volte la stanchezza poteva giocare brutti scherzi. Tutte ci fermammo, ancora sedute, con le mani in grembo e gli occhi verso Schwarz.

- Tu.

Una violenta fitta di delusione mi trapassò il petto, quando mi accorsi che aveva indicato una ragazza accanto a me e non me. Ero quasi sicura che avrebbe scelto me, alla fine.

- Parli tedesco? - Chiese.

Lei annuì. Lavorava lì già da tempo perché i suoi capelli rosso fuoco, raccolti una treccia, spuntavano fuori dalla bandana. I suoi occhi azzurri ebbero un sussulto quando si accorse che fosse proprio lei la ragazza a cui l'ufficiale si era rivolto. Il suo viso giovane, spruzzato di lentiggini, era bello, nonostante le sofferenze, le paure e le cattiverie a cui era stata sicuramente sottoposta durante la sua permanenza ad Auschwitz.

- Allora, tu vieni con me. Datele tutti i taccuini e portatela a casa mia. Tutte le altre, potete andare. Domattina vi voglio di nuovo qui alle sette in punto.

Le sue labbra si serrarono in una linea dura, mentre i miei occhi continuavano a fissare il suo volto, quasi volessero implorarlo di guardarmi prima di andarsene. Avevo bisogno dei suoi occhi su di me, almeno per qualche istante. Avevo bisogno dei suoi occhi nei miei per poter passare l'ennesima notte gelida in quel campo di concentramento.

Ma lui non mi guardò. Si rimise il berretto che si era tolto per rivolgersi a noi e aprì la porta. Si calcò bene il cappotto addosso e si immerse nella neve fredda che cadeva dal cielo.

Io rimasi a fissare il battente di legno che si chiudeva alle spalle di Aaron, con un'espressione delusa e stralunata dipinta sul volto. Deglutii a vuoto, mentre sentivo l'amarezza avvelenare il mio cuore. Osservai la ragazza, il suo volto teso e preoccupato e quasi mi fece tenerezza.

Non potresti incontrare uomo migliore di lui. - Mormorai, dentro di me.

Ma lei non poteva saperlo, questo.

Mi lisciai quella specie di divisa, con le mani gelate e seguii la scia di automi che si recava fuori dalla stanza, per tornare ai nostri rispettivi padiglioni. Per tutto il tragitto mi persi a osservare la neve che cadeva dal cielo, facendo piroette e posandosi sulle nostre divise. I fiocchi di neve sembravano essere gli unici a non essere disgustati da noi, in quel campo. A metà strada, ci dividemmo.

Tutte tremavamo dal freddo e, quando arrivammo dentro al nostro capannone, ci rannicchiammo l'una contro l'altra, per scaldarci almeno un pochino prima di prendere la razione serale di zuppa che ci era stata concessa.

E solo io, io posso capire al mondo quanto è inutile odiarsi nel profondo.

- T. Ferro

Quella notte, dormire mi fu praticamente impossibile.

Mi alzai dalla cuccetta, mentre tutte le altre già si erano perse in un universo parallelo e sicuramente più sereno da parecchie ore.

Mi avvicinai alla finestra, attenta a non far rumore e guardai il faro enorme che era stato istallato sul tetto di un edificio di fronte al nostro padiglione, la sua luce fredda illuminava tutta quella zona di campo, lasciando in ombra solo pochi angoli; veniva utilizzato per scovare immediatamente qualsiasi prigioniero che vagasse fuori orario e senza autorizzazione per il campo.

Osservai il mio riflesso nel vetro, mentre i fiocchi di neve continuavano a cadere, unendosi al manto nevoso che aveva imbiancato quella prigione. Mi sentivo come una malata terminale, come qualcuno che conta i giorni che gli rimangono e lo fa sopravvivendo, non vivendo; come qualcuno che svolge i compiti che gli sono stati assegnati, solo per riempire quello spazio di vita che gli è stato concesso, solo per riempire quei secondi, quei minuti, quelle ore e sentirsi meno vuoto. Perché sa che quel tempo finirà, prima o poi.

Quel giorno due donne non erano tornate al nostro padiglione. Si erano svegliate, proprio come avevamo fatto tutte ed erano andate a lavoro, pronte ad affrontare i soprusi e le violenze che ogni giorno ci venivano inflitte. Ma non erano più tornate indietro.

A quella notizia, un silenzio improvviso era calato nel capannone. Ci eravamo ammutolite, gli occhi si erano velati di paura e di tristezza... e consapevolezza. Sapevamo benissimo che il giorno dopo sarebbe potuto essere il nostro ultimo giorno di vita.

Non potevo credere che quelle bestie si stessero davvero sostituendo a Dio: stavano assolvendo un compito che nessuno, nessun essere mortale avrebbe potuto accollarsi; chi erano loro per decidere chi doveva vivere e chi invece doveva morire?

Ci davano soltanto l'illusione di essere al sicuro, per qualche tempo, ma il fine era unico, per tutti noi: quel campo era nato per non contenere sopravvissuti.

Delle donne delle SS ci avevano scortate fuori e ci avevano urlato di essere più veloci, ma molte di quelle prigioniere non ce la facevano ad aumentare il ritmo della loro andatura: erano troppo deboli. Ma quelle non capivano e urlavano più forte.

Quando al campo arrivavano nuovi prigionieri, noi venivamo fatte uscire dalle nostre baracche e venivamo fatte mettere in fila per i controlli medici; controlli ai quali il dottor Keller, purtroppo, non partecipava. Dovevamo spogliarci nude, così loro potevano appurare se fossimo in salute oppure no, se fossimo ancora adatte a lavorare oppure no. L'umiliazione era veramente troppa.

Serviva spazio per i nuovi prigionieri e chi era inadatto a lavorare veniva ucciso. Ormai lo sapevamo tutti, non tentavano neppure più di nasconderlo. Solo i nuovi arrivati erano ancora ignari del destino crudele che era già stato scritto per loro. Era inutile affannarsi a compiacere quei mostri: mostrarsi sottomesse, lavorare sodo, non lamentarsi mai... tutto inutile; prima o poi, ci avrebbero ammazzate tutte, in ogni caso.

Molte di noi, prima di uscire per i controlli, passavano minuti interi a massaggiarsi polsi, guance e si mordevano le labbra, fino a romperle a sangue per darsi un colorito più vermiglio e quindi, più salutare. Era assurdo quello che ci avevano ridotte a fare.

Feci scorrere un dito lungo il vetro freddo e osservai ancora per qualche minuto la staticità surreale del campo. Schwarz era lì fuori, da qualche parte, insieme alla ragazza dai capelli rossi.

Sbattei rapidamente le palpebre, per scacciare un'immagine spiacevole che gli occhi della mia mente avevano proiettato.

Mi sfregai le braccia, mentre la quiete continuava a essere la regina incontrastata della notte. Due SS passarono davanti al nostro padiglione e io con uno scatto quasi felino, mi schiacciai con la schiena contro al muro per non farmi vedere. Chiusi gli occhi per qualche secondo, poi, scivolai sul pavimento freddo prendendomi il viso tra le mani e scoppiando a piangere. Era più di quanto potessi sopportare.

A un certo punto, una mano mi sfiorò una spalla. Aprii gli occhi di scatto e il sorriso dolce di Meredith fu la prima cosa che vidi. Si sedette accanto a me e io mi accasciai sul suo petto, continuando a piangere, come se quel contatto non avesse fatto altro che mandare in pezzi le ultime briciole della mia forza. L'umanità non passava per Auschwitz.

*   *   *

Era passata ormai più di una settimana dall'arrivo al campo di Schwarz. Dopo la prima volta, non mi aveva più fatta chiamare; ogni sera sceglieva una ragazza diversa per far sì che i conti della giornata quadrassero, ma mai me. Iniziai quasi a pensare di aver addirittura immaginato ogni cosa.

Quella mattina, come molte altre, ci recammo a lavoro alle sette in punto. Venimmo interrotte all'improvviso da una donna che ci disse di alzarci in piedi: era arrivato il nuovo direttore del campo Auschwitz I.

Tenemmo la testa bassa finché non ci fu ordinato di alzarla. Il viso pallido dell'uomo ci scrutò attentamente, i suoi occhi verdi guizzarono sui nostri volti, la bocca sottile era chiusa. Mi metteva i brividi.

I capelli castani erano tirati indietro e perfettamente impomatati, la pancia appena accennata era però evidente da sotto la giacca abbastanza attillata.

- Che cosa fanno queste qui? - Chiese alla donna al suo fianco con una voce annoiata.

Lei spiegò il nostro compito e lui fece un gesto con una mano per azzittirla.

La visita non si protrasse per più di cinque minuti, poi ci fu ordinato di tornare a lavorare e io fui sollevata di non dover vedere più gli occhi iniettati d'odio di quell'uomo.

Verso il pomeriggio, la porta si aprì di nuovo, ma quella volta fu Schwarz a entrare.

- Avrò bisogno di una domestica, - esordì, osservandoci una a una. - Ormai sono qui da più di una settimana e i miei alloggi hanno bisogno di una sistemata. Inoltre avrò bisogno di qualcuno che se ne prenda costantemente cura, non solo sporadicamente. Quindi, una di voi, diventerà la mia domestica.

Una SS ci guardava in cagnesco, tenendo in mano una specie di frustino nero. Gli occhi di Schwarz si posarono sul mio viso e io sentii le gambe stare per cedermi.

- Tu, - disse, con un tono perentorio. - Hai esperienze come domestica?

- No, - mormorai. - Ma ho lavorato per molti anni come cameriera in un locale.

- Sai fare le pulizie? Sai cucinare?

Io annuii, ma lui questo lo sapeva già: si limitava a recitare una parte per tutti quegli spettatori inconsapevoli, così anche io.

- Bene. Allora tu sarai la mia nuova domestica. Stasera, dopo il lavoro, presentati presso i miei alloggi. È tutto, voi tornate a lavorare.

Le SS presenti nella stanza gli rivolsero il saluto e Schwarz abbandonò il locale.

Per tutto il resto della serata il mio cuore non smise una sola volta di battere a velocità doppia. Era passata più di una settimana dalla nostra ultima interazione e io morivo dalla voglia di sentire la sua voce ancora una volta, di stringere le sue mani.

Le dita incespicavano negli anelli che smistavo e le altre ragazze presenti nella stanza si accorsero del mio stato d'animo, ma forse pensavano avessi soltanto paura. Nessuna di loro riusciva a immaginare come mi sentissi realmente.

Passò tra le mie mani un anello molto particolare. Era meraviglioso: d'oro, spesso, si diramava fino a intrecciarsi su una pietra che cambiava colore a seconda della luce da cui veniva colpita; lo alzai verso il cielo, dove c'era una luce fredda e si tinse d'azzurro, quando invece lo spostai verso la luce naturale della finestra assunse un colore violaceo, tendente al rosa.

Meredith sgranò gli occhi. Io scossi la testa e sorrisi: non avevo alcuna intenzione di rubarlo, non valeva la vita di una persona. Me lo rigirai tra le mani e una SS mi urlò contro, facendomi sobbalzare.

- Muoviti, ebrea!

Io posai in fretta l'anello e lo annotai sul taccuino, passando avanti.

La guardia mi colpì sulla mano con il frustino nero che teneva sempre con sé, come promemoria di non soffermarmi troppo sugli oggetti, poi si allontanò.

Mi sfiorai lì dove l'aggeggio aveva lasciato un segno rosso abbastanza evidente, poi continuai a smistare le banconote che avevamo estratto da un cappotto.

Il cappotto finì in una cesta, insieme agli altri vestiti che potevano essere recuperati, rammendati e destinati alle famiglie tedesche che erano state danneggiate dai bombardamenti.

La giornata volse al termine e mentre tutte le altre prigioniere si accingevano a rientrare nei padiglioni rispettivi, io fui accompagnata da una SS donna fino all'ufficio di Schwarz. Durante il tragitto mi colpì un paio di volte: la mia colpa era quella di essere troppo lenta, ma i miei scarponi logori affondavano nella neve spessa e questo, per forza di cose, mi rallentava.

Quando arrivai all'ufficio di Schwarz, la donna bussò. Entrò prima di me, annunciando la mia presenza. Scorsi la figura di Aaron china sulla scrivania, intento a controllare qualcosa su un registro molto spesso; di fronte a lui c'era una ragazza, una delle prigioniere che lavorava nel Canada insieme a me. Probabilmente lo stava aiutando a controllare che i conti tornassero.

Schwarz posò la sigaretta che stava fumando nel posacenere e scostò la sedia per alzarsi. Io, intanto, ero ancora fuori al freddo.

La donna scese qualche gradino, mi afferrò per un braccio e mi trascinò dentro, spingendomi. Riuscii a mantenere l'equilibrio e rimasi ferma, rispettosamente con il capo chino, di fronte all'ufficiale.

- Potete andare. - Disse, rivolgendosi alla donna che mi aveva accompagnata.

Il cuore stava per uscirmi praticamente dal petto e sapevo di avere la vena del collo che continuava a pulsarmi senza sosta e in modo evidente.

La ragazza alzò gli occhi per qualche secondo su di me, poi li riabbassò immediatamente.

- Guardami. - Disse, all'improvviso l'ufficiale.

Io alzai gli occhi e il suo sguardo mi inchiodò sul posto.

- Di là ci sono degli abiti, - mormorò, la sua voce non trasmetteva alcun tipo di emozione. - Cambiati e inizia a dare una pulita allo scantinato. Qui abbiamo quasi finito.

Fu talmente distaccato che persino io non riuscii a comprendere se facesse sul serio o stesse semplicemente mostrando quella facciata che, entrambi, ci eravamo imposti di mantenere.

Annuii e iniziai a camminare verso la stanza adiacente, i vestiti erano appoggiati sul letto: c'erano un paio di calze, un vestito nero e un grembiule bianco, c'era anche una maglia di lana, pesante; chiusi gli occhi per qualche secondo e lo ringraziai tacitamente. Mi cambiai rapidamente e scesi direttamente al piano di sotto.

Le calze furono una manna dal cielo: le mie gambe erano costellate di tagli, lividi e screpolature, a causa del freddo e delle cadute sul cemento ruvido a cui tutte eravamo soggette ogni giorno.

Lo scantinato non era messo molto male. Iniziai a mettere a posto qualcosa e per la prima volta, mi sentii realmente al sicuro. Notai una vasca, con un soffione appoggiato al muro e un letto.

- Che stai facendo?

Mi voltai di scatto, abbassando la testa e serrando i pugni. Mi ritrovai a tremare come una foglia.

- Hai paura anche di me, adesso?

Alzai la testa. Aaron era in camicia, una mano appoggiata alla ringhiera tremolante; i pantaloni verdi e gli anfibi, ma non indossava la giacca della divisa.

- È... è l'abitudine. - Balbettai, deglutendo.

Ero ancora rigida, ferma sul posto. Lui non disse nulla, ma serrò la mascella e strinse impercettibilmente il passamano.

- Vieni di sopra. - Sibilò, poi voltò le spalle e sparì sulle scale.

Mi affrettai a seguirlo e richiusi la porta del seminterrato. Le tende erano tirate, sebbene fuori fosse buio pesto; Aaron scostò la tendina, con una mano in tasca. L'aria era impregnata di fumo e la ragazza era andata via.

- Sta nevicando... - disse, in un sussurro; non capii il perché, ma il suo tono mi strinse il cuore.

Io ero ancora immobile, quasi mi aspettassi degli ordini. Lui si voltò, chiudendo le tende e mi osservò a lungo.

La sua giacca era appoggiata alla sedia di legno, il cappello era sul tavolo. Un enorme quadro di Hitler era appeso al muro, proprio sul letto matrimoniale.

Schwarz cominciò ad avvicinarsi a me e si fermò a pochi centimetri dal mio viso. Avevo il respiro corto e affannoso. Poggiò delicatamente la sua mano sulla mia guancia e con il pollice mi accarezzò dolcemente la pelle arrossata. I miei occhi si persero nei suoi.

- Non devi vedermi come un tuo superiore, - disse, all'improvviso, la voce roca e provata. - Io non sono come loro.

Provai a sorridere:

- Lo so, - ammisi. - Ma ultimamente ho paura di tutto.

Nei suoi occhi scorsi la sofferenza. Quella sofferenza che era quasi pari alla mia.

- Che cosa ti hanno fatto? - Mormorò e la voce sembrò morirgli in gola.

Poi mi attirò a sé, facendomi affondare con la testa nel suo petto. Mi circondò con le braccia e mi strinse con una forza tale da farmi quasi mancare il respiro. Mi persi tra le braccia di quel meraviglioso ufficiale delle SS, dal cuore buono e gli occhi limpidi.

- Cosa ti hanno fatto? - Ripeté, le labbra premute su quelli che erano i miei capelli.

Inspirai a fondo il suo odore. Già da quel giorno alla boutique avevo saputo inconsciamente che mai l'avrei dimenticato, sebbene non fossi ancora a conoscenza della piega che gli eventi avrebbero deciso di prendere.

Si scostò da me e io alzai ancora una volta la testa per guardare il suo bellissimo volto.

- Ti ho preparato la vasca, - disse. - Va' a farti un bagno.

- Aaron, - mormorai, a mezza voce. - È rischioso per te. Se dovessero sapere che mi stai trattando in questo modo... loro ti...

Non riuscii a dirlo. Lui sorrise e ripeté, archiviando il discorso:

- Va' a farti un bagno.

Non dissi nulla, non replicai e mi diressi in bagno.

*   *   *

Lo specchio era appannato dal vapore che usciva dalla vasca con l'acqua che aveva lasciato scaldare. Aaron aveva avuto perfino la premura di chiudere le tende della finestra. Mi svestii rapidamente ed entrai.

Non ricordavo più che cosa significasse fare un bagno. Da sola, con acqua calda e sapone.

Spinsi le ginocchia verso il petto e le circondai con le mani. Le ossa erano palpabili e sporgenti.

Fuori continuava a nevicare. Io iniziai a singhiozzare, mia madre, mio padre e mio fratello erano lì fuori; o almeno, speravo fossero lì fuori.

- Edith?

Tirai su col naso e mi affrettai a camuffare le lacrime lavandomi il viso.

- Posso entrare? - Chiese Aaron, allarmato.

- Certo. - Balbettai.

Sprofondai nella vasca, la schiuma mi coprì quasi interamente. I tacchi degli stivali scricchiolarono sul pavimento di legno. Lui si inginocchiò accanto alla vasca.

- Non cercare di nascondermi il fatto che piangevi. - Disse, sfiorandomi una guancia con l'indice.

Io scossi la testa.

- Perché sei così buono con me? - Chiesi, aggrottando le sopracciglia verso l'alto.

Non lo meritavo. Non meritavo un uomo come lui.

- Credevo mi avessi dimenticata.

Lui sembrò confuso, quasi non credesse alle mie parole. Fissò l'acqua per qualche secondo, come in trance:

- Non c'era giorno in cui la tua immagine non occupasse i miei pensieri.

- Ti ho spedito delle lettere, - dissi. - Ma non mi hai mai risposto.

- La corrispondenza era bloccata, - rispose, alzando le spalle. - Ho provato a scriverti anche io, ma le lettere ritornavano indietro. Finisci di lavarti. Ti aspetto di là.

Così dicendo uscì dalla stanza.

Mi lavai lentamente, era qualcosa che non facevo da troppo tempo. Poi mi rivestii e raggiunsi Aaron nella stanza adiacente. Lui era ancora seduto accanto alla scrivania, intento a scribacchiare qualcosa. Era pensieroso, teneva un dito sulle labbra e osservava il foglio con aria assorta.

- Tieni, mangia.

Scostò una sedia, per invitarmi a sedermi accanto a lui. Davanti mi poggiò un piatto con delle salsicce, patate e una strana salsa di cui non riconoscevo l'odore. Il mio stomaco emise un brontolio di apprezzamento.

- È la tua cena. - Dissi, senza mai staccare gli occhi dal suo volto.

- Tu ne hai più bisogno di me, - disse, osservando il vestito che mi stava paurosamente largo e gli occhi gli si fecero tristi. - Sei spaventosamente magra.

- Le mie compagne, - commentai. - Non hanno cibo.

Mi sentivo in colpa.

Lui sospirò, fissando la penna, poi scosse la testa.

- Proverò ad avere qualche razione di pane in più, così potrai portarne un po' anche a loro. Ma ti prego Edith... non farti scoprire.

Io scossi la testa, sorridendo, poi mi sedetti e iniziai a mangiare, come un essere umano.

- Ti farò avere qualcosa di più pesante da indossare. Delle calze, delle scarpe migliori... un cappotto. Hai preso le medicine?

Io annuii mentre addentavo una patata.

- Grazie.

Lui non mi guardò. Continuò a lavorare in silenzio, sotto la luce della lampada nera da scrivania, e io dal canto mio cercai di non infastidirlo.

- Hans si è sposato. - Disse, quando si accorse che avevo finito da un po' e lo stavo aspettando.

Io deglutii a vuoto. Hans, quel viscido bastardo; mi ero quasi dimenticata di lui, occupata com'ero a vivere nell'inferno a cui mi aveva condannata. Cercai di non lasciar trapelare alcuna emozione.

- Bene, - commentai. - Sono felice per lui.

- Credevo fosse giusto che tu lo sapessi.

- La sua vita, - dissi, alzandomi. - Non è più cosa che mi riguarda da un po' di tempo, ormai.

- E so anche che è stato lui a denunciare te e la tua famiglia.

Sgranai gli occhi e mi appoggiai allo schienale, vacillando. Poi mi immobilizzai.

- Come lo sai?

Lui scosse la testa:

- Non ha importanza.

- Non credevo potesse arrivare a tanto, - mormorai, abbassando gli occhi. - Eppure...

Mi sentii quasi in colpa, in colpa per essermi fidata di lui.

- Ti prometto, Edith, che pagherà.

- Non m'importa più, - mormorai. - Vorrei soltanto conoscere il motivo che l'ha spinto a farlo.

- Perché secondo lui non l'hai mai amato.

Risi.

- È vero. Ma come fai a sapere cosa pensa lui?

Aaron sorrise.

- Perché stavo per sparargli, quando l'ho saputo.

Mi portai una mano alle labbra e indietreggiai.

- Ma non l'ho fatto, - aggiunse, aggrottando le sopracciglia. - Edith, è la verità? Non l'hai mai amato?

Scossi la testa. Era importante per lui saperlo?

- No, - dissi, schiarendomi la voce. - Mai.

Ho sempre amato te.

Ci fu un silenzio che durò qualche interminabile secondo.

- Hans mi ha detto che non sei mai venuto perché non riuscivi a... - provai a dire, ma le parole mi morirono in gola.

Aaron mi rivolse uno sguardo, aggrottando le sopracciglia.

- A fare cosa? - Chiese, la sua voce ora era dura.

Deglutii rumorosamente, tenendo gli occhi bassi sul pavimento; non riuscivo a guardarlo in faccia, avevo paura che all'udire quelle parole avrei capito che fossero la verità dai suoi occhi limpidi.

- Edith che ti ha detto? - Domandò ancora.

- Che non riuscivi a smettere di portarti a letto la donna che ti stava ospitando. - Dissi, modificando il testo rude che mi era stato riferito.

Gli occhi mi si riempirono di lacrime. Aaron si alzò repentinamente, mi raggiunse e mi alzò il viso, tenendolo tra entrambe le mani.

- E tu gli credi?

- No, - dissi, flebilmente. - Credo l'abbia detto solo per provocarmi, per vedere la mia reazione.

- L'ultima donna con cui sono stato, sei tu. Quel giorno alla boutique, quando il reggimento stava per partire. Poi nessun'altra. Nessuna avrebbe potuto reggere il confronto con quella meravigliosa ragazza che avevo lasciato a Berlino.

- Oh, Aaron. - Mormorai, sottovoce.

Io gli credevo. Mi fidavo ciecamente di lui e dai suoi occhi riuscivo a capire che quella era la verità.

Sebbene lui e io non fossimo nulla quando era partito, ci eravamo preservati gelosamente per il nostro prossimo incontro.

- Credo di dover iniziare a dare una pulita a questo posto...

Afferrai la scopa appoggiata al muro e feci per dare una spazzata, ma Aaron mi afferrò una mano, costringendomi a voltarmi verso di lui.

- Mi sei mancata, Edith. Tu non immagini quanto mi sei mancata nel giro di questi due anni, - i suoi occhi luccicavano sotto la luce fioca della stanza. - Pregavo che stessi bene, che fossi al sicuro. Non ho avuto congedi, altrimenti sarei venuto a trovarti, devi credermi.

Gli presi il viso tra le mani, lasciando cadere la scopa.

- Ti credo Aaron, - mormorai. - Ti credo.

- Per tutto il tempo ho contato i giorni che ci separavano. Contavo i giorni che mancavano per ritornare a Berlino, per tornare da te. Speravo che tu mi aspettassi ancora...

Si infilò una mano in tasca, tirando fuori l'anello che gli avevo regalato il giorno della sua partenza.

- L'hai tenuto... - mormorai, sorridendo.

- Era l'unica cosa che mi dava la forza di svegliarmi al mattino.

- Tu non hai idea di cosa abbia provato il giorno in cui sono tornato a Berlino e ho saputo che tu eri stata deportata, Edith. Ho creduto di morire.

- Sono qui, con te,- dissi, quasi con le lacrime agli occhi. - Sono qui... grazie a te.

Aaron poggiò con violenza le sue labbra sulle mie e mi prese tra le sue braccia. Si inginocchiò sul letto, continuando a baciarmi senza sosta, mi alzò il vestito e io lo lasciai fare; i suoi occhi si posarono sui lividi e i tagli che il mio corpo presentava. Osservò il numero tatuato sul mio avambraccio e io cercai di coprirlo con l'altra mano. Gli spostai il viso all'altezza del mio e lo accarezzai, non volevo soffrisse per me.

- Cosa... - disse, col fiato spezzato. - Cosa ti hanno fatto...

Lo attirai a me, baciandolo. Cercando di placare le mie sofferenze, le sue sofferenze. Le nostre paure di stavano fondendo, annullandosi a vicenda.

Le nostre mancanze trovarono finalmente ciò che avevano bramato per troppo tempo.

Sentivo il suo cuore battere all'unisono col mio, le nostre anime si erano unite. Il suo profumo che si imprimeva sulla mia pelle, il suo viso ruvido per l'accenno di barba, i suoi capelli corti tra le mie dita. La sua mano che si insinuava sotto la mia schiena, facendomi inarcare verso di lui e mi reclamava.

Fece l'amore con me riversando il dolore che aveva conservato dentro di sé per i giorni che ci avevano tenuti separati. Io mi abbandonai completamente a lui e confermai in quel momento ciò che avevo sempre saputo: lui sarebbe stato inevitabilmente l'uomo che avrei amato per tutta la vita, a discapito di ciò che il destino avesse in serbo per noi. Sapevo che non avrei mai più amato nessuno con la stessa intensità che riservavo soltanto a lui; lui che era capace di farmi provare emozioni così contrastanti.

Lo amavo così tanto che mi faceva male, ma non potevo farne a meno: sebbene mi sentissi logorata dall'interno, sapevo che lui era il mio veleno e il mio antidoto.

Eravamo entrambi consapevoli dell'enorme trasgressione che stavamo compiendo: ci amavamo quando il mondo avrebbe voluto che ci fossimo odiati. Eravamo due elementi inscindibili, imprescindibili; eravamo diametralmente opposti, eppure indispensabili.

Aaron stava rischiando la sua stessa vita, per qualcuno che loro non ritenevano meritevole neppure di essere al mondo. Eravamo nemici, eppure, non mi ero mai sentita più sicura e protetta tra le braccia di nessuno. Lui, l'uomo con la svastica cucita sulla giacca, con la divisa verde e con gli anfibi; lui che avrebbe dovuto odiarmi, faceva invece l'amore con me.

Se solo ci fossimo incontrati in un altro periodo, in un'altra circostanza, in un'altra vita... sarebbe stato tutto più semplice.

Invece ci ritrovavamo in una stanza, mentre il resto del mondo era ignaro di ciò che stava accadendo lì dentro.

Mentre gente come noi si odiava, si faceva la guerra, noi ci guardavamo in un silenzio carico di aspettative, di promesse, di rimpianti. Lui era il mio rifugio.

Rimasi appoggiata su di lui, la testa sul suo petto, mentre lui mi accarezzava la schiena in silenzio. Lo strinsi a me, giusto per essere certa che non fosse solo un sogno; non potevo credere che in un luogo del genere ci fosse spazio per l'amore.

- Quando hai chiamato quella ragazza perché ti aiutasse a tenere il conto... ho pensato addirittura che non ti fossi accorto che lì ci fossi anche io.

- Sei stata la prima persona che ho visto appena messo piede lì dentro. Ma io non posso fare favoritismi, Edith. Devo essere discreto, non posso espormi.

Io annuii.

- Aaron...

- Sì?

- Non ho notizie di mia madre. Né di mio fratello o mio padre. Tu potresti farmi sapere solo se sono vivi? Solo questo...

Lui fissò il soffitto, mentre col braccio continuò a cingermi la schiena:

- Non posso prometterti nulla, Edith. Qui le cose funzionano in modo abbastanza rigido. Ma ti prometto che ci proverò.

Alzai la bocca verso di lui e gli spostai il mento con l'indice, fino a far aderire le sue labbra alle mie. Lui chiuse gli occhi per qualche secondo e ricambiò immediatamente il bacio.

- Non sai per quante notti ti ho sognata. - Disse, in un sussurro.

All'improvviso sentimmo bussare alla porta. Scattai a sedere come una molla, Aaron si alzò in piedi, infilandosi rapidamente pantaloni e camicia. Si passò una mano tra i capelli biondi, tirandoli indietro.

- *Jawhol?* - Disse.

Io mi alzai, raccattando gli abiti da terra e vestendomi il più in fretta possibile. Afferrai immediatamente le coperte e cercai di rifare rapidamente e alla meglio il letto.

- *Kann ich hereinkommen?* - Chiese la voce aspra alla porta.

Aaron mi diede una rapida occhiata. Prima che aprisse la porta, feci una leggera corsa verso di lui e gli chiusi un bottone della camicia. Lui mi baciò, tirandomi per una mano, poi mi allontanai.

- *Jawhol.* - Mormorò e aprì la porta.

Io iniziai a spazzare, con una mano che mi tremava.

- La prigioniera deve tornare al padiglione. - Disse la SS, dopo aver rivolto un ossequioso saluto al comandante.

- Non posso pretendere che faccia tutto in due ore e mezza. - Rispose Schwarz, facendo qualche passo indietro, irritato.

- Io mi attengo solo alle regole. - Mormorò quello, lanciandomi una rapida occhiata.

Schwarz si passò una mano tra i capelli, esasperato.

- Domani voglio parlare col direttore del campo, *bin ich klare?*

- *Jawhol, Herr Kommandant.* - Disse quello, chinando il capo.

- Esci, lascia che si cambi.

L'SS obbedì e richiuse la porta alle sue spalle.

- Da domani vedrò di farti lasciare quel posto, ti trasferirai qui da me a tempo pieno, - disse, lanciando uno sguardo pieno di rancore alla guardia che mi stava aspettando fuori dalla porta. - Quei maiali non dovranno neppure più sfiorarti con un dito!

Mi cambiai rapidamente e indossai la solita divisa con la stella gialla e il numero scritto sopra.

Prima di varcare la porta, Aaron mi attirò a sé, strappandomi un ultimo bacio. Nessuno dei due voleva salutarsi, ma non avevamo altra scelta se non attenerci alle regole. Aprii la porta e mi immersi nell'aria gelida di metà Dicembre.

*　　　*　　　*

I funerali. Quelli che servono a dare un ultimo, dignitoso saluto a chi in vita abbiamo amato; a chi ha riso con noi e ci ha toccati e ci ha guardati e ci ha amati.

I funerali. Ci sono quasi sempre diversi gruppi di persone, ai funerali e io ho avuto modo di osservarli nel corso degli anni: c'è chi piange, ci sono sempre quelli che piangono e sono la maggior parte; c'è chi piange solo per farsi compatire, chi piange per la folla, per farsi vedere ed essere confortato da tutto quel dolore quasi inesistente, come se una parola potesse estirparlo e farlo sparire; poi c'è chi piange in silenzio, loro sono quelli che soffrono di più. Immobili, attenti a non farsi vedere perché il loro dolore è troppo prezioso per condividerlo con gli altri; sono quelli che non vogliono ascoltare, né guardare; sono quelli che si rifiutano e vogliono solo continuare a piangere, fino a quando anche l'ultima lacrima non abbia lasciato il loro cuore devastato.

Alcuni invece sono vestiti di tutto punto, si guardano attorno e fissano i visi delle persone affrante e sembrano dire: "Ehi, tu. Perché non mi guardi? Guardami. Guarda come sono elegante, guarda, guarda. Lo so che stai soffrendo, ma guardami, almeno. Dammi soddisfazione, come puoi essere così egoista?"

Le donne che continuano a toccarsi la messa in piega, con le loro velette calate sugli occhi, i tacchi, le mani inguantate e gli occhi di chi ne sa una più del diavolo.

Loro, che non sono partecipi di quel dolore. E io ero lì, quel giorno, ferma accanto alla lastra marmorizzata della facciata bianca della chiesa asfissiante; una chiesa troppo piccola e angusta, piena di crocifissi e infissi in oro. Avvertivo il sudore scorrermi sul petto, bagnarmi la camicetta sottile e la nuca.

Ero stata precisa e puntuale, non mi piaceva arrivare in ritardo, nemmeno ai funerali. Ero arrivata a piedi, quel giorno, camminando a passo svelto per le stradine anguste di una parte di Berlino che mi faceva dubitare di esserci ancora, a Berlino.

Il cielo azzurro mi era sembrato inopportuno, così meravigliosamente scintillante e felice; gli alberi del cortile parrocchiale erano così rigogliosi e la primavera sembrava così presente, seppur lontana ancora.

I mormorii delle persone mi attorniavano, le parole bisbigliate, che sentivo ma non riuscivo ad ascoltare.

E in quella chiesa, quel giorno, mia madre stava presenziando in prima fila. Lei, un'ebrea in una chiesa cattolica.

Aveva una gonna stretta che le arrivava al ginocchio, una giacca nera e una camicetta bianca, un foulard nero e un cappellino nero.

Che bella che era mia madre. La compostezza e la gentilezza che non dimenticava mai, nemmeno nei momenti più drammatici.

Io ero ancora ferma lì. Guardavo da lontano la bara bianca che si accingeva a entrare in chiesa. La portavano in spalla quattro uomini, ma era così leggera che ne sarebbero bastati anche soltanto due. La poggiarono con delicatezza al centro della sala e adagiarono su quella dei fiori freschi.

Le panche di legno scricchiolavano ogni qualvolta qualcuno si alzava o si sedeva. La madre della bimba era ferma, in ginocchio. Gli occhi fissi sul colore puro e immacolato del giaciglio eterno della sua piccola, le mani che tremavano mentre stringevano il fazzoletto che avrebbe voluto lacerare dalla collera repressa.

Ecco una di quelle persone che piangeva in silenzio, senza clamori.

Il marito non era lì, per condividere quel dolore con lei, per prenderne un po' e liberare quella donna da quell'agonia di cui non si sarebbe mai sbarazzata. Il papà della piccola era in guerra, a combattere al fronte e non sapeva neppure che la sua bambina fosse morta per una malattia che non le aveva dato scampo. Troppo fragile per aggrapparsi alla vita ancora per un po'.

Feci qualche passo indietro, ancora all'esterno della chiesa e respirai forte. Allora, la morte aveva ancora una sua importanza, anche in tempo di guerra; una sua macabra solennità. Anche quando ogni giorno migliaia di soldati senza nome morivano nello stesso istante e le loro spoglie mortali venivano lasciate lì, sul campo di battaglia, a pochi metri dalle trincee, sotto un cumulo di terra, con una croce fatta coi ramoscelli e l'elmetto appoggiato sopra.

Qui giace, - recitavano i compagni. - Uno dei tanti morti per la pace. Un uomo che è nato e che poi la vita ha fatto soldato.

Mi asciugai una lacrima e continuai a guardare all'interno della piccola chiesa.

- La conoscevate?

Mi girai di scatto, sorpresa da quella voce che da poco tempo mi era quasi diventata familiare.

Schwarz.

Restai immobile e mi voltai di nuovo, con gli occhi piantati all'interno della chiesa. Perché non entravo? Annuii e con l'indice mi asciugai rapidamente gli occhi:

- Sì, - mormorai e la mia voce sembrò sul punto di spegnersi. - Sì la conoscevo. Veniva spesso da noi. Adorava sedersi sulle mie ginocchia e farsi dondolare.

Le sue treccine bionde, i suoi occhi color ambra che ancora mi guardavano e brillavano. Mi sembrò di scorgere con la coda dell'occhio la mano dell'ufficiale protendersi verso di me, ma ritrarsi immediatamente dopo qualche istante.

- Com'è morta?

- Polmonite. Avanzata. Era troppo debole, non mangiava abbastanza.

Schwarz se ne stava fermo dietro di me, con le mani dietro la schiena, in uniforme.

- Vi capita mai di pensare che tutto questo, - chiesi, all'improvviso. - Non abbia alcun senso?

Lui era lì e sembrava non volersene andare. Non riuscivo a capire perché la sua presenza non mi infastidisse.

- Tutto questo... cosa? - Chiese.

- La guerra. - Dissi

- Lei non è morta a causa della guerra.

Io lo guardai e gli lanciai un'occhiata interrogativa. Lo pensava sul serio?

- Sì. È morta a causa della guerra. È morta per l'eccessiva umidità presa nei rifugi antiaerei, troppa per le sue ossa deboli. È morta perché non riusciva a permettersi le medicine necessarie... perché non aveva soldi a sufficienza per comprarle. È morta perché non mangiava abbastanza, a causa delle provviste che scarseggiano. Ed è morta senza vedere il volto di suo padre per l'ultima volta, perché è un soldato che combatte al fronte e non vedrà mai più la sua bambina. Come potete dire che non è morta a causa della guerra?

Lui mi guardò a lungo, finché non mi costrinse a guardare altrove.

- So che non è colpa vostra, - dissi, incrociando le braccia al petto. - Ma lei è morta a causa della guerra.

Avvertii una strana sensazione. Io e l'ufficiale eravamo fuori da una chiesa, vicinissimo l'uno all'altra e guardavamo all'interno. Mi sembrava di percepire il suo stato d'animo: era dispiaciuto, come me.

Mia madre si girò all'improvviso. La sua espressione cambiò quando si accorse dell'ufficiale accanto a me. Ci lanciò una lunga occhiata interrogativa e vidi Schwarz indietreggiare impercettibilmente.

- Sì. Avete ragione, - disse, all'improvviso; io mi voltai a guardalo. - A volte ne ho abbastanza di tutto questo. E mi chiedo spesso se stiamo davvero combattendo per la pace, per ciò che è giusto o solo perché nel mondo c'è bisogno di spazio. - Concluse, con un sorriso triste.

Colsi il veleno nelle sue parole e quel disappunto che accomunava anche me al suo pensiero.

- E come fate quando ne avete abbastanza, Mein Herr? - Chiesi, con le braccia incrociate al petto.

Lui sembrò sorpreso, forse non si aspettava una domanda simile; dopotutto, eravamo poco più che estranei e ci sopportavamo a malapena.

- Ho i miei metodi. - Disse e accennò un sorriso.

Non chiesi più nulla.

- Avete come tornare a casa? - Chiese, all'improvviso.

Io mi girai e annuii. Per la prima volta, gli rivolsi un sorriso.

- Torneremo a piedi, non è lontana casa nostra.

- Posso farvi accompagnare da una delle nostre auto.

Inclinai la testa di lato, confusa; non capii il motivo della sua gentile proposta.

- No, grazie. Non ce ne sarà bisogno.

Lui annuì e fece per andarsene, poi all'improvviso si bloccò. Io lo guardavo ancora e avrei tanto voluto chiedergli di dirmi tutto quello che gli stava passando per la testa in quel momento. Avevo davvero voglia di parlare con lui. In realtà, avevo voglia di parlare solo con lui. Strinsi la mano a pugno, scioccata dai miei stessi pensieri.

- C'è qualcosa che posso fare per voi, signorina Monroe? - Chiese e nei suoi occhi scorsi qualcosa di nuovo.

- No, ufficiale Schwarz, - risposi, interdetta. - Non ho bisogno di nulla, grazie.

Lui fece qualche passo in avanti e mi sembrò assurdo che si fosse avvicinato così tanto a me. I suoi uomini erano fermi alle sue spalle a presidiare le strade.

Era ancora una meravigliosa giornata di sole e ancora non mi appariva appropriata al dolore che si stava consumando in quella chiesa. Avevo cercato di guardare il sole con uno sguardo di disapprovazione; peccato che non lo intimorissero le mie occhiate ammonitrici.

- Se c'è qualsiasi cosa che possa fare per voi non esitate a chiedere. Per favore. - Aggiunse e avvertii qualcosa nella sua voce che mi intenerii.

Aggrottai le sopracciglia, poi annuii:

- Sì, certo. Grazie ufficiale...

Lui fece un inchino con la testa, poi indietreggiò dandomi così le spalle e raggiunse i suoi uomini.

*   *   *

Riaprii gli occhi, col cuore impazzito. Mi premetti una mano sul petto. Faticavo a respirare e forse era anche colpa dell'accenno di bronchite che mi aveva colpita. Strinsi gli occhi forte e cercai di regolarizzare i battiti.

Mi alzai a sedere, velocemente e mi guardai attorno: ero lì. Ancora lì.

Mi sembrò per un attimo di perdere le forze, come quando ci si sveglia per finta da un incubo: si crede che tutto sia finito, ma in realtà è soltanto il continuo di quello stesso incubo e tu sei ancora incosciente. E ti rendi conto che non finirà mai.

Fu quella la sensazione che provai quando mi risvegliai in quella baracca, in quella squallida baracca insieme alle altre ragazze che cercavano come me di scappare dai loro incubi, che cercavano di trovare conforto in una dimensione dove ancora erano trattate come donne e non come numeri. In una dimensione dove correvano e ridevano ancora; dove ballavano ancora, dove cantavano e dove amavano ed erano ancora amate.

La mia mente aveva inconsciamente ricordato un episodio avvenuto in una Berlino ibernata nel tempo, immutabile e tristemente lontana; una Berlino che appariva ora estranea e appannata dai ricordi e dalla sofferenza, appannata dai meandri del tempo che sembrava scorrere incessante e al contempo maledettamente lento.

Ma non ero più a Berlino. Non ero più nella Berlino che mi aveva vista innamorata e, a tratti, felice. Non ero più a casa mia, non ero più nella boutique di stoffe di mio padre, non ero più in quel bosco con Aaron o in riva al lago Tegeler insieme a lui.

No. Ma, in fondo, non ero più nemmeno Edith Monroe, ma solo una prigioniera come un'altra che divideva un padiglione lercio e umido che al massimo poteva contenere una quarantina di persone, mentre noi eravamo in centocinquanta, stipate in quel tugurio con cuccette di legno a due piani, attaccate l'una accanto all'altra, con pagliericcí sporchi che contenevano forzatamente due prigioniere per volta, costrette a coprirsi con ritagli di coperte luride e lacere.

La puzza che c'era lì dentro era nauseabonda: non permettevano di lavarci con del sapone, quindi quell'odore era più che comprensibile; sembrava di essere in una stalla e il paragone non era poi così lontano dalla realtà, considerato il modo bestiale in cui venivamo trattate.

Le SS alternavano acqua gelida ad acqua bollente e a nessuno importava se riuscissimo a sopportarla oppure no. Le razioni di cibo erano sempre più misere, fredde e a volte perfino andate a male.

Non c'erano servizi igienici. Ognuna di noi era costretta ad adempire ai propri bisogni lì, davanti a tutte le altre e questo non influiva soltanto sulle nostre condizioni igieniche e sul proliferare di malattie, ma inevitabilmente, influiva sul morale già basso delle donne.

Private della nostra dignità, della nostra intimità, della riservatezza e della compostezza, eravamo costrette a comportarci come bestie in gabbia, in padiglioni sporchi, umidi, sovraffollati e fetidi. Ma eravamo unite da uno strano senso di comprensione, di tacita rassegnazione che ci spingeva a comportarci come se tutto quello fosse normale; come se il modo in cui venissimo trattate fosse l'unico modo a cui ormai fossimo abituate. Ed era quella la cosa più grave, la più pericolosa.

Come potevamo, mi chiedevo nei rari momenti in cui mi concedevo di fermarmi a pensare, sebbene a mio rischio e pericolo, soltanto ammettere il modo in cui venivamo trattate? Come potevamo pensare che ormai le percosse, il cibo misero, le violenze, le urla, i lavori forzati le cuccette sporche e l'aria fetida fossero la normalità? Come il mondo avrebbe un giorno potuto accettare che nel 1943, in un luogo in cui il tempo si era fermato, in un tempo in cui la

Storia rimaneva a guardare col fiato sospeso e in un mondo in cui l'umanità aveva cessato di esistere, quella fosse la normalità?

Mi rifiutavo di pensare che quelle donne avessero davvero dimenticato chi fossero prima di arrivare lì dentro. Prima che anche l'ultima goccia di speranza e dignità fosse risucchiata via, una sera decisi di parlare con loro:

- Noi siamo come dei fiori, - esordii, incrociando le gambe. - Quelli che nascono ai bordi dei marciapiedi di una strada desolata e abbandonata.

Le ragazze si misero a sedere e ci stringemmo, con la schiena contro il muro, mentre altre si accomodarono sul pavimento. Deglutii e mi fissai le unghie sporche, poi continuai:

- Quei fiori di campo bellissimi, multicolori, che crescono e vivono e nessuno li nota. Siamo come quei fiori dai colori sgargianti ai bordi di una strada malconcia e sporca. Le persone li osservano distrattamente, per qualche secondo pensano addirittura che siano belli... ma poi si guardano attorno, vedono ciò che li circonda, quel paesaggio squallido e lercio e non si fanno problemi a calpestarli. Poi magari, arriva un fiorista che li raccoglie, diligentemente e li porta nel suo negozio. Taglia via le foglie secche, accorcia lo stelo, dà loro una nuova vita e li sistema in un bel vaso d'alluminio, esponendoli su un bancone con il prezzo e la dicitura: "fiori di campo appena colti". Così, arriva una signora, la stessa che prima non avrebbe esitato a camminarci sopra e ne esalta la sopraffina bellezza e delicatezza. Ne tocca i petali colorati e non le sfiora neppure il pensiero che quelli siano fiori da marciapiede. Mette mano al portafogli e li acquista, senza rendersi conto che avrebbe potuto averli gratis se solo fosse andata oltre alle apparenze qualche ora prima. Se avesse ignorato il luogo deplorevole in cui quelli erano nati. Noi siamo solo fiori di campo, ragazze. Bellissimi fiori di campo abbandonati al proprio destino e circondati da un paesaggio lugubre che non fa altro che sminuirci ancora di più. Abbiamo solo bisogno di qualcuno che veda oltre e che ci colga, pensando che non ci sia cosa più rara di noi.

Conclusi e cercai di non piangere.

- Tu avevi una persona così, - mi chiese una ragazza, facendosi avanti. - Intendo... sì, fuori di qui?

Io sorrisi e un nodo mi strinse la gola, quasi sopraffacendomi.

- Sì. - Ammisi.

Ma non è fuori. È qui dentro, insieme a noi.

Meredith si strinse accanto a me, appoggiando la testa sulla mia spalla.

- E lui ha visto oltre?

- Lui ha fatto addirittura di più, - mormorai, con la voce che ormai mi tremava. - Lui ha scavalcato quella sottile linea invisibile e mi ha seguita... al di là dell'oltre.

*   *   *

- *Verdammte Idioten!* Avete la più pallida idea di quello che stavate per fare?

Mi rimisi in piedi e restai a osservare la scena ben nascosta da dietro a un muro. I motori continuavano a ringhiare minacciosi e le urla delle donne cessarono all'improvviso.

Sentii Aaron imprecare in tedesco. Lo sentii urlare dalla

panchina sulla quale mi ero seduta per riprendere fiato, li aveva chiamati "fottuti idioti" e aveva chiesto loro se si fossero resi conto di ciò che avevano combinato. Andava avanti e indietro, la furia lo stava divorando.

- *Wer?* Chi l'ha spinta in quella fila?! - Urlò.

Le SS se ne stavano in silenzio, le vidi deglutire a vuoto.

- Essere omertosi vi procurerà soltanto male. Vi punirò tutti se non verrà fuori il colpevole!

Uno di loro chiuse gli occhi per qualche secondo, poi alzò la mano pallida.

- È colpa mia. - Disse, con voce tremante.

Aaron aveva il respiro corto, il suo petto si alzava e abbassava ritmicamente.

- C-c'era confusione... i dottori dicevano di essere veloci e io mi sono sbagliato. Herr Kommandant... ve lo giuro, non accadrà più.

L'espressione dell'ufficiale era indecifrabile. Fece qualche passo verso l'SS, rimanendo a un palmo dal suo viso, era più alto di quest'ultimo di quasi una spanna.

- Non accadrà più? - Chiese, la domanda era prettamente retorica. - Intanto oggi avresti ammazzato una donna perfettamente in salute, adatta a lavorare. Avresti ucciso la mia domestica per... un errore? *Ein fehler?* Dovresti sapere meglio di chiunque altro ormai che qui non tolleriamo errori, di qualsiasi genere essi siano.

Aprì il palmo della mano e ordinò:

- Il manganello.

L'SS strabuzzò gli occhi e, deglutendo, gli porse il manganello con le mani che gli tremavano.

- Voi, - disse agli altri, sbrigativamente. - Andate ad avvisare che qui hanno finito.

Sembrava che tutte le emozioni, in quel momento, lo avessero abbandonato.

- Tu, voltati.

L'SS fece come gli fu ordinato, il corpo rigido. Schwarz lo colpì la prima volta, alla schiena. Lui si inarcò in avanti e io distolsi lo sguardo.

Quella stessa guardia aveva tormentato e picchiato decine e decine di prigionieri con quel manganello che ora si abbatteva con violenza sulla sua schiena; stava provando solo un assaggio di ciò che per settimane intere si era divertito a far provare a noi, con la sottile differenza che a noi veniva riservato quel trattamento senza che avessimo alcuna colpa.

Il rumore del manganello rimbombava in quella stanza ormai vuota. L'SS rimase per qualche minuto riversa sul pavimento, senza la forza di muoversi. Schwarz era affannato e lasciò cadere sul pavimento il manganello, il quale rotolò per qualche secondo, fino a fermarsi accanto alle porte sigillate, spettatrici di uno dei crimini contro l'umanità più spregevoli della Storia.

La stanza era tremendamente silenziosa, l'unico suono avvertibile era il respiro spezzato di Schwarz. Gli occhi di Aaron incontrarono i miei, ma distolse immediatamente lo sguardo, non voleva guardami, in quel momento.

- Alzati e vattene, - disse, col respiro corto, per poi urlare.

- Schnell!

La guarda si alzò a fatica e, zoppicando, cercò di uscire dalla stanza il più rapidamente possibile. Aaron fece un enorme sospiro, poi alzò gli occhi verso il soffitto, scuotendo la testa. Iniziò ad avanzare verso il muro bianco e asettico che si ergeva proprio dinnanzi a lui.

- Non guardarmi così. - Disse, la voce arrochita dalle urla.

Appoggiò il braccio al muro e posò la fronte su di esso, esausto, chiudendo gli occhi. Sembrava aver perso all'improvviso tutto il cinismo che lo aveva accompagnato fino a quel momento.

- Sono un mostro, Edith, - mormorò, la voce tremendamente incerta. - Lo so. Ma troppe volte ho visto quell'uomo infierire su poveri innocenti senza un valido motivo. Avevo desiderato farlo troppe volte. E ne sono consapevole: non sono poi così tanto diverso da loro.

A quelle parole, un riso amaro gli scappò dalle labbra.

- Quando non ti ho vista insieme alle tue compagne di padiglione ho capito che ti avevano indirizzata nella fila sbagliata. Hai idea, – disse voltandosi verso di me, con lo sguardo pieno di sofferenza – Hai idea di cosa io abbia provato in quel momento?

Io non riuscivo a parlare a causa del nodo che mi si era formato in gola. Ascoltavo in silenzio le parole che uscivano dalle sue labbra, come se fossero parole sacre, inviolabili, imperiture.

- Ho provato ciò che si prova prima di morire, con la consapevolezza che si sta per andare all'inferno, Edith. Ho pensato di essere arrivato troppo tardi. Tu eri lì dentro e io...

Il mio corpo fu scosso da brividi di paura. Realizzai solo in quel momento a cosa ero scampata; Aaron mi aveva salvata, ancora una volta.

Avanzai verso di lui e in pochi secondi, lo circondai con le braccia. Affondai il viso nella sua schiena e cominciai a piangere a singhiozzi.

Cosa avevamo fatto per meritarci tutta quella sofferenza? Di quale peccato mortale ci eravamo macchiati e per quale peccato stavamo espiando adesso con tutto quel dolore?

- Non potevo salvarle, Edith. Non potevo... non avrei neppure potuto salvare te se non li avessi minacciati. Mi dispiace, davvero, - disse, poi improvvisamente si voltò verso di me. - Mi dispiace.

Nei suoi occhi c'era la guerra, la morte e il senso di colpa delle sue azioni.

- Avrei voluto salvarle Edith, tutte loro, ma se l'avessi fatto sarei finito davanti a un plotone d'esecuzione... e chi ti avrebbe più protetta, allora? So che questo mio gesto non passerà inosservato, ma non m'importa. Io non potevo lasciare che accadesse.

Era sconvolto. Gli afferrai il viso tra le mani, conscia del fatto che qualche SS sarebbe potuta entrare da un momento all'altro in quella stanza, ma in quell'istante per me contava solo lui.

- Tu non sei come loro, - dissi, con la voce che mi tremava. - Non dirlo mai più.

- Non posso permettermi di perderti, - disse lui, con lo sguardo come perso in un sogno lucido. - Sei tutto quello che ho.

Gli accarezzai una guancia e gli sorrisi:

- Finirà tutto questo, - mormorai, con voce flebile. - Un giorno tutto questo finirà e io e te potremmo vivere liberi, insieme. Liberi di amarci.

Deglutii.

- Perché io ti amo, Aaron.

Le sue pupille si dilatarono impercettibilmente e nel suo sguardo mi parve di annegare.

Un rumore di anfibi sul selciato mi spinse ad allontanarmi immediatamente da lui.

In maniera lucida, iniziai a raccogliere i vestiti delle prigioniere che erano morte pochi istanti prima e li appoggiai su un carrello, impilandoli l'uno sopra l'altro.

Schwarz cercò di ricomporsi, ma io vedevo il suo sguardo cercare il mio in continuazione; rimase fermo in mezzo alla stanza, con la schiena in avanti, ancora teso verso di me. Sul suo volto si palesarono tutte le emozioni che aveva tentato di nascondere poco prima.

Hoss entrò, seguito da due delle sue ombre.

- Che cosa è successo? - Chiese, la voce annoiata.

- Abbiamo un branco di idioti, qui, - disse Schwarz, sistemandosi il cappello e dando le spalle al comandante in capo. - Stavano per uccidere una delle mie donne.

Così dicendo, lanciò un'occhiata inceneritrice ai soldati, poco lontani. Paradossalmente, tra lui e il comandante in capo, sembrava essere Aaron a incutere più timore alle SS.

- Sì, ho sentito, - disse Hoss, guardandosi attorno. - Almeno l'hai recuperata?

Aaron non si scompose e pronunciò un Jahwol affrettato.

- Bene, - mormorò, puntando il dito alle spalle di Hoss. - Adesso, voi, ripulite questo dannato casino.

Alzai di sfuggita lo sguardo verso il Kommandant che stava abbandonando la stanza. Schwarz non disse più nulla e mi lanciò un'ultima, eloquente occhiata, prima di lasciare la stanza.

*   *   *

Aaron Schwarz. Presente del 1943.

Ho sempre odiato questo genere di caos.

Questa mattina sono giunti altri prigionieri da tutta l'Europa. Sono fermo insieme alle altre SS, osservando indolente la fila di corpi nudi che si susseguono l'uno dopo l'altro, davanti agli occhi asettici dei dottori nazisti che li stanno esaminando.

C'è bisogno di *eliminare* chi risulta inabile al lavoro per fare spazio a forze fresche.

Li osservo impassibile, mentre vedo i miei colleghi che ridono e fanno battute, quasi come fossero al circo e si stessero godendo lo spettacolo.

I prigionieri si diramano in due file differenti: la fila di sinistra è quella composta da chi è ancora adatto a lavorare, è piena di volti paffuti, corpi floridi e rosei; l'altra fila è composta soprattutto da anziani e malati. Loro sono spediti alle *docce*, come vengono chiamate dinnanzi ai prigionieri, ma per tutti noi del campo, per noi ufficiali e SS sono semplicemente camere a gas: un metodo rapido per soffocare i prigionieri intrappolati in una stanza sigillata con dei gas tossici che delle SS specializzate, munite di maschere antigas, fanno passare attraverso dei passaggi appositi sul tetto, fino a farli penetrare tramite i soffioni appesi al soffitto.

Pochi minuti e le urla cessano. È la cosa più abominevole che abbia mai visto.

I dottori scrivono su quei registri come dei forsennati, facendo roteare le dita e lanciando alle donne qualche occhiata che non si limita solo al professionale. Con lo sguardo cerco Edith.

Eccola.

Un moto di rabbia si impossessa di me quando la vedo in quelle condizioni, costretta a calpestare il suo amor proprio.

Lei, che era la donna più orgogliosa e sicura di sé che avessi mai conosciuto. L'hanno trasformata. Questi bastardi, questi fottuti animali.

Distolgo lo sguardo e sono tentato di andare lì e coprirla con la mia giacca, ma so di non poterlo fare.

Uno dei dottori le fa fare una giravolta e indugia sul suo corpo nudo per qualche secondo di troppo. Fin troppo per i miei gusti.

Muovo le mani dietro la schiena e serro i pugni, chiudendo gli occhi per qualche secondo, cercando di far sbollire la rabbia; avrei voglia di togliergli dal viso quello sguardo concupiscente.

Lei sta provando a coprirsi con le mani e quella scena mi spezza il cuore. Nessuno dovrebbe mai essere ridotto a tanto.

Uno dei miei colleghi mi richiama all'attenzione. Quando volto di nuovo lo sguardo verso i prigionieri, l'ho persa di vista. Avanzo di qualche passo, facendo guizzare gli occhi a destra e a sinistra, ma non riesco proprio a capire dove sia andata. Poi, il mio sguardo cade sulla fila delle donne sane.

Vedo le sue compagne, ma lei non c'è. Osservo in particolare una di loro, i suoi occhi sono fissi sulla sua sinistra, seguo la direzione del suo sguardo e la vedo. Non posso crederci.

È nella fila sbagliata!

La vedo sparire nella stanza delle docce e in men che non si dica, le porte si chiudono. Inizio a correre, la disperazione si impadronisce di me. I miei colleghi mi guardano confusi, cercando di capire che cosa mi sia passato per la testa, ma non posso perdere tempo con loro, me ne occuperò dopo.

Cerco di farmi spazio tra la folla, che rallenta il mio passo e mi costringe a fermarmi un paio di volte, facendomi perdere secondi preziosi. Urlo di togliersi di mezzo e qualche SS mi aiuta a spostare il carico di nuovi prigionieri che si sta avviando verso cortile. Il cuore sta per uscirmi dal petto.

Quando riesco a entrare, le SS sono lì, davanti alle porte. Sento le urla e mi manca il terreno sotto ai piedi: hanno già cominciato. So di avere pochissimi istanti.

- Aprite queste porte, - urlo. - Immediatamente!

Una SS prova a spiegarmi che è una procedura anticonvenzionale e prima che possa continuare a parlare lo afferro per il bavero della giacca, estraggo la pistola dal fodero e gliela punto sotto alla gola. Forse così sarà più collaborativo.

- Ho detto, - rimarco con tono deciso. - Apri immediatamente queste porte.

- *Ja-ja...* - dice, annuendo vigorosamente.

Lo libero dalla presa e infilo di nuovo la pistola nel fodero.

Aprono il paletto di ferro che sbarra le porte e immediatamente, uno stuolo di donne impaurite e urlanti si scaglia contro di loro, spingendo e accalcandosi; io cerco di passare, mi faccio spazio a fatica.

Non riesco a vederla in mezzo tutta quella gente in preda al panico. Più passa il tempo, più sento la paura impadronirsi di me.

Non può essere morta.

Le altre sono tutte vive. Lei dov'è?

- Monroe! PrigionieraA17814! Monroe!

Tra quella massa di corpi nudi, vedo una mano che si alza. Chiudo gli occhi... lei è lì!

*   *   *

Auschwitz, 11 Dicembre 1943.

C'era stato qualche problema col nuovo direttore del campo: Aaron aveva presentato in precedenza la richiesta di avermi come domestica a tempo pieno, ma il direttore non aveva ancora deciso se concedergli quella cortesia oppure no. Era un tipo estremamente permaloso, dispettoso e spietato; o, almeno, quelle erano le voci che giravano al campo.

Schwarz era furioso. Non tollerava quella perdita di tempo ingiustificata da parte del primo comandante del campo. Secondo lui, quella era una procedura che richiedeva al massimo qualche minuto e se non voleva prenderla in considerazione in tempi brevi era perché non voleva concedergliela; o semplicemente, gli piaceva farlo aspettare.

Hoss si divertiva a mostrare la sua autorità e ad abusarne, quasi come la maggior parte delle SS del campo. Solo che lui il potere lo aveva davvero, essendo il comandante di Auschwitz I.

In quei giorni, continuai il mio lavoro nel padiglione di smistamento oggetti di valore e la sera andavo da Schwarz, rifugiandomi nella sicurezza che le sue braccia mi offrivano.

Una mattina però, fui avvertita che lo Sturmbannführer Hoss voleva vedermi. Tutte le prigioniere mi guardarono e scorsi la scintilla della paura nei loro occhi.

Deglutii a vuoto e lasciai a Meredith la giacca che stavo esaminando, lei mi strinse la mano e mi rivolse un sorriso debole.

Seguii la SS donna che era venuta a chiamarmi e salii i gradini che mi separavano dall'imponente villa del comandante in capo del campo. La donna mi annunciò e io feci qualche passo per poter accedere all'ufficio.

Hoss era seduto dietro a una scrivania, un sigaro tra le labbra sottili, la camicia leggermente sbottonata e i pantaloni sbracati.

Liquidò con un gesto vago l'SS e quella andò via senza battere ciglio.

Un'altra donna entrò nella stanza, aveva la vestaglia di seta sbottonata e si scorgevano perfettamente le sue nudità sotto la stoffa pregiata; avvampai e cercai di guardare altrove, imbarazzata dalla situazione, quella si avvicinò a una credenza di vetro alle spalle di Hoss e afferrò una bottiglia marrone, tirò via il tappo di sughero con i denti e lo sputò sulla moquette, lanciandomi uno sguardo di sfida. Poi, si piegò in avanti sulla scrivania per afferrare un bicchiere e la vestaglia si aprì del tutto.

Hoss rise, spostando la testa e le chiese di versargli un bicchiere:

    - Cara, ti prego di ricomporti, - mormorò Hoss, continuando a bere dal suo bicchiere apparentemente di cristallo. - Abbiamo ospiti.

Lei mi lanciò un'occhiata disgustata e mandò giù un'ingente sorso di liquido trasparente, storcendo il naso, poi estrasse una sigaretta da una delle tasche della vestaglia e si chinò verso il comandante, chiedendogli di accendere. I seni nudi gli sfiorarono la divisa.

    - E da quando, - disse, tra una boccata e l'altra. - Gli ebrei sono da considerare ospiti, o anche solo persone?

La voce della donna era arrochita dal fumo e dall'alcool. Fece ondeggiare i suoi boccoli biondi, tirandoli dietro la schiena e inarcò le sue sopracciglia quasi invisibili.

    - Anche gli animali hanno gli occhi. - Rispose lui, lanciandole un'occhiata concupiscente.

Lei si aggiustò l'orlo superiore della calza autoreggente, mi lanciò un'ultima occhiata piena di disprezzo e abbandonò la stanza ancheggiando.

    - Deliziosa. - Disse Hoss, continuando a scrivere.

Poi, finalmente, sembrò accorgersi di me.

- Tu sei la prigioniera che Schwarz desidera così ardentemente come domestica, vero?

Io non risposi, né accennai movimenti, così Hoss continuò:

- Sì, - disse, scostando la poltrona. - Sei sicuramente tu.

Istintivamente feci un passo indietro.

- Faccio così paura?

Io tenevo il capo chino, avevo persino timore di incontrare il suo sguardo.

- Ti ha addirittura tirata fuori da, - mormorò, la voce vellutata e fin troppo pacata. - Da lì dentro...

Il suo gesto, a quanto pareva, non era passato inosservato. La cosa mi preoccupava.

- Devi avere molti talenti se ti considera così indispensabile... un'ebrea utile, - disse, sbottando in un risolino divertito. - Chi l'avrebbe mai detto.

Mi sembrava fuori di testa. E mi spaventava ancora di più.

- Guardami.

Alzai la testa di scatto e incontrai i suoi occhi algidi. La sua camminata lenta mi faceva presagire che il nostro incontro era appena cominciato.

- Carina, sei carina, - disse e con l'indice, mi sfiorò la guancia. - Ma proprio non riesco a capire come mai proprio tu... ci sono cagne ebree migliori di te, persino io devo ammetterlo.

Deglutii a vuoto e cercai di calmare il tremore che aveva sorpreso le mie gambe. I suoi occhi si posarono per qualche secondo sul mio petto.

- Dovrei togliere braccia giovani e sane al lavoro di smistamento per fare questo piccolo favore a Schwarz.

Fece qualche passo indietro e inclinò la testa di lato, si mordicchiò le labbra, poi se le leccò. I suoi occhi non tradivano alcun tipo di emozione, ma mi metteva comunque i brividi.

- Forse, se lui ti desidera così fortemente è perché sei davvero brava... in qualsiasi dannata cosa tu possa esserlo.

Il cuore mi martellava nel petto. Quell'uomo sembrava essere fin troppo calmo e sapevo che, nella maggior parte dei casi, non fosse mai una cosa positiva.

- Non ho intenzione di fargli questo favore, - disse ridendo, all'improvviso. - Voglio che tu diventi la mia domestica. Esatto: se sei così brava, servirai più a me che a lui.

Io sgranai gli occhi.

- Hai mai fatto la domestica prima d'ora?

- No. - Mormorai, cercando di scoraggiarlo.

- Poco importa. Da oggi lavorerai per me.

Aggirò completamente la scrivania e si lasciò cadere pesantemente sulla poltrona. Dalla tasca della giacca tirò fuori un fazzolettino bianco di stoffa che poggiò meticolosamente sulla scrivania.

Non sapevo cosa fare. Non mi aveva congedata e non mi aveva detto di restare.

Afferrò una lente da uno dei cassetti della scrivania e se l'avvicinò al volto. Dal fazzoletto estrasse tanti piccoli diamantini, che fece tintinnare sulla superficie solida della scrivania. Mi accorsi che molti di quelli li avevo estratti io stessa da un portavalori.

- Questi valgono una fortuna... - disse, esaminandoli per bene.

- Che ci fai ancora qui? - Chiese all'improvviso, atono.

- Non mi avete detto se tornare a lavoro o rimanere qui a lavorare per voi, Herr Kommandant.

- Per fortuna che il tuo non sarà un lavoro di intelletto, - gridò,
puntando il dito contro la porta. - Vattene!

Io tremai a quell'urlo scagliato così all'improvviso e spinsi in fretta la
porta, desiderosa di abbandonare al più presto quella stanza e
allontanarmi da quell'uomo.

Tornai al padiglione lavorativo e mi unii velocemente alle altre.
Meredith mi guardò a lungo, cercando di capire cosa fosse successo in
quel lasso di tempo in cui ero stata lontana da loro; le lanciai uno
sguardo fugace e lei comprese che le avrei spiegato tutto più tardi.

Il resto della giornata trascorse senza interruzioni. Le SS
abbandonarono anche la stanza per qualche minuto e
immediatamente, si levò nell'aria un chiacchericcio sommesso.

Quando tornammo nei nostri padiglioni, mi sedetti sulla
cuccetta e mi strinsi le ginocchia al petto. Meredith si accomodò
accanto a me e mi rivolse un sorriso appena accennato.

- Hoss, - dissi, torturandomi la stoffa della veste. - Vuole
prendermi come sua domestica.

Lei sbatté più volte le palpebre per la sorpresa:

- Hanno detto che è uno squilibrato, - disse lei, incrociando le
gambe. - Non hai paura?

Io feci spallucce:

- Che altro potrei fare? Di certo non posso rifiutarmi.

- Quell'ufficiale... non ti aveva chiesto per primo di diventare la
sua domestica?

- Hoss è molto dispettoso, - mormorai, sfiorandomi il dorso
delle mani screpolate e secche. - Forse si sente in competizione
con Schwarz per l'autorità e vuole far capire a tutti che, tra i
due, chi ha più potere è lui.

Era difficile parlare di Aaron in modo così distaccato e imparziale.

- Tra i due mali, - mormorò Meredith, scuotendo la testa. - Non so chi dei due sia peggio.

Io sorrisi, guardanda dal lato opposto; se solo avesse saputo. Ma come avrebbe potuto anche solo immaginarlo? Fino a un anno prima, non l'avrei immaginato neppure io.

Le porte poi si aprirono ed entrò una SS. Tutte la osservammo, chiedendoci il perché di quell'irruzione improvvisa.

- Prigioniera A17814, devi seguirmi. *Schnell*! - Disse, facendo schioccare l'immancabile frustino sul palmo della mano.

Le mie compagne mi guardarono. Nessuna pace per me, quel giorno. Il sangue mi era defluito dal volto, deglutii a vuoto e mi alzai dalla cuccetta. La seguii in silenzio, lanciando un'ultima occhiata a Meredith prima di abbandonare il padiglione e inoltrarmi nella neve.

Ci avevano abituati a non fare domande, per quel motivo io non ne facevo mai: ero stanca di essere colpita anche per un attacco di tosse.

La guardia non parlò per tutto il tragitto, si limitò soltanto a spingermi per farmi capire quale fosse la direzione da seguire. Poi arrivammo davanti all'ufficio di Schwarz.

- È qui che devo andare? - Azzardai a domandare, sbattendo le palpebre.

La SS non mi rispose, mi diede uno strattone e mi lasciò davanti alla porta, dopo aver bussato. Schwarz venne ad aprirmi, la giacca sbottonata e gli occhi gelidi come sempre, che si sciolsero non appena si posarono su di me.

Io entrai e Aaron chiuse la porta dolcemente.

- Non sapevo di dover venire, questa sera. - Dissi, guardando il letto disfatto e il registro aperto sulla scrivania.

- Perché? - Chiese lui, aggirandomi completamente e fermandosi di fronte a me.

- Oggi, - mormorai, tenendo gli occhi bassi. - Hoss mi ha fatto chiamare nel suo ufficio.

- Lui cosa?! - Chiese, la voce leggermente alterata.

- Già. Abbiamo avuto una specie di colloquio.

- Guardami quando ti parlo. - Disse, nella sua voce una perentorietà che non avvertivo da tempo.

Io alzai la testa, inarcando un sopracciglio:

- Mi pare di averti detto più volte che odio questo tono, - mormorai, piantando i miei occhi nei suoi. - L'ho sempre odiato. Non parlarmi come se fosse colpa mia.

Ci fu qualche secondo di silenzio, un silenzio carico di tensione. Poi, inaspettatamente, Aaron sorrise:

- Per qualche istante, - disse. - Sei tornata l'Edith che ho conosciuto a Berlino. Quella sprezzante, arrogante e orgogliosa che mi faceva perdere la pazienza tutte le volte.

- E tu sei tornato l'ufficiale Schwarz, - confessai, con un sorriso.

- Quello cinico, glaciale e austero che detestavo.

- Ora non mi detesti più? - Domandò, sfiorandomi una guancia con l'indice.

Io feci un piccolo risolino, beandomi di quel contatto:

- Ora ti amo! - Dissi, tenendo gli occhi chiusi.

Non ce la facevo a ripeterlo osservando il suo sguardo. Quando riaprii gli occhi, l'espressione di Aaron era la stessa di quando gliel'avevo detto per la prima volta, sembrava smarrito. Ma perché?

- Non puoi dire sul serio. - Mormorò.

La sua voce era quasi inudibile per quanto fosse bassa.

- Perché? - Chiesi.

Lui scosse la testa:

- Perché sono un soldato... - disse, indicando la giacca che giaceva sulla sedia.

- Sono un soldato, - ripeté. - E sono cinico. Sono costretto a esserlo e sono senza cuore, come mi definisti tu una volta. Mi sembra assurdo che tu possa amare anche quel lato di me.

- È cambiato tutto da allora. - Mormorai, la voce spezzata.

- Io ho visto la tua umanità, Aaron. Non cercare di convincerti di essere come loro, perché non lo sei.

- Io sono il promemoria vivente della tua umanità... - mormorai, mentre sentivo il respiro cominciare a mancarmi.

Gli appoggiai una mano sul cuore e i suoi occhi la seguirono, rimanendo incantati per qualche secondo su di essa.

Poi si staccò da me e lo vidi allontanarsi verso la porta. Seguii la sua figura elegante con gli occhi e osservai la sua mano afferrare la chiave e girarla nella toppa.

Alzò il viso verso di me e in quel momento capii cosa stava per accadere e io non desideravo altro. Sebbene non concepissi come potesse anche solo desiderarmi nello stato in cui mi trovavo, non glielo chiesi mai. Mi raggiunse a grandi falcate e fui totalmente soggiogata da quell'uragano che indossava una divisa verde scuro.

Mi strinse tra le sue braccia, tenendomi come fossi la cosa più fragile e preziosa che avesse mai sfiorato e mi baciò come se dovesse perdermi da un momento all'altro. Mi appoggiò sulla scrivania, sollevando velocemente il vestito e affondò il viso nell'incavo del mio collo. Il suo respiro sulla pelle ipersensibile mi fece venire i brividi. Premetti le mie labbra sui suoi capelli, ispirando il suo profumo che mi aveva inebriato l'anima.

Affondai le unghie nella sua camicia, mentre mi sentii completamente in balia di quell'uomo che mi aveva sconvolto la vita. Alzò il viso fino a far combaciare le nostre fronti e a far fondere completamente i nostri respiri affannati.

Nessuno dei due osò parlare, ci limitammo a perderci l'uno nell'altra per quei minuti che sembravano dover durare per sempre. E in quei momenti, sentivo di appartenere a lui: anima e corpo. Avevo la sensazione che, qualsiasi cosa fosse accaduta, io sarei per sempre appartenuta a lui.

I suoi occhi si riversarono nei miei, e io cercai di sostenere il suo sguardo rovente, sebbene l'imbarazzo di quel momento mi portasse a guardare altrove. L'intensità di quello sguardo faceva quasi male. Al culmine, premette il viso contro il mio petto e le sue mani mi circondarono con una forza tale che mi fece mancare quasi il respiro. Senza parlare, mi sollevò di peso e mi adagiò sul letto già disfatto, posizionandosi su un fianco, proprio di fronte a me.

- Un giorno tutto questo accadrà a casa nostra, - disse, sfiorando un accenno di ciuffo sulla mia fronte. - Sul letto di casa nostra.

A quelle parole, i miei occhi si velarono di lacrime. Non aveva detto niente, eppure, aveva detto tanto. Non sapevo se Aaron fosse o meno innamorato di me, ma in quelle parole c'era la speranza: la speranza per noi di un futuro insieme.

Casa nostra.

Mi rannicchiai contro il suo petto, affondando il viso nella camicia bianca e bagnandogliela di lacrime.

Lui desiderava vivere con me, desiderava una casa nostra, desiderava un futuro insieme: praticamente tutto quello che desideravo anche io.

- Vorrei mostrarti la mia casa in Italia, - dissi, contro il suo petto. - Il giardino di casa mia e le rose che vi coltivavo.

- Un giorno mi ci porterai, - disse, accarezzandomi la schiena per poi concludere malinconicamente. - E non ce ne andremo più.

*   *   *

Quel giorno era cominciato in modo diverso: era arrivata nel nostro padiglione una ragazza nuova. Era polacca, viso algido, labbra sottili; portava una bandana bianca legata dietro alla nuca, i capelli corti. Gli occhi castani ci scrutavano guardinghi, mentre le sue dita agili e sottili armeggiavano con le tasche di alcuni pantaloni di flanella di ottima fattura.

Le SS ci lasciarono sole per qualche minuto, il tempo di accendersi una sigaretta e fumare fuori dal nostro padiglione. La ragazza, con la coda dell'occhio seguì il movimento delle SS e lesta come un fulmine, agguantò un orologio d'oro, infilandoselo nella tasca della giacca di lana marrone che portava sulle spalle.

Che cosa pensava di farsene di un orologio in un campo come quello? Guardare l'ora nell'attesa di essere ammazzata? O sperava ancora di uscire viva da lì dentro?

Meredith le disse qualcosa sottovoce, in un polacco perfetto, che io non riuscii ovviamente a capire. La ragazza non aveva neppure segnato sul taccuino il valore dell'orologio, ma le altre lo avevano già fatto. Le cancellature non erano ammesse.

La ragazza dagli occhi castani non si scompose e continuò a smistare gli oggetti che le capitavano sotto tiro. Meredith continuò a dirle qualcosa mentre io, preoccupata, cercavo di scorgere i movimenti delle SS.

- Meredith, - mormorai, la voce strozzata dalla paura. - Lasciala stare.

213

Non volevo che la mia amica finisse nei guai per colpa sua. Probabilmente la ragazza era appena arrivata al campo e nessuno le aveva spiegato le cose come funzionavano. Forse ignorava spudoratamente il fatto che lì eravamo all'inferno. Tutte le altre si fermarono per qualche secondo a osservare il piccolo siparietto che vedeva coinvolte Meredith e la ragazza polacca.

- Meredith, - ripetei, preoccupata. - Basta.

- Se non lo posa, - rispose lei, le pupille dilatate, e aveva ragione. - Ci andremo di mezzo tutte.

- Ehi!

Chiusi gli occhi per qualche secondo e mi paralizzai. Una delle SS si era accorta del trambusto che ci aveva distratte.

- *Was geschieht hier?* - Chiese uno di loro.

- *Steh auf!* - Ci urlò e immediatamente ci alzammo in piedi, come ci aveva ordinato di fare.

Entrambi iniziarono a perquisire le ragazze, meticolosamente e una per volta. Forse erano state disposizioni di Schwarz. Sospirai e lanciai un'occhiata a Meredith, forse in fin dei conti non sarebbe finita malissimo per la polacca: Schwarz aveva vietato le esecuzioni sommarie.

Quando giunsero a me, iniziarono a controllarmi così come avevano fatto con tutte la altre. Alzai gli occhi verso il soffitto per cercare di reprimere l'istinto di sferrargli un calcio nei paesi bassi quando le mani dell'SS si posarono in punti dove non avrebbero dovuto posarsi.

Non trovarono nulla, come era prevedibile e passarono oltre, iniziando a perquisire proprio la polacca. Tutte tenemmo il fiato sospeso.

E quando non le trovarono niente addosso e passarono oltre, ci guardammo con un'espressione confusa sul volto.

Non era possibile che se ne fosse liberata sotto il naso delle SS: tutte avevamo visto la ragazza infilarsi l'orologio nella tasca e continuare a lavorare come se niente fosse.

- Questa qui ha qualcosa. - Disse uno di loro e quando vidi che era Meredith quella che stava controllando, ebbi un mancamento.

La mia amica aveva gli occhi sbarrati ed era pietrificata dalla paura. La polacca osservava la scena impassibile, come se quello che stava per accadere non fosse colpa sua. Mi girai di scatto verso le SS e una di loro estrasse dalla tasca di Meredith l'orologio che la polacca aveva rubato qualche minuto prima. Lo guardò per qualche secondo, poi le lanciò un'occhiata che fece gelare il sangue a tutte.

- È impossibile, - disse Meredith, in un tedesco strascicato. - Ve lo giuro... i-io non ho rubato nulla!

Stava per dire qualche altra cosa quando l'SS le rifilò uno schiaffo che ci fece tremare tutte. Lei reclinò la testa di lato, portandosi una mano al volto. Aveva gli occhi pieni di lacrime.

- Ve lo giuro, - disse, massaggiandosi la guancia rossa e solcata da venuzze. - Non sono stata io.

- È vero, non è stata lei... - mormorai e la voce mi morì in gola.

- Chi ti ha interpellato, eh? - Chiese la guardia, avanzando minacciosamente a grandi falcate verso di me e fermandosi a un palmo dal mio viso. - Chi ti ha dato il diritto di parlare?

Io abbassai la testa, tremando e tenendo i pugni serrati lungo le gambe.

- Era nelle sue tasche, come lo spieghi questo? - Chiese.

Io non dissi nulla. In un movimento lesto estrasse la pistola dal fodero e la fece oscillare tra me e Meredith. Il sangue mi si gelò nelle vene.

- L'ufficiale Schwarz, - dissi, cercando di protestare. - Ha vietato le esecuzioni sommarie.

- Stai zitta! - Disse uno di loro, quello dai capelli ossigenati e mi colpì violentemente alla testa con il calcio della pistola.

- Se lei non confessa sparerò a entrambe. - Disse, all'improvviso.

Il mio ventre si contrasse dolorosamente, attraversato dalla morsa gelida della paura.

Mi portai una mano alla testa, toccandomi il capo proprio nel punto in cui ero stata colpita e le mie dita si sporcarono di sangue. Guardai Meredith e realizzai in quell'istante che una di noi due avrebbe visto l'altra per l'ultima volta. I minuti passavano, silenziosi e pieni di tensione e nessuna delle due aveva il coraggio di dare la colpa all'altra. Eravamo entrambe innocenti e la vera colpevole se ne stava in silenzio. Stavamo per morire per qualcosa che non avevamo neppure commesso.

- Sono stata io, - disse Meredith, all'improvviso. - Ho rubato io l'orologio.

- No. - Dissi, sottovoce.

- Bene, - commentò l'SS sorridendo. - Tanto avrei sparato comunque a te.

Avrei informato Schwarz, avrei implorato giustizia per Meredith. La prese per un braccio e la fece inginocchiare sul pavimento.

Meredith alzò gli occhi verso di me. Erano velati di lacrime, percorsi da vene rosse e sottili. Teneva i palmi delle mani aperti sul suolo e tremava vistosamente; poi lanciò uno sguardo indecifrabile alla polacca che teneva gli occhi bassi e le labbra serrate, solo le mani lasciavano intuire un lieve tremore.

L'SS caricò la pistola, puntò la canna verso di lei e aspettò qualche secondo. Meredith alzò la testa e sputò per terra.

- Fanculo il nazismo. Spero possiate crepare tutti insieme a quel bastardo di Hitler!

L'SS premette il grilletto e lo sparo rimbombò nei nostri timpani, mettendo fine alla vita dell'ennesima persona innocente in quel campo maledetto.

Chiusi gli occhi, lasciando che lacrime amare mi bagnassero il viso. Il corpo senza vita di Meredith si riversò al suolo in pochi attimi, con il sangue vermiglio e caldo che continuava a sporcare il pavimento. Aveva gli occhi spalancati.

Una delle SS la prese per le caviglie senza il minimo rispetto e la trascinò fuori, lasciando una scia di sangue sul tragitto compiuto dal cadavere.

Io continuavo a sanguinare a mia volta, ma non avevo la forza per fare niente. Guardavo un punto indistinto davanti a me, senza osservare realmente nulla. La ragazza con cui dividevo la cuccetta era morta sotto i miei occhi e io non avevo potuto fare niente per evitarlo.

- Ripulite questo casino. - Urlò uno di loro, prima di abbandonare la stanza.

Mi avvicinai a uno stipetto a muro, seguita da altre due ragazze. Prendemmo uno strofinaccio a testa e ci avvicinammo alla pozza di sangue. Un'altra prigioniera fece il suo ingresso nella stanza, portava un secchio d'acqua, troppo pesante per il suo corpo fragile. La aiutammo a metterlo a terra e chine sul pavimento, iniziammo a strofinare.

Più lavavo via il sangue, più il dolore si palesava nel mio cuore. Una delle ragazze mi consigliò di farmi medicare, perché continuavo a perdere sangue, ma io non riuscivo a ragionare lucidamente. Iniziai a piangere, scossa dai singhiozzi e le lacrime che mi velavano gli occhi mi impedivano di vedere chiaramente il pavimento.

Altre prigioniere si unirono a me: erano quelle che conoscevano Meredith e le volevano bene. Avevamo imparato a piangere in silenzio.

Ma in quel campo di morte, anche una lacrima faceva un rumore assordante. Piangere era una delle poche cose che ci dimostravano di essere ancora vive. Ancora umane.

Una delle SS mi afferrò per un braccio, mentre le mie mani erano ancora sporche di sangue.

- Va' a darti una lavata e torna a lavoro, schifosa ebrea, - disse uno di loro, spintonandomi. - Sei disgustosa.

Cercai di lavare via il sangue, mentre lottavo contro l'istinto di urlare verso il cielo, raggomitolarmi su me stessa e aspettare di morire.

Aspettai Schwarz seduta su una sedia, il capo chino e le mani giunte. Ero andata in infermeria e il dottor Keller mi aveva disinfettato, cucito e bendato il taglio. La rabbia e il dispiacere sul volto giovane del dottore erano palesi.

- Che cosa è accaduto? - Chiese Aaron, con una voce preoccupata, non appena varcò la soglia della stanza.

Si precipitò verso di me, inginocchiandosi sul pavimento freddo e guardò i miei occhi provati dalle lacrime. Notò immediatamente la benda bianca macchiata di sangue e vidi i suoi occhi farsi vitrei.

- Che ti hanno fatto, Edith? Ti prego, dimmelo.

Parlava così velocemente che quasi non prendeva fiato.

- Hanno ucciso Meredith. Una delle SS mi ha colpita col calcio della pistola.

Lui sbatté le palpebre più volte.

- Chi è Meredith? - Chiese, inclinando la testa di lato. - Chi è stato il bastardo che ti ha colpita?

- Non lo so, Aaron. Non ricordo chiaramente i volti, è tutto offuscato. Ma ricordo bene come è accaduto. Meredith era una delle prigioniere che lavorava con me al Canada. Ci ho diviso la cuccetta per mesi. L'hanno uccisa. Tu avevi vietato le esecuzioni sommarie e loro ti hanno disubbidito. Voglio giustizia, Aaron. Solo questo.

Aaron premette la fronte contro la mia e mi sembrò che la notizia lo avesse scosso più di quanto mi aspettassi. Scosso quasi quanto me. Ma, forse, per motivi diversi.

- Potevi esserci tu... - Disse e la voce gli si spezzò all'improvviso. Mi premette il viso sulla sua uniforme e iniziò ad accarezzarmi la schiena, cercando di calmarmi. Ma non capii se volesse calmare me o volesse calmare sé stesso.

- Potevi esserci tu, - ripeté, come una cantilena. - Pagheranno per quello che hanno fatto. Pagheranno per avermi disubbidito. Lo giuro sul mio onore!

*   *   *

Aaron Schwarz. Presente del 1943.

Ho convocato una riunione straordinaria per i miei uomini che lavorano per conto mio al Canada. Ci sono quasi una decina di SS che si danno i turni e io li ho convocati tutti.

Edith non mi è stata di aiuto. Era sconvolta per la morte di quella ragazza e non ha saputo descrivermi con accuratezza il bastardo che l'ha colpita e poi ha ucciso una ragazza innocente.

Non riesco a riavermi. Non riesco a immaginare la scena, non voglio. Poteva esserci lei al posto di quella ragazza.

Spalanco la porta, furente. Tutte le SS sono lì e scattano in piedi non appena faccio il mio ingresso. Alzano il braccio e fanno il saluto. Io non li degno di nessuna attenzione e richiudo la porta alle mie spalle.

Mi porto le mani dietro la schiena e inizio a passare in rassegna i loro volti tesi. Tra di loro c'è anche il bastardo.

Hanno capito che c'è qualcosa che non va, ma molti di loro non riescono a comprendere cosa sia successo di così grave per aver fatto sì che li convocassi così, senza preavviso. Le loro facce mi disgustano, la loro paura non fa altro che irritarmi ancora di più. Vorrei afferrarli per la gola, uno per uno e far provare loro cosa vuol dire stare per morire, ma devo cercare di stare calmo e pensare lucidamente. Se mi facessi guidare dall'ira rischierei di fare danni.

Guardo i loro volti giovani, troppo giovani. Sono solo dei mocciosi: mocciosi con una pistola.

- Qualcuno di voi, - esordisco. - Saprà sicuramente perché siete

qui, altri invece ne ignoreranno il motivo.

Cerco di parlare con un tono di voce neutro, che non lasci trapelare le mie emozioni, ma non riesco a camuffare la rabbia che ancora mi ribolle nelle vene.

Le ho scoperto la benda e un taglio abbastanza profondo è comparso sui suoi capelli neri e martoriati.

Lei è rannicchiata sul letto, gli occhi spenti, le mani intrecciate sul grembo.

Trema ancora.

Non parla, ha il respiro lento e regolare, ma io so che è sconvolta. Sta solo cercando di non farmi pesare il suo stato d'animo.

Come se il suo dolore potesse infastidirmi.

Come posso dirle che vorrei renderla completamente immune dal dolore?

Le poso un bacio sopra la ferita e la stringo a me, mentre lei si abbandona a una crisi di pianto incontrollata.

Sospiro.

La mia bambina fragile.

Chiudo gli occhi per qualche secondo, cercando di scacciare via le immagini della sera prima e mi concentro sulle SS che mi guardano con occhi pieni di terrore.

Sono felice di intimorirli tanto, forse così mi ascolteranno con più attenzione.

Mi avvicino alla scrivania.

- Chi di voi, - chiedo, andando dritto al punto. - Ha sparato a una delle prigioniere, ieri mattina?

Nessuna delle SS risponde, vedo un paio di loro deglutire rumorosamente. Non mi soffermo più di tanto su nessuno di loro. Aggiro il bancone e comincio a camminare davanti a loro, lentamente. Sento i loro respiri affannosi. Mi fermo a scrutare il viso di qualcuno, di tanto in tanto, poi passo oltre.

- Allora? - Domando ancora. - Chi è stato?

Le SS rimangono immobili come statue di cera, nessuno accenna a darmi la risposta che cerco.

- Voglio sapere chi è stato il fottuto idiota che ha sparato a una delle mie prigioniere, - urlo, sbattendo i pugni sulla scrivania davanti a me. - Violando spudoratamente il mio ordine tassativo di vietare le esecuzioni sommarie!

Loro sussultano e uno di loro indietreggia. Forse è nuovo e non sa ancora mantenere la calma.

- Se il nome non esce fuori nel giro di cinque minuti vi sbatto tutti fuori dal corpo delle SS!

Alzo gli occhi ed estraggo la pistola dal fodero, appoggiandola sulla scrivania:

- O preferite lo stesso trattamento che uno di voi ha riservato a quella prigioniera?

Vedo le loro pupille dilatarsi impercettibilmente.

- In fondo, chiunque abbia compiuto quel gesto, lo ha fatto senza autorizzazione. Senza la mia autorizzazione. Ora tutti voi lo state coprendo. Io potrei fare lo stesso: sono un ufficiale e potrei minacciarvi di tenere la bocca chiusa se dovessi sparare a uno di voi a caso, - afferro la pistola. - Che dite?

Osservo l'arma per qualche istante, facendola roteare, quella fa rumore, strusciando contro la superficie solida del bancone. Rivolgo gli occhi alle giovani guardie, carico la pistola e un rumore metallico si disperde nella stanza.

- Mein Kommandant.

Una SS, con gli occhi azzurri, fa un passo avanti, deglutisce a vuoto e si aggiusta la giacca dell'uniforme con le mani che tremano, dicendo:

- Io ero di guardia, ieri mattina, insieme alla SS che ha sparato alla prigioniera.

- Non sei stato tu? - Chiedo e mi alzo dalla scrivania.

- No, Mein Kommandant, - dice, poi fa una pausa. - È stato lui.

Indica un'altra SS, sul lato opposto della stanza. Quello sgrana gli occhi, sbatte le palpebre più volte e fa girare la testa convulsamente da me al suo compagno.

- No, no Mein Kommandant, dovete credermi, io non...

- Adesso sta' zitto. - Dico, la mia voce fuoriesce fin troppo calma.

Afferro la pistola e mi avvicino alla SS dagli occhi azzurri.

- Sei sicuro di quello che dici? - Chiedo.

- Ja, Mein Kommandant.

Annuisco. Mi avvicino a passo lento alla SS che è stata accusata. Alzo la pistola e la faccio ondeggiare davanti ai suoi occhi. Sta tremando dalla paura.

- Sei stato tu, quindi. Sei stato tu quello che ha spudoratamente ignorato un mio ordine, vero?

- Signore...

- Non azzardarti ad aprire la bocca mentre ti sto parlando, o ti colpisco con questa e ti lascio qui a terra a sanguinare, - dico, a denti stretti, poi abbasso la testa e stringo gli occhi. - Cosa dovrei farti adesso?

Cosa posso farti dopo quello che hai fatto a lei? Dopo quello che avresti potuto fare a lei?

Le altre SS osservano la scena col fiato sospeso.

- Hai colpito a sangue anche un'altra prigioniera, lo stesso giorno, - domando. - Non è vero?

Hai colpito la mia Edith, lurido bastardo.

- Non ricordo, io...

- Sì, l'hai fatto. L'hai colpita col calcio di una pistola alla testa, facendola sanguinare, - dico, sempre più arrabbiato. - Quello che vi ordino non conta niente, vero? La mia parola non conta niente per voi?

- Certo Mein Kommandant e infatti vi prometto che non accadrà mai più. Mai...

- Che succede qui dentro?

Mi giro, di scatto. Chiudo gli occhi per qualche secondo e sospiro:

- Hoss, ho convocato qui le SS che supervisionano la mia aera di competenza, il Canada.

L'ufficiale si guarda attorno inarcando un sopracciglio:

- Perché?

Sospiro ancora, esasperato:

- Hanno sparato a una prigioniera.

- E allora? - Dice, facendo spallucce.

È tutto tremendamente naturale, per loro. A volte me ne dimentico.

- E allora, - gli faccio da eco. - Avevo proibito tassativamente le
esecuzioni sommarie nel mio settore.

- Ha ucciso un'ebrea, non ha fatto niente di male.

Sento qualche risata sfuggire alle mie spalle. Mi giro, come una furia e
i loro volti ritornano seri. Non permetterò a questo idiota di sminuire
un fatto tanto grave. Faccio qualche passo verso Hoss, brandendo la
pistola.

- Non mi interessa nulla se abbiano ucciso o meno un'ebrea, -
mento. - La cosa che mi irrita è che hanno violato un mio
ordine. Cosa faresti se uno di questi stupidi mocciosi violasse
un tuo espresso comando, fregandosene di te e della tua
autorità? Sentendosi per qualche istante più potente di te?

Hoss guarda la pistola che stringo tra le mani e me la sfila. Osserva
per qualche secondo il metallo lucente, il cane, il grilletto,
l'impugnatura, il caricatore.

- Hai ragione, - ammette, con una luce diversa negli occhi. - Hai
già scoperto chi ha fatto una cosa simile?

Io annuisco.

- Questo idiota. - Mormoro, indicando uno dei ragazzi in fila
davanti a noi, massaggiandomi le palpebre.

- Hai già deciso cosa farne di lui?

Scuoto la testa, mormorando:

- Sto valutando le opzioni.

- Non ce n'è bisogno.

In pochi istanti, Hoss alza il braccio perpendicolarmente al suo corpo. Chiude un occhio, inclina la testa di lato, punta la pistola di fronte a lui e fa partire un colpo sordo che buca la fronte a una delle SS.

Piego la testa in avanti, alzando le spalle per la rapidità con cui si sono svolte le cose e indietreggio.

L'SS giace riversa a terra, la guancia appoggiata al pavimento e il sangue che scorre copioso dalla sua fronte. Ha gli occhi ancora spalancati, così come la bocca, in un'espressione di orrore. Il corpo è accasciato in maniera scomposta.

Hoss fa un leggero sorrisetto, mentre le altre SS sono immobili e stanno sudando. Vedo uno di loro che inizia a piangere silenziosamente, ovviamente temono per la loro vita: Hoss è uno squilibrato. Io volevo solo punirli duramente, non li avrei mai ammazzati. Non mi sarei abbassato al loro livello di crudeltà.

- Mi avevi chiesto cosa avrei fatto io: ecco cosa avrei fatto. Esattamente ciò che ho fatto adesso. Nessuna punizione potrà mai competere con un colpo di pistola, Schwarz. Nessuno dovrà mai prendersi la libertà anche solo di pensare di potermi disubbidire. Questo è quello che succede a chi non segue le mie regole, ti consiglio vivamente di prendere esempio, così forse ti rispetteranno di più. Ordina a queste nullità di portare via il corpo. Ecco a te, - conclude, porgendomi la pistola come se niente fosse. - Non c'è bisogno di ringraziarmi.

Afferro l'arma e guardo Hoss varcare la soglia lentamente, si chiude la porta alle spalle, lasciando me e le SS in uno stato di stordimento.

Tutti sono immobili, nessuno accenna un passo, nessuno emette un fiato. Sono pallidi come la morte, con gli occhi vitrei.

- Portate via il corpo. - Dico, mettendomi le mani tra i capelli.

Cerco di mostrarmi impassibile, ma non riesco a togliermi dalla testa le immagini di poco prima che si susseguono rapide davanti ai miei occhi: lo sparo e il soldato che cade al suolo privo di vita.

- Siete sconvolti, - dico loro, ritornando in me; le SS mi guardano, cercando di capire da dove traessi il coraggio per parlare. - Questo che state provando voi adesso è quello che provano i prigionieri ogni volta che sparate a uno di loro, solo per il gusto di farlo.

Le SS non riescono a capire. È ovvio: non capiranno mai che le due morti sono uguali. Ma loro sono ebrei, per quelle SS meritano di morire. I tedeschi, invece, no.

- Andatevene. - Dico infine, scuotendo il capo.

Loro fanno così come ho ordinato. Due di loro afferrano il corpo, lo sollevano e lo portano fuori.

Io rimango nel mio ufficio, le mani sulla scrivania, la testa china. Hoss è la persona più squilibrata che abbia mai incontrato, devo fare in modo che lui ed Edith non abbiano mai la possibilità di parlarsi. Devo tenerla lontana da lui, devo tenerla lontana da tutti.

*   *   *

Edith Monroe.

- Tu.

Una delle SS mi indicò e tutte alzammo la testa in contemporanea.

- Muoviti, il comandante in capo Hoss richiede la tua presenza.

Scattai in piedi, le mani penzoloni lungo i fianchi e seguii il soldato diligentemente.

- Aspetta qui. - Disse l'SS che mi aveva accompagnata fuori l'ufficio di Hoss.

Quell'ufficiale mi terrorizzava. Il solo pensiero di essere nella stessa stanza insieme a lui mi metteva angoscia.

- Tra dieci minuti bussa alla porta. Verstanden?

- *Jawhol.* - Risposi, col capo chino.

Rimasi fuori dalla porta, in piedi, fino a quando non sentii provenire dall'interno un parlottare sommesso e una voce familiare.

Schwarz.

Mi guardai attorno, cercando di capire se ci fosse qualcuno nelle vicinanze, ma non c'era nessuno. Mi avvicinai alla porta e tesi l'orecchio, cercando di ascoltare più che potessi. La conversazione era abbastanza chiara, i toni erano limpidi e le parole comprensibili.

- Stai scherzando? - Mormorò Schwarz.

- Ti ho chiesto una domestica e proprio quella che ho scelto per me serve anche a te? Ce ne sono migliaia lì fuori, scegline una a caso! Prendi una delle mie ragazze del Canada.

Schwarz sembrava arrabbiato. E stavano parlando di me.

- Ma io voglio quella. Non ne voglio una a caso. Varrebbe se io ti dicessi di sceglierne una a caso?

La voce di Hoss al contrario era calma, vellutata. Sembrava quasi essere divertito dall'insistenza di Aaron.

- Io non ho intenzione di dartela. È una ragazza come un'altra, cosa ti cambia?

- Il fatto che la voglia tu. Perché la vuoi con tanta tenacia? - Chiese Hoss, le voci si stavano avvicinando.

Hoss lo stava sfidando. Stava cercando di capire quali fossero le vere intenzioni di Schwarz. Deglutii a vuoto.

Non esporti, Aaron. Ti prego.

- Non sono affari che ti riguardano. Lavora bene, cucina bene e pulisce bene. Non mi infastidisce e se ne rimane zitta la maggior parte del tempo. Serve altro? - Disse Schwarz, con voce ferma.

- E com'è quando te la scopi? Brava? Sono piuttosto interessato a questa parte. - Disse e lo sentii ridacchiare.

Ebbi un vuoto d'aria. Tutt'a un tratto non volevo più entrare lì dentro.

- Non lo so. Non vado a letto con le ebree.

Sapevo che Aaron doveva dirle per forza quelle cose, ma sentirle uscire dalle sue labbra era quanto di più simile ci fosse a una pugnalata.

- Oh, andiamo. Vuoi veramente dirmi che vuoi quella ragazza solo per le sue mansioni?

- Jahwol. Non ho altri scopi.

Silenzio. Nessuno più parlava. Tesi l'orecchio, ma non sentivo più nulla. Pensai che la conversazione fosse finita, quando avvertii di nuovo la voce di Hoss.

- Ma non ho comunque intenzione di lasciartela,- disse Hoss e sembrava irremovibile sulla sua decisione. - Se lavora così bene servirà più a me che a te. E se tu sei così stupido da non scopartela, potrei farlo io. E non sarò dolce con quella cagna ebrea.

Mi portai una mano alle labbra che avevano iniziato a tremare. Feci qualche passo indietro.

- D'accordo, quanto vuoi per lei?

La voce di Schwarz mi giunse di nuovo all'orecchio. Poi sentii una risata.

- Aaron... stai davvero cercando di comprarla? Deve essere davvero importante per te questa piccola... ebrea.

- Te lo ripeto, non mi interessa niente di lei. Per me puoi portartela a letto tutte le volte che vuoi... la voglio solo come domestica.

E fu lì che sentii il mio cuore lacerarsi. Ormai non riuscivo più a distinguere la verità dalle bugie.

- Quanto vuoi? - Ripeté Aaron.

- Troppo, Aaron. Voglio troppo.

Sentii il rumore di un foglio di carta, poi di stoffa.

- Questi bastano?

Cosa stavano facendo? Contrattando per me come fossi un oggetto? Un rumore di tacchi sul pavimento si librò per la stanza, fermandosi a pochissima distanza dalla porta dove stavo origliando la conversazione.

- Forse...

- Sì o no? - Chiese Schwarz, spazientito.

- Posso portarmela a letto quando voglio? - Chiese Hoss, con una punta di ironia nella voce.

Lo stava mettendo alla prova. Forse, aveva capito che qualcosa non andava.

- Quello che fa fuori dalle ore di lavoro da me non è affar mio. Allora, ti bastano?

- Aggiungine altri due... e l'ebrea è tua.

Poi calò il silenzio.

Indietreggiai. Molto probabilmente la conversazione era finita. Mi feci coraggio, col cuore in gola e bussai timidamente: i dieci minuti erano passati.

- *Jawhol*?

- Mi hanno riferito, - mormorai, a testa bassa, con voce flebile. - Che era richiesta la mia presenza qui da voi.

Con la coda dell'occhio notai che Schwarz mi stava osservando, un'espressione indecifrabile sul volto.

- Oh, eccola, - disse Hoss, rivolgendomi un sorriso falso. - Eccola...

- Perché l'hai fatta chiamare? - Domandò Schwarz, rivolgendo a Hoss uno sguardo duro.

- Oggi sarebbe stato il suo primo giorno... ma a quanto pare qualcuno mi ha battuto sul tempo. Domani sarà l'ultimo giorno che lavorerai al Canada.

Hoss aveva un sorriso compiaciuto dipinto sul volto. Mi dava i brividi.

Guardai Aaron, lui era sempre attento a non rivolgermi più di uno sguardo o a indugiare per troppo tempo su di me.

- Puoi andare con lui, - mormorò Hoss. - Non ho più bisogno di te.

Io chinai la testa, annuendo. Feci per uscire ma Hoss mi trattenne per un braccio. Si avvicinò al mio viso, sfiorando quasi il mio orecchio con le labbra:

- Tieniti comunque a mia disposizione, cagna ebrea, o potresti pentirtene.

Schwarz serrò la mascella non appena notò il mio viso impallidire e la mia espressione cambiare. Fece saettare il suo sguardo da me a Hoss, non avendo compreso ciò che il comandante mi aveva detto.

Deglutii a vuoto e quando Hoss mi liberò il braccio dalla presa, uscii dalla stanza.

Schwarz mi seguì. Camminava dietro di me, tenendosi a distanza, potevo sentire i suoi passi rimbombare nel corridoio vuoto. All'improvviso sentii un paio di braccia che mi circondavano alle spalle, mi alzò di peso, trascinandomi dietro un tramezzo.

- Sei impazzito? - Chiesi.

Mi aveva spinta in uno spazio molto stretto, che dava sul corridoio: se qualcuno fosse passato in quel momento, saremmo stati fregati.

- Che cosa ti ha detto quel bastardo? - Domandò.

Gli occhi fiammeggiavano.

- N-niente di importante. - Dissi, gettando un'occhiata preoccupata al corridoio.

Stava veramente esagerando.

- Aaron, - dissi, continuando a tenere le braccia schiacciate contro il suo petto. - Se ci vedessero qui, in questa posizione, ci fucilerebbero entrambi senza ascoltare alcuna spiegazione.

- Non mi importa. Dimmelo.

- Devo tenermi a sua disposizione. - Mormorai.

Lui chiuse gli occhi per qualche secondo. Poi fece capolino da dietro al tramezzo, controllando che il corridoio fosse vuoto e mi baciò. Io non potei resistergli di più e ricambiai il bacio.

Aaron mi teneva incastrata contro il muro, le braccia incollate al petto: ero privata della possibilità di muovere un solo arto.

- Ho sentito la vostra conversazione. - Mormorai, gli occhi sul suo viso.

Mi divincolai dalla sua stretta e ripresi a camminare lungo il corridoio. Aaron seguitò a camminare alle mie spalle, in religioso silenzio. Fece qualche passo in avanti, tenendosi a poca distanza da me.

- Cosa hai sentito di preciso? - Chiese.

- Tutto.

Svoltai a destra, imboccando la stradina che mi riportava all'esterno del campo. Sapevo dove stavamo andando.

Il resto del tragitto si svolse in silenzio, fino a quando Aaron non aprì la porta della sua abitazione e entrambi fummo al riparo da sguardi indiscreti.

- Mi hai comprata? - Chiesi.

Aaron si lasciò andare a un sospiro molto eloquente.

- Era l'unico modo per averti con me. Non ti avrei lasciata a lui.

- Che differenza fa?

Il tono della mia voce non fu aggressivo come al solito, tradì solo una nota di amarezza.

- Che vuoi dire?

- Ho sentito dire che di me non ti importa. Gli hai anche promesso che può portarmi a letto tutte le volte che vuole. Come puoi averlo fatto, Aaron? Dopo tutto quello che ho passato? -

Feci qualche passo indietro, fino a sbattere contro la scrivania.

- Edith... ti ricordi ancora del fatto che io sono qui perché Hitler vuole che uccida ebrei, vero? E ti ricordi ancora del fatto che tu sei ebrea?

- Certo che me ne ricordo, ma tu hai dato la tua parola a Hoss. Ora, se vorrà portarmi a letto potrà farlo e io non potrò oppormi. Tu non potrai opporti!

Aprii l'anta dell'armadio e tirai fuori la divisa da cameriera che avevo già indossato in precedenza, la appoggiai sul letto e ne sfiorai la stoffa con l'indice. Aaron proruppe in un risolino che mi fece aggrottare un sopracciglio.

- La cosa ti diverte? - Chiesi, stizzita.

- A me no, - Aaron aveva le mani nelle tasche dei pantaloni e mi stava osservando. - Sai del regolamento che vieta di baciare gli ebrei?

Io annuii.

- Come puoi pensare che il comandate in capo di questo lager lo violi?

- Ho visto molti soldati violentare le prigioniere senza baciarle. - Sputai, cinica.

Ripensai a quella notte terribile e un brivido mi corse lungo la schiena.

- E tu credi che glielo lascerei fare?

Io feci spallucce.

- A Hoss fanno ribrezzo gli ebrei, lo ha detto solo per farmi una specie di sgarbo. Ha capito quanto tengo a te, per quanto io stesso abbia cercato di nasconderlo. Non mi credi?

Sembrava ferito; ferito dalle mie parole e dal mio atteggiamento. Mi sfilai la divisa davanti a lui, ma non parlai.

Lui abbassò lo sguardo, per poi rialzarlo pochi secondi dopo. Presi la divisa e me la infilai. Aaron mi raggiunse alle spalle e mi tirò su la cerniera, lasciandomi un bacio sul collo che mi fece rabbrividire. Sebbene volessi disperatamente fare l'amore con lui, mi allontanai, lasciandolo in piedi a fissare fuori dalla finestra.

- Perché ti comporti così? - Mi chiese.

Io non risposi. Non sapevo se credergli o meno.

- Va bene, io vado al campo. Ho delle cose da fare. A dopo; mangia qualcosa mentre sono via.

Si infilò in fretta la giacca, il cappotto e il berretto e dopo avermi lanciato un'ultima occhiata, sbatté la porta alle proprie spalle, facendomi chiudere gli occhi per qualche istante.

Sei una stupida irriconoscente.

Schwarz rimase fuori per tutta la giornata.

Non c'era molto da fare lì dentro. Dopo qualche ora mi accorsi che Aaron mi aveva lasciato sulla scrivania un mucchio di libri da leggere. Sorrisi e mi ricordai della prima volta che mi aveva vista leggere Romeo & Giulietta alla boutique, mi ricordai di come avesse continuato a memoria il pezzettino che stavo leggendo, assumendo un'aura completamente differente da tutti quei soldati e di come la sorpresa non tardò a manifestarsi sul mio volto e nel mio cuore.

Verso sera cucinai qualcosa per lui e lasciai tutto coperto per evitare che si raffreddasse. Poi scesi giù, nella cantina e mi appoggiai sul materasso dove avrei dovuto dormire per l'intera permanenza al servizio dell'ufficiale Schwarz.

Mi sdraiai e, tra una pagina e l'altra, mi addormentai. Mi risvegliai sul divanetto del piano di sopra. Aprii una palpebra, poi l'altra e osservai di nascosto Aaron seduto alla scrivania intento a scrutare le cifre presenti sul registro, sotto la fioca luce di una lampada.

- Aaron...

Lui si voltò verso di me e mi rivolse un sorriso che mi scaldò il cuore.

- Ti ho preparato da mangiare, - mormorai, stropicciandomi gli

occhi. - Non ti aiuta più nessuna ragazza a tenere il conto?

Mi alzai, avvicinandomi alla piccola cucina di fronte alla camera da letto e scaldai il cibo che gli avevo preparato qualche ora prima. Apparecchiai la tavola e portai la cena.

- No. Non tutte le sere. Perché stavi dormendo di sotto? - Chiese, senza mai staccare gli occhi dal foglio.

- Perché è lì che dovrò dormire. - Mormorai, accarezzando l'orlo del grembiule bianco.

- Stai scherzando?

Schwarz lasciò cadere i fogli sul tavolo e mi rivolse uno sguardo indecifrabile.

- Tu dormirai nel letto insieme a me.

Lo guardai per qualche istante, poi scostai una sedia e mi sedetti di fronte a lui:

- Se dovesse accadere qualcosa e le SS facessero irruzione qui dentro?

Aaron sorrise:

- Se le SS dovessero fare irruzione qui dentro, molto probabilmente, significherebbe che è accaduto qualcosa per la quale moriremmo comunque.

- Non mi va di metterti in pericolo. - Dissi, appoggiando la guancia alla mano.

- Non ti farò dormire lì sotto, che ti piaccia o no.

- Ho già affrontato tutto qui dentro, Aaron. Un po' di umidità non mi ucciderà.

Lui sospirò:

- Quello è accaduto prima di me. Prima del mio arrivo qui.

Presi una forchetta e osservai il metallo lustro:

- Da quanto tempo... - mormorai. - Questa strana sensazione di normalità. Questa familiarità, io... io l'avevo dimenticata.

- Mi dispiace. - Mormorò Aaron con sguardo colpevole.

Provai a sorridergli:

- Non è colpa tua. - Dissi, asciugandomi una lacrima.

Pensai ai miei genitori, alla mia famiglia che si trovava lì fuori da qualche parte, combattendo per sopravvivere.

- Non posso fare a meno di pensarlo. - Disse, alzandosi bruscamente dalla sedia.

- Io non posso fare a meno di pensare alle parole che hai detto oggi a Hoss.

Era vero: quelle parole continuavano a brancolare nella mia mente, come una nenia fastidiosa di cui non riuscivo a liberarmi.

- Edith, - disse Aaron esasperato, rimanendo di spalle. - Ti ho già spiegato.

- Lo so, - mormorai, facendo spallucce. - Ma non posso fare a meno di pensarci.

- Non mi credi? - Chiese, girando lievemente il viso verso di me.

- Non ho detto questo.

- Ma non mi hai neanche smentito. - sentenziò, aggrottando le sopracciglia.

- Hai idea di cosa significhi per me fidarmi, Aaron? Dopo quello che ho passato? Dopo che il ragazzo che mi aveva giurato amore eterno mi ha confessato di sposare la ragazza più ricca della città? Dopo che il mio migliore amico che aveva giurato di proteggermi ha denunciato me e la mia famiglia alle SS?

- Io non sono Hans. - Disse, raggiungendomi in poche falcate e lo vidi quasi infastidito dal paragone.

Io annuii. No, lui non era Hans.

- Una volta mi dicesti che la divisa che indossavi era il motivo per il quale dovevamo restare divisi.

Lui mi spostò una ciocca di capelli dietro l'orecchio.

- Credo, - mormorò, assorto. - Credo sia troppo tardi per quello. Sai quante volte, mentre eravamo alla boutique, ho avuto voglia di strapparti di mano quei dannati fogli e baciarti? Tu non hai idea dello sforzo che mi ci è voluto per mantenere il controllo ogni volta che mi eri vicina.

Feci qualche passo indietro.

Ero spaventata dall'amore che sentivo di provare per quell'uomo: più lo guardavo e più mi rendevo pericolosamente conto che il mio mondo si era ristretto a lui, si era ristretto a un paio di occhi meravigliosi e un paio di braccia sicure. E questo mi spaventava, perché mi rendevo conto che senza di lui io avrei smesso di vivere, di respirare. Lui era diventato il mio ossigeno, il mio punto debole, la mia vulnerabilità. Mi ero innamorata ed era peggio di quanto mi fossi mai aspettata.

- So già che mi lascerai, - mormorai, torturandomi le mani. - Ma la cosa peggiore sai qual è? Che, per quanto perdere Hans mi abbia ferita, so benissimo di essermi sentita in quel modo solo perché mi ha usata. Mi ha riempito le orecchie di bugie e poi mi ha lasciata così, svuotata e presa in giro. Ma l'ho superata e sai perché? Perché io non lo amavo. Mi sono sentita smarrita, per qualche tempo, perché avevo perso il mio migliore amico. Colui che mi è sempre stato accanto, soprattutto nei momenti peggiori. Ma sono andata avanti, perché non ne ero innamorata. Ma tu... tu non sai quanto ti amo. Non riesci nemmeno a immaginarlo minimamente.

Mi avvicinai alla finestra e guardai i fiocchi di neve fluttuare leggeri nel cielo. Mi circondai con le braccia, cercando di proteggere la mia anima vulnerabile e messa a nudo.

- Edith... quando capirai, dannazione? - Disse Aaron, a bassa voce. - Quando capirai che noi siamo in questo campo per distruggere gli ebrei? Per eliminarli fisicamente e psicologicamente per quanto un abominio questo possa essere?

Io mi voltai, rapita dal suo tono di voce e lui proseguì fissandomi negli occhi:

- Non posso essere buono, Edith. Non posso permettermi di essere il soldato buono che tu ti aspetti. Non posso andare in giro ad aiutare le persone, a salvarle da quei mostri a cui stringo la mano ogni mattina! Non posso andare in giro a sbandierare alle SS il mio amore per te!

Fece una pausa, con il fiato corto:

- Perché loro non capirebbero mai quanto ti amo. Non accarezzerebbero neppure l'idea che sarei capace di morire per salvare la vita a un'ebrea. Ti rendi conto che se scoprissero quello che sei per me ti ucciderebbero all'istante? Non avrei più possibilità di proteggerti, Edith e perderti sarebbe come morire, - disse, con gli occhi pieni di sofferenza. - Anzi, forse sarebbe anche peggio, per quanto possa esserci qualcosa di peggiore della morte. Sarebbe come sanguinare internamente in eterno, senza possibilità di farla finita. Senza possibilità di porre fine a un'esistenza inutile. Prima di conoscerti, Edith, io mi limitavo a sopravvivere. Ho iniziato a vivere da quando ti ho conosciuta... e credimi quando ti dico che preferirei morire, piuttosto che perderti.

Sentii un nodo salirmi stretto alla gola:

- Cosa... cosa hai detto?

- Come fai a non capirlo ancora Edith? Come fai a non capirlo dopo tutto questo? - Continuò lui, scuotendo la testa. - Io ti amo! E farò tutto quello che è in mio potere per proteggerti, persino da me stesso. Voglio solo la tua felicità, anche a costo di non farne parte.

Avanzai verso di lui e gli afferrai il viso tra le mani.

- Come potrebbe chiamarsi felicità se essa non include te? Tu sei la mia felicità, Aaron.

Lui mi sorrise, poi mi strinse a sé, circondandomi con le braccia; mi diede un bacio sui capelli, poi appoggiò la guancia sulla mia testa, mentre io tenevo gli occhi chiusi, consapevole che tra le sue braccia non mi sarebbe mai accaduto nulla.

- Domani proverò ad avere informazioni sui tuoi genitori e su tuo fratello, - mormorò. - Ma non lasciarti influenzare dalla speranza Edith. Poche aspettative, ti prego.

Aprii gli occhi e fissai un punto indistinto davanti a me.

- Il mio non è cinismo. Voglio proteggerti da un dolore che la speranza potrebbe solo fortificare.

Io annuii, reprimendo il senso di sgomento che quelle parole avevano provocato in me. Aveva ragione. Sapeva meglio di me come funzionavano le cose in quel campo.

- Sarò forte, - mormorai. - Qualsiasi cosa mi dirai.

Stavo mentendo e lo sapeva anche lui, ma fece finta di credermi.

- Va' a stenderti, - disse. - Io finisco di lavorare e ti raggiungo.

Mi alzò il mento con l'indice e mi posò un bacio sulle labbra.

- Ah, - disse Aaron all'improvviso, aprendo l'armadio. - Ti ho preso questa.

Mi porse una camicia da notte in seta, con una vestaglia annessa, color pervinca.

- Ma come hai fatto? - Chiesi.

- Un buon ufficiale non rivela mai i suoi segreti.

- Non è mica una strategia di guerra. - Risposi, ridendo.

- Indossala, voglio vedere come ti sta.

- *Jawhol, Mein Herr*! - Dissi e gli strappai una risata cristallina e spontanea, tutte le volte mi faceva mancare il fiato.

Il camino crepitava allegro e nella stanza c'era un piacevole tepore. Per quanto assurdo, quella casa sembrava estraniarci da tutto quello che avveniva al di fuori di quelle mura. Si respirava un'aria diversa, come se ci trovassimo nel bel mezzo del nulla ed esistessimo soltanto lui e io. Lasciai cadere i vestiti sul pavimento e feci per indossare la camicia da notte. Aaron si alzò dalla sedia e agguantò le mie labbra.

- La proverai dopo, - disse, sfilandomela delicatamente dalle mani. - E io lavorerò dopo.

*　　　　*　　　　*

Aaron Schwarz. Presente Del 1943.

- Devo trovare un modo per farla uscire di qui. - Dico, fissando gli occhi chiarissimi del dottore di fronte a me.

So che di lui posso fidarmi, l'ho sempre saputo, fin dall'inizio. Il dottor Keller cammina in su e in giù davanti alla sua scrivania, pensieroso mentre segue il mio discorso concitato:

- Qui potrebbe accadere qualcosa da un momento all'altro. Che cosa ne posso sapere di quello che potrebbero farle mentre io non ci sono, Gerald? È tutto dannatamente precario! Ti rendi conto che la scorsa settimana due SS hanno fucilato una prigioniera senza autorizzazione? Nonostante io avessi categoricamente vietato le esecuzioni sommarie?

Sono sempre più fuori di me, a ogni parola:

- È l'anarchia. Quei ragazzini si credono superuomini e c'è bisogno di qualcuno che ristabilisca l'ordine e le gerarchie in quel branco di cani rognosi. Poteva esserci lei, al posto di quella ragazza, - dico, con gli occhi sbarrati. - Poteva esserci Edith! E loro l'avrebbero uccisa comunque e io non avrei potuto fare niente per salvarle la vita. Ti rendi conto? Se penso a quello che sarebbe potuto accadere divento pazzo. Sono venuto qui per proteggerla e loro avrebbero potuto ammazzarla con una facilità disarmante; sono stato uno stupido: lei non è al sicuro qui. Non lo è mai stata.

- Lo so, Aaron, hai ragione. Ma l'unico posto sicuro, ora come ora, è la Svizzera. E poi come hai intenzione di farla evadere dal campo?

Sospiro:

- Sono un ufficiale, nessuno sospetta di me.

Keller scuote la testa, toccandosi la fronte con l'indice:

- Aaron, rischieresti grosso se dovessero scoprirti. C'è la fucilazione, lo sai questo?

- E che altro potrei fare? Posso proteggerla, sì, ma ci sono ufficiali più potenti di me in questo campo; ufficiali a cui devo obbedire ciecamente e imprescindibilmente.

Penso a quel bastardo di Hoss. Il dottore annuisce, sa che quello che sto dicendo è vero.

- D'accordo, Aaron. Abbiamo bisogno di contatti all'esterno: qualcuno che sia disposto a ospitarla, garantirle protezione e accompagnarla fino al confine.

- Posso portarla io fino al confine. Di me non sospetterà nessuno e alle dogane sarà più sicuro.

- Aaron, tu sei diventato come un fratello per me. Ti stai prendendo un rischio enorme, ne sei almeno consapevole?

Faccio spallucce, sospirando:

- Che altro potrei fare? Io la amo.

Keller sorride, si avvicina a me e mi da una pacca sulla spalla. Io alzo gli occhi al cielo.

- Sì, la ami, - mormora. - L'hai solo capito troppo tardi.

Scuoto la testa, sorridendo:

- L'avevo già capito a Berlino, - replico con un tono rammaricato. - Rimpiango solo di non averglielo detto allora.

- Non è mai troppo tardi.

- Lo so. Questo me lo ha insegnato lei.

- Ma credo mi abbia insegnato anche qualcosa di più importante.

Mi alzo dalla poltrona e faccio qualche passo verso la scrivania essenziale, piena di carte e con una piccola lampada da tavolo bianca.

- Mi ha insegnato ad andare oltre. Oltre le apparenze, oltre le appartenenze, politiche o religiose che siano. L'amore non conosce barriere; l'amore le abbatte, quelle barriere. E lei, Gerald, - concludo sorridendo e sentendo brillare i miei occhi. - Lei è la cosa più bella che mi sia mai capitata.

Scuoto la testa: sono diventato patetico e melenso. Keller annuisce, raggiungendomi:

- Non informarla ancora del tuo piano, Aaron, vacci cauto. Cerchiamo di organizzarlo nei minimi dettagli e nel modo più sicuro possibile, per entrambi. Sai che lei è una ragazza impetuosa, ti impedirà di metterti in pericolo. Cerca soltanto di capire se lei abbia qualche persona fidata all'esterno che possa aiutarla, ma mantieniti sul vago. Io cercherò di fare il possibile.

Sorrido.

- Ti sarò per sempre grato.

*   *   *

Cammino lentamente per il corridoio principale della struttura che gestisce l'arrivo dei prigionieri, il loro smistamento e il loro collocamento nei vari padiglioni. Non posso fare a meno di pensare alle dimensioni esorbitanti di quel complesso.

Le SS scattano in piedi, rivolgendomi il saluto nazista e, quando io ricambio, tornano tutti al loro posto continuando a svolgere le loro mansioni. Quelle divise nere sempre perfettamente in ordine, quegli occhi privi di emozioni; i miei, invece, saettano in lungo e in largo per i vari uffici: sto cercando una persona in particolare.

- Mein Herr, posso esservi d'aiuto?

Un ragazzo dai capelli biondi si avvicina a me, con aria sottomessa e desideroso di fare bella figura. Sorrido. È molto alto, avrà sì e no ventisei o ventisette anni.

- Forse, - dico, pensieroso. - Sto cercando l'ufficio che si occupa di registrare i nomi dei prigionieri ancora in vita nei vari padiglioni.

- Io, - dice lui, con gli occhi castani che gli brillano. - Faccio parte di quell'ufficio, Mein Herr.

- Tu?!

Il ragazzo sembra offeso dal tono che ho usato e dalla mia espressione divertita: si irrigidisce, inarcando la schiena. Sta assumendo una postura autoritaria, simile a quella che per natura caratterizza me, solo che io non lo faccio di proposito, mi viene spontaneo. Reprimo l'istinto di alzare gli occhi al cielo e cerco di ricompormi.

- Allora sicuramente potrai essermi d'aiuto, soldato. Come ti chiami? - Chiedo, sulle mie labbra è disegnato un mezzo sorriso.

- Steiner, - dice, tutto impettito. - A vostro servizio. Se volete seguirmi...

Annuisco e seguo il ragazzo per ancora qualche metro, fino a quando non raggiungiamo la porta di un ufficio sulla parte sinistra del corridoio.

C'è un penetrante odore di lavanda nell'ufficio delle SS. Steiner mi fa entrare e mi chiede di accomodarmi sulla poltrona in tessuto di fronte alla scrivania. Osservo la piantina di lavanda che tiene davanti alla finestra e i miei occhi cadono involontariamente sulla coltre densa di fumo che proviene dalle ciminiere poco lontane. Cerco di reprimere un senso di disgusto verso parte della mia razza. Il ragazzo intuisce la direzione del mio sguardo e fa spallucce.

- Ecco perché tengo sempre una di queste, qui dentro, - mormora, indicando la pianta di lavanda. - Quando bruciano, puzzano ancora di più.

Rimango pietrificato dalla lucida freddezza con la quale quel ragazzo pronuncia quelle parole: come se stesse parlando di carogne di animali, piuttosto che di persone innocenti; un ragazzo così giovane con la mente già corrotta da tutte quelle idiozie. Mi muovo sulla sedia e faccio finta di sorridere. La questione sembra archiviata.

- Femmina o maschio? - Chiede.

- In realtà entrambi. Vorrei avere informazioni su una famiglia.

Steiner annuisce. Sembra non gli importi neppure il motivo per il quale mi interessi così tanto sapere di quelle persone.

Ecco perché preferisco aver a che fare con i ragazzi.

Sono soddisfatto dalla velocità con la quale l'SS mi sta procurando le informazioni che mi occorrono.

- Cognomi? - Chiede.

- Monroe. Gabriel, Cordelia e Raphael.

- Sono arrivati quest'anno? - Chiede ancora, io annuisco.

Il ragazzo si alza, recandosi accanto a una libreria e facendo scorrere l'indice sottile e pallido sulla copertina di vari registri neri; poi ne estrae uno e lo lascia ricadere pesantemente sulla scrivania, lo apre e inizia a sfogliarlo, facendo attenzione a ogni cognome scritto lì dentro. Io cerco di aspettare in silenzio, sebbene riesca quasi a percepire l'agitazione e la paura di Edith.

- Oh, eccoli qui. Monroe. C'è anche un altro componente, Monroe Edith... vi servono informazioni anche su di lei?

Scuoto la testa, rimanendo impassibile:

- No, su di lei no.

Steiner fa scorrere il dito lungo la riga e io avverto l'ansia crescere dentro di me. Non ho nessun legame con quelle persone, in una situazione diversa non me ne sarebbe importato granché; umanamente, tutt'al più sarei stato dispiaciuto della loro dipartita. Dopotutto sono esseri umani.

Inizio a tamburellare con le dita sulla scrivania, desideroso di conoscere il responso nel più breve tempo possibile. Penso a Edith e spero con tutto me stesso che la sua famiglia sia viva, lei ne sarebbe uscita distrutta se fosse stato altrimenti.

- Mi dispiace, Herr Schwarz, - dice il ragazzo, con gli occhi ancora sul foglio. - Ma qui risulta vivo solo il ragazzino.

Il mio cuore perde un battito.

- Tutti morti? - Chiedo e sento la voce mancarmi.

- Sì, tutti morti.

- In che padiglione si trova il bambino? - Chiedo, perdendo all'improvviso tutto il mio vigore.

- Nel padiglione dove si fabbricano armi belliche. Le dita dei bambini sono piccole e si infilano dappertutto, - dice Steiner, lucido. - Forse per questo è ancora in vita.

Mi alzo, aggiustandomi la giacca e provo a sorridere.

- Grazie mille.

Sbatto i tacchi e apro la porta. La mia Edith è rimasta orfana.

*   *   *

Edith Monroe.

Quando vidi una ferita sanguinante per la prima volta, da vicino e non per esercitazione, avevo diciassette anni.

Stavo camminando per le strade della mia città, con un cestino in vimini per la spesa tra le mani.

Solo dopo ci si rende conto di come nei momenti di panico più totale, i dettagli più insignificanti siano quelli che rimangono più facilmente impressi nella nostra memoria, quelli che il nostro cervello tende a elaborare e immagazzinare più velocemente.

Ricordo perfettamente che ero vestita di bianco, un vestito bianco di pizzo, lungo un po' dopo le ginocchia. Quel giorno volevo sentirmi grande, come le bellissime ragazze tedesche che la domenica mattina si recavano in piazza e ridevano dei complimenti sfacciati dei ragazzi. Indossavo un paio di scarpe col tacco basso, nere, allacciate alla caviglia; portavo i capelli sciolti e il capo chino, fissando la strada lastricata e pulita davanti a me.

Era sera, la luce fioca dei lampioni mi accompagnava a casa. Incrociai un vecchietto che camminava a piedi, avvolto in un impermeabile beige e un doppiopetto blu: barcollava vistosamente; lo guardai per qualche secondo, giusto il tempo di vederlo incespicare sui suoi stessi passi ma rimanere in piedi, in un equilibrio precario per usare un eufemismo.

Continuai a camminare, lui mi passò accanto biascicando un "buonasera" e mi aggirò completamente, accingendosi a salire le scale di un palazzo, ma non ebbi il tempo di compiere dieci passi che un tonfo sordo si propagò alle mie spalle, facendomi schizzare il cuore in gola e girare di scatto.

Non dimenticherò mai il rumore macabro di quel corpo che cadeva a peso morto, abbattendosi al suolo senza opporre resistenza alcuna.

Il vecchio giaceva riverso sul pianerottolo, tra la prima e la seconda rampa di scale. Molto probabilmente, ipotizzai, aveva perso l'equilibrio e si era accasciato dall'indietro, ruzzolando per una buona parte di scale.

Iniziai a correre verso di lui e mi sfilai i tacchi strada facendo, per non essere impedita nei movimenti; percorsi scalza la strada che mi rimaneva, incurante di tutto, salii i gradini in fretta e gli sollevai lentamente la testa: era cosciente, ma stordito, il sangue continuava a scorrere vermiglio da un punto indefinito della sua testa e sporcava i suoi capelli candidi, oltre al pianerottolo.

- *Sto bene, sto bene. - Continuava a bofonchiare.*
Mi sfilai il foulard che avevo in gola e cominciai a tamponare la ferita, cercando di arrestare il resto del sangue a mani nude.

Ricordo che stavo tremando. In quell'istante avevo dimenticato tutti gli anni di esercitazione con mio padre, tutte le regole e il primo soccorso. Mi sollevai la gonna sulle cosce e lo aiutai a rialzarsi.

Per terra c'erano due macchie enormi di sangue e, man mano che camminava, lasciava dietro di sé le gocce che continuavano a scorrere senza sosta. Aprì la porta di casa sua, con mano incerta e io lo feci sedere, mentre continuavo a cercare di arrestare il sangue che fluiva copiosamente.

Gettai la borsa sul pavimento senza alcun riserbo, gli feci piegare la testa in avanti e presi un profondo respiro. Era rallentato nei movimenti, non ascoltava ciò che gli chiedevo di fare ed era maledettamente cocciuto.

Il panico sembrava bloccarmi le articolazioni, le gambe erano molli e la salivazione praticamente azzerata. Non ero pronta per una situazione del genere, ma dovevo esserlo.

Chiesi dove fossero ovatta, disinfettante e asciugamani puliti e lui, fortunatamente, seppe indicarmi esattamente dove fossero.

Presi delle forbicine e tagliai i capelli lì dove il sangue si faceva più denso e scuro e rabbrividii quando vidi quella ferita lunga e profonda, pulsante e viva, che continuava a sanguinare sotto i miei occhi. Iniziai a sterilizzarla con i medicinali di fortuna che riuscii a raccattare qua e là.

Non c'erano garze in casa per bloccare la ferita, così presi un asciugamano e con un paio di forbici di ferro recisi una striscia spessa e lunga e gliela strinsi attorno alla testa per bloccare almeno temporaneamente il sanguinamento.

- Dobbiamo andare in ospedale, avete bisogno dei punti, - dissi allarmata, dopo aver messo in atto tutte le procedure e aver arrestato momentaneamente la fuoriuscita del sangue. - La ferita è lunga almeno cinque centimetri, il sangue non si arresterà da solo.

- No, niente ospedale. No, no. Da qui non mi muovo.
Aveva gli occhi lucidi, mormorava a mezza voce frasi sconnesse e prive di senso. Mi resi conto che era praticamente inutile continuare a discutere con lui, annebbiato com'era dall'alcool e dalla ferita.

Sospirai. Lo aiutai a sfilarsi la camicia sporca di sangue, gli lavai il collo e i capelli con una pezza bagnata e uscii fuori in strada.

Il vestito bianco era schizzato di sangue, ero scalza e spaventata. Bussai con vigore alla porta del suo vicino di casa che venne ad aprirmi dopo poco. Quando mi vide, non riuscì a reprimere un'espressione di sgomento per via di tutto quel sangue, sui miei vestiti e sul pianerottolo adiacente. Gli spiegai la situazione e lui si precipitò in casa per telefonare ai soccorsi.

Io tornai in casa del vecchio, che si teneva la testa tra le mani senza dire una parola.
Riempii un secchio d'acqua calda e andai a lavare via il sangue prima che si seccasse e diventasse difficile rimuoverlo. Le sirene spiegate dell'ambulanza mi fecero capire che sarebbero stati lì a breve.

Io rimasi ferma sulle scale: il vestito macchiato di sangue, le mani che puzzavano di disinfettante e mercurio e davanti agli occhi una scena che sapevo non avrei mai dimenticato.

Poi, in un giorno del 1941, un giorno qualunque da quando la guerra era scoppiata, mi ritrovai in strada nel bel mezzo di un bombardamento a tenere la mano a un soldato che sapevo non ce l'avrebbe fatta.

Aveva la gamba sinistra carbonizzata da una bomba, due paramedici lo tenevano fermo per le spalle, uno gli metteva una asciugamano in bocca per il dolore e un altro che gli tagliava la gamba con la sega, a caldo, senza morfina né anestetizzante.

Il soldato pregava, piangeva, urlava tra i denti, mi teneva la mano e mi chiedeva di non lasciarlo. Io gli asciugai la fronte dal sangue e dal sudore, gli strinsi la mano più forte che potei e piansi. Uno dei medici mi spinse via malamente e mi urlò furente che non era un comportamento da adottare: i soldati avevano bisogno di essere rassicurati e confortati in quelle situazioni, non dovevano capire che stavano per morire.

Le sue urla sembravano coprire lo scoppio delle bombe. Ero inutile in quello stato per lui. Non servivo a nulla, mettevo solo agitazione ai soldati.

Tremavo ancora, mio padre era impegnato ad aiutare un altro gruppo di soldati al di là della strada.

- Devi fare esperienza da sola, - mi aveva detto. - Se vuoi essere davvero utile.

- Io mi fido di te, - aveva aggiunto con un sorriso. - E anche loro.

Il soldato con una gamba amputata si guardava attorno con gli occhi spalancati, avviliti, quelli di chi sta guardando la morte avvicinarsi a passo lento e sinistro.

Continuava a cercarmi, ad alta voce e urlava:

- Voglio l'infermiera, - urlava. - L'infermiera coi capelli neri.

Io spinsi via il paramedico, senza più timore e mi inginocchiai accanto a quel giovane in fin di vita. Mi chiese di accarezzargli ancora la fronte e di pregare per lui. Ero ebrea, ma per lui avrei pregato Dio con le sue preghiere e i suoi inni.

Tremava, scottava tantissimo e farfugliava frasi senza senso. Lo cullavo, accarezzandolo e cercando di dargli conforto.

- È spacciato, Cristo, - mi urlò un paramedico. - Non te ne accorgi? Lascialo lì e occupati di chi può essere ancora salvato, santo Dio!

Il soldato scosse la testa e mi strinse più forte la mano.

- Ti prego. Ho paura... non lasciarmi.

- Allora ti muovi?!

- Chiudi quella fottutissima bocca e continua a fare il tuo lavoro,

- urlai con le lacrime che mi appannavano gli occhi. - Io rimango con lui!

Il paramedico non disse più niente e continuò a suturare una ferita da arma da fuoco. Il soldato mi guardò, con sguardo riconoscente e mi baciò la mano con le labbra livide.

- Grazie...

Spirò dopo dieci minuti, con ancora la sua mano calda nella mia e gli occhi rivolti verso un carrarmato.

Gli chiusi gli occhi, lentamente e gli posai un bacio sulla fronte. Mi alzai, barcollando e corsi da un altro ferito che aveva bisogno d'aiuto.

- Se vuoi davvero essere una buona infermiera, - disse il paramedico, con gli occhi bassi. - Devi capire che in guerra, durante gli attacchi non abbiamo tempo per il conforto: quando vedi che qualcuno di loro è spacciato, devi alzarti e correre da qualcun altro. Non c'è tempo per la pietà.

Io presi dalla valigetta del filo per le saturazioni, infilai l'ago e cominciai a cucire.

- Questa guerra potrà anche non aspettare. Potrà anche non avere pietà per loro, ma io sì. Fino a quando un soldato mi chiederà di restargli accanto mentre sta per morire, lo farò. Non chiedermi di abbandonare l'umanità... è tutto quello che ci rimane.

Conclusi e prima di alzarmi, mi voltai ancora una volta verso quel soldato che aveva chiesto conforto prima di morire; promisi a me stessa che mai più avrei dovuto permettere a qualcuno di dirmi cosa fare, o permettere alla paura di sopraffarmi. Mai più.

*   *   *

I mesi erano passati, si erano scanditi ora dopo ora, le stagioni si erano susseguite senza sosta e senza lasciare traccia.

Aaron, con sempre più difficoltà, aveva cercato di proteggermi da tutto e tutti, ma la vita al campo diventava sempre più insostenibile e ormai le SS avevano smesso di nascondere le brutalità del lager anche ai prigionieri dei convogli che arrivavano.

Erano le ventitré e stavo raccattando le ultime divise degli ebrei che erano morti nelle camere a gas. In quei giorni mi avevano fatto fare la spola tra il Canada e Schwarz, cosa che ad Aaron non era andata a genio: lo scopo della contrattazione era l'avermi con lui a tempo pieno, fatta salva per qualche ora sporadica.

Speravo che quelli fossero gli ultimi giorni e che poi sarei rimasta con lui, a casa sua, dove potevo sentirmi al sicuro.

Ero sola, con un carrello che cigolava ogni volta che lo spingevo, a impilare i vari vestiti appesi ai ganci. L'ambiente era tetro. Uscii da lì il più in fretta possibile, e entrai nel padiglione dove c'erano ammucchiate divise maschili e femminili, con scarponi, zoccoli, cappotti.

La stanza era fredda e umida, grande e solitaria e mi metteva i brividi anche quella. Cominciai a togliere dal carrello tutti i vestiti che avevo trovato nelle camere a gas, altre divise che invece avevo rammendato con la macchina da cucire. Una piccola lampadina appesa al soffitto vibrava, spegnendosi e accendendosi a scatti, quasi fulminata.

- Non posso crederci.

Alzai la testa e quando capii da chi proveniva quella voce, mi appoggiai al carrello dei vestiti per non cadere. Sbattei le palpebre più volte per capire se effettivamente avessi visto bene oppure no.

Hans. Hans Meyer!

- Edith Monroe. Santo Dio... hai un aspetto orribile.

Osservai immediatamente la divisa nera che portava addosso e la doppia S sul colletto: era diventato una SS!

Una fede color oro brillava sull'anulare della mano sinistra. Lui intuì la direzione del mio sguardo, alzò la mano verso di me e sorrise.

- Mi sono sposato di recente. - Disse.

- Non me ne frega un cazzo. - Mormorai, continuando a raccattare i vestiti.

Volevo far finta di niente, ma non ci riuscivo. Lo sgomento era troppo.

La sua vista mi faceva venire il voltastomaco e mi stupiva il fatto che non accennasse nemmeno a un minimo pentimento. Nessun lampo di pietà, né di umanità.

- Dove vai? - Chiese, mentre feci per uscire.

- A pulire.

- Dove?

- Che ti importa?

- Sono una SS ora, - mormorò. - Mostra un po' di rispetto.

Io lo guardai, poi gli risi in faccia:

- Lasciami stare, - dissi, divincolandomi. - Bastardo.

- Fai così la spavalda solo perché sai che quel figlio di puttana di Schwarz ti sta coprendo le spalle.

Mi irrigidii e lui capì di aver colto ne segno:

- Cosa credi, che non lo sappia? Sono al campo da una settimana, strano che il tuo cagnolino traditore non ti abbia informata. Ma adesso finisce tutto, Edith. Farò quello che non sono riuscito a fare a Berlino. Denuncerò quel bastardo che mi ha picchiato e umiliato ripetutamente e lo farò mettere al muro. E tu potrai sempre dire che ti ha costretta, così magari diventerai la mia cagna ebrea. Solo in questo modo, una volta morto Schwarz, potresti non finire in una camera a gas.

Mi voltai, lentamente e gli rivolsi uno sguardo rovente:

- Hans, basta. Mi hai denunciata, mi hai fatta finire qui dentro, mi hai privata di tutto ciò di cui può essere privato un essere umano. Cosa vuoi togliermi ancora?

- L'unica cosa di cui ti importi veramente. L'unica cosa che posso ancora portarti via: lui!

- Perché? - Chiesi, sofferente e con la rabbia che scorreva dentro le mie vene fondendosi col sangue.

Lui non rispose, io insistetti:

- Mi hai già rovinato la vita. Vuoi continuare ancora?

Avevo gli occhi imploranti. Ormai sapevo che Hans fosse capace di tutto e mi spaventava terribilmente.

- Lo odio Edith, - urlò, e io indietreggiai. - Lo odio, lo detesto, lo voglio morto!

Aveva perso il senno?

- Hans ti supplico, - dissi, esausta, senza più forze. - Smettila. Smettila di rovinarmi la vita.

- Ti abituerai alla sua assenza, Edith, credimi. Quando sarà morto te ne farai una ragione!

Il suo sguardo, nel momento esatto in cui pronunciò quelle parole, mi spaventò: erano gli occhi di un folle.

Dovevo fare qualcosa. Se Hans avesse lasciato quella stanza, avrebbe davvero condannato a morte Aaron.

Mi avvicinai a lui, lentamente. Avevo lo sguardo di una persona che non ha più niente da perdere. In pochi istanti gli rifilai un calcio nelle parti basse che lo fece piegare in due, poi lo spinsi e lo colpii allo stomaco, ripetutamente. Mi chinai, estrassi velocemente la pistola dal foderino e lo colpii col calcio di essa, così forte da fargli perdere i sensi.

Indietreggiai, col fiatone e gli occhi spalancati. Mi portai le mani alla testa e mi inginocchiai accanto a lui che giaceva ancora incosciente al suolo.

Barricai la porta di ingresso, sprangandola col carrello dei vestiti, poi tornai da Hans. Senza pensarci ulteriormente, iniziai a spogliarlo. Gli sfilai i pantaloni, le scarpe, i calzini, cappello, giacca e camicia e buttai tutto in un angolino remoto della stanza.

Gli misi addosso una delle divise dei prigionieri. I capelli erano quasi rasati a zero, ma non aveva il numero tatuato sul braccio.

Mentre stavo per pensare a un'altra soluzione, lui si risvegliò. Osservò per qualche secondo la divisa che portava e quando si rese conto che gli stavo puntando una pistola addosso, indietreggiò, strisciando sul pavimento come il verme che era. Aveva gli occhi spalancati, le mani tese verso di me e i palmi aperti.

- Che cazzo stai facendo?

Io tenevo la pistola dritta di fronte a me, col fiato corto e lo stomaco in subbuglio.

- Edith ti prego. Stavo scherzando, non dirò nulla, te lo giuro ma metti giù quella dannata pistola.

Io avevo perso la facoltà di parola. I miei occhi erano vitrei, spalancati e il mio cuore sembrava essersi ghiacciato.

Spegni tutto. Dimentica la paura.

- Non ti credo. - Dissi, serafica.

- Edith anche io quel giorno ho avuto la possibilità di spararti, ma non l'ho fatto.

Aveva il fiatone, era spaventato a morte.

- Hai fatto di peggio, - dissi, con la voce rotta e le lacrime che continuavano a bagnarmi il viso. - Hai condannato a morte tutta la mia famiglia. E adesso vuoi portarmi via anche l'unica persona che abbia mai amato?

Scossi la testa e caricai la pistola. Hans deglutì.

- Mi dispiace Hans, - mormorai, osservando la pistola munita di silenziatore. - Mi hai portato via già tutto. Non posso permetterti di portarmi via anche lui.

- E che farai?

- Lo difenderò, a qualsiasi costo. Farò quello che tu non hai avuto il coraggio di fare quel giorno, Hans, - mormorai, mentre avevo cominciato a singhiozzare. - Mi dispiace.

Ora.

Chiusi gli occhi e premetti il grilletto. Una. Due. Tre volte.

Quando riaprii gli occhi, Hans era morto. Giaceva riverso nel suo stesso sangue, gli occhi rivolti verso sinistra e le labbra semiaperte.

Mi portai le mani al volto e gettai la pistola sul pavimento. Aprii la porta velocemente, la richiusi a chiave e iniziai a correre verso l'alloggio di Aaron che distava pochi metri. Bussai violentemente alla porta e Aaron venne ad aprirmi dopo qualche istante.

- Edith, che succede? Non puoi stare qui, - disse, guardandosi attorno. - Il tuo turno inizia tra mezz'ora.

- Lo so, - dissi, con la voce che mi tremava. - Ma è importante.

- Che è successo?

- Ho ucciso Hans.

*   *   *

Aaron era fermo sulla porta, con un'espressione mista tra lo sgomento e la confusione.

- Hai ucciso una SS? Edith, cazzo, sei impazzita?

Non si era mai rivolto a me in quel modo. Deglutii.

Che cosa avevo fatto?

- No, no. Ti prego seguimi e capirai tutto, - dissi, prima di perdere completamente le forze. - Non c'è tempo da perdere.

Sebbene gli stessi chiedendo una cosa assurda, Aaron non si oppose e si fidò ciecamente di me. Non fiatò, richiuse la porta alle sue spalle e dopo essersi accertato che non ci fossero guardie nei paraggi, percorse quei pochi metri di corsa.

Gli porsi la chiave e lui aprì la porta che si spalancò silenziosa, la luce fioca era ancora accesa. Il corpo di Hans senza vita giaceva ancora riverso a terra, la macchia macabra di sangue che andava via via espandendosi per la stanza. Io avevo iniziato a tremare.

- Allora è vero. Perché è vestito così? - Mormorò, osservando la divisa a strisce che gli avevo fatto indossare prima di spargargli.

- Perché gli ebrei qui dentro vengono ammazzati e nessuno chiede spiegazioni.

Aaron mi guardò con una strana espressione sul volto. Quasi cercasse di capire come avessi fatto a pensare lucidamente in una situazione così drammatica; poi, si portò le mani ai capelli. Nonostante tutto, sapeva che su quello avevo ragione.

- Non ha il tatuaggio! - Disse, imprecando.

Sapevo che non aveva il numero identificativo dei prigionieri del campo e che se l'avessero scoperto, sarebbe stato molto sospetto.

- Lo so, Aaron, - commentai, mentre la voce si spegneva. - Ma ho dovuto.

- Perché Edith, - urlò, in preda all'ira. - Perché hai voluto macchiarti la coscienza così?

Sgranai gli occhi. Non mi avrebbe più vista allo stesso modo?

- Non me ne frega un cazzo della mia coscienza, - risposi, tra le lacrime. - Mi interessa solo di te!

Lui indietreggiò, con gli occhi spalancati e chiese stordito:

- Cosa?!

Forse, non immaginava che quella morte avesse a che fare con lui. Presi fiato, mentre i singhiozzi continuavano a scuotermi:

- Ha minacciato di rivelare ciò che tu stai facendo per me qui dentro. Ha minacciato di farti morire tramite fucilazione sotto l'accusa di alto tradimento. Come avrei potuto permettere una cosa del genere? Come?! La mia coscienza mai più immacolata è un prezzo che sono disposta a pagare per la tua salvezza. Io ti amo e baratterei la mia vita con la tua, se me lo chiedessero.

Si trattava della verità più assoluta. Aaron rimase immobile per qualche secondo, con le braccia penzoloni lungo il corpo.

Era così difficile da accettare che ci fosse qualcuno che lo amasse come lo amavo io?

A un certo punto, iniziò ad avanzare a passo veloce verso di me, fino a raggiungermi, sollevarmi di peso e stringermi in un abbraccio soffocante. Mi aggrappai alle sue spalle e mi lasciai andare a un pianto liberatorio stretta tra le sue braccia.

- Perdonami, amore mio, - mi sussurrò tra i capelli. - Non avresti mai dovuto accollarti il peso di un'azione simile. Toccava a me sparare a quel bastardo, un'altra vita sulla mia coscienza non avrebbe cambiato poi tanto. Ma tu, tu dovevi restare innocente.

- Preferisco aver perso l'innocenza che vederti in piedi davanti a un plotone d'esecuzione.

- Oh, Edith, cosa ho fatto per meritarti? - Disse, premendo la fronte contro la mia. - Ti amo e farò qualsiasi cosa in mio potere per proteggerti fino al giorno della mia morte.

Io gli sorrisi e mormorai:

- Lo so...

- Adesso chiamerò due delle mie SS più fidate e ordinerò loro di far immediatamente bruciare il corpo nei forni crematori.

Sussultai.

- Se chiederanno spiegazioni, ma non credo oseranno farlo, dirò loro che gli ho sparato perché l'ho trovato a trafugare dei vestiti destinati alle famiglie tedesche danneggiate dai bombardamenti. Per loro sarà un motivo più che valido, come per qualsiasi altra SS qui dentro. Ora va' nei miei alloggi, a tutto il resto ci penso io.

Io annuii. Prima di andare Aaron mi sollevò ancora, posandomi un bacio sulla fronte e asciugandomi una lacrima.

- La mia bambina coraggiosa, - mormorò, con voce spezzata. - Ho sempre saputo che lo fossi, ma non fino a questo punto.

- Allora, - dissi, accarezzandogli una guancia. - Non hai ancora idea di quello che potrei fare per proteggerti.

- Sì, invece, perché è quello che io farei per proteggere te. Ora va' e, ti prego: non farti vedere!

Gli lasciai la chiave e percorsi come un fulmine i metri di campo che separavano quel padiglione maledetto dalla camera di Aaron. Aprii la porta e mi lasciai cadere sul pavimento.

Quell'amore ci stava portando solo problemi, solo guai, solo dolore; ma entrambi eravamo consapevoli di quello a cui saremmo andati incontro se avessimo davvero deciso di accettare quell'amore e viverlo in tutte le sue sfaccettature. E noi avevamo accettato quell'amore e tutte le sue conseguenze.

Io avevo scelto di innamorarmi di un uomo e lui aveva scelto di innamorarsi di una donna. Perché bisognava affiancare il termine "nazista" o "ebrea"?

Chiusi gli occhi e mentalmente rivissi gli attimi che avevano preceduto il momento in cui avevo deciso di spegnere la vita di colui che un tempo era stato il mio migliore amico. Rividi il suo corpo inerme riverso al suolo, gli occhi verdi senza più vita e realizzai che tutto quello fosse solo opera mia.

Io, che da sempre avevo condannato chi osava sostituirsi a Dio, l'avevo fatto io stessa: mi ero arrogata un diritto che non avevo, avevo deciso qualcosa che non avrei potuto decidere, avevo messo fine alla vita di una persona per salvarne un'altra.

Era una giustificazione? No, non lo era: era sbagliato, in qualunque modo la vedessi.

E Aaron aveva ragione: avevo perso per sempre la mia innocenza, avevo macchiato per sempre la mia coscienza. Ormai, non si poteva più tornare indietro. Senza Aaron, sapevo che della mia coscienza integra mi sarebbe interessato ben poco.

Erano anni che combattevo, anni che combattevo una battaglia per proteggere me stessa dalla cattiveria del mondo; proteggermi dalle persone, dagli uomini viscidi, dalla guerra, dal dolore, dalle bugie. La mia guerra personale era già scoppiata anni prima e nessuno si era mai preoccupato di combattere al mio fianco.

Poi era arrivato Aaron, all'improvviso e aveva cominciato a prendersi i colpi di fucile al posto mio, aveva cominciato a sanguinare per impedire a me di sanguinare, prendeva colpi per impedire che venissi colpita.

E io mi ero parata dinanzi a lui, impedendo che la guerra lo colpisse per l'ennesima volta a causa mia. Avevo preso quella pistola, avevo premuto quel grilletto e la mia anima era diventata vermiglia all'istante; carica di sangue, denso e caldo. Ma sapevo che, nonostante tutto, avrei potuto vivere senza la mia anima, ma non senza Aaron.

Mi alzai, asciugandomi le lacrime e iniziai a pulire l'appartamento, cercando di distrarmi dal pensiero che Schwarz stava sistemando per l'ennesima volta le conseguenze di una mia sciocchezza. Dopo qualche ora la porta si aprì, Aaron appese il berretto al gancio dell'appendiabiti e si liberò dell'impermeabile.

- Allora? - Chiesi.

- Ho fatto bruciare tutto. Ai vestiti ci ho pensato io, ma ora abbiamo un altro problema, Edith...

Rimasi in ascolto, con le gambe molli.

- Lisa e gli altri si chiederanno Hans che fine abbia fatto. Dopo settimane, giorni in cui non riceveranno sue notizie, cominceranno a insospettirsi. Allora cominceranno le indagini e si accorgeranno della scomparsa della SS Hans Meyer dal campo di concentramento di Auschwitz.

Deglutii rumorosamente. Non ci avevo pensato.

- Come faremo? - Chiesi sconsolata, lasciandomi cadere su una sedia.

- Dobbiamo trovare un modo per bloccare la sua corrispondenza, - mormorò, sbottonandosi la giacca. - Far avere qualche sua notizia sporadicamente alla famiglia e cercare di tirare avanti il più possibile. Questa guerra non durerà in eterno.

- Che vuoi dire?

I suoi occhi si fecero cupi, la sua espressione pensierosa e mi resi conto che ci fosse qualcosa che non mi stava dicendo: Aaron sapeva molto di più di quanto non mi lasciasse intuire.

- Aaron, - dissi, prendendogli il volto tra le mani. - Cosa sai che non vuoi dirmi?

- Niente di cui tu debba preoccuparti, - mormorò, con un sorriso tirato. - Il bello della guerra è che rende le cose dannatamente lente e incasinate e forse per una volta ci tornerà utile.

Provai a sorridere, ma non ci riuscii. Strisciai verso di lui e mi sedetti sulle sue ginocchia.

- Adesso sono io il mostro, - mormorai, nascondendo il viso nella sua camicia. - Non posso credere di aver ucciso il figlio di Joseph.

- È colpa mia, - intervenne Aaron. - L'hai fatto solo per proteggere me.

- No, non è colpa tua. Lui ha dovuto pagare per noi: ha pagato il prezzo per aver preferito l'odio all'amore e io non mi perdonerò mai per quello che ho fatto a un essere umano. Sono diventata tutto ciò da cui rifuggivo.

- Mi hai salvato la vita, Edith Monroe. Permettimi almeno di aiutarti a sopportare il senso di colpa.

Ti ho salvato perché tu hai salvato me. E mentre parliamo, in questi secondi, in questi minuti... tu continui a salvarmi.

- Edith, voglio che tu tenga a mente una cosa.

Gli rivolsi lo sguardo, mentre con la punta del mio naso sfioravo la sua.

- Voglio che tu sappia che comunque vadano le cose, qualunque destino questa guerra abbia in serbo per noi... tu sei stata l'unica donna che abbia mai amato, l'unica che amerò fino al giorno in cui lascerò questa terra. Per quanta poca importanza venga data all'amore in guerra, voglio che tu ricordi per sempre che sei stata il mio tutto. Mi hai dato speranza, amore, pazienza, comprensione e rispetto... e per un soldato come me è più quanto la vita possa offrire. Mi hai regalato un angolo di eternità nei pochi giorni che mi sono stati donati e per questo te ne sarò per sempre grato.

Non volli sapere se le sue parole avessero un significato particolare o meno, non volli sapere se le stesse dicendo a causa di una circostanza particolare; non sarei riuscita a sopportare l'ennesima emozione della giornata, anche se avevo la netta sensazione che quelle parole non fossero state pronunciate per caso.

- Stringimi. - Mormorai semplicemente, mentre gli cingevo il collo.

- Ti stringerò per sempre.

*   *   *

Edith Monroe.

Una notte Aaron era irrequieto: sudava e vedevo le sue mani tremare come mai avevano fatto prima, stringevano le lenzuola spasmodicamente; aveva le labbra schiuse e le sopracciglia aggrottate. Solo dopo capii che era preda di incubi. Mi misi a sedere e gli presi il viso tra le mani.

- Aaron, svegliati... Aaron sono io.

Lui mi afferrò i polsi con violenza, poi spalancò gli occhi vitrei. Lo guardai con un'espressione stralunata, colta di sorpresa da quel gesto.

Quando si accorse che ero io, mi lasciò subito andare. Aveva il fiato corto ed era sudato, si portò un braccio alla fronte e chiuse gli occhi.

Sembrava così maledettamente vulnerabile. Come mai avrei

desiderato vederlo. Mi ricordò, con una stretta al cuore, la prima notte in cui lo avevo visto dormire a casa mia, a Berlino.

Mi strinsi a lui, appoggiandomi sul suo petto. Gli posai un bacio sul dorso della mano e la strinsi forte tra le mie.

- Cosa hai sognato?

Il campo era spaventosamente silenzioso, non si sentiva un solo sbuffo di vento. Appoggiai la mano sul suo petto e avvertii il cuore che batteva impazzito.

- Il solito incubo ricorrente. - Disse, con la voce arrochita dal sonno.

- Parlamene.

Lui chiuse gli occhi per qualche secondo, poi li riaprì e iniziò a parlare:

- C'è un soldato. Un soldato giovanissimo che sta per lanciare una granata verso i miei uomini. Ci sono diversi cadaveri a terra, io sono ferito al braccio. Ho perso l'elmetto e sono stremato. Sono alle sue spalle. Imbraccio il fucile e glielo punto al torace. Lui si gira e mi inchioda col suo sguardo triste. Quegli occhi mi trafiggono. Mi implora di risparmiarlo. Io carico il fucile e lo guardo ancora. Gli sparo, senza nessuna pietà. Nessuna misericordia. Mentre sta per morire vedo i suoi occhi diventare glauchi e vedo la vita scivolare via dalle sue membra. "Qualcuno dica a mia madre che non tornerò più a casa". Queste sono state le sue ultime parole.

- È accaduto davvero? - Chiesi, con lo sguardo fisso su di lui.

C'era solo una candela accesa, che Aaron aveva lasciato consumare per me, perché il buio aveva cominciato a spaventarmi: mi sembrava di vedere brancolare in quella oscurità i cadaveri delle persone innocenti che di giorno decoravano in modo lugubre il campo di sterminio e il fantasma di Hans, con gli occhi spalancati, che ripeteva come una nenia:

Assassina! Assassina!

Sentivo i loro gemiti, i loro lamenti e le loro urla. Da quando dormivo insieme ad Aaron però, mi bastava stringermi a lui per capire che fosse tutto frutto della mia immaginazione. Soltanto lui era reale.

Aaron mi fissò, poi fece un lungo sospiro:

   - Sì.

   - Eri in guerra, - dissi, provando a lenire il suo dolore. - Non è colpa tua.

Lui scosse la testa:

   - Lo so. Ma sai qual è stata la colpa di quel ragazzo? Quella di indossare una divisa di un colore diverso dalla mia.

Era tormentato, vidi il senso di colpa nelle sue pupille dilatate.

   - Non pensarci, Aaron. Ora non pensarci. Tu combattevi per la Germania, lui per un Paese nemico. Questa è la guerra. Non darti colpe che non hai: quel ragazzo avrebbe fatto lo stesso con te.

   - Non posso saperlo. - Disse, scuotendo la testa.

Si era calmato un po'. Mi appoggiai con la testa sul suo petto, il suo cuore ora batteva a un ritmo regolare.

   Mi poggiò una mano sui capelli e con l'indice iniziò ad accarezzarmi la guancia. Mi poggiò le labbra sulla fronte e io chiusi gli occhi. Sorrisi, mormorando:

   - Meglio così.

                    *   *   *

Non riuscivo a capire cosa c'era che non andasse in me: era già da un paio di giorni che non riuscivo più a gestire il mio corpo, ne avevo perso il controllo.

Sebbene ormai mangiassi regolarmente, dormissi in un letto caldo, prendessi le medicine per curare la mia bronchite e gli sforzi fisici che dovevo affrontare fossero drasticamente diminuiti, mi sentivo fiacca, debilitata. Sentivo come se qualcosa stesse prosciugando dall'interno la mia linfa vitale.

Mi sedetti sul bordo del letto e mi portai le mani al volto, erano spaventosamente fredde. Alzai la testa verso il soffitto e piantai gli occhi sul lampadario essenziale che pendeva da esso.

Sospirai. Quei capogiri non avevano intenzione di fermarsi. Mia madre mi diceva sempre che per cercare di far passare un capogiro, bisognava fissare un punto in una stanza; lo facevo sempre da piccola, quando dopo la terza giravolta non riuscivo più a mantenere l'equilibrio.

Mi portai le mani allo stomaco e cercai di reprimere l'ennesimo conato di vomito che stava per risalirmi alla gola, ma non riuscii a contenerlo e corsi verso la toilette, sedendomi sul pavimento e rimettendo a vuoto.

Osservai se ci fosse del sangue, ma non ce n'era traccia. Avevo paura che, non avendo mangiato per così tanto tempo, il mio stomaco si fosse abituato all'assenza di cibo e ora stesse avendo una specie di rigetto.

Mi lasciai cadere sconsolata sul pavimento gelido, con la schiena appoggiata al muro e iniziai a respirare lentamente, per cercare di regolarizzare i battiti del mio cuore impazzito.

Mi alzai con sforzo e mi appoggiai con le mani al lavandino, rimanendo immobile per qualche secondo. Sentii uno strano formicolio attraversarmi il corpo. Aprii i rubinetti, lasciai che l'acqua scorresse in abbondanza e mi sciacquai la bocca, lavando via quel saporaccio. Increspai gli occhi e storsi il naso, evitando di guardare la mia immagine riflessa.

Osservai il calendario appeso sul muro bianco e essenziale, accanto allo specchio.

Dicembre 1943.

Un sospetto si insinuò nella mia mente: avevo un ritardo. Indietreggiai, portandomi le mani alle labbra e scossi la testa. Non potevo essere incinta.

Aaron e io facevamo l'amore con regolarità da quando ero diventata la sua domestica e...

Oh, Dio.

Corsi nella stanza accanto, scostai una sedia e mi sedetti. Iniziai a pensare a tutte le volte che Aaron era rimasto dentro di me fino alla fine e realizzai che lo faceva la maggior parte delle volte.

Avevo bisogno di vedere il dottor Keller. Non avrei detto nulla a Schwarz se non avessi avuto la conferma assoluta che il mio sospetto fosse fondato. Mi lasciai cadere sul letto, portandomi le mani alla pancia; se fosse stato davvero così, che cosa sarebbe successo?

Iniziai a tremare, ma non sapevo dire con certezza se fossero tremiti di paura o agitazione. Strisciai fino alla spalliera del letto, raggomitolandomi su me stessa. Strinsi le ginocchia al petto e mi morsi il labbro inferiore.

Sarei stata costretta ad abortire. Mi avrebbero costretta ad abortire.

No, no, no!

Non volevo. Io non volevo abortire... e Aaron? L'avrebbero fucilato: se avessero scoperto che ero incinta di lui lo avrebbero ucciso.

Non potevo dirglielo. Come l'avrebbe presa? Forse lui non avrebbe voluto tutto quello, non avrebbe voluto un legame così forte con me, qualcosa che ci avrebbe uniti per sempre e imprescindibilmente.

Oh, Dio, che cosa avevamo fatto?

Cercai di calmarmi, convincendomi che molto probabilmente stavo lavorando di fantasia e che quello era soltanto un virus influenzale dovuto al freddo che avevo preso al campo. Pensai che molto probabilmente le pessime condizioni igieniche a cui ero stata costretta a sottostare, il mal nutrimento e le circostanze in cui ci avevano fatto lavorare si stavano ripercuotendo sul mio corpo soltanto adesso.

Non doveva trattarsi necessariamente di un bambino, di una piccola anima dalle manine minuscole, dal cuore innocente, frutto di un amore nato in guerra.

Immaginai all'improvviso il giardino di casa mia, in Italia.

Nella mia mente, è una meravigliosa giornata di primavera.

Il sole splende alto, il cielo cobalto è quasi accecante, le rondini si rincorrono, stridendo gioiose tra di loro.

Tendo le orecchie.

No. Nessun aereo.

C'è solo il rumore del vento tra le fronde degli alberi. E gli uccelli che cinguettano.

Io sono china sul mio roseto, un annaffiatoio verde accanto a me, un paio di guanti gialli con qualche fiorellino disegnato e il terriccio smosso sul vestito.

Poi una voce proviene dalle mie spalle.

Una voce familiare.

Mi giro e Aaron è seduto sull'altalena chiara in ferro battuto.

Indossa abiti civili. Non è più un soldato.

La guerra è finita.

Tolgo il guanto e do un'occhiata alla mano sinistra. Una fede brilla sull'anulare.

Ci siamo sposati.

Lo guardo ancora.

I capelli biondi sembrano ancora più chiari, illuminati dalla calda luce del sole.

La sua camicia bianca è leggermente sbottonata e le sue braccia sono protese in avanti.

Indossa un paio di pantaloni chiari, gli anfibi sono spariti. Sembra sparito dalle sue spalle anche il peso gravoso di essere un ufficiale.

Sul suo meraviglioso viso è stampato un sorriso.

I suoi occhi stanno brillando.

- Vieni, tesoro, vieni qui!

Una bambina minuscola, coi capelli neri, arranca verso di lui.

I suoi capelli sono legati in due codini, tenuti su da due nastrini blu.

Gli occhi azzurri della bambina sono puntati su Aaron, la bocca rosea è schiusa in un sorriso, le sue guance paffute sono rosse.

Ride.

Cerca di camminare ed è buffissima con la lingua in mezzo ai due dentini.

Le mani oscillano in avanti, cerca di mantenersi in equilibrio e sembra impegnarsi davvero tanto per riuscirci.

Il vestitino bianco è corto, e è mosso da una leggera brezza primaverile che scuote le foglie delle mie rose.

- Papà, - dice e ride ancora. - Papà.

Una risata cristallina, pura, innocente.

La risata di chi non ha mai conosciuto la cattiveria, l'odio, la morte. La guerra.

Aaron si alza e le va incontro.

Si inginocchia e allarga le braccia.

- Sì, - dice, radioso. - Vieni dal tuo papà!

Mi si stringe il cuore. Io sorrido, mentre osservo quella scena con l'anima che straborda di gioia.

Lui si prepara a prenderla. Non vede l'ora che sua figlia lo raggiunga.

La bambina arriva finalmente tra le sue braccia, Aaron la solleva e la fa volteggiare. I codini ondeggiano nel vento.

Lei ride, ride tantissimo.

- Mamma... mamma!

Gli occhi di Aaron sono su di me e un sorriso dolce gli avvolge tutto il viso.

- Mamma... hai visto che brava la nostra bambina?

Mi portai le mani al volto e iniziai a piangere. Era troppo bello, troppo bello per essere vero.

Mi raggomitolai su un fianco e realizzai in quel momento che non c'era altro che avessi mai desiderato di più.

*   *   *

- Edith... Edith...! Monroe!

Aprii le palpebre, prima una e poi l'altra. La luce fievole della stanza, il profilo dei mobili sfocato e il sorriso di Aaron fu la prima cosa che vidi lucidamente.

- Perché quando ti chiamo Monroe ti svegli, - chiese, ironicamente. - Ma quando ti chiamo Edith non lo fai?

- Perché mi ricorda Berlino, - mormorai, assonnata, mettendomi a sedere sul letto e stropicciandomi gli occhi. - Mi sono addormentata.

- L'ho visto questo.

- Ti ho preparato da mangiare, - mormorai, indicando il pollo che avevo infornato un'ora prima.

Aaron mi diede un bacio sulla fronte, poi si alzò e, togliendosi la giacca, si rivolse a me:

- Domani dovrò uscire prestissimo. Ho un incontro con gli altri ufficiali dei campi annessi.

Io storsi il naso. Come poteva un uomo buono come lui stringere le mani a gente che non faceva altro che ammazzare innocenti dalla mattina alla sera?

- Vieni a mangiare, - mi esortò con voce dolce. - Su!

Io annuii e mi alzai. Non riuscivo a togliermi dalla testa la scena che avevo immaginato, né il fatto che potessi essere incinta.

- Va tutto bene? - Chiese Aaron, preoccupato.

- Sì, sì certo, - dissi, abbozzando un sorriso, ma senza riuscire a guardarlo negli occhi. - Tutto bene.

Mi sedetti a tavola con lui e iniziammo a mangiare.

- Non ti fanno ribrezzo? - Chiesi.

Lui inclinò la testa di lato e aggrottò le sopracciglia, così specificai:

- Gli altri ufficiali del campo. Non ti fanno ribrezzo?

- Sì, ma non posso dirlo apertamente, o sarebbe la fine per me. E anche per te.

- Non ci posso credere che tu sia una SS. Non hai niente in comune con loro.

Lui sorrise, aggiungendo:

- Per fortuna.

Osservai la superficie scheggiata del piatto e sbottai in un risolino divertito.

- Che c'è? - Chiese.

- Sono innamorata di una SS. Credo non ci sia mai stata ironia della sorte più grande di questa in tutta la Storia dell'umanità.

- Romeo e Giulietta.

Io inarcai un sopracciglio, divertita.

- Ci stai davvero paragonando a Romeo e Giulietta? Perdonami, ma sei banale. Mi aspettavo di meglio da Herr Schwarz.

Lui rise.

- Lo so, hai ragione. Scusami. E poi, per quanto romantica possa sembrare la loro storia preferirei che finissimo meglio di loro.

Lo guardai con uno sguardo triste. Forse, tutto sommato, il paragone non era poi così lontano dalla realtà.

- Anche io. - Mormorai, con un sorriso malinconico.

Tornammo a mangiare e calò di nuovo il silenzio.

- I tuoi genitori stanno bene, - disse, all'improvviso. - Anche tuo fratello.

Non alzava la testa dal piatto, non riusciva a guardarmi negli occhi.

- Cosa? - Chiesi, stordita.

Credevo di essermi immaginata le parole che avevo appena udito. Lui allora mi guardò e sorrise:

- Già. Stanno bene.

Ebbi un mancamento. Rimasi per qualche istante immobile, fissandolo inebetita; poi mi ripresi, scostai la sedia dal tavolo e l'aggirai completamente, fermandomi a pochi centimetri da lui. Gli alzai il mento, guardandolo negli occhi. Sebbene fosse seduto, era solo di pochi centimetri più basso di me.

- È la cosa più bella che tu potessi fare per me. - Dissi, gli occhi lucidi per la commozione.

Aaron prese la mia mano, la baciò dolcemente e mi fece sedere sulle sue ginocchia. Avvicinai le mie labbra alle sue e le baciai, avidamente. Gli cinsi il collo con le braccia, mentre le sue mi circondavano completamente.

- Grazie, grazie, grazie, - mormorai, tra un bacio e l'altro; avevo il fiato spezzato e il cuore a mille. - Finisci di mangiare.

- Non ho più fame.

Mi appoggiò una mano sulla coscia e mi sollevò di peso, posizionandomi di fronte a lui; mi alzò il vestito, mentre le sue labbra non smettevano un solo secondo di baciare le mie. Non potevamo fare a meno l'uno dell'altra.

- Non ne avrò mai abbastanza di te. - Mi sussurrò all'orecchio.

L'intensità con cui mi desiderava era al contempo spaventosa e lusinghiera. In quei momenti, Aaron non poteva essere controllato e io dovevo abbandonarmi completamente a lui, alla sua anima, alle sue mani e al suo meticoloso supplizio. Fidarmi ciecamente delle sue azioni.

Mi aggrappai ai suoi avambracci e lui mi strinse a sé, il viso sul mio petto.

Mi lasciai andare, accasciandomi su di lui. Lui mi sorresse, cullandomi come una bambina, mentre la sua guancia era ancora adagiata sulla mia.

- Dimmi, - dissi, con gli occhi socchiusi per la stanchezza. - Dimmi che sarà per sempre così.

- No, - mormorò lui; nessuno dei due si muoveva. - Sarà meglio, di così.

*   *   *

Aaron uscì prestissimo quella mattina, io mi alzai qualche minuto dopo di lui.

Sebbene il mio lavoro mi imponesse di alzarmi almeno un'ora prima per preparare la colazione, Aaron mi lasciava dormire e si arrabbiava se mi svegliavo apposta per preparargli da mangiare. Non faceva altro che ripetermi che quel lavoro era soltanto una copertura e che non dovevo sentirmi obbligata a fare niente di ciò che richiedeva la procedura: dovevo limitarmi a recitare una parte, soltanto quando Aaron doveva ospitare altre SS o ufficiali del campo.

Gli chiesi di restare qualche minuto, almeno per darmi il tempo di preparargli la colazione e lui fece come gli avevo chiesto.

Uscì e si addentrò nella fitta coltre di nebbia che quel giorno aveva circondato il campo. Osservai dalla piccola finestra l'ufficiale aprire la portiera dell'automobile scura, salire e mettere in moto. Sospirai.

Feci passare tre quarti d'ora, giusto il tempo di far allontanare Schwarz dalla casa, poi mi vestii in fretta, indossando la divisa da domestica, indossai un vecchio cappotto logoro e mi avviai verso l'infermeria del campo.

Il vento freddo sembrava tagliare la pelle del mio viso, già secca. Strinsi gli occhi a fessura, tremando e affondando con gli scarponi nella neve spessa.

Le SS erano impegnate a smistare un nuovo carico di prigionieri provenienti dall'Ungheria e complice la nebbia, riuscii a arrivare fino all'infermeria indisturbata. Bussai un paio di volte e poi mi nascosi dietro alla porta, se fosse uscito il dottor Keller, allora sarei entrata.

Dopo qualche minuto, la porta si aprì e il dottore dai capelli biondi si guardò attorno, cercando di capire chi avesse bussato.

- Dottor Keller, - mormorai, sbucando all'improvviso. - Sono io.

- Edith... - chiese, confuso. - Cosa ci fai qui?

- Ho bisogno di essere visitata... è importante, ve lo assicuro, altrimenti non mi sarei azzardata a venire.

Lui si guardò attorno ancora una volta, sospettoso e alla fine mi invitò a entrare. Mi fece togliere il cappotto e mi fece stendere sul lettino.

- Ti senti ancora male? - Chiese, mentre di spalle era intento a sterilizzare gli strumenti ferrosi.

- Sì, - mormorai, mentre le guance cominciarono a prendere un colore purpureo. - Ma credo non sia dovuto all'influenza.

Keller si voltò, aggrottando le sopracciglia:

- Che cosa intendi dire?

- Ho un ritardo, dottor Keller... - mormorai, distogliendo lo sguardo.

Lui non disse nulla, afferrò uno strumento e si avvicinò al lettino. Mi chiese di alzare la veste e di aprire le gambe, mi tastò alcune parti della pancia, chiedendomi se avvertissi dolore al tocco oppure no.

A visita conclusa, mi fece accomodare nella stanza accanto per darmi una rinfrescata. Quando tornai, lo trovai seduto dietro la scrivania, intento a fissare un'agenda bianca davanti a sé.

- Allora?

Alzò lo sguardo, inchiodandomi con i suoi occhi trasparenti. Sembrava più teso di me.

- Sei incinta, Edith.

Deglutii a vuoto, ma la sorpresa non fu poi così eclatante o inaspettata: aveva soltanto confermato i miei sospetti. Io annuii, osservando il pavimento.

- Devo chiedervi di mantenere il segreto, dottor Keller, - mormorai, a bassa voce. - Non dovrà saperlo nessuno.

- Per il giuramento che ho prestato anni fa in ogni caso non potrei rivelare nulla di cui vengo a conoscenza tra queste mura. Ma come uomo e non come dottore, ti consiglio di dirlo... almeno ad Aaron. È di Aaron il bambino, vero?

- Sì. - Mormorai, torturandomi l'orlo del grembiule.

- Non hai avuto rapporti con altre SS del campo?

- Dottor Keller! - Urlai, indignata.

Lui si alzò dalla sedia, aggirando rapidamente la scrivania.

- Non metto in dubbio la tua onestà, Edith... ma conosco anche il numero considerevole di prigioniere che ricevo ogni giorno qui dentro, violentate e chiedendo un'interruzione di gravidanza. Nessuna di loro vuole dentro di sé il seme dell'uomo che ha abusato di loro. E io non posso biasimarle.

- Io non sono stata abusata, - mormorai, con le lacrime che avevano cominciato a pizzicarmi gli occhi. - E non voglio abortire.

- Lo sai che non appena la pancia comincerà a essere visibile cominceranno anche i tuoi guai? E quelli di Aaron?

- Non lo metterei mai in pericolo. Non direi mai che il bambino è suo...

Keller si sfregò gli occhi, sospirando.

- E credi davvero che Aaron lascerà a te tutta la colpa? Credi che ti lascerà morire senza muovere un dito?

Io scossi la testa, sconsolata. Keller alzò gli occhi verso di me e riprese:

- Sei sicura che sia quello che vuole anche lui?

Io scossi ancora la testa, circondandomi con le braccia. Mi voltai di spalle e camminai lentamente verso il lettino:

- Non lo so. Non so neppure se sia felice di avere un legame vincolante con me. A volte non posso fare a meno di pensare che magari ne ha soltanto bisogno, come tutti i soldati... ora invece...

- Aaron ti ama, Edith, - mormorò il dottore, appoggiandosi alla scrivania alle sue spalle. - Ho capito che per te farebbe qualsiasi cosa, credimi. Qualsiasi cosa. Per questo ti consiglio di dirglielo.

- Glielo dirò, ma non oggi. Ho ancora tempo prima che la pancia diventi visibile. Vi prego: non diteglielo voi.

- Non lo farei mai. - Sussurrò Keller, sorridendo.

- Nel momento in cui la pancia inizierà a crescere, cresceranno anche i tuoi problemi, come ti ho già detto. Sii prudente, Edith. Valuta tutte le possibilità. E con questo non ti sto dicendo di interrompere la tua gravidanza.

- Non lo farei comunque. - Dissi, austera.

Lui scosse la testa.

- Non potevate rimanere separati, voi due, - sentenziò, inclinando la testa di lato. - Siete così simili.

- Io ho imparato a cedere, dottor Keller. A soprassedere.

- Oh, anche lui. Ma solo con te.

*　　　*　　　*

Aaron Schwarz. Presente Del 1943.

La fabbrica deve essere sicuramente quella.

Soffio sulle mani, che sebbene coperte dai guanti, sono gelide. Sento le dita intorpidite per il freddo pungente.

Cammino a passo spedito, mentre attraverso la neve che i prigionieri stanno spalando sotto le sferzate violente dei loro aguzzini. Il gelo rende le frustate delle SS solo più dolorose per quelle povere anime in pena.

Si fermano per rivolgermi il saluto, io filo dritto, salgo velocemente i gradini che mi dividono dalla porta principale e la spingo. Un odore di combustibile mi penetra nelle narici e immediatamente i miei occhi si posano sulla quantità indicibile di bambini che lavorano lì dentro. Non mi aspettavo un numero così considerevole.

Tutti i prigionieri si fermano quando mi vedono entrare e l'intera fabbrica cade in un silenzio tombale. Tutti i macchinari si arrestano, non si sente volare una mosca.

- Tornate a lavoro. - Ordino.

I prigionieri si rimettono il cappello sulla testa e riprendono le loro mansioni. Cammino tra di loro, facendo guizzare gli occhi a destra e a sinistra. Questa fabbrica è enorme. Mi ricordo di Gabriel: il piccoletto dai capelli rossi.

- Cercate qualcuno, Herr Kommandant?

Una donna dai capelli biondi mi si para davanti, ossequiosamente.

- *Jawhol*, - dico, allontanandomi un pochino da lei; permetto solo a una persona di starmi così vicino e quella persona, di certo non è lei. - Un bambino. Un bambino coi capelli rossi.

- Ah, sì, - dice, in un tedesco strascicato; faccio quasi fatica a capirla. - È al piano di sopra.

Così dicendo, mi indica una scala di ferro sul lato destro della struttura. Mi trattengo dal ringraziarla, anche se vorrei farlo, ma ci sono delle SS che ci stanno guardando: non voglio destare sospetti inutili.

Accenno un movimento rapido con la testa e inizio a camminare verso la scalinata che la donna mi ha indicato. Arrivo all'ultimo gradino e lo individuo subito: ha le dita impegnate a scandagliare una canna di fucile appena costruita.

Mi fermo a osservarlo per qualche istante: la figura minuscola, un occhio chiuso per guardare meglio all'interno della cavità solida, la lingua tra i denti.

Esteticamente è l'opposto di Edith, non sembrano neppure essere parenti. Forse somiglia a suo padre. Da quel che ricordo, la madre di Edith è molto simile a sua figlia. Stringo le labbra.

Era...

Gabriel si gira e si accorge di me. Mi avvicino al bambino e mi stampo un sorriso sul volto.

- Tu, - dice riconoscendomi. - Tu sei il soldato buono di casa nostra!

Ha le dita sporche, così come il suo viso ed è spaventosamente magro. Mi si stringe il cuore.

Il soldato buono?

Mi piego sulle ginocchia, le SS su quel piano non ci sono.

- Sì, sono io, - dico e gli sposto una ciocca di capelli ricci dalla fronte. - Ciao, Gabriel.

Dei prigionieri osservano il mio gesto con gli occhi spalancati. Non sono abituati a quel genere di gentilezza.

- Manchi molto a Edith e ai tuoi genitori, sai?

- Anche loro mi mancano... mi mancano tanto.

- Ti andrebbe di rivedere Edith? - Chiedo, conoscendo già la risposta.

- Sì! - Risponde, con gli occhi spalancati che brillano e la bocca piegata in un sorriso.

- Allora le facciamo una sorpresa, che ne dici?

Lui annuisce vigorosamente, nascondendo una risata con le manine sporche.

- Aspettami domani mattina qui, verrò a prenderti e ti porterò da lei. D'accordo?

Mentre sto per andare via, il bambino mi afferra una mano. Come posso far capire a un'anima innocente che quel gesto lì dentro non può farlo, né ora né mai? Non dico nulla, ma lo assecondo: mi accovaccio di nuovo e aspetto di ascoltare quello che ha da dirmi.

- Posso dirti una cosa?

Io annuisco e gli porgo l'orecchio.

- Sei un gigante! - Dice, a voce bassissima, strappandomi un sorriso.

- Era questo ciò che volevi dirmi?

Lui scuote la testa e continua:

- Penso che Edith sia un po' innamorata di te... Forse un po' tanto!

Spalanco gli occhi, poi sorrido. Sento il cuore battere al doppio della velocità normale.

Se tu sapessi quanto la amo io.

Peccato che non possa dirglielo. Gli accarezzo i riccioli e lascio la fabbrica.

L'indomani sera ci sarebbe stata una cena fra i dirigenti nei vari campi e io avrei fatto in modo che Edith e Gabriel si fossero incontrati quella sera stessa, senza destare sospetti. Sarebbe stato un incontro puramente casuale, per chi si fosse trovato lì. Infine, avrei cercato di assicurarmi la protezione anche del piccolo.

*   *   *

- Edith, domani sera dovrai servire a dei tavoli in occasione della cena di Natale. Ci saranno tutti i rappresentanti dei vari campi.

Aaron si stava togliendo i pantaloni della divisa, era a torso nudo e mi guardava, cercando di attirare la mia attenzione. Io stavo seduta sul letto, con una mano sulla pancia.

- Cosa? Perché me?

- Perché gira voce che tu sia la migliore domestica che si possa desiderare.

- E chi lo dice?

- Io. - Rispose Aaron, piegandosi in avanti e strappandomi un baciò così lungo da stordirmi per qualche secondo.

Mi sarei mai abituata alla sua presenza? Avrebbe mai smesso di farmi quell'effetto?

- D'accordo, - gli dissi. - Anche tu sarai lì?

- Ovviamente. Non ti lascerei mai da sola in quel branco di lupi.

Sistemò giacca, camicia e anfibi e poi si lasciò cadere di schiena sul letto. Mi prese di peso e mi adagiò accanto a lui.

- Perché sei così prepotente? - Chiesi, sfiorandogli la punta del naso.

- Vuoi più delicatezza? - Chiese di rimando.

- No, - controbattei, passando una mano tra i suoi capelli biondi. - Ti amo così.

Non avrei smesso mai di ripeterglielo.

- Cosa dovrò indossare?

Lui indicò la divisa che portavo addosso.

- Quella andrà benissimo, ma, - mormorò mortificato. - Dovrai portare una stella gialla sul petto.

Io annuii, guardando in basso.

- Mi dispiace, Edith...

- No, no, va tutto bene. So che le cose qui dentro funzionano così.

Gli accarezzai una guancia.

- Ci sarà anche Hoss? - Chiesi, titubante.

Lui annuì, mettendosi un braccio sotto la testa. Sbuffai e mi appoggiai con la guancia sulle sue scapole. Eravamo entrambi rannicchiati sotto una coperta di lana pesante.

- Per quanto ancora durerà questa guerra, secondo te? - Domandai.

Aaron fece spallucce.

- Nel momento in cui questa guerra avrà termine... molti di noi non sapranno cosa fare. Letteralmente.

- Ma tu sì, vero? Tornerai a essere un architetto... e un artista.

Lui rise.

- Non è questo, - disse, un sorriso appena accennato. - Ciò che mi preme fare maggiormente dopo la guerra.

- Ah no? E ditemi, ufficiale Schwarz, cosa vi preme fare dopo la guerra?

- Una cosa alla volta, signorina Monroe. Una cosa alla volta.

Risi e gli sfiorai le labbra con le mie.

- Se la Germania vincesse questa guerra, molto probabilmente questo orrore che si sta consumando in questo campo passerebbe in secondo piano. Per quanto crudele possa sembrare, la Storia la scrivono i vincitori, quindi per forza di cose, noi verremmo visti dalle generazioni future come eroi e Hitler verrà visto come un leader carismatico e potente.

- Se invece la guerra la dovessero vincere l'America, la Russia e gli altri alleati... beh. Non ci sarà pietà per noi, Edith. Ci massacreranno, ci additeranno come carnefici e assassini... e non avranno neppure troppo torto. Ci processeranno per crimini di guerra, in un tribunale vincitore e molti di noi saranno giustiziati.

- No, - dissi, flebilmente, spostandogli il viso verso il mio. - Io testimonierò in tuo favore. Dirò al mondo intero, ai tribunali e a Dio in persona ciò che l'ufficiale Aaron Schwarz ha fatto per me. Dirò loro di come mi hai salvato la vita decine e decine di volte.

- Edith, - mormorò, come se le cirocstanze potessero sminuire le sue azioni. - Io ti ho salvata perché ti amo.

- Non fa differenza, - commentai, con gli occhi lucidi. - Tu non sei come loro.

- Vorrei che tu avessi ragione, amore mio, - mormorò, con un sorriso triste. - Vorrei davvero tu avessi ragione.

- Tu hai difeso me. Hai protetto me in questo luogo di morte, dove tutti mi odiavano. Io proteggerò te. Ti proteggerò quando tutti ti odieranno.

Aaron mi accarezzò i capelli e io aggiunsi:

- Testimonieremo in tuo favore. Tutta la mia famiglia testimonierà in tuo favore!

Lui deglutì, poi guardò altrove, mormorando:

- Ora dormi, sarai stanca. Io sono qui, insieme a te.

Cullata da quelle parole, tra le sue braccia, mi addormentai.

*   *   *

Presi una spazzola dal cassetto: i capelli avevano ricominciato a ricrescere, ora arrivavano alle spalle. Li spazzolai, cercando di dare loro una forma, poi passai le dita tra di essi.

Era il giorno di Natale, per tutto il mondo cattolico. Noi ebrei non festeggiavamo il Natale.

Indossai la mia divisa da domestica, le calze nere, il grembiule e mi attaccai la stella gialla sulla giacca che Aaron mi aveva fatto trovare sul tavolo.

La giornata trascorse nella lettura. Ogni tanto facevo capolino fuori dalla finestra, osservando Auschwitz imbiancato; alcune prigioniere marciavano nel freddo e io mi sentivo tremendamente in colpa: avrei voluto che ognuna di loro avesse avuto un angelo in terra che le proteggesse, così come Aaron stava facendo con me.

Lessi alcuni libri che Schwarz aveva portato per me, la casa era già perfettamente in ordine.

Quando fu sera, Aaron tornò nell'alloggio per cambiarsi: doveva indossare la divisa delle occasioni.

Lo aiutai a prepararsi, lucidandogli gli stivali e le medaglie al valore che avrebbe appuntato sulla giacca. Quando gli aggiustai le mostrine sulle spalle, i miei occhi indugiarono per parecchio tempo sui simboli disegnati su di esse. Aaron colse i pensieri dietro al mio sguardo e mi alzò il viso all'altezza del suo.

- Questa divisa che indossi, - mormorai, rassicurandolo. - Non ha niente a che vedere con chi realmente sei, lo so...

Lui mi rivolse uno sguardo triste.

- Lì fuori, - disse, mentre io gli tenevo le braccia allacciate al collo. - Dovremmo far finta di non conoscerci.

- Lo so, - mormorai, fissandolo negli occhi. - Non ti guarderò neppure.

- Finirà, Edith. Un giorno tutto questo finirà e potrò abbracciarti in una stradina qualsiasi, ogni volta che ne avrò voglia, davanti a tutti. Potrò baciarti su una pista da ballo, mentre ti terrò stretta tra le mie braccia.

Mi avvicinai, posandogli un bacio sulle labbra.

- Ringrazio Dio tutti i giorni, Aaron. Lo ringrazio per avermi dato te.

Lui chiuse gli occhi per qualche secondo, poi li riaprì lentamente.

Mi sciolsi dall'abbraccio, a malincuore e guardai Aaron salire in una macchina scura che l'avrebbe portato nel palazzo dove si sarebbe tenuta la cena: era un complesso insito nel campo stesso, non molto lontano dai padiglioni dei prigionieri.

Dopo qualche minuto, una SS venne a prelevarmi e mi scortò fino al palazzo dove avrei dovuto servire. Entrai nelle cucine e incontrai immediatamente gli sguardi stanchi delle altre prigioniere: non avevano più voglia di sopravvivere.

Qualcuna di loro aveva i capelli lunghi, qualcun'altra aveva ancora la capigliatura a folletto che ci aveva caratterizzate tutte.

Roxanne era lì: era una delle ragazze che dividevano il padiglione con Meredith e me. Quando mi vide, le sue labbra si aprirono in un grande sorriso e mi corse incontro per abbracciarmi.

- Edith, - mormorò, mentre io circondavo con le braccia il suo vitino sottile. - Che felicità rivederti!

Potevo sentire le sue ossa attraverso lo strato quasi inesistente di pelle e carne.

- Lo è anche per me, Roxanne. Come stanno le ragazze al padiglione? Ci sono ancora tutte?

Lei abbassò lo sguardo sulle sue scarpe, poi scosse la testa:

- Se ne sono andate altre tre...

Mi portai una mano alle labbra e scossi la testa.

- Mi, - mormorai e mi sembrò la cosa più stupida che avessi potuto dire. - Mi dispiace.

Io vivevo in un complesso abitabile, con l'uomo che amavo e che mi stava proteggendo, mentre le altre continuavano a morire. Mi sentii tremendamente egoista. Se avessi potuto fare qualcosa per salvare tutti loro, lo avrei fatto.

- Su, avanti... ora mettiamoci a lavoro.

Mentre aspettavo che i piatti venissero preparati, feci capolino da dietro la porta bianca della cucina e diedi uno sguardo all'interno della bellissima sala, tutta rossa e oro. In fondo alla stanza c'erano un palco, un microfono e un pianoforte. La sala era addobbata con un enorme abete verde, ricoperto di luci calde e palline rosse. C'erano dei rami di vischio appesi sotto ai lampadari, una pallina rossa che pendeva tramite un filo scarlatto, agrifogli e decorazioni di ogni genere a ogni tavolo.

Candele rosse, tovaglioli rossi, rametti di abete con nastrini dorati e sottobicchieri in tinta. Al pianoforte era seduto un uomo grassoccio, affiancato da una bambina coi capelli castani, legati in due trecce ordinate, un vestitino bianco, che si dondolava sulle ginocchia, sorridendo. Stavano intonando un canto natalizio in tedesco.

I tavoli erano già occupati dalla maggior parte delle personalità naziste del campo e non, con rispettive consorti. Feci roteare gli occhi per la stanza e cercai Schwarz, ma non era ancora arrivato. Mi voltai verso la cucina e mi accorsi che un ometto dai capelli rossi mi stava fissando già da un po'.

Il mio ometto dai capelli rossi!

- G... Gab! - Mormorai e sentii le gambe cedermi all'improvviso. Caddi in ginocchio e lui corse verso di me, affondando col viso nel mio collo. Circondai il corpicino ancor più esile con le braccia e lo strinsi a me, mentre iniziai a piangere convulsamente, quella volta per la felicità. Tutti i prigionieri lì dentro si erano fermati a osservare la scena e vedevo sorrisi sinceri stampati sui loro volti emaciati.

- Tu che ci fai qui dentro? - Chiesi, accarezzandogli i riccioli rossi.

- Il soldato buono è venuto a prendermi nella fabbrica dove lavoravo e mi ha portato qui, - mormorò, a voce bassissima. - Ha detto "facciamo una sorpresa a Edith" e io ho detto di sì!

- È stato lui a fare questo? - Chiesi, con un sorriso sincero.

- Sì. Ha detto anche che da oggi in poi sarò sotto la sua protezione, - disse, grattandosi il capo. - Ma non ho capito che significa.

Lo strinsi ancora a me, felice che non fosse solo un sogno.

- Edith?

- Dimmi, piccolo mio.

Si avvicinò a me, richiamandomi con la manina e si accostò al mio orecchio.

- Questo soldato buono ti ama... davvero però. Non come ti amava Hans... quello non era amore. L'amore è come lui si preoccupa per te. Perché non vi sposate?

Io risi e gli accarezzai una guancia.

- È un po' complicato, Gab, da spiegare. Ma lo so: so che mi ama. Ora forza, mettiamoci al lavoro.

Lui annuì e si avvicinò al tavolo dove stava lucidando i bicchieri. Chinò la testolina e senza fiatare, iniziò a lustrare le posate.

Il mio piccolo.

Mi confidò anche che Schwarz lo aveva messo alle cucine, usando come scusa il fatto che le sue dita fossero perfette per lucidare l'interno dei bicchieri di cristallo senza danneggiarli. Non avrei mai potuto ripagarlo per tutto quello che stava facendo per me, neppure se avessi vissuto cento vite.

Ci mettemmo a lavoro. C'erano alcuni addetti ai fornelli, io e un'altra ragazza eravamo addette ai tavoli. Mi misero tra le mani un vassoio di porcellana, dove all'interno era disegnata una scena afrodisiaca. Dovevano valere una fortuna quei vassoi.

Uscii dalla cucina e diedi uno sguardo rapido: Schwarz era arrivato.

Tornai come un fulmine indietro nel tempo, ai primi mesi in cui Schwarz aveva iniziato a frequentare il locale di Veronique. Ripercorsi quei ricordi e riprovai all'improvviso le stesse emozioni: la salivazione azzerata, le gambe che tremavano e il cuore che iniziava a pulsare all'impazzata. Cosa era cambiato? Il fatto che ora aspettassi un figlio da quello stesso ufficiale nazista. Solo che lui non lo sapeva ancora.

Deglutii e mi avvicinai al tavolo. Quando poggiai il vassoio, fui attenta a non guardare nessuno negli occhi e a non emettere neppure un fiato. Schwarz alzò gli occhi verso di me, il tempo esatto per leggere la gratitudine nei miei.

Sì, ho incontrato Gabriel. Grazie, soldato.

Tutto era esattamente come tanto tempo prima: Schwarz sedeva composto sulla sua sedia, le gambe accavallate elegantemente, i capelli biondi in ordine, la divisa immacolata e l'austerità che non lo abbandonava mai. O quasi.

Fece scivolare una mano lungo il tavolo e mi sfiorò il retro del ginocchio con le dita, facendomi sussultare. Fui attenta a non mostrare alcuna emozione per non destare sospetti. Lui mi guardò subito dopo e notai un sorrisetto malizioso sul suo volto.

La prima parte della serata trascorse bene, a parte qualche occhiata disgustata da parte delle consorti imbellettate degli ufficiali. Alcune di loro, quando mi vedevano passare, si scambiavano battutine ironiche e molte volte, perfide.

Io cercavo di non farci caso: lì dentro non potevo permettermi di difendermi con le parole o con gli sguardi. Osservavo di nascosto, tra una pausa e l'altra, il mondo dorato nel quale quelle donne si crogiolavano; mi chiedevo oziosamente se condividessero ciò che i mariti facevano, ma poi mi resi conto dalle parole che uscivano dalle loro labbra che non solo condividevano, ma addirittura pensavano che la disciplina fosse ancora troppo morbida.

Risi. Cosa c'era di più feroce della morte? Ah, già: la sofferenza che i prigionieri stavano patendo lì dentro.

Avrei voluto far provare loro la metà della crudeltà che i loro mariti e i loro figli riservavano a noi.

La morte, forse, sarebbe stata quasi considerata misericordia.

Mi ridestai immediatamente da quelle fantasie e dovetti reprimere l'istinto di andare in quella stanza e svuotare il purè di patate sui loro costosissimi vestiti. A quel punto neanche un miracolo mi avrebbe salvata.

Roxanne uscì dalla cucina, brandendo una caraffa di vino e si mise in disparte, come le avevano ordinato di fare.

Al tavolo di Schwarz c'era un giovane ufficiale dai capelli neri, con una ragazza dai capelli biondissimi; poi un altro ufficiale più anziano, con una signora dai capelli candidi.

A un certo punto, dalla porta principale fece il suo ingresso una ragazza. Indossava un boa bianco, un vestito rosso con la scollatura a U, lungo fino ai piedi, di seta. Aveva i capelli scuri raccolti in un mezzo chignon, gli occhi marroni guizzavano in giro per la stanza alla ricerca di qualcuno.

Schwarz si voltò verso di lei e mi sembrò le facesse un cenno con la testa. Cercai di capire se mi fossi immaginata tutto. Uno dei prigionieri addetto alle porte afferrò una sedia e la aggiunse al tavolo di Schwarz, proprio accanto ad Aaron e la ragazza prese posto.

Tornai in cucina e corsi fino alla porta retrostante, che dava proprio sulla sala, acquattandomi in silenzio per cercare di capire cosa si stessero dicendo. Tutti al tavolo si alzarono, compreso lui. Aaron disse qualcosa a proposito della ragazza e la introdusse ai commensali.

Si conoscono!

Fatti i convenevoli, tutti ripresero i loro posti. La ragazza aveva una strana fisionomia: non era una bellezza alla Lisa Hubermann, era più che altro una bellezza orientale, il naso leggermente all'insù, le labbra floride, gli occhi tirati verso l'alto.

Era bella, non c'erano dubbi; molto bella.

Iniziarono a parlare.

La ragazza si appoggiò su una mano, facendo domande ad Aaron; lui le rispondeva eloquentemente, come se la conversazione gli importasse sul serio. Non aveva mai parlato così con nessuna, a parte me.

Indietreggiai, mi infilai nelle cucine e mi ripromisi di non uscirne più finché non mi fosse stato ordinato di farlo. Aiutai a lavare le stoviglie e ogni tanto osservavo dal finestrino i movimenti dei due in salotto.

Verso fine serata, venne chiamata una cantante a salire sul palco: aveva i capelli biondi, corti, con dei boccoli molto vaporosi; indossava un tailleur bianco, fasciato e una vistosa collana di perle. Iniziò a intonare una canzone tedesca e quasi tutti presero posto in mezzo alla pista da ballo. Fu affiancata da un ufficiale che indossava una divisa completamente nera, con una fascia scarlatta stretta al braccio: faceva parte del corpo delle SS.

Schwarz si alzò e invito la signorina a danzare insieme a lui; il ventre mi si contrasse molto dolorosamente: erano le fitte della gelosia. Mentre danzavano, la mano di lui si andò a poggiare sul fianco di lei, mentre quella alzò la testa, piantando i suoi occhi in quelli dell'ufficiale. Lei si sporse verso di lui, avvicinando le sue labbra all'orecchio di Aaron e gli sussurrò qualcosa; lui annuì impercettibilmente e sorrise. Il resto del ballo lo trascorsero in silenzio.

Io, dal canto mio, sentii affiorare le lacrime. Uscii dalla sala, giusto il tempo per passargli accanto e lanciargli un'occhiata ineceneritrice.

Mi avvicinai a Roxanne e le diedi il cambio, lei mi porse la caraffa e si precipitò in cucina. Da lì, avevo una visuale perfetta dei fianchi sinuosi della ragazza che si muovevano in sincrono con Aaron.

Quando la canzone terminò, tutti applaudirono e ripresero i loro posti.

Qualcuno degli ufficiali aveva già alzato troppo il gomito e stava ridendo in modo scomposto.

L'ufficiale anziano del tavolo di Schwarz alzò una mano, indicando il bicchiere di cristallo che stava brandendo tra le mani: capii che desiderava altro vino.

Mi avvicinai il più in fretta possibile e mi accostai al tavolo, cercando di mantenere in equilibrio la pesante caraffa di cristallo spesso. In quel momento si trovarono a passare delle ragazzine alle mie spalle. Non seppi mai se fu per cattiveria o sbadataggine, fatto sta che urtandomi, mi fecero rovesciare l'intero contenuto della caraffa sul tavolo, macchiando sia l'uniforme di Schwarz sia il vestito rosso della ragazza accanto a lui.

- Ma che fai, razza di idiota?!

Il ragazzo dai capelli scuri si alzò e lanciò una strana occhiata all'ufficiale anziano che mi aveva rivolto quell'imprecazione. L'intera stanza aveva gli occhi piantati su di noi. Mi sentii avvampare.

- Vi chiedo umilmente scusa, - mormorai, agguantando un fazzoletto e cercando di porre rimedio a quel disastro che avevo combinato. - È stato un errore... io non volevo.

Non osavo né guardare, né sfiorare Schwarz.

- No, no non preoccuparti, - disse la ragazza dai capelli scuri, alzandosi e tamponandosi col fazzoletto le macchie di vino sul suo vestito. - Non fa niente...

- Merita una lezione questa sgualdrina ebrea, - sbottò ancora l'ufficiale più anziano. - Dio... non siete capaci di fare proprio niente!

- Me ne occupo io.

La voce di Schwarz sovrastò quella di tutti gli altri, che si azzittirono all'istante.

- Posala sul tavolo. - Mormorò, indicando la caraffa che stringevo ancora tra le dita tremanti.

Feci come mi era stato ordinato di fare e aspettai. Schwarz mi afferrò per un braccio e mi disse di camminare. Tutti, dopo la curiosità iniziale, tornarono ai loro discorsi e ai loro bicchieri stracolmi di vino.

Aaron mi portò alle spalle del palco, aprì una porta di legno massiccio e intarsiato, percorse l'intero corridoio in silenzio e svoltò sulla sinistra, in un vicolo cieco.

Entrambi non fiatammo. Mi disse di fermarmi e io obbedii, sebbene fossimo soli. Schwarz aprì la porta, rivelando un ripostiglio; mi afferrò per il braccio e mi trascinò all'interno. Mi fece aderire con la schiena al muro, prepotentemente e mi lanciò un'occhiata piena di disapprovazione.

- Non l'ho fatto apposta, - mormorai, con il cuore impazzito. - Te lo giuro!

Lui fece qualche passo verso di me in quello spazio angusto.

Era bello da morire: la giacca verde perfettamente modellata sul suo corpo, i capelli chiari, gli occhi così azzurri, le labbra rosee e le mani lungo i fianchi.

In pochi secondi le sue braccia mi circondarono completamente, la sua bocca iniziò a percorrere la linea del mio collo. Mi alzò il vestito, facendo correre le mani sul bordo delle calze e mi strinse le cosce, costringendomi ad allacciarmi alla sua vita. Le sue labbra intrappolarono le mie, mentre io non facevo nulla per oppormi a quell'uragano. Sentii il suo respiro sulle mie labbra, provenire dalle sue, lascivamente aperte. All'improvviso mi voltò, schiacciandomi con il petto contro al muro. Aprii i palmi sulla superficie fredda e appoggiai la guancia su di essa, ansimando. Sentii il petto di Aaron alzarsi e abbassarsi contro la mia schiena, le sue labbra sul mio collo, i miei capelli, le scapole.

Nel corridoio intanto si udivano delle voci, che si allontanavano e si avvicinavano, ma nessuno dei due sembrava farci caso. Aaron mi girò verso di lui, di prepotenza e mi ritrovai di nuovo inchiodata dal suo sguardo.

- Non, - chiesi, mentre lo sentivo ansimare contro la mia gola. - Non sei arrabbiato?

- No, - disse, puntando i suoi occhi ardenti nei miei. - Avevo solo voglia di fare l'amore con te.

Non dissi più nulla e lasciai che lui finisse ciò che aveva iniziato. Fece qualche passo indietro, crollando su una sedia alle sue spalle e io mi aggrappai al suo collo per non cadere.

- Non voglio lasciarti andare. - Disse, mentre respirava in maniera affannosa.

- Mi sembra che tu sia in buona compagnia.

Mi alzai da lui, con un sussulto e mi sistemai la divisa; Aaron mi lanciò uno sguardo inquisitorio, sembrava non capire. Aprii cautamente la porta, quel tanto per vedere il corridoio completamente sgombro.

- In fondo al corridoio gira a destra, entrerai in cucina dalla porta sul retro. Io devo cambiarmi la divisa.

Io annuii. Mentre stavo per uscire, Aaron mi afferrò per una mano.

- Che ti prende? - Chiese; era seriamente confuso.

- Nulla, - mormorai. - Lascia perdere.

Mi svincolai dalla sua presa e mi toccai il polso, come riflesso condizionato. Avevo ancora il suo profumo sulla pelle.

Tornai in cucina. Nessuno dei prigionieri aveva il coraggio di chiedermi cosa fosse successo. La mia faccia era contrita, i capelli leggermente in disordine e continuavo a toccarmi il polso. Roxanne mi si avvicinò, poggiandomi una mano sulla spalla.

- Come stai? - Chiese, sottovoce.

- Bene - Dissi, evitando volutamente di guardarla negli occhi.

- Eppure quell'ufficiale mi sembrava il più buono di tutti. Non ci ha mai torto un capello... ha sempre cercato di salvarci da quei mostri.

Alzai rapidamente la testa, spaventata da quelle parole.

- Non dire mai in giro queste cose, - dissi e la mia fu quasi una supplica velata. - Non c'è misericordia per i soldati che ne mostrano per quelli come noi.

Lei sembrò capire e annuì.

Se i superiori di Aaron avessero sentito qualcosa su quello che stava facendo al campo, probabilmente gli sarebbe accaduto qualcosa di brutto. Non volevo neppure pensarci.

Osservai fuori dal finestrone, Aaron era tornato a tavola. Probabilmente, si stava inventando qualche storia su ciò che mi aveva fatto lì dentro, in quel lasso di tempo in cui ci eravamo assentati.

Vidi la ragazza parlare con gli altri commensali. Si scambiavano convenevoli, lei sorrideva, ma la vedevo avere una particolare complicità solo con Schwarz e questo mi faceva male. Molto male.

Arrivò la mezzanotte e con essa, si levarono nell'aria gli auguri, il tintinnio dei bicchieri di cristallo pieni di champagne e il tappo di sughero che veniva stappato con uno schiocco, seguito da uno scroscio di applausi. Tutti iniziarono a scambiarsi vigorose strette di mano, la musica ripartì e con essa, anche le danze.

Natale 1943: un altro Natale di guerra. Fu una serata infinita.
Verso le tre, gli ufficiali iniziarono a sgomberare la stanza, che nel giro di una mezz'ora, si svuotò completamente. Noi iniziammo a darci da fare per ripulire il disastro che quelli avevano combinato: cambiammo le tovaglie, lavammo i pavimenti, le superfici, le

stoviglie, spazzammo e tirammo l'intera stanza a lucido, come prima della serata.

Verso le cinque meno un quarto, ritornai nell'alloggio di Aaron. Ero esausta. Cercai di non fare rumore, aprendo la porta il più dolcemente e silenziosamente possibile. Fuori era ancora tutto buio, non si sentiva volare una mosca.

Aaron era appoggiato sulla scrivania, in camicia, il viso sulle braccia: si era addormentato. Mi avvicinai e gli passai una mano tra i capelli.

- Ma che cosa ci fai qui? - Dissi, indicando la scrivania.
Lui si guardò attorno, leggermente spaesato, poi mi individuò e focalizzò l'attenzione sulla mia figura.

- Mi sono addormentato mentre ti aspettavo. - Rispose, mettendosi a sedere e inarcando la schiena all'indietro, facendo schioccare le ossa della spina dorsale intorpidita.
Mi si strinse il cuore. Il camino continuava a crepitare, alimentato dalla legna che Aaron probabilmente aveva aggiunto da poco tempo.

- Andiamo a letto, - mormorai, intrecciando le mie dita con le sue. - Sono esausta.
Aaron si alzò, si avvicinò al letto, sollevò le coperte e io lo seguii, in silenzio. Mi rannicchiai contro al suo petto, con il viso schiacciato sul suo sterno e il suo braccio destro che mi circondava. Mi addormentai nel giro di qualche minuto.

*   *   *

Un parlottare sommesso si era insinuato nella mia testa, e io non avevo ancora messo a fuoco se facesse solo parte di un sogno o se ci fossero effettivamente delle voci nella stanza accanto.

Affondai col viso nel cuscino e allungai un braccio verso il posto occupato da Aaron: era vuoto. Mi voltai, aprendo una palpebra e mi scostai i capelli arruffati dal viso; Aaron non c'era.

Le voci provenivano dalla cucina. Se fossero state le SS, Aaron mi avrebbe letteralmente scaraventata giù dal letto per dirmi di scendere nel seminterrato, ma non l'aveva fatto. Tesi l'orecchio e mi parve di scorgere il timbro di una voce femminile. Mi alzai, senza indossare calzari e mi avvicinai a piedi scalzi alla porta, facendo aderire l'orecchio alla superficie.

La donna che stava parlando aveva una strana pronuncia tedesca, un po' come la mia, probabilmente non era affatto tedesca.

Indietreggiai, presi le mie cose e passando da una porta secondaria, entrai nella sala da bagno. Dopo essermi lavata e dopo aver indossato la divisa da domestica, mi decisi a fare il mio ingresso nella sala dove Aaron stava discutendo con quella donna.

Aprii la porta e rimasi spiazzata nel vedermi davanti la donna dai capelli scuri con la quale Aaron aveva danzato la sera prima: indossava un tailleur nero, con una gonna stretta che le arrivava alle ginocchia, una giacca dello stesso colore e una camicia a pois bianchi e neri; i capelli erano ondulati e le ricadevano dolcemente sulle spalle.

La donna si accorse che la stavo fissando già da un po' e io distolsi lo sguardo imbarazzata, dopo aver mormorato un rapido "Guten morgen".

Aaron mi lanciò uno sguardo fugace, che io evitai deliberatamente. Avevano entrambi abbassato la voce quando io avevo fatto il mio ingresso nella stanza e il sangue iniziò a ribollirmi nelle vene.

Mi avvicinai alla cucina e iniziai a mettere su qualcosa per colazione. Per quanto mi sforzassi di capire i loro discorsi, la loro voce era troppo bassa e non riuscivo a captare nulla se non qualche parola che, decontestualizzata, perdeva il suo significato.

Portai il vassoio d'argento in mezzo alla tavola, facendo attenzione a non ripetere la performance della sera precedente. La donna mi guardò, mi rivolse un sorriso educato e mi ringraziò. Feci un leggero inchino con la testa e tentai di allontanarmi. Quell'intimità che lei e Aaron sembravano condividere mi infastidiva e non poco.

- Edith, aspetta.

Mi fermai, di scatto. Aaron non si sarebbe mai azzardato a chiamarmi per nome davanti a qualcuno.

Chi è questa donna?

Mi girai lentamente e lo osservai con gli occhi spalancati per la sorpresa.

- Vieni qui e siediti, per favore.

Feci la spola tra i loro due volti e spostai la sedia, sedendomi delicatamente. La donna stava bevendo il suo caffè europeo, con le unghie dipinte di nero che stringevano la tazzina ancora calda. Le sopracciglia curate erano aggrottate all'insù e gli occhi erano piantati verso Aaron.

Non avevo la minima idea di cosa stesse succedendo. Sul tavolo c'era una lettera aperta, una busta strappata accanto al vassoio d'argento. Guardandola più attentamente, mi parve di averla già vista in precedenza, quella donna.

- Che sta succedendo? - Chiesi, dando voce ai miei dubbi.

La donna posò la tazzina candida e lucida sul sottobicchiere e mi rivolse un leggero sorriso.

- Io e te non abbiamo mai avuto il piacere di conoscerci di persona, - disse e sorprendentemente, parlò in italiano. - Ma il mio fidanzato sì.

Aggrottai le sopracciglia e lanciai uno sguardo confuso a Schwarz.

Aaron sapeva parlare un po' di italiano, l'aveva imparato quando il suo reggimento si era stanziato in Italia, nei primi anni dell'occupazione nazista e di collaborazione coi fascisti.

Lei allungò la mano, facendo per stringere la mia. Il suo palmo era caldo.

- Sono Vanessa, piacere di conoscerti.

Sgranai gli occhi.

Vanessa!

Quel nome non mi era nuovo. L'avevo già sentito.

- Tu. Tu sei... - balbettai e lei sorrise.

- Sì, sono la moglie di Achille e forse dovrei chiamarmi Briseide, ma mi accontento di Vanessa: mi ha sempre detto che i suoi genitori gli avevano dato quel nome perché volevano che diventasse forte e coraggioso come l'eroe dell'Iliade... - concluse, con un sorriso triste. - Non ci sono andati poi così lontani.

- Achille. È questo il suo nome? - Dissi, portandomi le mani al volto. - E tu sei sua moglie? Voi... voi vi siete sposati?

- Non ancora, - disse, con un sorriso genuino. - In effetti, dovrei dire fidanzata, ma sono quasi sua moglie. Ci sposeremo alla fine della guerra.

- Lui come sta? - Chiesi e di colpo le afferrai una mano.

- Non lo vedo da molto tempo, Edith, - disse e il suo sguardo si intristì di colpo. - Tutto ciò che so di lui, lo conosco tramite le lettere che mi invia. È stato spedito a combattere sul fronte orientale, in Africa.

- Ma io continuo a non capire... - dissi, scuotendo la testa. - Tu cosa ci fai qui?

Lei mi lasciò la mano e lanciò un'occhiata fugace ad Aaron, che annuì impercettibilmente, intimandola a continuare.

- Da quando l'Italia ha firmato l'armistizio con gli Alleati, ma ancor prima di questo... sono entrata a far parte della Resistenza, di una cerchia ristrettissima di partigiani.

- Chi sono i partigiani? - Chiesi, quella parola mi era completamente nuova.

- In Italia, i partigiani sono quelle persone che non appartengono a un esercito regolare, ma cercano comunque di cacciare via i tedeschi dalla nostra patria. Siamo chiamati ribelli, perché agiamo di nascosto, nell'ombra, nell'oscurità, siamo armati e siamo più di quanto i crucchi non immaginino.

Quando si rese conto di aver utilizzato la parola "crucco", lanciò un'occhiata preoccupata a Schwarz. Lui, però, rise.

- Non preoccuparti. Nei miei giorni in Italia sono stato chiamato in questo modo parecchie volte.

Sgranai gli occhi. L'avevo sentito pochissime volte parlare italiano e mai per più di due parole strascicate. Ma sentirlo formare una frase così lunga, con un accento così buffo mi fece sorridere.

- Perché sei qui? - La incalzai.

- Achille e io ci siamo conosciuti in Italia, ovviamente. Quando lui è partito per la guerra e io sono rimasta in patria, la situazione ha cominciato a degenerare. Quello che ho visto, l'abuso di potere e la cattiveria che ho avuto modo di conoscere mi hanno spinta a fare qualcosa, a diventare una partigiana. Achille è venuto a sapere dei miei vari spostamenti grazie a delle lettere che gli inviavo; poi, per un periodo, tutte le comunicazioni tra di noi si sono interrotte. Era il periodo in cui si trovava in Germania. Con te.

Lanciai un'occhiata a Schwarz, ma lui non mi guardò. Io non gli avevo mai raccontato di quella parentesi tra me e quel soldato. Avrei dovuto parlargliene, ma credevo che lui non lo avrebbe mai saputo. Quel soldato, il cui amore era così simile al mio.

- Quando tu gli hai fornito i documenti per scappare lui è tornato in Italia. Le forze armate italiane lo avevano dato per disperso in missione, non avevano più contatti con lui. Si è presentato a casa mia ed è rimasto con me per tutto il tempo di cui aveva bisogno per rimettersi completamente, - bevve un altro sorso di caffè e mi rivolse un sorriso. - Fu proprio in quelle settimane che mi raccontò di te: non faceva altro che parlare di questa sorella italiana che lo aveva salvato dalla morte, questa ragazza che aveva sempre creduto in noi, che sperava che io e lui ci riunissimo e che fossimo felici. Senza neppure conoscerti, quando lui mi parlava di te, io sentivo di volerti già bene.

Si voltò verso di me e mi afferrò le mani:

- E voglio ringraziarti per tutto quello che hai fatto per lui, per averlo salvato mettendo a rischio la tua stessa vita; voglio ringraziarti perché sei stata una partigiana, senza neanche saperlo. Mi diceva che questa ragazza gli parlava in continuazione di un uomo: un soldato, anche lui lontano per una missione. Quando parlava di te, non poteva fare a meno di citare il dolore e la malinconia che ti velavano lo sguardo ogni qualvolta parlassi di lui.

Le mie guance si imporporarono, Aaron mi stava guardando.

- E solo adesso, - mormorò, indicando Aaron con un cenno del capo. - Ho capito che parlava di lui.

Abbassai lo sguardo, imbarazzata.

- Qualche mese fa ti ha spedito una lettera. Abbiamo ricevuto risposta solo poche settimane fa. Era firmata da un certo Joseph Meyer. Ci disse che eri stata deportata ad Auschwitz insieme alla tua famiglia. Achille era devastato... e lo ero anche io, sebbene non ti conoscessi affatto. Così è iniziata questa nostra corrispondenza clandestina, tra il signor Meyer e noi, cercando di capire cosa potessimo fare per aiutarti. Achille era risoluto a ripagare ciò che avevi fatto per lui, non gli importava quale fosse il costo. Nelle sue lettere, il signor Meyer ci ha confessato di averti fatto, indirettamente, un torto troppo grande e che avrebbe voluto rimediare a tutti i costi, perché ti voleva bene come a una figlia.

E io invece ho ammazzato suo figlio.

Non mi resi conto che mi stavo torturando l'orlo del grembiule, mentre Vanessa continuava il racconto:

- Un giorno ricevemmo una lettera al quanto differente. Era da parte di un certo Keller, dottor Keller. Ci disse che lui sapeva dove ti trovassi... e che se eravamo disposti a offrirne, il nostro aiuto sarebbe stato molto utile. Una settimana dopo, qualcuno mi ha procurato dei biglietti per la Polonia, mi ha dato istruzioni su come raggiungere il campo di concentramento di Auschwitz la notte di Natale e presentarmi alla cena come fidanzata di un certo Aaron Schwarz, uno degli ufficiali più importanti del campo.

Gli lanciai un'occhiata. Aveva organizzato tutto quello senza farmi sapere nulla?

- E ora eccoci qui, tutti insieme. Edith, sono qui per portarti fuori da questo campo di sterminio, insieme alla tua famiglia!

Mi portai le mani alle labbra, che avevano cominciato a tremare. Erano forse impazziti tutti?

- Se... se vi scoprissero, - dissi, scostando leggermente la sedia. - Vi fucilerebbero. Tutti. Non posso permettere che Achille ti perda, dopo tutto quello che ha passato solo per tornare da te.

- Edith, - disse Vanessa, afferrandomi le mani. - Viviamo ormai da tre anni con la paura che ogni giorno su questa terra possa essere l'ultimo. Apriamo gli occhi e preghiamo Dio di vedere ancora un'altra alba. Un'altra alba che si tingerà di rosso. Vediamo gente innocente spirare sotto i nostri occhi senza neppure avere il tempo di alzare un solo dito per salvarle. Dobbiamo davvero continuare a vivere nella paura? Aspettando che questa pazzia finisca da sola? Che quei folli rinsaviscano? Quanto altro sangue innocente dovrà essere versato solo per codardia? Il mio Achille sta combattendo in questo preciso istante. Sta combattendo per me, per la sua patria. E lui, - disse indicando Aaron, il quale ascoltava il nostro discorso in silenzio.

- Lui ha combattuto per te, per la tua patria. Per quanto loro due possano essere nemici, entrambi si stanno battendo per qualcosa in cui credono: per dei valori in cui hanno riposto la fede. Ma questo ufficiale ha addirittura messo da parte la sua patria, i suoi valori... solo per salvare te! E tu non dovresti essere spaventata dalla prospettiva di poterlo perdere, dovresti essere contenta di ciò che lui sta facendo per te, di ciò che sta facendo per salvarti. Ogni giorno, mi sveglio e so che Achille potrebbe essere morto. Ogni giorno mi sveglio e sento la paura attanagliarmi le viscere quando penso al fuoco nemico che si apre a raffica di lui, ma non per questo smetto di sperare che lui

torni a casa, sano e salvo; non per questo smetto di combattere

quelli che tentano di ucciderlo ogni giorno. La paura non può

fermarci, Edith. Di paura non si può vivere.

Il cuore mi batteva all'impazzata nel petto, vedevo tutto doppio. La confusione che si era venuta a formare nella mia testa mi impediva di pensare lucidamente.

Mi alzai, arrivando fino alla scrivania e mi appoggiai con le mani su di essa. Che cosa dovevo fare? Avevo la possibilità di mettere in salvo la mia famiglia, avrei davvero negato loro quell'opportunità? Chi, in quel campo di morte, se ne avesse avuta la possibilità, avrebbe rifiutato quella manna dal cielo?

Io avevo troppo da guadagnare, in quella proposta. Ma anche troppo, potenzialmente, da perdere.

- Come mi farete uscire da qui? Sanno che sono la domestica di

Aaron, - dissi, col fiato corto. - Non posso sparire nel nulla.

- Di questo non devi preoccuparti, - mormorò Schwarz. - Ci ho

pensato io... ma è meglio che tu non lo sappia.

Spalancai gli occhi: avevo capito cosa aveva intenzione di fare, ma non dissi nulla.

Vanessa fece zampillare gli occhi da Aaron a me, poi scostò la sedia, afferrò con grazia la borsetta che teneva poggiata sul tavolo e indossò il suo capellino.

- Vi lascio il tempo che vi serve per riflettere. Sono in un albergo

a Cracovia: se avrete bisogno di me, dite al centralino di passare

la chiamata alla reception.

- Vanessa... - dissi, voltandomi appena.

La donna si fermò, inclinando la testa.

- ... Grazie.

Lei sorrise e scosse la testa:

- Spero solo che tu possa afferrare questa cima che il destino ha deciso di lanciarti. Potrebbero non essercene altre.

Uscì, chiudendo dolcemente la porta alle sue spalle.

- Aaron, - mormorai, guardandolo negli occhi. - Tu stavi organizzando tutto questo senza dirmi nulla?

- Queste mura hanno le orecchie, Edith, - disse, afferrandomi il viso con entrambe le mani. - Ci sono ufficiali che ormai mi tengono sotto controllo e se non sto attento rischio di essere trasferito altrove. Per questo voglio farti uscire di qui. Se dovessero trasferirmi a chi ti lascerei? Chi ti proteggerebbe? Non te ne ho mai parlato perché all'inizio erano solo castelli in aria: non volevo infonderti false speranze e poi disattenderle.

- Aaron io... io ti devo dire una cosa.

I suoi occhi si velarono immediatamente di preoccupazione e lo vidi deglutire a vuoto. Gli presi una mano e lo condussi fino al letto, facendolo sedere accanto a me.

- Edith, parla, - disse, risoluto. - Adesso.

Io feci un mezzo sorriso e scossi la testa:

- Devi proprio usare quel tono, non è vero?

Lui si addolcì e fece un sospiro eloquente. Stava per dire qualcosa, ma io lo fermai: se avesse iniziato a parlare non avrei più avuto il coraggio di dire nulla.

- Sono andata dal dottor Keller... qualche giorno fa. Non mi sentivo bene e ho deciso di farmi visitare di nascosto.

- Stai male? Edith, perché non me lo hai detto?

- Sssh, fammi finire, - dissi, appoggiandogli l'indice sulle labbra.

- Sono andata dal dottor Keller, come ti stavo dicendo e lui mi ha visitata molto accuratamente.

Mi fermai. Alzai la testa e piantai gli occhi nei suoi. Le mie mani stavano tremando.

- Ebbene? - Chiese, la voce tradiva una leggera agitazione e i suoi occhi erano vitrei.

- Ebbene... una volta ti dissi che non ci sarebbe stata una persona nell'intero universo che avrei amato come amo te, - dissi, asciugandomi una lacrima. - Non è più così.

Aaron si immobilizzò.

- Che cosa stai dicendo? Tu... - ma non terminò la frase.

L'ufficiale Schwarz senza parole. Non mi era mai capitato di vederlo.

- Io ti amo più della mia stessa vita, - disse e vidi il dolore celarsi dietro i suoi occhi chiari. - Cos'è cambiato?

- È cambiato il fatto che da oggi in poi ci sarà qualcuno che amerò come amo te.

Lui si ammutolì. Io sorrisi.

- Tuo figlio.

A quelle parole, lo vidi vacillare.

- Aaron... io aspetto un bambino.

Lui continuava a non dire nulla: era come in una sorta di stasi, una paresi momentanea che lo aveva immobilizzato da capo a piedi.

- Lo so, non era quello che ti aspettavi: non l'avevi programmato, forse non volevi nemmeno che accadesse ma, io...

Non riuscii a completare la frase perché le sue labbra mi intrappolarono e le sue mani si strinsero attorno al mio viso. Poggiò la fronte sulla mia, senza dire una parola, mentre i nostri respiri si fondevano.

- Ora più che mai, - disse, come in un sussurro. - Devo farti uscire di qui. Da oggi in poi saranno due le persone che dovrò proteggere. A costo della mia stessa vita.

*   *   *

Aaron si allontanò dal campo per qualche settimana e in sua assenza, tornai nel padiglione del Canada a smistare oggetti di valore.

I capelli mi erano cresciuti, mi arrivavano un po' oltre le spalle; li legai in due trecce composte e misi la solita bandana.

Sapevo che Aaron stava organizzando uno dei più alti tradimenti che si potessero aspettare da un ufficiale del terzo Reich. Vanessa, Keller e lui stavano pianificando la nostra fuga da Auschwitz.

Sospirai rumorosamente. Mi accorsi che le mie mani stavano tremando.

Mi ero incontrata con Vanessa, di nascosto, nell'ufficio del dottor Keller, mentre Aaron era via, ufficialmente per conto del suo lavoro come SS del campo. Mi informarono del piano e mi dissero che ormai mancavano "solo pochi dettagli" e, nel momento esatto in cui furono pronunciate quelle parole, il mio cuore iniziò a battere al doppio della velocità: alcuni amici di Vanessa avrebbero procurato dei documenti falsi sia a me che alla mia famiglia, facendo parte della resistenza, avevano parecchi contatti clandestini e sapevano come fare determinate cose nel più breve tempo possibile; Aaron si sarebbe preoccupato di cancellare i nostri nomi dai registri, trascrivendoli nella lista degli ebrei deceduti. Nessuno si prendeva il fastidio di identificare i corpi, lì dentro; mi fu spiegato che una volta spinti nelle camere a gas, i cadaveri delle persone intossicate venivano infilati nei forni crematori e bruciati, per risparmiare spazio e tempo. Per quanto macabra fosse quella pratica, sarebbe stato un grosso vantaggio per noi.

L'unico luogo sicuro in quel tempo era la Svizzera e la nostra salvezza sarebbe stata quella di arrivare lì indenni, dove ci avrebbe accolti una vedova di guerra che ospitava per qualche tempo nelle sue proprietà tutti quelli che fuggivano dall'oppressione e dal regime dittatoriale.

La parte pericolosa era ciò che avremmo dovuto fare durante il percorso per giungere fino a lì: avremmo dovuto attraversare parecchie dogane controllate da soldati tedeschi, prima di giungere in territorio neutrale e Vanessa avrebbe dovuto fare il possibile per farci arrivare sani e salvi.

Il farci uscire dal campo sarebbe stato compito di Aaron: nel momento esatto in cui Vanessa avrebbe ottenuto i documenti falsi, lui, uno alla volta, uno alla settimana ci avrebbe fatti uscire da lì... nel bagagliaio della sua autovettura. Aaron non era nuovo a compiere viaggi a Berlino, perché uno dei suoi compiti era quello di portare gli oggetti che venivano smistati nel Canada al Comando Centrale. Nel bagagliaio dell'autovettura saremmo giunti fino al bosco più vicino, dove Vanessa ci avrebbe aspettato con i documenti falsi. Nella notte ci saremmo messi in viaggio e con un po' di fortuna, saremmo stati in salvo nel giro di poche ore.

Il piano però prevedeva un solo membro alla settimana, poiché il bagagliaio della berlina era angusto e Aaron non poteva uscire troppo spesso senza destare sospetti.
Io decisi di essere l'ultima.

- Dobbiamo informare mia madre e mio padre del piano, -

mormorai, mentre preparavo da mangiare per Aaron che era appena rientrato da uno dei suoi viaggi a Berlino. - Gabriel ormai lavora stabilmente nelle cucine, sarà semplice portarlo fuori di lì.

- Edith... io ti devo dire una cosa.

Aaron si alzò, scostando di colpo la sedia e si avvicinò alla finestra. Sembrava turbato. Era il 7 Gennaio 1944.

- Che succede? - Mormorai, asciugandomi le mani con lo strofinaccio.

- Siediti, ti prego.

Era agitato e molto pallido.

- Aaron, - dissi, raggiungendo il letto e lasciandomi cadere su di esso. - Così mi fai solo preoccupare.

Lui non si mosse: era intento a fissare il panorama innevato, buio e silenzioso.

- Aaron... - dissi, cercando di richiamarlo all'attenzione.

Lui si girò verso di me. La sua espressione mi devastò.

- Aaron! Ma che... - mormorai, ma non riuscii a dire altro, nel mio cuore c'era soltanto un oscuro presagio.

- Mi dispiace, amore mio.

- Ti dispiace... - dissi, senza accorgermi che avevo cominciato a stringere la coperta tra le mani con troppa veemenza. - Per cosa?

Le lacrime iniziarono a bagnarmi le guance e ingoiai a vuoto.

- Chi? - Mormorai, osservando il disegno delle mattonelle, atona. - Dimmi solo chi.

- I tuoi genitori. Entrambi.

Sentii un rumore di cocci rotti. Poi ne sentii un altro, simile a quando si calpesta qualcosa, fino a infrangere anche i più piccoli pezzettini, quelli che erano sopravvissuti allo schianto violento e improvviso: era il mio cuore. Il fiato mi si spezzò in gola.

- Edith...

- Non, - dissi, fermandolo con la mano che tremava. - Non ti muovere.

Lui sembrò distrutto dal mio gesto.

- Non ho neppure detto loro addio... Mio padre, mia madre. Gabriel come farà? Come farà a crescere senza di loro?

Mi circondai il busto con le braccia e iniziai a piangere tutte le lacrime che mi erano rimaste. Ne avevo sprecate troppe e sapevo che, prima o poi, non mi sarebbero rimaste più neppure quelle. Aaron era impietrito; non gli permisi di avvicinarsi a me.

- Non li ho salutati. Non ho detto loro addio, - dissi e non mi accorsi che avevo cominciato a urlare. - Non li rivedrò mai più!

- Quelli come te, - dissi, scattando in piedi. - Quelli come te li hanno ammazzati! Siete degli assassini, dei fottutissimi assassini!

Mi portai le mani ai capelli, poi mi chinai in avanti, devastata. Il dolore mi lacerava l'anima. Sentivo il petto gonfiarsi fino quasi a scoppiare. Le tempie mi pulsavano freneticamente. Mi voltai di spalle e iniziai a urlare:

- Siete dei bastardi! Dei bastardi!

In pochi istanti sentii un paio di braccia che mi circondavano alle spalle. Cercai di divincolarmi, ma la stretta era troppo forte.

Aaron appoggiò le labbra sui miei capelli, il suo corpo mi bloccava, mentre pian piano crollavo in ginocchio. Si inginocchiò insieme a me, mentre continuava a stringermi. Mi portai le mani al volto e iniziai a singhiozzare:

- È colpa vostra. Perché proprio loro, - dicevo, quasi come se fosse un brutto sogno. - Perché proprio noi? Siete degli assassini.

- Lo so. - Assentì Aaron, mentre di spalle, continuava a cullarmi.

- Io, se mai dovessi trovarmi faccia a faccia con Hitler, gli farei solo una domanda: gli chiederei perché... Solo il perché. Poi farei la stessa domanda a Dio. Dimmi, Aaron: il Dio di noi ebrei e quello che ci tiene rinchiusi qui dentro, non è lo stesso? È il Dio ebraico o quello dei cattolici che vuole tutto questo, Aaron? Tutta questa sofferenza... dimmi, che differenza c'è? Il nostro Dio è unico, allora perché ci vuole morti?

Avevo i timpani che mi fischiavano, la gola in fiamme ed ero aggrappata all'avambraccio dell'ufficiale, la guancia appoggiata su quello. Aaron mi voltò verso di lui.

- Puoi dire quello che vuoi Edith, - disse Aaron, mentre mi accarezzava i capelli, ancora in ginocchio. - Non ti fermerò. Incolpami per i mali del mondo, incolpami per il tuo dolore. In questo preciso istante potresti incolparmi anche dello scoppio della guerra, delle calamità naturali e di tutto il resto e io ti darei ragione. Merito tutte le parole che usciranno dalle tue labbra. È colpa mia e tu hai il diritto di odiarmi. Fallo Edith. Fa finta che io sia Dio, sia Hitler, sia chiunque tu voglia che sia e fa tutto ciò che vuoi. Farei qualsiasi cosa per impedirti di soffrire...

- Non puoi portarli indietro, vero?

Mi sentivo come sotto l'effetto di un qualche sonnifero, o della morfina: avvertivo i suoni ovattati, vedevo offuscato e non avevo più forza né nelle gambe né nelle braccia. Mi tenevo ad Aaron, come se fosse l'ultima persona sulla terra rimastami. Lui scosse la testa.

- No, amore mio, - rispose e la sua voce assunse un tono sempre più discendente. - Non posso.

- Allora, - dissi, con il viso premuto contro la sua camicia sgualcita. - Almeno tu promettimi che non te ne andrai. Ho perso già troppe persone; se dovessi perdere anche te, tanto varrebbe la pena morire.

- Giuro, sulla mia stessa vita, che non ti lascerò.

*   *   *

I giorni si trascinarono senza che io potessi far nulla. Mi sentivo un impiastro, un peso, un fardello enorme sulle spalle di Aaron.

Mi limitavo a fissare fuori dalla finestra con lo sguardo vuoto, come quello di chi scopre di aver perso tutto all'improvviso. Gli occhi cerchiati di rosso, la pelle cinerea. Le uniche persone che mi tenevano in vita erano Gabriel e Aaron.

Mancavano pochi giorni alla prima operazione. Vanessa si era procurata i documenti per me e Gabriel, lui sarebbe stato il primo a uscire.

Una sera andai a farmi visitare dal dottor Keller.

- Ho paura. - Dissi, all'improvviso, mentre lui tastava la pancia chiedendomi se avvertissi dolore.

Si tolse lo stetoscopio e mi lanciò un'occhiata inquisitoria, i suoi occhi trasparenti brillarono sotto la luce fioca della lampada.

- Ho paura per Aaron. Rischia moltissimo, dottor Keller. Tutto. Rischia la sua stessa vita e sebbene lui cerchi di nasconderlo, io so che è così.

Il dottore giovane dai capelli chiari sospirò e si allontanò un pochino, annuendo tristemente:

- Sì, Edith. Non sentirai una bugia provenire dalle mie labbra: lui rischia, ma rischi anche tu, rischia tuo fratello... ma sai cosa ti dico? Vale la pena almeno tentare.

Io annuii e deglutii rumorosamente.

Misi i piedi nudi a terra e mi sfiorai la pancia. Il pavimento freddo mi diede una sensazione di sollievo. Il mio piccolo era lì dentro e io, prima ancora di vederlo, conoscerlo, sentire il suo odore, sapevo già di amarlo.

- Volevo ringraziarvi, per tutto quello che avete fatto per me. So dei vostri contatti con Joseph Meyer, è grazie a voi se si è venuto a sapere di me.

Lui mi guardò sorpreso.

- Vanessa... - dissi, facendo spallucce e lui intuì.

- E se, - mormorai, accarezzandomi i capelli che ormai erano cresciuti di nuovo. - Se non dovessi tornare a casa? Se dovessi morire durante il tragitto? Chi si occuperebbe di Gabriel?

- Non accadrà, Edith. - Mormorò, ma sentivo la sua voce che tremava.

- E se accadesse? - Chiesi.

Lui sospirò, si tolse gli occhiali e si sfregò le palpebre stanche:

- Aaron si occuperebbe di lui. Non lo lascerebbe mai da solo.

- Perché mai dovrebbe farlo? - Dissi, scuotendo la testa.

- Perché sarebbe il promemoria costante di quanto lui ti abbia amata. E di quanto continuerebbe ad amarti.

Gli occhi mi si riempirono di lacrime e feci sforzo a ricacciarle indietro, ma Keller se ne accorse.

- Questi discorsi nefasti ora lasciamoli alle spalle. Andrà tutto bene Edith... vedrai.

Mi sforzai di sorridere.

Gli tesi la mano, ringraziandolo per la sua cortesia, indossai il cappotto e mi avviai verso l'alloggio di Aaron, affondando nella neve spessa del campo.

Bussai.

Dalla finestra non era visibile alcuna luce, pensavo non ci fosse nessuno, ma dopo qualche minuto, l'uscio si aprì. Gli occhi di Aaron brillarono nell'oscurità.

- Come mai è tutto buio? - Chiesi, sbirciando alle sue spalle.

Lui mi tese la mano e mi attirò dolcemente dentro.

Al centro della tavola c'era una candela bianca, sottile, la fiamma tenue e calda oscillava nell'oscurità della stanza, a causa della folata di vento gelido penetrata dalla porta. Indossava la sua divisa da ufficiale, quasi come se dovesse uscire da un momento all'altro.

- *Va' in camera da letto. C'è un vestito che ti sta aspettando.*
Indossalo e torna di qua, ti spiegherò tutto.

La sua voce era estremamente dolce e carezzevole, era strano sentirlo usare quel tono. Il suo volto era sereno, i suoi occhi scintillavano ancora alla tenera luce della fiamma tremolante. Avrei voluto baciarlo, ma mi trattenni.

Feci come mi disse. Gli lasciai la mano, seppur riluttante e aprii la porta della stanza da letto. Su una gruccia, proprio accanto all'armadio, era appeso un vestito bianco: era un abito a campana, interamente ricamato; aveva una leggera scollatura a barca sulle spalle, le maniche lunghe e in pizzo si fermavano poco prima dei polsi. Mi arrivava poco dopo le ginocchia.

Mi spogliai della divisa da domestica e mi affrettai a indossare quel vestito, insieme a un paio di scarpe con un po' di tacco, color avorio. Uscii dalla stanza, Aaron era ancora in piedi, immobile, con le mani nelle tasche dei suoi pantaloni verdi.

- Aaron cosa sta succedendo? - Mormorai, sorridendo.

Quando mi vide, mi sembrò che perdesse l'equilibrio per qualche istante; scosse la testa, per riaversi e i suoi occhi furono di nuovo su di me. Non ero preoccupata, perché lui non mi sembrava preoccupato: mi sembrava soltanto molto teso.

- Siediti. - Disse.

Feci come mi era stato ordinato di fare e mi sedetti cercando di non stropicciare quel vestito meraviglioso. La candela continuava a illuminare fiocamente i nostri volti, mentre Aaron mi versava un calice di vino rosso.

- Sei splendida, Edith. Non so se te l'abbia mai detto, ma colgo l'occasione per farlo ora: sei la donna più bella che io abbia mai visto. Io, - disse, facendo un gesto vago con la mano. - Io non sono molto bravo in questo genere di cose...

Sorrise. Io sorrisi a mia volta, abbassando lo sguardo e ringraziai la semioscurità che copriva il rossore che mi aveva imporporato le guance.

Mi chiese di sciogliermi i capelli e io lo accontentai, liberandomi della treccia morbida che avevo portato fino a quel momento. I capelli mi ricaddero leggeri sulle spalle, in onde composte. Lui sembrò apprezzare. Mi stupii di quanto in cuor mio desiderassi compiacerlo: prima di lui non mi era mai importato di piacere a nessuno.

- Tra pochi giorni lascerai questo inferno e se tutto andrà come previsto, comincerai una nuova vita, - disse, indicando qualcosa fuori dalla finestra che avevo dimenticato da tempo che esistesse: il mondo. - Comincerai una vita nuova con tuo fratello e... con nostro figlio. Con questo miracolo che il cielo ha deciso di regalarmi, nonostante io non lo meritassi.

Prese una pausa. Non l'avevo mai visto così agitato. Gli afferrai una mano, per incoraggiarlo a continuare; avrei voluto dirgli che, nonostante tutto, avrebbe avuto sempre il mio supporto.

- Edith, - mormorò, picchiettando con le dita sulla scrivania. - Io devo essere sincero.

Il mio cuore perse un battito. Mi resi conto in quel momento che stava per dire qualcosa che non mi sarebbe piaciuta.

- Una volta che ti saprò al sicuro in Svizzera, io dovrò continuare il mio lavoro al campo. Se tutto andrà come previsto, potrò continuare ad aiutarti da lontano. Ti manderò dei soldi e cercherò di occuparmi di voi in tutti i modi possibili. Questa guerra potrebbe finire da un momento all'altro e io... io non so cosa succederà dopo. Non so cosa capiterà al mondo, dopo che tutto questo si sarà calmato. Non so quello che succederà a me.

Si fermò qualche secondo, giusto il tempo di capire se lo stessi seguendo o meno. Sentii pian piano i pensieri offuscarsi.

- La Germania sta perdendo, Edith, - disse con tono preoccupato. - Le cose non stanno andando come Hitler aveva previsto e se perdessimo, per noi soldati sarà l'inferno. Per tutti noi. Forse, per noi SS sarà addirittura peggio. Non so quello che potrebbe accadermi dopo la guerra. Non so se vivrò, se morirò... non so niente. Non ho certezze. A parte il fatto che ti amo e che coninuerò a farlo fino a quando non avrò esalato il mio ultimo respiro nel mio cammino mortale.

Mi afferrò la mano e sfregò le dita sul dorso di essa. Quel contatto mi fece venir voglia di accarezzargli una guancia e rassicurarlo dalle sue paure. Perché, sì: lui aveva paura.

- Perché, - chiesi, mentre trattenevo le lacrime a stento. - Perché mi stai dicendo queste cose?

- Perché la mia vita potrebbe avere fine nell'istante stesso in cui gli alleati invaderanno la Germania: non faranno distinzioni, potrebbero fucilarci tutti. I miei giorni potrebbero finire domani, o tra un anno... chi può saperlo. Potrebbero passare anni prima di rivederci. Quando la guerra si placherà, io mi sarò liberato delle accuse che giustamente mi avranno affibbiato e il mondo avrà ripreso a girare normalmente. E allora verrò da te, ti porterò in Italia e vivremo il resto della nostra vita senza più preoccuparci di tutto questo. Ci lasceremo alle spalle il passato, per quanto possibile. Ti aiuterò a superare tutto questo. E saremo solo io e te. Nessun ufficiale, nessuna guerra.

Inclinò la testa di lato e sorrise tristemente.

- Ma questa è solo una speranza, Edith. Ciò che potrebbe realmente accadere non mi è dato saperlo, potremmo non rivederci mai più, voglio che tu sappia anche questo, - disse, stringendo ancora più forte le mani attorno alle mie, che erano gelide e stavano tremando. - No, non piangere, amore mio. Proprio per questo motivo, proprio perché il nostro futuro è così incerto, io desidero fare una cosa...

Lasciò la mia mano e si infilò la sua nella tasca esterna della sua giacca verde, estraendone un cofanetto: alla luce tremolante della candela, sembrava essere blu, foderato in camoscio lavorato; era grande quanto il palmo della sua mano.

Si alzò in piedi e aggirò completamente il tavolo, fermandosi davanti a me; poi, si inginocchiò ai miei piedi. Il suo mento era alzato verso di me, i suoi occhi chiari sembravano provati ed estremamente malinconici.

Aaron aprì il cofanetto e ne estrasse un anello: era quello che io stessa avevo smistato tempo prima negli oggetti del Canada e me ne ero innamorata. Aaron mi afferrò con dolcezza la mano sinistra.

- Edith Monroe, il domani è incerto. L'unica cosa che so è che ti amo e che continuerò a farlo in eterno. Per questo motivo e per tanti altri che hai continuato a darmi dal giorno in cui ti ho conosciuta... sposami, - disse, mentre la pietra scintillava nella semioscurità della stanza. - Sposami stasera. Non posso morire sapendo che non avrò mai la possibilità di guardarti e dire "mia moglie". Quindi ti prego, accetta questo anello... e sposami.

Crollai in ginocchio, davanti ai suoi occhi. Gli afferrai il viso tra le mani e lasciai che le lacrime mi rigassero il viso.

- Non dirmi addio, Aaron... ti prego. Non farlo.

Lui sorrise.

- Non ti sto dicendo addio... ti sto chiedendo di sposarmi. Così, comunque andranno le cose, tu sarai legata a me per sempre. E che importa del rito? Sposiamoci qui. Stasera.

- Sì. Sì, Aaron.

L'ufficiale mi alzò il mento, posandomi un bacio sulle labbra bagnate dalle lacrime. Poi, estrasse una fede: riconobbi l'anello che gli regalai il giorno della sua partenza.

- Forse, - disse, sorridendo. - Forse era un segno del destino.

Mi posò l'anello sul palmo della mano, mi aiutò a rialzarmi e ci mettemmo in piedi davanti alla luce fioca della candela. Fuori nevicava copiosamente e un'ufficiale delle SS in alta uniforme e un'ebrea si stavano sposando all'interno di un campo di concentramento.

- Io, Aaron Schwarz, prendo te, Edith Monroe, come mia sposa e prometto di esserti fedele sempre nella gioia e nel dolore, nella salute e nella malattia e di amarti e onorarti tutti i giorni della mia vita, - concluse, sorridendo. - In questa vita e nella prossima.

Mi infilò l'anello al dito e aspettò che io recitassi le mie promesse.

Io abbassai la testa, fissando il pavimento e iniziai a singhiozzare. Non riuscivo a mettere da parte quel sogno maledetto che avevo fatto anni prima, quando niente di tutto quello che mi stava accadendo mi sfiorava neppure la mente. Lui mi accarezzò la mano e io mi feci coraggio.

- Io, - esordii, con la voce rotta dall'emozione. - Edith Monroe, prendo te, Aaron Schwarz come mio sposo e prometto di esserti fedele sempre, nella gioia e nel dolore, nella salute e nella malattia e di amarti e onorarti tutti i giorni della mia vita. In questa e nella prossima. - Mormorai, ripetendo le sue parole.

Afferrai la sua mano e gli posai l'anello al centro del palmo di essa. Era troppo piccolo perché gli entrasse, ma lui, inaspettatamente, mi porse una semplicissima fede argentata.

Alzai gli occhi e lui mi invitò a completare il rito. Gli infilai l'anello all'anulare e mi avvicinai a lui.

- Ora sei mia moglie. - Disse, posando le sue labbra sulle mie.

E tu sei mio marito.

- Un giorno, - disse, con un tono che mi spezzò il cuore. - Quando ci rivedremo, ti sposerò di nuovo e sarai mia moglie anche agli occhi della legge.

- Mi importa esserlo per Aaron Schwarz, - sussurrai, piano. - Ciò che mi circonda si è ridotto a te.

Affondai col viso nella sua uniforme e lo abbracciai, come se quello dovesse essere il nostro ultimo abbraccio. Inspirai il suo profumo e chiusi gli occhi. Mi tolsi le scarpe e, minuscola davanti a lui, mi abbandonai a quell'uomo che era diventato mio marito in una notte come un'altra. Lui mi posò una mano sui capelli, mentre con l'altra mi circondò la vita.

- E adesso, signorina Monroe, niente sarà più come prima.

* * *

Ci sposammo il 20 Gennaio 1944.
Il giorno dopo, mio fratello avrebbe lasciato il campo. Aaron si era già preoccupato di cancellare il nome del bambino dai registri, trascrivendolo in quello dei deceduti e l'aveva nascosto, affidandolo al dottor Keller.

Vanessa avrebbe aspettato nel bosco, mentre Aaron avrebbe caricato Gabriel nel bagagliaio della macchina non appena avesse fatto buio e fossero stati lontani da occhi indiscreti.

Non appena Vanessa e Gabriel fossero stati insieme, Schwarz sarebbe andato a Berlino e avrebbe consegnato la valigetta con i valori alla sede centrale. Sarebbe tornato due giorni dopo e, la settimana successiva, sarebbe toccato a me.

Era tutto studiato nei minimi particolari; tuttavia, la percentuale di rischio era ancora troppo alta.

- Ho una paura tremenda, Aaron. - Mormorai.

Lui si girò verso di me, aggiustandosi la giacca della divisa. Aveva preparato una piccola valigia.

- Nessuno controllerà la macchina di un ufficiale, Edith. Sta' tranquilla.

Cercava a tutti i costi di infondermi sicurezza, ma si vedeva che anche lui era agitato.

Perché? Perché doveva mettere in pericolo sé stesso in quel modo? Pensai al rischio enorme che stava correndo e mi si strinse il cuore, forse mi amava più di quanto immaginassi.

Osservai fuori dalla finestra, i camini fumavano. Chiusi gli occhi. Ormai i miei genitori erano nel vento.

Il cielo aveva cominciato a tingersi di arancione, la notte sarebbe calata a breve. Ebbi un brivido lungo la schiena.

- Fammi venire con te. - Dissi, afferrandogli la manica della divisa.

Lui aggrottò le sopracciglia.

- Tu devi restare qui. Hai capito? Non ti voglio lì per nessun motivo. Bin ich klare? - Disse e i suoi occhi erano più seri che mai.

Annuii, guardando i suoi stivali lucidi.

- Aaron, - dissi, afferrandogli una mano. - Stai facendo più di quanto non ti sia dovuto. Cosa posso fare io...

M'interruppi: sapevo che ciò che l'ufficiale stava facendo per noi, non sarebbe stato ricompensabile in nessun modo. Aaron sorrise.

- Promettimi che, se la Germania dovesse perdere questa guerra, tu ti ricorderai che noi soldati non eravamo tutti uguali.

Gli presi il volto tra le mani, con gli occhi lucidi.

- Tu sarai insieme a me, hai capito? Nessun ricordo: saremo insieme!

Lui sospirò e vidi in quel sospiro le sue paure librarsi nel freddo di quella stanza.

- Sì. - Disse alla fine, poco convinto.

Mi si spezzò il cuore. Mi strinsi a lui, sgualcendogli la giacca e lo abbracciai forte. Lui poggiò le labbra sui miei capelli, poi mi alzò il viso; mi baciò la fronte, poi mi scostò una ciocca di capelli dal volto.

- Promettimi che lo metterai in salvo. - Dissi, baciandogli il palmo della mano.

- Lo prometto.

- Promettimi che tornerai da me.

Lui sorrise.

- Tornerò sempre da te.

*   *   *

Lo guardai allontanarsi da me. Entrò in una macchina scura, mise in moto e le ruote strisciarono sulla neve, sparendo così dalla mia vista.

Sospirai. Mi sfregai le braccia, guardando pian piano il cielo assumere toni cupi. Avevo il cuore pesante. Dio sembrava non ascoltarmi più, in quel periodo; ma alla fine, per quanto potessi arrabbiarmi, sapevo non fosse colpa sua: erano gli uomini a essere completamente impazziti, a cosa serviva dare la colpa a Dio per la crudeltà dell'umanità? Agli uomini era stata data la facoltà di distinguere il bene dal male e, decidere di fare del male, era una scelta che spettava soltanto a loro.

Spensi le luci e accesi una candela. Nonostante tutto, quella sera pregai Dio di proteggerli: di proteggere un suo piccolo discepolo e di proteggere un uomo il cui credo era diverso dal mio. Ma cosa importava?

Feci qualsiasi cosa fosse in mio potere per distrarmi: lessi, spolverai, mi preparai qualcosa da mangiare.

Il giorno dopo sarei tornata momentaneamente al Canada: un'ebrea non poteva stare da sola in una casa dove l'ufficiale in comando era momentaneamente assente. Mi avrebbero fatta rientrare in casa solo un paio di ore prima del suo rientro, giusto per preparargli da mangiare e togliere la polvere, lì dove se ne fosse formata.

Verso le tre del mattino, la stanchezza ebbe la meglio e mi addormentai completamente vestita.

Tre colpi ben assestati alla porta e una voce femminile che urlava ordini in tedesco mi fecero sobbalzare. Scattai in piedi e aprii la porta.

Il suo manganello mi colpì in pieno viso e l'inaspettata violenza del gesto mi fece cadere riversa di schiena. Ero ancora stordita dal sonno e non capii cosa stesse succedendo.

Mi portai la mano alla guancia e mi accorsi che sanguinavo. La donna mi lanciò addosso una divisa priva di numero e mi disse di indossarla. Mi svestii seduta stante, col naso che mi sanguinava e indossai la veste con la porta spalancata, mentre folate di vento gelido penetravano all'interno.

La donna mi afferrò per il braccio, mi spinse fuori e mi scortò fino al padiglione dove si smistavano gli oggetti di valore. Il tutto accadde così rapidamente che non mi resi conto che la mattina fosse arrivata e che a quell'ora, molto probabilmente, Gabriel fosse già insieme a Vanessa.

Al campo quella notte sembrava non essere accaduto niente di particolare. Forse ce l'avevano fatta, forse stavano tutti bene; ma non l'avrei saputo prima dell'indomani, quando Schwarz sarebbe tornato dal suo viaggio e mi avrebbe raccontato tutto.

Una volta varcato il confine Svizzero, Vanessa sarebbe tornata indietro e intanto si sarebbe preoccupata di far ricevere sue notizie al dottor Keller, così che lui avesse potuto fare da tramite e riferirle a noi.

La giornata si trascinò monotona. Solo all'uscita, mi ricordai che avrei dovuto dormire di nuovo nei padiglioni, insieme alle altre prigioniere. Ci avviammo nella neve e quando fummo dentro, la porta fu chiusa; non avevano neppure bisogno di sprangarla: c'era una sentinella armata che presidiava ogni entrata. Sapevamo bene che nessuna di quelle SS messe a guardia dei padiglioni si sarebbe fatta troppi scrupoli nello spararci a sangue freddo. Mi rannicchiai accanto a Roxanne e a un'altra ragazza che non avevo mai visto, cercando di riscaldarmi.

Fa' che stiano tutti bene...

- L'ufficiale Schwarz, - mi sussurrò Roxanne all'orecchio, a voce bassissima. - Ha un debole per te.

Non mi scomposi, ma dentro non riuscii a reprimere la sorpresa: Aaron mi guardava a malapena quando eravamo in pubblico, come aveva fatto a notarlo?

- Perché dici questo? - Chiesi.

Non ci aveva mai visti insieme, tranne rarissime volte al Canada. Lei fece spallucce, scivolò un altro pochino e agganciò il suo braccio al mio.

- Quando camminavamo per tornare nei nostri padiglioni, o quando lavoravamo ancora all'aperto... lui ti guardava. Ma non era uno sguardo di odio, o di disgusto, o di indifferenza. Era uno sguardo pieno di affetto. Una volta, quando quella SS ti prese per il braccio e ti strattonò con violenza, lo vidi scattare come una molla. Fece qualche passo avanti, come se avesse voluto fermarlo per proteggerti. Non riesce a nasconderlo.

Mi osservai le unghie corte, mentre il cuore cominciava a tamburellarmi nel petto e scossi la testa.

- Forse è una tua impressione. - Dissi, cercando di archiviare il discorso.

Ma se l'aveva notato lei, forse lo avevano notato anche gli altri: gli ufficiali, le SS del campo. Chiusi gli occhi per qualche secondo.

- No. L'ufficiale Schwarz è l'unico con un po' di umanità, qui dentro. Ha raddoppiato le razioni di cibo per i prigionieri sotto il suo controllo, ha vietato le esecuzioni sommarie e i pestaggi senza un valido motivo. Ci ha fornito coperte... queste che vedi qui, - disse, indicando la coperta di lana grezza che portavamo in grembo. - E ci ha fornito calze, maglie pesanti, cappelli e anche sciarpe. È un angelo, Edith. Un angelo... anche se si diverte a far credere a tutti di essere spietato.

Le afferrai la mano e gliela strinsi con forza: dovevo fermarla. Piantai i miei occhi nei suoi, che somigliavano a metallo fuso.

- Roxanne, - mormorai piano, preoccupata. - Non devi dire queste cose in giro. Ti prego.

Mi guardai attorno. Le altre prigioniere sembravano non far caso affatto al nostro discorso.

- Se una di queste voci dovesse giungere a Hoss o a chiunque altro in questo campo, per voi sarebbero guai. E anche per l'ufficiale.

Cercavo di essere imparziale quando parlavo di lui, ma non riuscivo mai a esserlo fino in fondo. Allentai la presa e lasciai che il sangue ricominciasse regolarmente a scorrere nelle sue vene.

- Dire queste cose sul suo conto, - continuai accoratamente. - Non farebbe altro che fargli guadagnare punti agli occhi dei prigionieri, ma sarebbe visto come un traditore agli occhi degli ufficiali, capisci? Se Schwarz venisse trasferito per eccessiva empatia nei confronti dei prigionieri, sarebbe rimpiazzato con un altro ufficiale di cui non sappiamo nulla. Vogliamo davvero correre il rischio di tornare al punto di partenza?

Lei scosse la testa con vigore.

- Bene, - mormorai decisa. - Allora fa sì che queste cose non si vengano a sapere. Tienile per te.

- Certo, - disse, alla fine. - Certo, Edith.

- Ma non si tratta solo di questo, vero? - Chiese ancora.

Alzai distratta lo sguardo verso di lei.

- Che intendi dire?

- Che tu non ti preoccupi solo per noi.

Mi bloccai.

- Ti interessa di lui, della sua incolumità.

Il mio cuore perse un battito.

No, perché mai dovrei? In fondo, è solo mio marito.

- Affatto. Non mi importa niente di lui, è un ufficiale come tanti altri.

Mentii. E come avrei mai potuto dirle la verità? Non avrei messo a repentaglio la sicurezza di Aaron. Né in quel momento, né mai.

- È l'ufficiale più affascinante e gentile del campo, Edith, - disse, ridendo. - Metà delle prigioniere sono innamorate di lui.

Io non ridevo affatto: Aaron avrebbe dovuto essere più discreto. Repressi l'impulso di alzare gli occhi al cielo. E si ostinava ancora a dire di essere come tutti gli altri?

- Perché? - Chiesi.

- Perché cerca di essere gentile. È così composto, cerca di essere umano nei limiti del possibile... e si interessa a noi, per quanto il suo ruolo gli permetta di fare. Poi è bellissimo. Non è bellissimo? È così alto, tutte noi ci incantiamo a guardarlo per qualche secondo, quando entra nei padiglioni. A volte ci sorride, addirittura! Ci hanno tolto tutto, Edith, - concluse, con gli occhi tristi. - Non possono toglierci anche questo.

A loro piaceva, io lo amavo. Lui mi amava. Se solo avessero saputo...

- No, - mormorai, assorta nei miei pensieri. - Credo non possano farlo.

- Di me puoi fidarti, Edith. - Disse, prima di distendersi completamente.

Io mi sdraiai accanto a lei, le mani sotto la testa e gli occhi fissi sulla finestra appannata per il freddo.

I respiri delle prigioniere si condensavano, qualcuna di loro russava per la stanchezza eccessiva, qualcuna tremava, qualcuna piangeva. Qualcuna pregava.

Speravo solo che stessero tutti bene, speravo che lui avesse mantenuto fede alla sua promessa; ma sapevo che, sulla sua parola, non ci sarebbe stato da dubitare neppure per un istante.

Mi addormentai; le parole di Roxanne non mi abbandonarono neppure nei sogni più profondi.

*   *   *

Era pomeriggio inoltrato. Il cielo cambiava rapidamente le sue sfumature, variando dall'arancione, al rosa, al rosso, fino a arrivare al blu scuro. E Aaron non era ancora di ritorno.

Contavo e ricontavo meticolosamente ogni mazzo di banconote che mi passava sotto al naso, con le dita che indugiavano e fremevano sulla carta trattata. Avevo paura che, distratta com'ero dall'ufficiale, avessi dimenticato di annotare qualche cifra.

Guardavo in continuazione i colori del cielo fuori dalla finestra, vedevo l'imbrunire dell'orizzonte e non scorgevo nessuna sagoma che mi fosse familiare. Ero tremendamente assorta, quando avrei dovuto invece essere concentrata sul lavoro.

Roxanne mi rivolse un paio di occhiate preoccupate, quando per la seconda volta feci rotolare una fede d'oro lungo il pavimento e una SS mi ripagò con una bella manganellata sulla colonna vertebrale.

Poi la porta si aprì all'improvviso e le SS scattarono sull'attenti. Noi ci alzammo di rimando, gli occhi fissi sul pavimento. Un uomo entrò e fece il giro del tavolo, piazzandosi davanti a noi.

Il cuore stava per uscirmi fuori dal petto, perché speravo fosse Aaron; la delusione, quando mi accorsi che si trattava invece di Hoss, fu palese.

Si tolse i guanti di pelle, aprendo e chiudendo spasmodicamente i palmi delle mani e ci lanciò una lunga occhiata. Sentii un rumore di passi alle nostre spalle.

Io e le prigioniere eravamo abbastanza distanti tra di noi, per permettere alle varie sentinelle di poter passare tra le file e controllarci da vicino, qualora ce ne fosse stata la necessità. Vidi Hoss alzare lo sguardo alle mie spalle. Nessuna di noi si mosse, né osò girare il viso.

I passi si fecero sempre più vicini. Con la coda dell'occhio scorsi la figura di una persona che si stava aggirando tra i tavoli, sporgendosi in avanti di tanto in tanto, molto probabilmente per scrutare le cifre annotate sui vari taccuini e gli oggetti che avevamo già smistato.

Quando fu accanto a me io, come le altre, non mi voltai. Però, sentii una voce:

- Buonasera, signorina Monroe.

Era stato appena un sussurro, quasi non udibile.

Quella voce.

Se la situazione fosse stata diversa, sarei scoppiata in lacrime. Mi morsi il labbro inferiore, fino a quando l'uomo non fece qualche passo verso Hoss, posizionandosi accanto a lui.

Aaron.

Era tornato. Fermo, con un sorriso appena accennato, meraviglioso nella sua uniforme da ufficiale; coi pugni lungo i fianchi e le mani nascoste dal tavolaccio grezzo, strinsi con forza i lembi della divisa.

Avevo un nodo alla gola, se Aaron mi avesse rivolto anche una sola parola sarei scoppiata in lacrime. Era lì, davanti a me, sano e salvo.

Ora dovevo solo aspettare che fossimo entrambi rimasti soli per sapere cosa ne fosse stato di mio fratello e se tutto fosse andato come previsto, ma la sua espressione serena mi tranquillizzò all'istante.

Hoss ci rivolse qualche parola e disse che Schwarz era soddisfatto del lavoro che le donne stavano svolgendo lì dentro. Le esecuzioni sommarie si erano ridotte, così come i presunti furti. Annunciò che si sarebbe assentato spesso in quel mese e nel mese avvenire, proprio perché gli oggetti di valore erano parecchi e parecchi dovevano essere i suoi viaggi a Berlino.

Deglutii. Hoss non sospettava neppure cosa stesse facendo quell'uomo sotto il suo naso, non sospettava che quell'ufficiale, così solerte e ligio al dovere, con il teschio sul berretto e la doppia S sulle mostrine, un nazista perfetto, stesse aiutando due ebrei a fuggire da quel campo di morte, sottraendogli così due anime pronte a essere sacrificate per il bene della Germania; non sospettava minimamente che Schwarz stesse tradendo tutti i valori a cui avevano aderito i soldati di Hitler.

I nostri occhi si incontrarono una sola volta e io sentii di sprofondare nella salvezza che quelli offrivano. Abbassai rapidamente la testa, quasi impaurita che tutti potessero capire quanto amore provassi nei confronti di quell'uomo; quell'amore che avrebbe potuto distruggerci, quell'amore che avrebbe potuto essere la sua rovina, come mi disse lui stesso un lontano giorno del 1942, a Berlino. Due anni prima.

Voi sarete la mia rovina.

Lui, invece, era diventato la mia salvezza. Quante cose erano cambiate.

Schwarz uscì dalla stanza, la postura elegante e il cappotto ben stretto sul corpo. Lo seguii con gli occhi e quando mi voltai, Roxanne mi stava guardando. Sorrise. Io scossi la testa e tornai al mio posto.

Quando la giornata lavorativa volse al termine, una SS donna mi scortò fino all'alloggio di Schwarz, bussò alla porta e lui mi lasciò entrare.

Quella volta non aspettai che lui facesse qualche mossa: la voglia di stringerlo a me era troppo forte. Corsi incontro ad Aaron e lo abbracciai, alzandomi sulle punte. Le sue braccia mi circondarono immediatamente e affondò il viso nell'incavo del mio collo.

Nessuno dei due parlò, rimanemmo in silenzio, stretti l'uno all'altra per un tempo che sembrò interminabile, nella penombra di quella stanza. Gli presi il viso tra le mani e i suoi occhi si persero nei miei.

- Sei tornato. - Dissi, accarezzandogli una guancia.

- Te l'avevo promesso. - Replicò, baciandomi il palmo della mano.

- E... - mormorai.

- Gabriel è con Vanessa, - mi rispose Aaron, senza nemmeno darmi il tempo di formulare la domanda. - Si sono incontrati nel bosco a notte inoltrata. Sono rimasto per assistere e ho visto quando gli ha fornito i documenti falsi e l'ha fatto spogliare, facendogli indossare abiti normali che si adattassero alle sue taglie. Lui non ha fatto nessuna domanda. È un bambino molto intelligente. Ho cancellato il suo nome dal registro, trascrivendolo in quello degli ebrei deceduti. Appena i coniugi avranno varcato il confine Svizzero insieme al bambino, si metteranno in contatto con Keller e ce lo faranno sapere.

- Ora è con loro?

- Sì. Vanessa l'ha lasciato insieme all'uomo e alla donna che vi ospiteranno. La vedova di guerra ha mandato loro a prenderlo. Sono persone affidabili, le ho incontrate io stesso prima di andare a Berlino.

Sgranai gli occhi.

- Sei impazzito? Sei un ufficiale delle forze tedesche, come puoi esporti in questo modo?

- Devo pur conoscere le persone a cui vi sto affidando, - mormorò, sfiorandomi delicatamente la pancia. - Erano diffidenti quando mi sono presentato insieme a Vanessa, osservavano la mia divisa, soprattutto: sono un soldato nazista, dopotutto. Ma lei li ha rassicurati. Sono arrivati persino a stringermi la mano. Sono brave persone, Edith. Gabriel sarà al sicuro.

- Ora Vanessa dov'è?

- È tornata in città. Aspetta solo che io sia pronto per il prossimo viaggio... per te.

Avvertii una fitta allo stomaco.

- Quando sarà il prossimo viaggio? - Chiesi, timorosa.

- La prossima settimana.

In cuor mio avvertii uno strano presentimento. Una brutta sensazione che non voleva abbandonarmi dal momento stesso in cui ero stata avvertita del piano.

Cercai di calmare i battiti del mio cuore. Come una volta mi disse un'anziana signora a Berlino: "Non permettere alla paura di sopraffarti".

Non potevo permettere che accadesse, non dopo tutto quello che Vanessa, Achille, Aaron e Keller stavano facendo per me.

- Cosa c'è? - Mi chiese Aaron.

Ormai quell'uomo aveva imparato a leggermi persino gli occhi, come nessuno aveva mai saputo fare prima di allora.

Mi allontanai da lui, avvicinandomi al fuoco; presi l'attizzatoio e ravvivai la fiamma morente nel camino, aggiungendo anche qualche ceppo.

Poi, mi sedetti su un divanetto bianco, sconsolata. L'avevano fatto portare da poco. Aveva i braccioli arricciati verso il basso, cuscini comodi e doppi. Aaron mi seguì silenziosamente, fino a sedersi accanto a me. L'aria profumava di rose, l'ufficiale ne aveva portata una piantina dal suo viaggio a Berlino perché sapeva quanto adorassi quei fiori.

Mi accarezzai la pancia, avevo sentito qualche piccolo movimento pochi giorni prima. Sorrisi al pensiero di quella creaturina che stava crescendo dentro di me, poi guardai Aaron.

- Io ho perso la mia famiglia, - dissi, scuotendo la testa, abbattuta. - Ho perso la mia famiglia solo qualche settimana fa... e mi sono sentita devastata.

L'ufficiale si alzò. Si avvicinò alla libreria stracolma di volumi ed estrasse un tomo da cinquecento pagine, rilegato completamente in legno. Lo aprì e ne estrasse la mia fede: l'avevamo messa al sicuro, prima che partisse. Non potevamo correre alcun tipo di rischio e un'ebrea con un'anello al dito, lì dentro avrebbe provocato non poco clamore.

Aaron si riavvicinò a me, sprofondando nel cuscino accanto al mio, mi prese la mano e mi infilò nuovamente la fede al dito.

- Io sono la tua famiglia, adesso - mormorò, con gli occhi che gli

brillavano. - Noi siamo la tua famiglia.

Appoggiò una mano sulla pancia, dopo aver pronunciato quelle parole. Cosa avevo fatto per meritarmi un uomo del genere?

- Non ho altro che voi, - dissi, con la voce rotta dall'emozione. -

Io... io non posso permettermi di perderti.

Aaron aggrottò le sopracciglia.

- Perché dici questo? - Chiese.

Io feci spallucce. Non gli avevo mai raccontato di quel sogno lucido fatto anni prima, quello in cui lui mi salvava... e poi moriva. Non ne avevo mai avuto il coraggio e parlargliene in quel momento così delicato non mi sembrava proprio la cosa giusta da fare.

Strinsi gli occhi, come a scacciare quell'immagine dolorosa dalla mia mente. A distanza di tempo, era ancora maledettamente vivido nella mia memoria.

- Una vita senza te, - mi disse. - Non è degna di essere definita

tale. Dimmi... come farei a rassegnarmi a vivere senza di te?

- E allora fammi rimanere insieme a te. Qui dentro. Qualsiasi

cosa accadrà la affronteremo insieme... Gabriel ormai è al sicuro

e io non voglio andarmene. Non voglio lasciarti, Aaron lo

capisci?

Ero conscia dell'assurdità delle parole che uscivano dalle mie labbra, ma in quel momento sapevo soltanto di non volermi separare da lui: avevo l'oscuro presagio che se fossi andata via... non l'avrei più rivisto. Il pensiero mi fece salire un nodo alla gola, opprimente, che mi impediva di parlare, di respirare; mi sentivo morire.

- Io non posso permettertelo, Edith. Ti ho già messa al corrente della precarietà di questa guerra. Cosa ne sarà di te se dovessero arrestarmi? Se dovessero fucilarmi?

- Non voglio sentire queste cose. - Dissi, alzandomi di scatto.

Mi circondai il corpo con le braccia, come a proteggermi dal dolore che sembrava volersi insinuare sotto pelle.

Mi avvicinai alla finestra chiusa e scostai un pochino le tendine. Pioveva a dirotto. Dei passi alle mie spalle mi avvertirono della presenza di aaron.

- Edith... perdiamo o vinciamo, la sorte non cambia per voi. Ciò che è stato deciso per gli ebrei, verrà concluso, in un modo o in un altro. Se dovessimo vincere, Hitler non farà altro che portare a termine il suo processo di purificazione, sterminando qualunque ebreo in qualunque campo, polacco o tedesco che sia. Se dovessimo perdere, - disse, circondandomi le spalle con le mani. - Faranno di tutto per eliminare le tracce. Nessuno di loro permetterà che il mondo un giorno venga a conoscenza dell'abominio consumatosi qui dentro. Vi uccideranno tutti, sarà il panico, si sentiranno solo i suoni di mitra e di urla. Nient'altro. Per voi non c'è nessuna via di scampo.

Avevo cominciato a singhiozzare. Lui mi voltò dolcemente. Sapevo che quelle parole corrispondevano soltanto a verità; per quanto dolorosa fosse, era solo la verità.

- Per questo devi andartene, - disse, implorante. - Devi lasciare questo posto prima che sia troppo tardi. Ti prego, Edith.

- Io non voglio lasciarti. - Mormorai, con la voce ridotta a un sussurro.

I suoi capelli biondi erano leggermente fuori posto, la camicia sbottonata, gli occhi stanchi, ma rimaneva comunque l'uomo più bello che avessi mai visto.

- Ho la sensazione che, - provai a dire, con la voce rotta da singhiozzi violenti. - Ho la sensazione che nel momento in cui varcherò quel cancello, tu mi dirai addio.

Aaron serrò la mascella. Mi mise una mano dietro la nuca e mi attirò dolcemente a sé. Piegai le braccia contro il suo petto e mi lasciai andare a un pianto amaro e pieno di rimpianti.

Avrei tanto voluto che mi avesse smentita. Avrei voluto sentirgli dire: *"Non ti dirò mai addio. Quando questa guerra finirà io verrò a prenderti e ci lasceremo alle spalle tutto questo. Invecchierò con te e riderò con te e ci sarà solo la pace. E ci sarò solo io. Solo tu. Ci saremo solo noi."*

Ma non lo fece.

- Non pensarci adesso, - fu tutto quello che mi disse. - Io sono ancora qui.

*   *   *

Auschwitz, 27 Gennaio 1944. Ultimo giorno di prigionia.

Non avevo niente con me.

Niente, se non la speranza. E la paura. Quando mi prelevarono da Berlino, mi avevano permesso di portare con me solo una valigia con pochi vestiti, i quali mi erano stati portati via non appena avevamo messo piede ad Auschwitz.

Quel giorno non riuscivo a essere tranquilla: mi ero svegliata con nausee mattutine, continue e fastidiose, dovute al mio stato interessante.

Camminavo nervosamente avanti e indietro per l'alloggio e, sebbene cercassi di concentrarmi su qualche lettura, leggevo e rileggevo in continuazione sempre le stesse parole senza comprenderne il significato. Alzai gli occhi al cielo. Avevo fortissimi bruciori allo stomaco e la mia mente era altrove.

Mi sdraiai sul letto con le mani sulla pancia, fissando il soffitto. Era quasi il tramonto.

Mi girai su un fianco, fissando il muro bianco, decorato con qualche fiore rosso stilizzato. Li aveva dipinti Aaron: una mattina mi ero svegliata e l'avevo trovato in camicia, con i pantaloni dell'uniforme sbracati, i capelli in disordine, gli avambracci muscolosi sporchi di colore, un barattolo di vernice rossa per terra e un pennello tra le mani.

In seguito mi disse che lo aveva fatto perché voleva rendere l'ambiente meno lugubre per me. Non sapeva che la sua sola presenza portava luce.

Mi ero fermata alle sue spalle per qualche secondo, coi piedi scalzi e le braccia incrociate al petto, incantata dalla sua maestria e dalla sua eterea bellezza. Sembrava rapito da qualcosa di superiore: una forza a me estranea, ultraterrena, che lo teneva intrappolato e gli faceva muovere la mano con movimenti sinuosi ed eleganti.

Aveva la testa inclinata di lato ed era inginocchiato sul pavimento.

La passione sembrava muoverlo, gli occhi azzurri che brillavano e erano stretti a fessura, le labbra schiuse e la mascella contratta.

Mi ero avvicinata a lui in punta di piedi, mi ero inginocchiata, l'avevo abbracciato e gli avevo baciato la nuca. Gli avevo confessato quanto fosse affascinante guardarlo all'opera. Lui si era voltato di scatto e mi aveva sporcato la punta del naso di rosso col pennello imbrattato di colore che teneva tra le mani. Poi l'aveva lasciato cadere e mi aveva immobilizzata al suolo.

- Non sarò mai affascinante quanto te adesso, - aveva detto, con una voce che mi aveva quasi ammutolita. - Sporca di colore, ancora addormentata e completamente mia. Potrei farti qualsiasi cosa.

Mi aveva dato un bacio sulla punta del naso e le sue labbra si erano sporcate di colore. Io avevo riso e avevo cercato di divincolarmi, ma era stato inutile. Quell'uomo era troppo forte per me.

- Soldato,- avevo detto, ridendo quasi fino alle lacrime. - Ti ordino di lasciarmi andare!

Lui si era fermato improvvisamente, rivolgendomi uno sguardo malizioso.

- Ne sei proprio sicura?

Io avevo scosso la testa, in risposta. Quel giorno il suo profumo era rimasto sulla mia pelle fino alla sera.

Chiusi gli occhi. Ero tremendamente smaniosa e ricordare certe cose, faceva solo troppo male.

Le tende damascato pesanti erano tirate, un solo lembo era stato lasciato aperto, per permettermi di osservare i colori del cielo mutare inclementi sotto i miei occhi, sotto al mio sguardo angosciato e stanco.

Pochi giorni prima ero andata dal dottor Keller. Gabriel era arrivato in Svizzera sano e salvo. Mi aveva fatto sapere la notizia non appena l'aveva ricevuta anche lui e io la appresi con somma consolazione; ma più i giorni passavano, più la mia riluttanza ad abbandonare il campo aumentava. Non temevo più per la mia vita, perché avevo realizzato che una vita senza Aaron "non fosse degna di essere definita tale".

Sorrisi, ripetendo a mente le sue parole.

La porta dell'ingresso sbatté, con un tonfo, segno inequivocabile che Aaron fosse rientrato.

Mi inginocchiai sul materasso. Sentii gli anfibi picchiettare sul pavimento, ovattati dalla porta della camera che era socchiusa. Indossavo la vestaglia da bagno, una che Aaron mi aveva fatto avere qualche settimana prima: era bianca, con una cintura in vita... era bellissima. Aaron cercava di fare di tutto per rendermi la vita più facile possibile.

Sentii i passi che si avvicinavano alla porta. Quella si aprì con un cigolio e gli occhi di Aaron mi inchiodarono sul posto: indossava i pantaloni dell'uniforme, gli anfibi, ma sopra aveva solo la camicia e le bretelle; si era già disfatto della giacca.

Lo guardai a mia volta. Nessuno dei due osò parlare. Il silenzio era rotto soltanto dalla pioggia incessante che batteva sul tetto dell'alloggio dell'ufficiale. Le gocce d'acqua scorrevano veloci lungo i vetri appannati dal contrasto tra il tepore della stanza e il gelo all'esterno.

Scesi dal letto e feci qualche passo verso di lui, a piedi nudi. Fece scorrere gli occhi lungo la mia sagoma e io deglutii. Avevo le mani che mi tremavano dall'agitazione, sapevo che quella potesse, potenzialmente, essere la nostra ultima notte insieme e, anche se non lo fosse stata, non sapevo quando l'avrei rivisto. Il tempo, dall'istante in cui ci eravamo conosciuti, era da sempre stato contro di noi.

Ero immobile, sotto il suo sguardo che amavo. Sapevamo che quella avrebbe potuto essere l'ultima volta che avremmo fatto l'amore, l'ultima volta che avrei potuto sentire la sua pelle calda sulla mia, l'ultima volta che le sue labbra avrebbero sfiorato le mie, l'ultima volta che i suoi bellissimi occhi avrebbero incontrato i miei, mentre io ero sua e lui era mio.

Gli sfiorai i capelli con le mani, mentre lui mi attirò a sé con entrambe le braccia. Avevamo già vissuto un momento simile, anni prima, ma tutto sembrava essere amplificato in quegli istanti, in quegli attimi di abbandono totale, anima, mente, cuore e corpo. Ogni bacio, ogni carezza, ogni lacrima repressa sembravano assumere un significato particolare, come se non avessi mai baciato prima, come se non avessi mai accarezzato la sua guancia liscia, prima di allora; come se non avessi mai pianto, né amato prima di allora.

Più mi teneva stretta a sé, nella sua morsa, più sentivo la volontà abbandonarmi. Non avevo la forza di lasciarlo.

Appoggiò la fronte alla mia, mentre il suo respiro si fondeva lentamente con il mio, le sue mani si aggrappavano alla mia schiena e le mie lacrime gli bagnavano la pelle.

- Perché piangi? - Chiese, con la voce arrochita e affannata.

- Perché ti odio. - Risposi.

Lui sorrise, il petto si alzava e si abbassava allo stesso ritmo del mio.

- Ti odio anche io. - Disse lui di rimando, sfiorando la punta del mio naso con la sua.

- Perché? - Chiesi.

- Per essermi innamorato di te.

Affondai con il viso nell'incavo del suo collo e lasciai che si riversasse su di me, appoggiai la guancia sulla sua testa e iniziai ad accarezzargli la schiena liscia con l'indice.

- Non hai paura? - Gli chiesi.

- Tu ne hai?

- Sì. - Risposi.

Lui sospirò. La pioggia continuava a infradiciare tutto.

- Sì. Ne ho.

- E allora perché ti ostini a volerlo fare? - Mormorai.

- Perché devo salvarti.

- Mi hai già salvata.

- Non del tutto. - Disse, alzandosi all'improvviso.

Lo trattenni per una mano.

- Non andare, - lo implorai. - Rimani con me ancora per qualche minuto, ti prego.

La sua espressione si addolcì.

- Se rimango insieme a te ancora, Edith, non avrò più la forza di lasciarti andare.

Io ebbi una stretta al cuore.

- Ti prego!

Gli feci spazio e lasciai che si sdraiasse accanto a me. Mi schiacciai contro il suo corpo e lasciai che il profumo della sua pelle prendesse in ostaggio la mia anima e la mia mente per tutta la vita.

Per il resto del tempo che trascorremmo insieme non parlammo. Lui sapeva che le parole avrebbero solo reso tutto più difficile. Dovevamo lasciarci ancora una volta.

Non volevo ascoltare il suono della sua voce, quella voce che mi dilaniava e che adoravo: era simile alla lama di un coltello, per me.

Quella sera sapevo che, comunque sarebbero andate le cose, una parte di me sarebbe cambiata per sempre.

Lasciai che si alzasse e io feci lo stesso. Ci lavammo, in silenzio, una alla volta. Evitai di proposito il suo sguardo.

Aaron poggiò a terra la valigia pesante di cuoio marrone, al cui interno c'era tutta la valuta e gli oggetti preziosi che avrebbe dovuto portare a Berlino nel suo viaggio. Io non potevo portare valigie con me.

Indossai la fede di cui Aaron mi aveva fatto dono il giorno del nostro matrimonio segreto e indossai un cappotto pesante, una sciarpa e un cappellino di lana.

- Prendi questi, - disse, porgendomi un mazzo di Reichmarks, tenuti insieme da un elastico. - È il mio stipendio, ti basterà fino a quando non potrai tornare a Berlino.

- Aaron e tu come...

- Riceverò il mio stipendio a breve, questi non mi servono, - disse, abbozzando un sorriso, ma sapevo che stava mentendo. - Mettili in tasca.

Feci come mi aveva ordinato di fare e li poggiai nella tasca capiente del cappotto che indossavo.

- Aspetteremo la notte, - mormorò, osservando fuori dalla finestra. - Tu passerai dalla porta sul retro e io ti starò aspettando lì con la mia macchina. Non ci sono SS che sorvegliano quel perimetro, capito?

Io annuii.

- Ora devo andare a fare una cosa. Ci vediamo alle tre, fuori. Sarà tutto buio, ma non devi avere paura. Aspettami lì.

Io annuii ancora. Mi diede un bacio sulle labbra, poi sparì dietro la porta.

Io chiusi tutte le tende per evitare che la luce fioca della candela potesse rischiarare all'esterno.

Era arrivato il momento. Un nuovo inizio. Una nuova vita.

*　　　*　　　*

Feci come Aaron mi aveva detto di fare.

Aprii la porta, mentre l'intero campo taceva; non riuscivo a vedere nulla, era buio pesto. Quando gli occhi si abituarono all'oscurità, riuscii a scorgere in lontananza, oltre il filo spinato una fitta vegetazione.

Mi rigirai l'anello all'anulare e attesi quei minuti che sembrarono eterni. Sussultavo a ogni minimo rumore, ad ogni alito di vento che faceva frusciare le foglie degli alberi tra di loro.

Poi, da lontano scorsi i fari di una vettura. Mi nascosi in fretta, non sapevo se si trattasse di lui o meno e non potevo correre il rischio.

- Edith.

Era la sua voce.

Uscii in fretta e avanzai verso di lui, affondando coi piedi nella neve bagnata. Aaron aprì in silenzio il bagagliaio e mi aiutò a salirci dentro. Mi raggomitolai su me stessa, mettendomi in posizione fetale.

Aaron prima di chiudere il portellone, si infilò una mano nel fodero della sua divisa e ne estrasse una pistola.

- Tienila addosso e gettala non appena arrivi alla stazione. Per sparare devi solo togliere la sicura e premere il grilletto, è una pistola automatica.

Queste furono le sue parole, poi il bagagliaio si chiuse e io piombai di nuovo nell'oscurità più assoluta.

La macchina si mise in moto con un rombo. Non sentivo altro che il gracchiare del motore e lo strisciare delle ruote sulla neve alta. Ero incastrata contro una superficie solida e a ogni sbandamento ci andavo a sbattere contro.

Non fiatai. Nemmeno un suono uscì dalle mie labbra. Percorremmo qualche chilometro senza mai fermarci, poi la macchina si arrestò.

Sentii provenire dall'esterno un rumore metallico, poi delle voci. Voci tedesche.

Sentii la manovella del finestrino aprirsi e la voce di Aaron rispondere meccanicamente alle domande che l'altra voce gli rivolgeva.

Rimasi in sospeso, con il cuore in gola e le gambe che mi erano diventate molli per la paura. Dopo qualche minuto, sentii il rumore di cancelli che si aprivano e una frase che non avrei mai più dimenticato per il resto della mia vita.

- Heil Hitler!

La macchina riprese a camminare e io ripresi a respirare. Non fummo interrotti per un bel pezzo. Dopo una decina di minuti realizzai che, molto probabilmente, eravamo usciti dal campo.

Ero libera.

Le ruote strisciarono sulla stradina impervia che stavamo percorrendo, fatta di curve e piccoli dossi naturali. Ogni tanto le deviazioni mi portavano a urtare da una parte all'altra come un sacco di farina.

Poi, all'improvviso, ci fermammo. Io rimasi in silenzio: non sapevo se fosse una sosta voluta o forzata. Sentii la porta anteriore sinistra aprirsi cigolando e dei passi avvicinarsi al bagagliaio.

Poi, la luce della luna mi colpì il viso e una sferzata di vento gelido mi fece rabbrividire. Aaron si avvicinò a me, mi afferrò con entrambe le braccia e mi aiutò a scendere. Avevo i muscoli del corpo intorpiditi e la gamba destra addormentata, perché quello era il lato sul quale mi ero sdraiata.

L'ufficiale non disse una parola, mi prese per mano e facemmo qualche metro in silenzio, fino ad addentrarci nella vegetazione. Da lontano scorsi il bagliore di una luce chiara.

- È Vanessa. - Disse Aaron, avvicinandosi sempre di più a quella.

Sapeva il fatto suo, mentre io avevo il cuore che continuava a battere impazzito contro lo sterno, ma nemmeno per un secondo la mia fiducia in Aaron vacillò.

Vanessa ci stava aspettando, imbacuccata in un soprabito color senape e un cappellino nero. Reggeva una lanternina di ferro nella mano destra, con all'interno una candela spessa.

- È il momento. - Disse Vanessa, sorridendomi.

Io mi sentii morire.

- Vi aspetto più in là.

Io mi voltai verso Aaron. Gli occhi dell'ufficiale mi inchiodarono sul posto e io ebbi la sensazione che sarei scoppiata in lacrime da un momento all'altro. Era il momento che avevo desiderato dall'inizio della mia prigionia, eppure, realizzai di esserne spaventata. Aaron aprì il palmo della mano.

- Dammi quell'anello che mi donasti quando partii da Berlino, - disse, in un sussurro; io mi tolsi la collana sulla quale l'avevo appeso e lo appoggiai sul suo palmo aperto. - Ricordi cosa mi dicesti, allora? Che avrei dovuto restituirtelo non appena ci saremmo rivisti. Questa è la promessa che ora io faccio a te: tornerò da te e te lo restituirò.

Scoppiai a piangere e mi aggrappai alla giacca di Aaron, perdendomi nel suo abbraccio straziato. Le braccia dell'ufficiale mi avvolsero completamente, con una forza tale da mozzarmi quasi il respiro. Nessuno dei due voleva che accadesse.

- Perché ho la sensazione che questo sia un addio? - Chiesi, mentre i singhiozzi mi scuotevano violentemente.

Lui mi teneva premuta contro al suo petto, mentre le labbra indugiavano sui miei capelli.

- Edith, - mormorò, sorridendo tristemente e prendendomi il volto tra le mani. - Noi abbiamo vissuto solo per dirci addio. Sapevamo entrambi che questo momento sarebbe arrivato.

- Devi essere forte, amore mio, - aggiunse, accarezzando la creaturina che stava crescendo dentro di me. - Ti prego. Devi avere fede, tornerò da te... tornerò da voi.

- Io, - mormorai, stringendo le sue mani stranamente fredde. - Io non posso più vivere senza di te.

- Ricorda che io ci sarò sempre. Non importa quanti passi avanti io abbia fatto, ne basterà sempre e solo uno indietro per raggiungerti. Hai capito? E adesso non piangere.

Io annuii.

- Ora devi andare. - Disse, accarezzandomi i capelli.

Non volevo lasciarlo andare. I suoi occhi, sebbene imperscrutabili, erano provati e velati di malinconia.

All'improvviso mi lasciò le mani e si inginocchiò ai miei piedi, nell'oscurità non riuscivo a capire cosa stesse facendo.

Quando si rialzò, stringeva tra le mani un tulipano: una macchiolina rossa in quell'oscurità pressante. Ebbi una fitta al cuore.

Come nel mio sogno!

Indietreggiai impercettibilmente, spiazzata dal gesto. Ero fredda come un pezzo di ghiaccio.

Aaron avvicinò il viso al mio e mi baciò per l'ultima volta. Cercai di imprimere il suo sapore sulle mie labbra, perché quello nonostante tutto, era un addio; sebbene nessuno dei due avesse la forza di ammetterlo.

Poi intrecciò le dita con le mie. Quella sensazione... quella sensazione di familiarità che avevo già provato in quel sogno e che allora non mi spiegavo. Ora, invece, mi appariva naturale. L'ufficiale mi porse il tulipano, sfiorandomi dolcemente le dita.

- Grazie, Edith. Grazie per esserti fidata di me.

No!

Spalancai gli occhi e quasi mi sentii mancare. Aaron fece per sostenermi, quando scorsi delle luci alle sue spalle. L'ufficiale si voltò di scatto.

I tedeschi!

Delle voci concitate stavano urlando qualcosa, sentivo l'abbaiare dei cani e dei passi che arrancavano nell'erba, brancolando nel buio. Che cosa ci facevano lì? Non mi aveva vista nessuno... che cosa stava succedendo?

Un paio di braccia mi afferrarono alle spalle: era Vanessa.

- Dobbiamo andarcene! - Disse, la paura nella sua voce. - Dobbiamo andare via o sarà troppo tardi!

- Vattene Edith, adesso. Abbi cura di te, abbi cura del nostro bambino...

Vanessa mi prese per mano e, con tutta la forza che aveva, iniziò a trascinarmi verso la sua auto.

- Lo prenderanno, - dissi, mentre vedevo le luci avvicinarsi sempre di più. - Non posso lasciarlo lì!

Guardai gli occhi di Aaron che si perdevano nei miei per l'ultima volta e un sorriso comparve sul suo volto.

Quando gli alberi mi coprirono completamente la visuale, inghiottendo la figura dell'ufficiale, uno sparo squarciò il silenzio. Vidi, tra le foglie, qualcuno cadere.

Strattonai Vanessa e mi immobilizzai. Mi divincolai con violenza dalla sua presa e corsi via, intontita, facendomi spazio tra gli alberi: i tedeschi si stavano avvicinando e Aaron era stato colpito.

All'improvviso la vista mi si annebbiò completamente. Mi aggrappai a un albero per non cadere, ma non avevo più la forza di respirare.

- Dobbiamo scappare, Edith, - disse Vanessa, raggiungendomi alle spalle e cominciò a trascinarmi di nuovo lontano da lì. - Ci prenderanno!

Cercai di bloccarla, ma lei era più forte di me e io sentii le forze abbandonarmi progressivamente.

- Voglio tornare da Aaron, - mormorai, come in una sorta di trance. - Voglio tornare da lui, gli hanno sparato!

Avvertivo la voce uscire incorporea dalle mie labbra, le parole erano quasi ridotte a sussurri.

Vanessa aprì in fretta la portiera della berlina blu poco lontana e mi spinse all'interno. Caddi sul sedile passeggero inerme. Vanessa si sedette, mise in moto e partì sgommando.

Fissai la strada davanti a me senza capire cosa stesse succedendo in quel momento. File di alberi innevati si stagliavano davanti a me, con i loro rami spogli che si protendevano sulla strada appesantiti dalla coltre di neve; un cielo nero come la pece si confondeva con il viottolo buio che i fari dell'automobile non riuscivano a illuminare.

Vanessa parlava, ma la sua voce mi giungeva lontana e irreale; sentivo solo lo sparo continuare a propagarsi nei miei timpani.

Lei mi scosse, mentre il contachilometri della sua auto stava per schizzare alle stelle. Mi gettò in grembo dei documenti e mi indicò la valigia sui sedili posteriori. Mi ordinò di cambiarmi e io, come un'automa, obbedii.

Gettai i vecchi abiti fuori dal finestrino e mi sistemai i documenti in una borsetta blu che Vanessa mi aveva fatto avere. Estrassi la pistola che Aaron mi aveva dato e i miei occhi indugiarono sul grilletto per qualche secondo di troppo.

Poi, scoppiai a piangere. Mi voltai indietro, affondando le unghie nel sedile di pelle. Mi morsi il labbro.

Volevo sentire qualcosa. Volevo sentire il dolore fisico. Volevo che quel dolore fisico fosse più forte di quello che mi opprimeva il cuore.

Iniziai a piangere a singhiozzi, mentre osservavo la strada allontanarsi da noi e diventare buia a poco a poco. Affondai con il viso nello schienale e diedi sfogo a tutto quello che mi ero tenuta dentro fino a quel momento. Gli avevano sparato.

- Potrebbe non essere... - Vanessa esitò per qualche istante. - Non puoi esserne certa.

- Ho visto il suo corpo, - mormorai in risposta. - L'ho visto circondato dal suo stesso sangue.

La testa mi pulsava dolorosamente e sentivo gli occhi gonfi e rossi.

- Dovrei, - dissi, mentre sentivo la voce diventare sempre più incolore. - Dovrei esserci io al suo posto.

- Sta' zitta. Aaron non si è mai augurato niente del genere, per te.

Mi asciugai gli occhi col palmo della mano e scivolai lentamente lungo lo schienale. Vanessa aprì il portaoggetti e vi sistemò all'interno la pistola.

Mi sentivo svuotata. Non avevo la forza per parlare, per muovere un singolo muscolo. Non avevo più la forza per vivere.

Se Aaron era morto la mia vita non aveva più senso di continuare.

*　　　　*　　　　*

- Edith, svegliati. Edith!

Aprii gli occhi di scatto e il cuore mi balzò in gola. Mi guardai attorno, le palpebre spalancate e le labbra secche semiaperte.

Vanessa era appoggiata alla portiera dell'auto e picchiettava a terra col tacco della sua scarpa marrone. Indossava un cappello bianco a falda larga e un paio di occhiali da sole le cui estremità si acuminavano verso l'alto.

- Tieni, - disse, porgendomi un paio di occhiali da sole. - Serviranno anche a te.

Vanessa si accovacciò accanto a me e iniziò a pizzicarmi le guance, per dare loro un po' di colore; dalla sua borsetta estrasse un rossetto dal contenitore dorato, mi poggiò l'applicatore sulle labbra e ne tracciò tutto il contorno; poi mi passò le dita tra i capelli, fino a far assumere loro una parvenza quantomeno umana.

Le lasciai libero arbitrio: ero nelle sue mani, passiva e impassibile. Mi tese una mano e io l'afferrai; solo allora realizzai che ci trovavamo alla stazione.

- Per quanto tempo ho dormito? - Chiesi, con voce roca e spaventosamente bassa.

- Molto tempo, - rispose Vanessa, dolcemente. - Ma è stato meglio così.

- C'è stato qualche problema durante il viaggio? - Chiesi.

Vanessa scosse la testa, poi aggirò una coppia di anziani ed entrambe ci mettemmo in fila per entrare nella carrozza della seconda classe. Stringeva in mano due biglietti, poi mi disse di estrarre il passaporto dalla borsa.

- La macchina? - Chiesi.

- Era a noleggio, l'ho restituita.

Sgranai gli occhi.

- Vanessa dentro c'era una pistola, Aaron me l'aveva data...

- Me ne sono liberata, - disse, facendomi l'occhiolino. - Ora sta tranquilla.

Annuii e rimasi in silenzio a guardare la fila scorrere.

C'erano dei bambini che tenevano la mano alle proprie madri, carrelli pieni di valigie e donne altolocate.

Rabbrividii. Un'immagine mi arrivò prepotentemente al cervello, proiettandosi davanti ai miei occhi: a presidiare la banchina c'erano parecchi soldati tedeschi; SS, la maggior parte. Mi ricordò il mio arrivo a Auschwitz.

Mi resi conto di star per vomitare, barcollai e fissai il pavimento. Stavo per svenire.

- Sta' calma, - disse Vanessa, avvertendo il tremore che scuoteva la mia mano e la strinse nella sua ancora più forte. - Andrà tutto bene.

Mi calcai meglio gli occhiali da sole sul naso e arrivammo finalmente a un passo dal gradino del treno.

Vanessa sfoderò un sorriso disarmante, che mandò il controllore in confusione per qualche istante. Più che i biglietti e i passaporti, l'uomo sembrava essere molto più interessato alla timida scollatura della bellissima donna accanto a me. Ci lasciò passare e il mio respiro si regolarizzò.

Vanessa impiegò giusto qualche minuto a trovare la nostra sistemazione: avevamo due posti singoli adiacenti. Vanessa mi lasciò sedere accanto al finestrino e sistemò la sua valigia nello scompartimento sopra di noi. Io mi lasciai cadere pesantemente sulla poltrona, fissando fuori dal finestrino.

- Devo avvertirti, - disse, sfilandosi il cappotto color senape. - Ci saranno diversi controlli su questo treno, fatti da altrettanti soldati tedeschi. Non farti prendere dal panico, andrà tutto bene. Capito?

Io mi girai verso di lei, che nel frattempo si era tolta gli occhiali da sole e ora sfoggiava i suoi occhi scuri, marcati da una sottile linea di trucco nero a evidenziarne la forma. Annuii.

Non parlammo più. Il treno fischiò e sbuffò, le rotaie striderono insopportabilmente sui binari e poi partimmo.

Viaggiammo a velocità sostenuta, mentre quell'enorme ammasso di metallo si spostava su un altro binario, lasciando quello su cui era arrivato.

Il paesaggio iniziò a cambiare poco a poco. La neve candida luccicò sotto un pallido sole morente, le montagne lontane sembrarono fondersi tra di loro, scomparendo dietro banchi di nebbia densa.

Il nostro convoglio fece una piccola deviazione, perché una linea ferroviaria era stata interrotta a causa dei bombardamenti.

Quasi mi ero dimenticata dei bombardamenti.

I cavi dell'elettricità si susseguirono, l'uno dopo l'altro. L'immagine del filo spinato si materializzò davanti ai miei occhi e rabbrividii. Chiusi per qualche secondo le palpebre.

Aaron. Mia madre e mio padre. Meredith.

La voce di Vanessa mi ridestò:

- *Il controllo.*

Sobbalzai, quasi come colpita da uno schiaffo ed estrassi dalla borsa i documenti. Mi tremavano le mani. Vanessa lanciò uno sguardo preoccupato alla mia mano e mi ammonì con lo sguardo. Smisi di tremare.

Lei stringeva già in mano i suoi biglietti e si voltò verso il ragazzo che chiese in tedesco di lasciargli vedere i documenti. Le porsi tutto, come un automa e aspettai che il controllo potesse dirsi concluso.

Il ragazzo dai capelli biondi e gli occhi verdi indugiò sul mio viso per qualche secondo di troppo e io mi ritrovai a fissare il pavimento. Poi sfoderò un bel sorriso, ci ringraziò e passò oltre.

- Hai visto? - disse lei, adagiandosi meglio allo schienale. - Se bastasse sorridere per risolvere i problemi...

E io, per la prima volta, sorrisi. Ma il mio sorriso si spense immediatamente quando le dita di Vanessa sfiorarono l'anello che Aaron mi aveva regalato il giorno in cui mi aveva chiesto di sposarlo.

- Te l'ha regalato lui? - Chiese.

Io annuii. Avevo le labbra che mi tremavano.

Vanessa mi chiese il permesso per sfilarlo e io glielo accordai. Se lo rigirò tra le mani, poi la sua attenzione fu catturata da qualche dettaglio. Si avvicinò la fede agli occhi, poi sorrise.

- Cosa c'è? - Chiesi, sporgendomi verso di lei.

- È bellissimo ciò che vi è inciso. - Disse, continuando a rigirarsela tra le dita.

Io aggrottai le sopracciglia.

- C'è scritto qualcosa? - Chiesi, confusa.

- Non te ne sei mai accorta? - Domandò.

Scossi la testa. Lei mi porse l'anello e i suoi occhi indugiarono sul mio viso senza spostarsi per un solo istante.

Quando lessi la frase mi portai una mano alle labbra. Gli occhi mi si riempirono di lacrime e avvertii un forte dolore al petto che quasi mi impediva di respirare.

Le braccia di Vanessa si strinsero attorno a me, mentre io affondai col viso sulla sua spalla, aggrappandomi a lei. C'era una scritta in tedesco.

"In diesem leben oder in einem anderen"

"In questa vita o in un'altra".

*   *   *

Il viaggio in treno fu abbastanza lungo.

Non ricordo esattamente dove Vanessa e io scendemmo, per poi risalire su un altro convoglio con degli scompartimenti privati; ne avevamo uno solo per noi due: tendine damascate per i finestrini e una porta scorrevole che ci divideva dal corridoio.

Per quanto ne sapevo eravamo in Germania. Trascorremmo una notte intera su quel treno, tutto sembrava essere tranquillo.

A un certo punto, però, Vanessa e io ci svegliammo di soprassalto: dal corridoio provenivano delle voci.

Lei mi fece segno di stare zitta, mettendosi un indice sulle labbra. Si alzò e aprì un pochino la porta scorrevole per ascoltare cosa dicevano quelle voci: c'erano delle SS che parlavano col controllore.

- Si è introdotto clandestinamente, - disse l'ufficiale delle SS che capeggiava due giovani. - Controllate tutti i documenti e prendete quel figlio di puttana.

Quelli si sparpagliarono e i passi pesanti degli anfibi si amplificarono per il corridoio semivuoto.

- Non mostrare segni di spavento, - disse Vanessa, tornando al suo posto. - Non è noi che cercano.

Sembrava voler convincere più sé stessa che me. Apprezzai la sua forza di volontà e estrassi dalla borsetta i miei documenti.

Qualche minuto dopo, il controllore bussò e Vanessa si apprestò immediatamente a aprire. Era fiancheggiato da un'SS.

Quando i miei occhi si posarono sul suo viso del militare ebbi un mancamento. Io lo conoscevo: era la stessa SS che si trovava nel campo di prigionia di Auschwitz, quella che quasi tutte le mattine ci scortava fuori a lavoro; l'SS che provava disgusto per il comportamento disumano dei suoi compagni nei confronti di noi ebrei.

Abbassai lo sguardo sul pavimento, ma con la coda dell'occhio notai che continuava a guardare. Mi aveva riconosciuta!

Disgusto o no, era un'SS, era su quel treno e io non potevo permettermi di correre il rischio. Non dopo quello che Aaron aveva fatto per me.

Dopo che i documenti furono controllati e ovviamente risultarono in regola, l'SS mi lanciò un'ultima occhiata fugace ed entrambi si allontanarono dal nostro scompartimento.

- Quella SS, - dissi, col cuore il gola, mentre mi alzavo, gettando un'occhiata fuori dal finestrino. - Mi ha riconosciuta. Era al campo, lo vedevo tutte le mattine. Dobbiamo scendere dal treno.

- Ne sei certa? - Chiese Vanessa, sfiorandosi il ricciolo che le ricadeva sulla fronte.

- Certissima.

- Allora dobbiamo scendere. - Convenne, afferrando la valigia dallo scompartimento superiore.

Io mi immobilizzai all'istante: il soldato era alle nostre spalle. Bussò e Vanessa tirò giù la valigia, si spostò la tracolla sulla schiena e mi fece un gesto. Capii che avrei dovuto prendere la pistola, evidentemente non se n'era liberata.

Il treno fece una brusca sterzata e io approfittai di quel diversivo per fingere di caderle addosso, afferrare la pistola e infilarmela nella tasca del cappotto.

- Salve. - Disse Vanessa, sfoderando il suo sorriso migliore.

- Salve, signorine. - Mormorò l'SS.

La sua divisa nera era impeccabile, la fascia scarlatta sul braccio con la svastica nazista era l'unica nota di colore nel suo abbigliamento.

- Io e voi, - disse, facendo scorrere gli occhi da Vanessa a me. - Non ci siamo già visti da qualche parte?

Io scossi vigorosamente la testa e cercai di mostrarmi disinvolta.

- Mai, - mormorai, provando a sorridere. - Avrete sbagliato persona..

Lui scosse la testa e accennò a tornare indietro, ma immediatamente fece un paio di passi in avanti, penetrando completamente nel nostro scomparto.

- Impossibile. Tu eri nel campo di concentramento di Auschwitz.

Mi sentii mancare e il sangue mi defluì immediatamente dal volto, facendogli assumere un colore cinereo.

Vanessa deglutì. Io afferrai la pistola, la sfoderai e gliela piantai in faccia.

- Che stai facendo? - Chiese il militare.

- Ti punto una pistola in faccia. - Mormorai, sottolineando l'ovvio.

- E credi di uccidermi e passarla liscia con tre SS che presidiano il treno? Andiamo, - disse, indicando la sua arma. - Se avessi voluto uccidervi l'avrei già fatto qualche minuto fa.

Feci qualche passo in avanti, parandomi dinnanzi a Vanessa fino a coprirla completamente.

- Abbassa quell'affare, - disse l'SS, gettando un'occhiata fugace fuori dal finestrino. - I miei colleghi ti fucilerebbero all'istante.

Feci un gesto con la mano e Vanessa afferrò al volo che avrebbe dovuto chiudere le tendine.

L'SS si lasciò cadere sulla poltrona di fronte a noi. Io gli tenevo ancora la pistola puntata in faccia.

- Mi avevi detto di averla gettata. - Dissi a Vanessa, col fiato corto, voltandomi appena.

Lei sorrise rispondendo:

- Infatti non ho mai detto che questa fosse la tua.

Scossi la testa, stupita dal coraggio di quella donna.

- Posala, - disse l'SS, entrando nel nostro discorso. - Davvero, non intendo farvi del male. Avete idea di quanti ebrei ci siano su questo treno? Io non ho intenzione di farvi arrestare.

- Perché? - Gli chiesi. - Sei uno schifoso nazista.

- E tu una schifosa ebrea. Quindi? Non dobbiamo odiarci per forza solo perché gli altri lo fanno.

Rimanemmo in silenzio per un po', poi l'SS riprese:

- Da quanto viaggiate su questo treno?

- Da un po'.

- Siete dirette in Svizzera?

Noi annuimmo. Lui guardò fuori dal finestrino, poi tornò a noi.

- Dove vi fermerete?

- Alla stazione di Osnabrück. - Disse Vanessa.

- Avete visto quante deviazioni abbiamo fatto a causa dei bombardamenti? Hanno interrotto le più importanti tratte di collegamento ferroviarie con la Germania, - disse sorridendo, ma nei suoi occhi celesti scorsi l'ombra della paura. - Stiamo perdendo la guerra, ragazze. Non siete tedesche, vero?

- No, - risposi. - Siamo entrambe italiane.

Lui annuì. Si alzò in piedi e io tirai di nuovo su la pistola.

- Avete qualcuno che vi aspetta in stazione? - Chiese.

- Sì.

- Avete soldi?

- Sì, - rispose Vanessa. - Li abbiamo.

- Bene. Allora da adesso fino in Germania viaggerete sotto la mia protezione. Mi assicurerò che nessuno dei miei colleghi faccia ulteriori controlli al vostro scompartimento e, una volta scese in stazione, vi accompagnerò da chiunque dannata persona vi stia aspettando e vi farò superare i controlli senza bisogno che vi fermiate.

Fece per uscire, ma Vanessa lo trattenne per una mano.

- Perché lo stai facendo? - Chiese, accoratamente. - Siamo due perfette sconosciute.

Il ragazzo sorrise e rispose:

- Se alla fine di questa cazzo di guerra dovrò finire davanti a un plotone d'esecuzione, voglio farlo con due vite in meno sulla coscienza: due vite che, anche quando andrò all'inferno, so che avranno pregato per me.

*   *   *

L'SS Oskar Stein, così disse di chiamarsi, tenne fede alla sua promessa: più nessuno durante il viaggio venne a disturbarci.

Quando scendemmo dal treno, apprendemmo che non fosse una SS semplice, bensì un sottufficiale: per questo aveva influenza.

Ci scortò fino al punto in cui Vanessa aveva portato Gabriel, tempo prima, dove ci stava aspettando una berlina bianca. Passammo tutti i posti di blocco senza bisogno di fermarci, poiché il sottufficiale Stein garantiva per noi.

Si fermò qualche metro lontano dall'auto. Vanessa mi disse di aspettare insieme a lui. Poi, da lontano, mi disse che era tutto apposto. I suoi tacchi battevano sull'asfalto bagnato dalla pioggia, caduta incessante durante da notte. Si avvicinò a noi e sorrise.

- Vi ho salvato la vita, - disse il ragazzo, con un sorriso. - Non dimenticatemi.

Io lo guardai negli occhi e gli dissi, risoluta:

- Non ti dimenticheremo, Oskar Stein.

Si aggiustò la macchia scarlatta appuntata al braccio, che poco o niente si atteneva al suo modo d'essere e batté i tacchi.

- Buona fortuna. - Disse, congedandosi.

- Anche a te, sottufficiale.

Raggiungemmo la berlina bianca che ci stava aspettando al di là della strada e, aperte le portiere, Vanessa e io sprofondammo al suo interno, sfinite.

Il viaggio fu un promulgarsi di chiacchiere, vociare e risate allegre. L'uomo e la donna di mezza età non erano per niente tesi o spaventati di ospitare una fuggitiva nella loro vettura. Capii che molto probabilmente, l'avevano fatto molte altre volte.

Il viaggio durò molte ore e i coniugi ci concessero solo mezz'ora per i nostri bisogni e per mangiare qualcosa. Per il resto del viaggio, Vanessa e io, dormimmo.

Quando finalmente davanti ai miei occhi cominciarono a delinearsi i profili innevati dei monti, scossi la ragazza addormentata su di me e sorrisi. Avevamo superato il confine svizzero: i tedeschi, lì, non avevano più giurisdizione.

Ero salva e avrei finalmente riabbracciato mio fratello.

*　　　　*　　　　*

Svizzera, 1944.

Un ometto dai capelli rossi si stava dondolando su un'altalena di fortuna, con un copertone come sostegno, costruita all'interno di un giardino dove pascolavano libere capre e pecore e galline che beccavano il terreno.

Quando il motore si spense, la chioma riccia del bambino si voltò verso di noi. Un sorriso apparve sul suo volto spruzzato di lentiggini.

Si scaraventò giù dall'altalena e iniziò a correre, inseguito da un grosso cane da pastore bianco che scodinzolava felice e un cane più piccolo con andatura più claudicante, forse uno Yorkshire che, più tardi, scoprii chiamarsi Charly.

Io aprii con cautela la porta, controvento e mi preparai ad afferrare quel piccolo tornado dagli occhi verdi. Mi inginocchiai e lasciai che le sue braccia sottili si avvolgessero attorno al mio collo e che le sue labbra si posassero sulle mie guance, tempestandole di baci.

Mi lasciai andare all'emozione e piansi, ma, per la prima volta dopo tanto tempo, quelle furono lacrime di gioia.

Ci sistemammo all'interno di quella casa rustica, accogliente e rurale. Gabriel era impaziente di mostrarmi tutti i fiumi e i passaggi segreti tra i boschi che aveva scoperto in quelle settimane.

Io però scossi la testa, gli dissi di essere stanca e Vanessa mi mostrò la camera dove sarei rimasta... fino alla fine della guerra.

La mia stanza aveva le mura bianche, c'era qualche crepa dove era stato appoggiato un quadro che però pendeva da un lato; aveva le tende azzurre, drappeggiate sul bordo superiore, una scrivania chiara e un letto a una piazza e mezza.

Vanessa mi indicò il bagno dove avrei potuto lavarmi, poi mi lasciò da sola. Lasciai cadere la borsa sul letto e mi avvicinai alla portafinestra. La aprii e lasciai che l'aria frizzante di Febbraio mi investisse il viso. Le montagne si stagliavano maestose davanti ai miei occhi, ricoperte di neve; scorsi una folta vegetazione poco lontana e un ruscelletto, snodarsi e diramarsi in due direzioni opposte.

Rientrai. Mi sedetti sul letto e strinsi con forza le lenzuola. Mi lasciai cadere di schiena e gli occhi si posarono sul lampadario grezzo che era appeso al soffitto di quella casa che mi aveva salvato la vita. Chiusi gli occhi.

"In questa vita o in un'altra".

Mi girai su un fianco, affondai la faccia nel cuscino e scoppiai in lacrime.

Io ero al sicuro: ero lì, scampata alla morte grazie all'ufficiale tedesco che mi aveva salvato la vita.

Ma lui dov'era? Quello sparo continuava a risuonarmi nelle orecchie e io non riuscivo a fare a meno di chiedermi se fosse ancora vivo.

La speranza era insita nel mio cuore e nessuno l'avrebbe mai spenta. Nessuno, fino a quando non avrei avuto le prove che fosse effettivamente morto. Mi portai una mano alla pancia e la accarezzai.

- Non sei ancora nato, - dissi, mentre lasciavo che le lacrime bagnassero la federa del cuscino. - E papà ti ha già salvato la vita.

Bussarono alla porta. Provai ad asciugarmi le lacrime e lasciai che Vanessa entrasse.

- Aaron mi ha detto di dartelo solo quando fossimo arrivate in Svizzera. Non prima.

Stringeva tra le mani un pacco dalle dimensioni modeste, azzurro. Mi alzai e glielo sfilai dalle mani.

- Ti aspetto di sotto, - disse Vanessa. - Tra poco si mangia. E tuo fratello vuole sapere come dovrà comportarsi quando diventerà zio.

Io sgranai gli occhi, poi sorrisi. Vanessa fece spallucce, poi si avvicinò a me e, inaspettatamente, mi abbracciò.

- Non perdere la speranza, - mi sussurrò all'orecchio. - Io non l'ho fatto con Achille.

- Tu sei una donna straordinaria, Vanessa. Sei una guerriera... io non ne ho la forza.

- Disse colei scampata alla guerra, ai bombardamenti, ai tedeschi e al campo di sterminio per ebrei. Cos'altro ti serve per capire che, sì: sei una guerriera anche tu?

- Ho affrontato tutto questo perché c'era lui accanto a me, - mormorai, asciugandomi una lacrima. - Senza di lui non sono niente.

- Tu sei la signora Edith Monroe-Schwarz. Ormai, avrai per sempre una parte di lui con te.

Sorrisi e annuii.

Vanessa mi lasciò da sola, chiudendosi la porta delicatamente alle spalle. Mi avvicinai al letto, mi sfilai le scarpe e mi sedetti sul materasso, con le gambe piegate.

Aprii il pacco, sfilando dolcemente il coperchio. All'interno c'era una busta e, accanto a essa, un foglio piegato in due. Era un disegno e il soggetto ero io. Sorrisi.

Raffigurava una me addormentata, i capelli scarmigliati, un'espressione rilassata e la mano con l'anello nuziale sotto la guancia.

20/01/1944

Era la data del nostro matrimonio. C'era l'iniziale del suo nome, in basso a destra e il suo cognome per esteso.

Presi la busta e ne strappai i bordi. Ne estrassi una lettera scritta con una bella grafia elegante, si poteva scorgerne la pressione esercitata dalla penna sul foglio.

Sfiorai le parole con le dita e per qualche istante mi sembrò quasi di averlo accanto.

- Grazie per l'amore che mi hai donato, signorina Monroe.

Usa questa libertà per far avverare i tuoi sogni senza farti sopraffare dai pregiudizi, come hai fatto finora. Insegna alle persone a guardare oltre. Insegna loro ad amare, così come hai insegnato a me. Rendi il mondo un posto migliore. Parla loro di come ci siamo amati e di come abbiamo sconfitto la morte. Parla di questa guerra al nostro bambino e digli di quanto sia stata insensata. Digli di quanto pericoloso possa rivelarsi l'odio velenoso di un singolo individuo nei confronti di persone che non hanno colpe.

Insegnagli a essere come te, ad avere la tua forza. Parlagli di me, di quanto ti ho amata e di quanto ti amo. Parlagli di me e di quanto lo ami già. Parlagli di me... E digli che suo padre ha cercato di fare qualcosa di buono in un periodo in cui di buono, ci sei stata solo tu.

Digli che il simbolo che portavo sulla divisa era solo un simbolo e che io non l'ho mai appoggiato.

Questo è il mio regalo per te. Questo è quanto ti ho amata.

Scusami se non te l'ho detto abbastanza volte.

La tua vita inizia oggi. Perdonami. Perdonaci per ciò che ti abbiamo fatto.

Addio, signorina Monroe.

Abbi cura della tua vita.

*   *   *

La vita in quel cottage trascorreva tranquilla. La guerra imperversava furiosa nel resto del mondo, lì invece sembrava lontana. Molto lontana.

Avevamo cercato di metterci in contatto col dottor Keller, ma tutti i collegamenti con il campo di Auschwitz-Birkenau sembravano essersi interrotti bruscamente.

Io non avevo nessuna notizia di Aaron. Non sapevo se fosse vivo o se fosse morto.

Avevo provato a scrivere a Joseph Meyer, il padre di Hans, per chiedere se qualche ufficiale del reggimento avesse fatto ritorno a Berlino.

La sua risposta fu negativa. La Kommandantur di Berlino aveva un nuovo ufficiale, ma il suo nome non corrispondeva a quello che io gli avevo fornito. Mi disse che avrei fatto bene a non fare ritorno in Germania, perché la guerra si trovava nelle sue fasi più concitate, i bombardamenti degli alleati erano all'ordine del giorno e le forze tedesche andavano ridimensionandosi sempre di più.

Non ebbi il coraggio di chiedergli della mia casa, o della mia boutique. Preferivo rimanere in un dubbio benefico, che non lasciasse spazio né al sì e né al no.

Mi disse anche che non aveva più notizie di Hans. Smisi di scrivergli.

Nessuno sembrava avere informazioni su un certo ufficiale delle SS di nome Aaron Schwarz.

Da un lato ero sollevata: nessuno fino ad allora aveva dato voce ai miei sospetti dolorosi e logoranti e, anche se il non sapere mi faceva impazzire, era meglio di una risposta che mi sarei rifiutata di ascoltare.

I coniugi Moser, Jen e Albert erano diventati la mia famiglia: adoravano il piccolo Gabriel e, più la mia pancia cresceva, più le premure nei miei confronti aumentavano.

Non avevo un lavoro lì in Svizzera, ma aiutavo i coniugi come potevo. Molte volte mi recavo a piedi nel paese poco lontano, nonostante loro mi implorassero di non farlo, per evitare di farmi sforzare; facevo provviste, oltre a comprare della stoffa per cucire abiti alla signora Jen, a suo marito, a Vanessa e a mio fratello.

Avevo imparato a prendermi cura degli animali: avevano dei cavalli, due purosangue, un maschio e una femmina; mi prendevo cura del fienile, delle galline, delle mucche e delle pecore.

Solo negli ultimi mesi della mia gravidanza, dove qualsiasi movimento era diventato complicato, rimasi chiusa in casa dedicandomi solo ed esclusivamente alla sartoria.

I viaggi di Vanessa erano sempre più frequenti. Tornava in Italia dalla sua famiglia e ci portava notizie della guerra a ogni suo ritorno. Neppure lei sapeva nulla di Achille, ma ci sostenevamo a vicenda.

Il 2 Settembre 1944, mentre l'umanità si apprestava a vivere il suo ultimo anno di guerra, io stavo dando alla luce la mia bambina.

Gabriel era seduto nella stanza accanto, mentre faceva dondolare le gambe avanti e indietro, giocando con un aeroplanino fatto di plastica e cercava di ignorare le mie urla al piano di sopra.

La signora Moser fece giungere una levatrice dalla città vicina e, dopo qualche ora di intenso travaglio, un esserino rosa e minuscolo pianse per l'orrore che non aveva mai conosciuto.

Me la misero tra le braccia: il suo viso era increspato in una smorfia e i suoi occhi erano chiusi; la bocca si apriva e si chiudeva, alternando vagiti a versetti sporadici. I piedini si muovevano convulsamente.

La levatrice mi disse di chiamarla. Avevo pensato a quei nomi tanto a lungo:

- Eccola. La mia Jocelin Haya-Mirke Schwarz.

Lei immediatamente si zittì e girò il visino paffuto verso di me. Le accarezzai una guancia e pensai a come potesse la figlia della guerra essere così meravigliosa.

Tra la fine di Aprile e l'inizio di Maggio del 1945 ebbero luogo delle battaglie cruente che decretarono l'epilogo della guerra.

Noi apprendevamo gli eventi dalla radiotrasmittente ad alta frequenza che i due coniugi si erano fatti installare apposta per ricevere le notizie dal fronte europeo.

Il 28 Aprile ascoltammo in un silenzio surreale la notizia della morte di Mussolini, catturato dai partigiani italiani e fucilato. Poco dopo, le forze tedesche si arresero in Italia e nella Germania stessa.

I tedeschi avevano perso la guerra.

Mi resi conto che, quando appresi la notizia, le mie mani erano giunte in preghiera.

Alla fine, quello che Schwarz aveva predetto si era avverato: il mondo era in subbuglio.

L'America sganciò due bombe atomiche sulle principali città giapponesi che prestavano appoggio alla Germania, Hiroshima e Nagasaki, devastandole. Il Giappone si arrese immediatamente.

E il 2 Settembre 1945, quando il mondo depose le armi e la guerra giunse al suo atto conclusivo, la mia Jocelin compiva un anno.

*   *   *

Vanessa era tornata da noi. Era tornata due mesi dopo che la guerra era finita.

Ci aveva spiegato la piega che gli eventi stavano prendendo in Italia: ci parlò della disfatta di Mussolini, dei fascisti spariti improvvisamente dalla circolazione e dei processi per crimini di guerra nazisti che sarebbero iniziati nel Novembre del 1945, nella città tedesca di Norimberga.

Stavano condannando soprattutto SS: li processavano e poi, nel novanta per cento dei casi, li fucilavano.

Volle vedere la piccola batuffolina dai capelli scuri che aveva fatto innamorare tutti, in quella casa.

Jocelin ogni tanto spalancava la boccuccia priva di denti e rideva, mentre mi stringeva le guance tra le sue manine soffici e minuscole. Mi sfiorava la punta del naso e si addormentava con il viso poggiato sul mio seno.

Quella bambina mi faceva scoppiare il cuore di gioia, ma ogni volta che guardavo i suoi occhi, il respiro veniva a mancarmi: sentivo riemergere il vuoto che avevo cercato di seppellire e veniva a galla la parte mancante del mio cuore; quegli occhi erano il promemoria vivente della guerra. Il promemoria vivente dell'amore e della vita. Erano gli occhi di suo padre.

Avevo deciso che dopo la guerra lo avrei cercato: avrei lasciato calmare un po' le acque, poi sarei tornata in Germania sulle sue tracce.

Mi aveva fatto un giuramento, mi aveva fatto una promessa e io avevo intenzione di fargliela mantenere.

Avevo anche deciso che se non l'avessi trovato, mi sarei trasferita in Italia. Niente più Germania: lì non mi rimaneva più nulla. Solo dolore e ricordi.

Soltanto ricordi.

Avrei ricominciato da zero. La speranza mi guidava, ardendo come un fuoco alimentato dal vento, dentro al mio cuore.

Gli occhi di mia figlia non facevano altro che ricordami lui, erano come schegge di vetro che ogni giorno penetravano un po' di più dentro la mia carne; sentivo che, pian piano, si stavano avvicinando al cuore.

Quel giorno ero seduta accanto al focolare. I miei capelli erano cresciuti di nuovo e li avevo lasciati sciolti; Vanessa me li aveva acconciati in morbide onde.

Tenevo la piccola Jocelin tra le mie braccia, avvolta in un morbido scialle di lana bianca che le avevo cucito io stessa.

Lei dormiva tranquilla, la lingua tra le labbra, le palpebre socchiuse, le dita che si muovevano colpite da stimoli involontari.

I coniugi erano fuori, in paese, Gabriel mi aveva pregata di lasciarlo andare con loro. Vanessa era al piano di sopra quando bussarono al campanello.

Mi alzai, adagiando mia figlia nella culla di legno chiaro accanto al sofà a tre posti. Le diedi un bacio sulla fronte e sperai che il suono prolungato del campanello non la svegliasse. Mi avvicinai alla porta, tolsi il chiavistello e aprii.

- Ciao.

Spalancai gli occhi e ci impiegai qualche secondo per mettere a fuoco.

- Achille! - Dissi, sbattendo le palpebre. - Tu come... tu cosa?

Vanessa lo sa?

Lui scosse la testa.

- La guerra è finita, perché indossi ancora una divisa? - Domandai.

Non gli davo neppure il tempo di rispondere alle domande che io stessa gli ponevo.

- Perché la guerra è finita, ma io ero comunque un soldato.

Senza pensarci su due volte, Achille mi sorrise e, fatto qualche passo avanti, mi prese tra le sue braccia. Io lo strinsi a me, trattenendo a stento le lacrime di gioia. Poi mi misi l'indice sulla labbra, lo presi per mano e lo portai all'interno.

- Aspetta qui. - Gli dissi, con un sorriso da parte a parte.

Mentre mi allontanavo, gli occhi del soldato si posarono sul fagottino addormentato che giaceva nella culla chiara. Lo vidi impallidire e scoppiai a ridere.

- È mia figlia. - Mormorai, liberandolo immediatamente dall'agonia di qualsiasi dubbio si fosse insinuato in lui.

Lo vidi annuire e sorridere imbarazzato, ma notai dalla sua espressione e dal suo colorito che fosse sollevato.

Salii le scale in fretta, con i tacchi che facevano rumore sui gradini e mi fermai fuori dalla porta della camera di Vanessa. Bussai.

- Edith, chi era?

- Scendi, - dissi semplicemente, senza lasciar trasparire la minima emozione dalla mia voce. - Ci sono visite.

Scesi prima che lei potesse vedermi, perché avevo paura che avrebbe intuito ogni cosa solo guardando la mia espressione. Vanessa e io eravamo diventate come sorelle: lei mi sosteneva la notte quando piangevo disperata, correva in camera mia e mi abbracciava, accarezzandomi i capelli; si occupava della mia bambina quando ero troppo stanca per alzarmi nel cuore della notte per la decima volta.

Sorrisi ad Achille che stringeva nervosamente la bustina tra le mani.

Che cosa buffa: un soldato che aveva visto la morte in faccia in più di un'occasione era teso come una corda di violino nel rivedere la sua donna.

Sentii l'eco dei tacchi di Vanessa rimbombare per la tromba delle scale.

- Edith dove se... - si interruppe bruscamente, così come i suoi passi.

Osservai il viso di Achille irrigidirsi e gli occhi che volavano verso di lei. Feci qualche passo avanti fino a fermarmi davanti alla rampa di scale.

Vanessa era immobile, gli occhi vitrei, le mani davanti alle labbra. Scossi la testa e mi girai verso il soldato alle mie spalle.

- Va' da lei. - Lo incoraggiai.

Lui lasciò cadere bruscamente lo zaino che aveva tenuto sulle spalle fino a quel momento, insieme alla bustina e iniziò ad avanzare verso di lei a rapide falcate. Io mi feci da parte e lo vidi salire i gradini a due a due.

Come un turbine la prese tra le braccia, fino a sollevarla da terra e la abbracciò. Vanessa gli strinse forte le braccia attorno al collo e ,per la prima volta da quando ci eravamo conosciute, la vidi crollare.

Ma non aveva più importanza, adesso: Achille era lì con lei e non l'avrebbe più lasciata.

La guerra che li aveva separati, finalmente, era finita per sempre.

Non avevo mai avuto l'occasione di vederli insieme, prima di allora; fu in quell'istante che capii che l'amore che li legava era più forte di tutto il resto che aveva tentato di separarli.

Sorrisi tristemente. Per Aaron e me non aveva funzionato.

Li lasciai da soli, diedi un ultimo sguardo alla mia bambina, poi aprii la porta di casa e uscii in giardino. L'aria fresca del pomeriggio mi accarezzò leggermente il viso, mentre le foglie degli alberi oscillavano dolcemente cullate dal vento. Mi sedetti sull'altalena, sfiorando le corde ruvide e cominciai a dondolarmi, coadiuvata dal vento a favore.

Osservai il cielo imbrunirsi, le sfumature ambrate che si mescolavano alla vegetazione scura in lontananza. Chiusi gli occhi e iniziai a piangere senza rendermene conto. Non l'avrei mai superata, non ce l'avrei mai fatta.

Per quanto tentassi di illudermi che la mia vita prima o poi sarebbe ritornata quella di una volta, sapevo benissimo si trattasse soltanto di una bugia che preferivo raccontarmi perché la verità era troppo dura da accettare.

I miei genitori erano morti. Aaron era... *disperso*. Io, invece, ero smarrita.

Fingevo di stare bene, di sorridere attorno alla tavola imbandita nelle fredde serate invernali, mentre il focolare scoppiettava e i coniugi ridevano felici, ma quella sedia vuota accanto a me era il promemoria costante di come ero arrivata fin lì; il promemoria costante di un uomo che mi aveva amata più della sua stessa vita.

Guardavo mia figlia e pensavo a come sarebbe stato bello vederla ridere tra le braccia di suo padre, mentre sua nonna cuciva serena sul divano, mio padre armeggiava coi suoi attrezzi e io ero semplicemente felice. Immaginavo la mano grande di Aaron che prendeva quella minuscola della sua bambina, la teneva sulle sue ginocchia e le faceva il solletico. Sapevo che sarebbe stato capace di tanta tenerezza: il suo cuore era il più puro che avessi mai conosciuto.

Quando guardavo la vecchia motocicletta del signor Moser, tutta nera con la sella in cuoio marrone... lo vedevo lì. Lo vedevo come il pomeriggio della sua partenza per la Francia. Lo vedevo nella sua divisa verde scuro, con gli occhiali da motociclista sul cappello, gli stivali lucidi. Era così vicino che se avessi allungato una mano l'avrei sfiorato.

Poi il vento soffiava e quell'immagine volava via insieme ai ricordi e ai resti del mio cuore in frantumi.

- Edith...

Mi asciugai in fretta le lacrime e sorrisi al ragazzo dai capelli neri che si era avvicinato a me.

- Vanessa mi ha mandato qui fuori. Mi ha detto che forse un soldato valoroso come me avrebbe potuto tirarti su il morale.

Io risi di cuore e scossi la testa. Achille si accovacciò accanto a me, osservandomi.

- Dovresti essere dentro con lei. Dio solo sa quanto ha sperato perché questo momento giungesse. E anche io... - mi fermai, poi continuai. - Grazie, Achille. Avevi detto che un giorno avresti fatto qualcosa per me. Credo che ora sia io a doverti la vita.

Lui scosse la testa, quasi imbarazzato.

- Non mi devi niente. La guerra è finita e i debiti sono stati pagati...

Io annuii.

- Mi dispiace, Edith. Davvero.

- No, no, - dissi, con la voce rotta dall'emozione. - Va tutto bene. Va tutto bene.

Achille mi prese tra le sue braccia, perché era stato in guerra abbastanza a lungo da capire che non esisteva frase più falsa di quella.

- Lui è con te, - disse, dondolandomi. - Vostra figlia ne è la prova vivente.

- Devi essere forte. Noi non ti abbandoneremo, proprio come hai fatto tu con me quando credevo che tutto fosse perduto. E ti aiuterò a cercarlo. Qualsiasi cosa gli sia accaduta, noi ne verremo a conoscenza. Te lo prometto.

È proprio di questo che ho paura: scoprire che cosa gli sia accaduto.

Dei passi affrettati sulla ghiaia si avvicinavano sempre di più e, in qualche secondo, anche le braccia di Vanessa furono attorno a me. Ormai, erano la mia famiglia.

Lasciai uscire la vera me: quella fragile, devastata, distrutta, celata dietro falsi sorrisi e frasi di circostanza; quella che a stento avevo nascosto in quei mesi assurdi, in quell'anno dove era accaduto di tutto. In quell'anno dove il mondo aveva finalmente ritrovato la pace, mentre io l'avevo persa.

Lungo il tragitto che mi aveva portata in Svizzera, avevo visto pezzi del mio cuore staccarsi e andarsi a posare sulla strada, dove sarebbero rimasti per sempre; erano volati nell'aria, come cenere dopo un incendio e si erano sgretolati per poi librarsi ancora e per sempre nel cielo.

Qualcuno li avrebbe visti e non ci avrebbe fatto caso: un cuore spezzato in guerra non è una cosa così eclatante.

Eppure, quei pezzi che avevo perduto si facevano sentire, ma sapevo che nessuno si sarebbe mai più abbassato per raccoglierli e provare a rimetterli insieme. Ci aveva provato una sola persona: quella persona che una parte del mio cuore se l'era tenuta per sé.

Tra pezzi sparpagliati e pezzi regalati, del mio cuore non ne rimaneva più nulla. Alcuni giorni stentavo addirittura a credere che fosse ancora lì, ma quando la mia piccola mi sorrideva lo sentivo scaldarsi e allora sapevo ci fosse ancora.

Lasciai che le lacrime prendessero il sopravvento e che i singhiozzi prendessero il posto delle parole per raccontare una storia che io non avrei mai avuto il coraggio di dire ad alta voce: una storia che mi sarei tenuta dentro fino a quando il ricordo non si sarebbe affievolito almeno un po' e il dolore avesse smesso di bloccarmi il respiro.

Rimasi tra le loro braccia, avvertendo il calore di una famiglia che avevo perso da tempo. Dovevo essere la Edith forte di sempre. Dovevo esserlo per la mia bambina. Dovevo esserlo per poterle raccontare la verità. Quella verità bruciante a cui nessuno avrebbe mai potuto credere. Le avrei raccontato di un amore che aveva ucciso l'odio.

Ma, in fondo, le avrei semplicemente parlato del suo papà.

*   *   *

Svizzera, 6 Aprile 1946.

Erano passati due anni dall'ultima volta che avevo visto mio marito, quattro anni dalla prima volta che l'avevo incontrato: l'ex ufficiale della Wehrmacht Aaron Schwarz, comandante del reggimento di Berlino, diventato poi ufficiale delle SS al campo di sterminio di Auschwitz; consapevole della sorte a cui sarebbe andato incontro se la guerra fosse stata persa dalla Germania e se fosse giunto vivo alla fine di essa.

Ma l'aveva fatto soltanto per me, lo avevo capito soltanto dopo: aveva sacrificato la sua vita per la mia. Non riuscivo ancora a credere che avesse reputato la mia esistenza più importante della sua.

Mio marito, l'amore della mia vita, il padre di mia figlia. L'SS che mi aveva salvato la vita.

Vanessa e Achille avevano fatto ritorno in Italia. Un mese prima avevo ricevuto la partecipazione al loro matrimonio, si sarebbe tenuto nel Marzo del 1947.

Ora che si erano ritrovati e che la guerra era finita, non avevano fretta di sposarsi: volevano prima ricostruire la loro vita sconvolta dalla guerra e aiutare anche gli altri a ricostruire la propria.

Io vivevo ancora con i coniugi Moser, mi avevano implorata di rimanere con loro per almeno un altro anno. Si erano affezionati alla mia Jocelin Haya-Mirke, che ormai aveva compiuto un anno e sette mesi; si erano affezionati a Gabriel e si erano affezionati a me.

Io li assecondai. Mi trovavo bene con loro, si erano dimostrati come una famiglia per me e ci avevano ospitati quando tutti gli altri si erano rifiutati di farlo.

Nessuno lo sapeva ancora, ma io avevo intenzione di tornare in Italia. Non sapevo se la mia casa fosse ancora in piedi o fosse stata distrutta da qualche bombardamento, ma non mi importava. Nessuna Germania. Nessuna Svizzera.

Volevo aprire una boutique tutta mia e mandare avanti il nome di mio padre e di mio marito: "Monroe-Schwarz".

Sorrisi. Suonava bene.

Avevo provato a spedire lettere al dottor Keller, ma non avevo mai ricevuto risposta.

Venni a sapere proprio da Joseph Meyer, in una missiva a cui non risposi mai, che Keller era morto dopo un rastrellamento americano in un bunker nazista e Lisa stava crescendo i suoi due gemelli, un maschio e una femmina, da sola.

Hans fu dato per morto. Ucciso, probabilmente, dalle truppe russe. Su Aaron nemmeno una parola: nessuno lo aveva più visto.

Un senso di tristezza mi invase ripensando alla morte del dottor Keller: una morte ingiusta e impietosa per un uomo che aveva cercato di fare tanto per limitare, anche se solo in parte, l'orrore che i suoi colleghi avevano inflitto a milioni di persone innocenti. Mi ripromisi che semmai gli avessero dedicato una lapide, io sarei andata lì a ringraziarlo per averci permesso di vivere. Ovunque fosse.

Era un tiepido pomeriggio di Aprile. I signori Moser erano ospiti a casa di alcuni amici in città; mi avevano invitata a andare con loro, ma io mi ero rifiutata. Avevo detto loro, sorridendo, che preferivo restarmene un po' per conto mio con mia figlia e se loro avessero voluto, avrebbero potuto portarsi Gabriel. Mio fratello accettò immediatamente l'invito, seppur fatto indirettamente e si precipitò in camera sua a vestirsi: c'era una ragazzina in quella casa per cui provava una certa simpatia.

Sorrisi e guardai la berlina bianca allontanarsi sul viottolo alberato e polveroso.

La piccola Jocelin stava dormendo. I capelli neri erano già folti e le si arruffavano sul viso. Vani erano i miei continui tentativi di pettinarglieli, l'unica soluzione era quella di raccoglierli in codini o in trecce ordinate; erano corvini, esattamente come i miei e come quelli di mia madre.

Presi uno scialle da una gruccia nell'armadio della mia stanza, me lo appoggiai sulle spalle e scesi le scale, avviandomi in giardino. Il vento fresco del crepuscolo mi fece rabbrividire. L'aria profumava di fiori, la città non mi mancava.

Il giardino era illuminato da torce sparse qua e là, fino a illuminarne l'intero perimetro perfettamente. Mi avviai sull'altalena, mi tolsi le scarpe e mi rilassai, avvertendo la sensazione dell'erba fresca sotto ai piedi.

Mi rigirai la fede che portavo al dito. Ormai era diventata parte integrante della mia mano.

Sorrisi e solo allora realizzai che quello era lo stesso gesto che mia madre compiva ripetutamente quando mio padre fu deportato al campo di Auschwitz.

Quell'anello riusciva a farmelo sentire accanto, anche se solo per qualche vacuo istante.

Iniziai a dondolare. Chiusi gli occhi, mentre il vestito bianco svolazzava nel venticello primaverile.

La guerra mi aveva conosciuta bambina e mi aveva lasciata donna, moglie e madre.

Senza la guerra non avrei mai conosciuto Aaron, non l'avrei mai sposato, non avrei mai avuto una bambina da lui e non avrei mai conosciuto il dolore della perdita.

A un certo punto, quando i miei piedi toccarono terra, avvertii sotto di essi qualcosa di solido. Alzai le gambe e mi sporsi leggermente in avanti.

Frugai tra l'erba con le dita, tastandone la superficie soffice, fino ad arrivare a sfiorare qualcosa di metallo. Era una collanina.

L'afferrai e mi misi a sedere. La sollevai, spostandola verso la luce per cercare di capire cosa fosse. Un anello pendeva dalla catenina d'argento, un anello fin troppo familiare.

Solo qualche secondo dopo realizzai che si trattava dell'anello che avevo dato ad Aaron due anni prima, il giorno della mia fuga dal campo.

Lo osservai ancora, mentre l'ansia e la confusione cominciavano a farsi strada dentro di me.

- Ma come...

- Signorina...

Mi immobilizzai, con l'anello ancora stretto tra le mani.

Quella voce si propagò alle mie spalle, spezzando il silenzio surreale in cui quel giardino era avvolto. Spalancai gli occhi.

Non era possibile. Non poteva essere. Quella non era una voce qualsiasi: quella era la sua voce!

Strinsi forte la collanina tra le mani, così forte da sentirne il contorno conficcarsi nel palmo di essa.

Puntai gli occhi dritto di fronte a me, verso il fienile e le montagne scure che si confondevano con il cielo primaverile tempestato di stelle. Mi alzai.

Non avevo la forza di voltarmi. Il cuore minacciava di uscirmi dal petto. Se quella voce fosse stata solo frutto della mia fantasia, per me sarebbe stato troppo difficile da accettare.

Il desiderio di riaverlo accanto a me era così forte da arrivare a farmi immaginare cose che in realtà non esistevano?

Lentamente mi voltai dalla parte opposta, mentre la braccia mi penzolarono lungo i fianchi.

Gli occhi di Aaron si persero nei miei. Gli occhi di un soldato sfuggito alla guerra, gli occhi di un uomo sfuggito alla morte. Gli occhi di mio marito.

Credetti di essere morta. Morta con lui. Morta con quell'uomo che tanto tempo prima era caduto inerme su una distesa di neve per causa mia, mentre io stringevo il tulipano che mi aveva donato.

Deglutii, senza avere la forza di parlare. Aaron era in abiti civili, come non l'avevo mai visto prima: indossava un paio di pantaloni crema, una giacca e un panciotto dello stesso colore; la camicia bianca leggermente sbottonata.

Portava una valigia nella mano sinistra, che appoggiò di fianco a lui.

- Salve, signorina.

La sua voce era come una pugnalata dritta al cuore.

- Sto cercando una certa Edith Monroe. Sapete... è mia moglie.

L'ho lasciata due anni fa e ho qualcosa da restituirle. Voi per

caso la conoscete?

Cercai di trattenere le lacrime, la mia voce non ne voleva sapere di farmi parlare.

- No, - dissi, la voce ridotta a un sussurro. - No. Conosco solo

una Edith Schwarz.

Lui sorrise e io mi sentii mancare.

- Non so neppure se mi riconoscerà, vestito così. Sapete, mi ha

sempre visto solo con la mia uniforme da ufficiale. Forse

stenterà addirittura a credere che io non sia più un soldato, -

disse, inclinando la testa di lato. - Voi dite che mi ha

dimenticato?

Era provato, sul punto di crollare, come me. Provai a sorridere e scossi la testa.

- Non vi ha dimenticato neppure per un istante.

- Ditemi... quando non avete più nulla per cui combattere, più

nulla per aggrapparvi alla vita... a cosa vi aggrappate?

Sorrisi. Sembrò assurdo persino a me che quella risposta uscisse proprio dalle mie labbra:

- All'amore.

- Mia moglie, - disse lui, scuotendo la testa. - Un tempo non credeva nell'amore.

- Ha cambiato idea. - Risposi.

- Cosa le ha fatto cambiare idea? - Chiese lui.

Tentennai.

- Voi. - Risposi dopo un attimo di tentennamento, poi mi schiarì la voce e chiesi: - E voi, per cosa avete combattuto?

- Per tornare da lei. - disse sorridendo, poi aggiunse: - Per favore, ditele che l'ufficiale Aaron Schwarz è tornato per lei. Ditele che ha tenuto fede alla sua promessa e ditele che è tornato per portarla via con sé... per sempre, questa volta. La guerra è finita e io sono pronto ad amarla nella pace. Secondo voi accetterà?

Crollai in ginocchio, mentre le lacrime cominciarono a scorrere impetuose e senza più argini che le contenessero. Le gambe e il cuore smisero di sostenermi.

- Lei, - mormorai tra i singhiozzi. - Lei non aspetta altro.

Vidi la sagoma di Aaron avanzare a rapide falcate verso di me e in pochi istanti le sue braccia mi circondarono completamente; si inginocchiò di fronte a me e io mi aggrappai alle sue spalle.

- Non sei un'allucinazione, vero? - Gli chiesi, mentre le mie dita gli tastavano il volto, cercando di capire se quella volta fosse reale oppure no. - Non scomparirai?

- Non scomparirò. Non scomparirò.

Rimasi avvinghiata a lui per un tempo che mi sembrò infinito, le nostre fronti l'una appoggiata all'altra.

- Devo presentarti una persona. - Dissi, asciugandomi le lacrime.

Aaron mi aiutò a rialzarmi. Lo presi per mano e lo condussi dentro casa, dopo che ebbe recuperato la valigia che aveva lasciato nell'erba. Mi misi un indice davanti alle labbra e lui sorrise.

Lo portai accanto alla culla di nostra figlia. Era sveglia e, sorprendentemente, era tranquilla. Guardava rapita i sonagli che le avevo appeso sulla culla, gli occhi verdazzurri erano spalancati, la boccuccia era aperta e i piedini si muovevano per aria. Con le mani cercava di sfiorare i pendagli, posti troppo in alto per lei; così si mise sulle ginocchia, caparbiamente, e iniziò a sfiorare i piccoli pianeti con le dita minuscole.

Aaron la guardò e vidi i suoi occhi farsi lucidi. Allungò un dito verso la mano della bambina; Llei si girò e lo osservò a lungo, con un'espressione seria e le sopracciglia aggrottate.

Poi, inaspettatamente gli sorrise e le sue dita si strinsero attorno a quello di suo padre. Aaron allungò le mani e la prese dolcemente, mettendosela in braccio, all'altezza del petto.

- Sei bellissima... lo sai? - Disse, mentre osservava rapito i movimenti della bambina che sembrava totalmente a suo agio tra le braccia di quell'estraneo che altri non era che il suo papà.

- Come si chiama? - Chiese, mentre non riusciva a staccarsi da sua figlia, quasi fosse vittima di un incantesimo.

-Jocelin. Jocelin Haya-Mirke Schwarz.

- Le hai dato il mio cognome?

- È tua figlia. Sei mio marito... era ovvio che le dessi il tuo cognome.

- Non sapevi però se... - si fermò.

- Non ho mai smesso di sperarci. - Confessai.

- Cosa significano quei nomi? - Chiese.

- Jocelin vuol dire combattente e ho pensato a te quando ho deciso di darle questo nome. Mirke significa pace e Haya significa vita.

Lui mi guardò per qualche istante, con gli occhi lucidi.

- Hai scelto dei nomi bellissimi.

Gli occhi mi caddero sulla sua mano: Aaron portava ancora la fede.

Rimise nostra figlia nella culla e le diede un bacio sulla fronte, quella scena mi scaldò il cuore.

Poi i suoi occhi si piantarono nei miei, si avvicinò un pochino e mi baciò; poi si scostò da me e sorrise, prendendomi in braccio. Salì in fretta le scale, guardando a malapena dove metteva i piedi.

Spinsi la porta della mia camera con la mano libera e Aaron mi condusse fino al letto. Cademmo rovinosamente sul materasso ridendo e lui si sdraiò accanto a me.

La stanza era immersa nella semioscurità, rischiarata soltanto da qualche pallido raggio di luna che penetrava dall'esterno.

- Fino a ieri abbracciavo questo cuscino fingendo fossi tu e ora sei qui. Come è possibile? - Chiesi, mentre lui giaceva immobile accanto a me.

- Ti ho cercata. Sapevo che eri in Svizzera, ma non sapevo precisamente dove fossi. Ci ho messo mesi, ma alla fine ci sono riuscito.

- Avete perso la guerra... - affermai.

- Sì. Abbiamo perso. E ora sono un imputato in libertà vigilata... poi si deciderà cosa farne di me al processo di Norimberga per i criminali di guerra. Dovrò presentarmi lì a breve. Qualcuno si è suicidato, altri sono scappati sotto falsa identità. Quel codardo di Hitler... - disse, con la voce piena di risentimento. - Si è tolto la vita nel suo bunker.

- Testimonierò per te. Tutti noi lo faremo.

Lui sorrise e mi diede un lungo bacio sulle labbra.

- Non puoi immaginare quanto tu mi sia mancata.

- Posso immaginarlo, credimi. Cosa è successo... la sera in cui sono fuggita?

- Mi hanno sparato a una gamba, - mi rispose scuotendo la testa. - Solo dopo hanno capito chi fossi. Qualcuno, non si sa chi, ha spifferato che un prigioniero era fuggito. Allora una squadra di SS si è mobilitata per cominciare le ricerche. Hanno dedotto che fossi uscito per arrestare il presunto prigioniero... non sospettarono nulla. Non lo sospettano tutt'ora.

Io annuii, comprendendo le sue parole, poi gli dissi:

- Quando ho creduto che fossi morto... volevo tornare indietro. Vanessa non me l'ha permesso. Credevo di morire. Ogni istante passato senza di te era come una coltellata nella schiena. È stato orribile, Aaron. Hai idea di cosa significasse per me pianificare una di vita senza di te? Se non ci fosse stata Jocelin, sarei morta. Ti prego, non lasciarmi più.

- Non sono più un soldato - disse, arrotolandosi tra le dita una ciocca dei miei capelli scuri.

Inspirò l'odore dei miei capelli e mi sussurrò quanto gli fosse mancato.

- Non ho più alcun dovere nei confronti della Germania... l'unico dovere che ho è nei vostri confronti. Devo rimediare a tutto quello che vi ho fatto mancare in questi due anni. Devo rimediare... e per il tempo che mi resta prima del processo, ho intenzione di farlo.

Lo zittii con un bacio.

- Ora sei qui. Ti prego... non farmi pensare che dovremo separarci ancora.

*   *   *

Quando Aaron e io tornammo in Italia era il 28 Marzo 1947. Il giorno del matrimonio di Vanessa e Achille.

La guerra era finita da due anni e la nostra Jocelin avrebbe compiuto tre anni a Settembre.

I nostri amici si sposarono in una chiesa rustica, in campagna. Quando Aaron, nostra figlia e io entrammo in chiesa ebbi una sensazione familiare, la stessa sensazione che provai da bambina, quando varcai per la prima volta quella soglia.

La situazione era la stessa: stesse teste candide, stella omelia e stessi volti annoiati.

Ma ora, ero una donna. Una donna con un marito e una figlia e le persone che si stavano sposando erano anche quelle che mi avevano salvato la vita.

Aaron varcò il piccolo androne, vestito in abiti civili: un pantalone marrone, una camicia bianca, e una giacca marrone anch'essa. I suoi capelli biondi erano leggermente cresciuti, ma sempre acconciati come quando faceva parte della Wehrmacht. Nonostante gli occhi chiari provati e stanchi, rimaneva sempre meraviglioso.

Io ero sotto il suo braccio e lui guardava me e la piccola Jocelin come se fossimo le cose più belle del mondo. Lui, invece, era il mio mondo.

Alto, impettito, come il soldato che non aveva mai smesso di essere, si sedette su una panca di legno, con la piccola sulle sue ginocchia. Le prese la manina e le indicò i colori della vetrata, facendo facce buffe che mai gli avevo visto fare prima di allora. Per qualche vacuo istante, l'ufficiale insito in lui lasciò il posto al papà innamorato della sua piccola.

Vanessa entrò in chiesa, vestita col suo abito bianco ricamato in pizzo, i capelli raccolti e un bouquet di fiori azzurri tra le mani. Achille la aspettava sull'altare, con un sorriso smagliante e le gambe tremanti.

Quando la cerimonia si concluse, Aaron e io uscimmo, aspettando gli sposi sull'uscio.

Vanessa e suo marito scesero gli scalini e furono travolti da uno stuolo di chicchi di riso e frasi di auguri. Poi si accorsero di noi.

Vanessa guardò prima Aaron, poi me, poi di nuovo Aaron e sbatté più volte le palpebre. Si alzò il vestito da sposa e, sorprendendo tutti i convitati, accennò una corsa buffa verso di noi.

Mi gettò le braccia al collo e fece lo stesso con Aaron. Nessuno riusciva a capire chi fossimo noi e il perché di quella reazione, apparentemente sproporzionata.

- Lo sapevo, - disse semplicemente, accarezzandomi una

guancia. - L'avevo sempre saputo.

Il rinfresco si tenne a casa di Vanessa, in una casa piccola ma con un giardino abbastanza accogliente.

La giornata era mite e assolata, ma da sempre il clima in Italia era molto clemente.

Un tavolo interamente in legno era apparecchiato per i trenta invitati al ricevimento. C'erano fiori azzurri, come il bouquet della sposa, petali di rose sparse sulla tovaglia e candele non ancora accese.

A un certo punto del pranzo, notai che Vanessa e Aaron avevano iniziato a confabulare tra di loro, mentre tutti gli altri erano occupati a mangiare le deliziose tortine al limone che avevano servito come dessert.

Quando iniziò a far buio, le candele si accesero, l'aria si fece più fresca, l'atmosfera più accogliente e l'aria più profumata.

Vanessa, a quel punto, annunciò che ci sarebbe stato il lancio del bouquet. Io sorrisi e rimasi seduta con la piccola Jocelin nel carrozzino accanto a me e Aaron alle mie spalle.

Tutte le altre ragazze si accalcarono tra di loro, spintonandosi, sgomitando e lanciando gridolini eccitati. Le loro facce pulite, gli occhi che non avevano mai conosciuto il dolore, la morte, la perdita. Forse nemmeno l'amore.

Vanessa si mise di spalle e fece per lanciare il mazzo di fiori azzurri. Mentre le ragazze si preparavano a prendere quel bouquet a qualsiasi costo, Vanessa si fermò, si voltò e sorrise.

- Mi dispiace ragazze, - mormorò, scuotendo il capo. - Questo appartiene già a qualcuno.

Le ragazze si guardarono tra di loro interdette, quando Vanessa le oltrepassò completamente fino a raggiungere il nostro tavolo. Lei mi sorrise e dolcemente, mi porse il bouquet.

- Che significa? - Mormorai, senza capire.

- Significa, - rispose Aaron, aggirandomi completamente. - Che voglio sposarti anche agli occhi della legge.

Si inginocchiò dinnanzi a me, prendendomi le mani tra le sue.

- So che sei già mia moglie. Lo sei da quella notte di quel freddo Gennaio di tre anni fa. Ma ora desidero che il nostro matrimonio sia scritto sui registri. Voglio che il nostro giuramento sia valido a tutti gli effetti. Voglio che tu sia mia... finché la morte non arriverà a dividerci. Perciò sposami... per questa vita. Sposami per la prossima e sposami per tutte quelle che verranno. Sposa la mia anima. Io sono tuo, completamente, per l'eternità.

I suoi occhi brillavano per la commozione, mentre tra gli invitati scese il silenzio.

- Ti sposo in questa vita, - dissi, scivolando lentamente di fronte
a lui. - Ti sposo per la prossima e per tutte quelle che verranno.
Io sono tua, completamente, per l'eternità.

*   *   *

Decidemmo di trasferirci in Italia. Aaron lasciò definitivamente la Germania e decise di seguirmi per sempre nel mio Paese natale.

Ci sposammo con rito civile: entrambi rinunciammo alle nostre religioni per il matrimonio; nessuna religione, né la mia né la sua ci aveva salvati. Lo aveva fatto solo il nostro amore.

Alla nostra cerimonia, ci fu una sorpresa inaspettata: l'ex soldato della Wehrmacht Adrien Wais. Varcò la soglia del piccolo giardino del ristorante in cui avevamo deciso di tenere il rinfresco; in borghese, i capelli biondi e il suo viso erano splendenti. Era diventato più adulto, più uomo e più bello che mai.

Quando Aaron si accorse di lui, si immobilizzò per qualche istante. Poi, il loro essere soldati lasciò il posto all'amicizia e Adrien lo abbracciò, come si abbraccia un fratello. Subito dopo venne verso di me e io lo strinsi con le lacrime agli occhi.

- Sono così felice di rivederti, Adrien... così felice!
Gli accarezzai il viso segnato dalla guerra e, per qualche istante, i ricordi di Berlino e del 1942 mi scorsero davanti agli occhi rapidamente.

- Finalmente ci è riuscito a sposarti, - disse Adrien, lanciando
un'occhiata al suo ex ufficiale. - È dai tempi di Berlino che
secondo me aveva intenzione di farlo.

Aaron gli lanciò una finta occhiata ammonitrice, poi tutti e tre scoppiamo a ridere.

Adrien si innamorò follemente di nostra figlia, volle tenere Jocelin tra le braccia per tutto il rinfresco.

Poi ci salutammo e seppi che forse, quella era l'ultima volta che avrei visto l'ex soldato della Wehrmacht Adrien Wais: uno dei tanti angeli di una guerra che non aveva risparmiato nessuno.

Sorprendentemente, la casa della mia adolescenza era ancora lì. Quando arrivammo con le valige in mano e la piccola nel carrozzino, i miei occhi si persero per qualche secondo su quella sagoma sfigurata dalla guerra e dalla natura.

Era abbandonata, malconcia... come da previsione. Le piante ne avevano sommerso la facciata, conferendole un aspetto austero, quasi spettrale. Il tetto era crollato per metà, il giardino era diventato quasi selvatico. Il cancello di ferro era scolorito, arrugginito, il catenaccio era ancora lì: nessun segno di forzatura.

Era casa mia. Era come me la ricordavo, solo deturpata dai segni del tempo. Erano passati troppi anni da quando i miei genitori avevano deciso di lasciarla.

- Non vendiamola, - disse mio padre quando ce ne andammo. - Chissà, un giorno...

Mio padre non fece mai ritorno in quella casa.

Aaron volle ricominciare da lì. Iniziò a darsi da fare con i lavori di ristrutturazione, mentre noi dormivamo in un albergo poco distante, gestito da un vecchio amico di mio padre che ci chiedeva una miseria per vitto e alloggio.

Schwarz non si fermava mai. Ogni tanto non riuscivo a trattenere un sorriso, seduta in giardino con mia figlia tra le braccia, poiché lui dirigeva gli operai quasi come stesse comandando un plotone. Impartiva ordini e, per qualche istante, tornava a essere l'ufficiale Schwarz: lo vedevo con quella divisa verde, gli stivali alti fino alle ginocchia e i capelli biondi sempre ordinati. Lo vedevo ancora comandare i carri armati, in quel tedesco così aspro, tra gli scoppi delle bombe di una Berlino appena entrata in guerra. Poi vedevo me stessa, chinare il capo sotto gli occhi di quell'ufficiale di cui non sapevo ancora di essere innamorata.

Gli uomini lo seguivano e non si azzardavano mai a replicare. Aveva mantenuto il carisma degli ufficiali, con un pizzico di tenerezza in più. Sapevo non potesse farne a meno: lo spirito militare gli scorreva nelle vene.

Poi un giorno, dovette tornare a Berlino, convocato nella prima fase del processo di Norimberga. Io mi occupai degli operai, dei lavori di ristrutturazione interni e esterni.

Quando Aaron tornò, non era solo: con lui c'era mia madre! Quando la vidi credetti di essere preda di allucinazioni, credetti fosse un fantasma. Invece era lì, in carne e ossa, con solo qualche capello bianco in più. Aaron si avvicinò a me, sostenendomi con le braccia.

- È stato un errore, - disse, con voce flebile. - Un'informazione sbagliata.

Le corsi incontro e le buttai le braccia al collo, ogni spiegazione avrebbe potuto aspettare. Non sapevo come fosse possibile che lei fosse lì. Non sapevo come spiegarmi la sua presenza in quel momento, ma non mi importava. Avevamo tante cose da dirci, tanti anni da recuperare.

Quando riuscì a parlare, mi disse che c'era stato uno scambio di gruppi, il giorno in cui tutti la credettero morta. Le donne che avrebbero dovuto effettivamente finire nelle camere a gas furono scambiate per quelle che avrebbero dovuto finirci la settimana dopo: un'errore burocratico che ai tedeschi non importò più di tanto; prima o dopo, pensavano, sarebbero morte tutte. Quell'errore salvò la vita a mia madre.

Poi, ad Auschwitz, arrivò il giorno della liberazione da parte dell'Armata Rossa, nel 1945. Un ufficiale russo le salvò la vita, proprio mentre una SS stava per metterla al muro e fucilarla, cercando a tutti i costi di eliminare le prove; il soldato russo gli piantò una pallottola nel cervello e l'SS crollò al suolo con gli occhi spalancati. Ironia della sorte: entrambe salvate da un ufficiale.

Da quando le avevo raccontato tutta la storia, la mia e di Aaron, gli occhi di mia madre lo guardavano in modo diverso. Erano pieni di riconoscenza; pieni di gratitudine per ciò che aveva fatto per noi, per la nostra famiglia... per averci salvato la vita.

Le feci conoscere nostra figlia e lei la amò dal primo istante in cui il suo sguardo si fermò su quella bambina dai capelli neri e gli occhi cerulei.

Al processo di Norimberga tutti testimoniammo in favore di Aaron. Io, in primo luogo, poi mia madre, Gabriel, Vanessa, Achille... persino Roxanne e tutti gli ebrei che riuscimmo a contattare per perorare la nostra giusta causa e che vollero esporsi per salvare l'uomo che, a sua volta, aveva tentato di salvarli.

Schwarz fu scagionato da tutti i crimini di cui era stato accusato con formula piena. Gli fu persino conferita la medaglia d'oro al valore militare e quella per la difesa dei diritti umani. Non era più il mostro che credeva di essere: ciò che aveva fatto, era stato fatto in nome della guerra. Nessuno in guerra è colpevole o innocente. Sperai che col tempo, Aaron potesse perdonarsi.

Finito il processo, tornammo in Italia per vivere finalmente la nostra vita.

Volevamo lasciarci il 1940 alle spalle: lo scoppio della guerra, le bombe, l'esercito, Auschwitz, dimenticare tutto... tranne qualche piccolo momento di felicità che aveva reso la guerra un po' meno reale; tutti momenti che avevo passato insieme a lui.

Niente più guerra, niente più odio, morte, soldati nazisti e tristezza. Solo Aaron che giocava con nostra figlia nei pomeriggi estivi, sdraiato sulla schiena, che indossava una camicia di lino arrotolata fino agli avambracci, con i capelli biondi scarmigliati e le braccia muscolose che la tenevano in alto, mentre lei rideva e i raggi del sole illuminavano i meravigliosi occhi di mio marito, facendoli diventare dello stesso colore dell'acqua del mare.

Io curavo il mio giardino, proprio come avevo immaginato in quella visione di un triste pomeriggio di un'altra vita, una vita che avrei preferito non ricordare, sebbene il numero sul mio avambraccio ne fosse il promemoria costante.

Indossavo i miei guanti gialli e tiravo via i petali delle rose rosicchiati dagli insetti, mentre mi asciugavo il sudore dalla fronte con la mano libera.

Aaron si voltò verso di me, un occhio chiuso per via del sole e Jocelin tra le braccia. Mi fece mancare il fiato, quasi come tutte le volte che lo guardavo.

Nostra figlia era totalmente innamorata di lui. Un po' come me.

- Vieni qui. - Mormorò.

- Vieni qui...? - Lo stuzzicai.

- Vieni qui... per favore. - Replicò, assecondandomi.

- Non sei più un ufficiale del Reich, Mein Herr. Sei mio marito, ricordalo.

Mi avviai verso di loro e mi lasciai cadere di schiena.

Nel tempo libero Aaron dipingeva, soprattutto me e la nostra bambina. Io avevo aperto una boutique, che gestivo insieme a mia madre, mio fratello aveva ripreso ad andare a scuola e Aaron aveva ripreso la sua brillante carriera di architetto. Dirigeva i suoi uomini, meticoloso e perfezionista ed era fiero, come sempre.

Nostra figlia riposava felice accanto al suo papà, io appoggiai la testa sul suo petto, chiudendo gli occhi per qualche istante. Baciai la mano di mia figlia e le sorrisi. Le fronde degli alberi erano scosse dal vento: tutto era perfetto.

- Io non sarò più un ufficiale, - disse, strofinando la punta del naso sulla mia. - Ma tu sei arrogante come l'Edith che ho conosciuto a Berlino.

- Puoi ammetterlo che ti piacevo, ormai. - Mormorai, prendendolo in giro.

- Non mi piacevi, - disse scuotendo la testa. - Io ti amavo.

- Potevi dirmelo prima, - commentai ridacchiando. - Ci saremmo risparmiati parecchi problemi.

- E nonostante tutto, - sussurrò, posandomi un bacio sulle labbra. - Sei comunque mia moglie.

In quel periodo di pace, dove tutto si era concluso, realizzai che non temevo più la morte.

Da quando avevo incontrato Schwarz, da quando ci eravamo ritrovati per ben due volte, dopo che la guerra ci aveva divisi, non ne ero più spaventata: perché sapevo ormai che noi eravamo più forti. Più forti del tempo, della distanza, più forti della morte stessa.

Ormai sapevo che, comunque sarebbero andate le cose, noi ci saremmo ritrovati. Ci saremmo incontrati e ci saremmo amati di nuovo, anche dopo la morte. Anche dopo secoli. Anche con nomi diversi, con volti diversi, in epoche diverse. Ci saremmo riconosciuti, sbaragliando ogni logica e ci saremmo presentati di nuovo.

Forse io non sarei più stata Edith Monroe e lui non sarebbe più stato Aaron Schwarz, ma non aveva importanza: io sapevo che eravamo destinati a perderci per poi trovarci sempre. Dovunque.

Eravamo destinati ad amarci anche dopo di noi, nonostante tutto, di vita in vita.

Fine

Avvertenza

Questo libro è la seconda parte del romanzo
Il tulipano che fiorì tra la neve.

Puoi acquistare la prima parte a questo link
https://amzn.to/2I8JdKt

Oppure scansiona il Qr-code

Ispirazioni

L'opera "Il tulipano che fiorì tra la neve" è stata scritta ispirandosi ad opere letterarie e cinematografiche; nel corso della lettura, saranno presenti riferimenti, citazioni e omaggi alle opere seguenti:

Suite Francese - Irene Nemirovsky;

Non ti dirò mai addio - Jessica Brockmole;

Schindler's list - di Steven Spielberg;

Il cavaliere d'inverno - Paullina Simons;

Il bambino col pigiama a righe - Mark Herman;

Storia di una ladra di libri - Markus Zusak.

I fiori non crescevano ad Auschwitz, di Eoin Dempsey, è stato il mio punto di riferimento per capire grossomodo come funzionassero le cose al campo. Ne sono venuta a conoscenza mentre facevo ricerche inerenti al mio romanzo. Grazie ad alcune fonti, sono giunta al suddetto libro, che a sua volta è stato ispirato a una storia vera e leggendolo scoperto molti particolari, tra cui l'esistenza del padiglione "Canada", di come si facesse a diventare SS di Auschwitz e di come si facesse a far evadere un prigioniero da quel campo di morte. Si tratta quindi del mio libro cardine e non potrò mai essergli abbastanza grata.

Ispirazioni

Potete avere maggiori informazioni sulle opere d'ispirazione per questo libro scansionando i seguenti codici.

Il bambino col pigiama a righe.

Il cavaliere d'inverno.

Storia di una ladra di libri.

Non ti dirò mai addio.

Shindler's list.

Suite francese.

I fiori non crescevano ad Auschwitz.

Ringraziamenti

Le persone da ringraziare sarebbero davvero troppe, ma cercherò di limitarmi. Volevo ringraziare la mia casa editrice, che ha creduto in me dall'inizio e Fabrizio, che mi ha permesso di realizzare quello che tanti anni fa, quando ho cominciato a scrivere questo libro, mi appariva solo come un sogno. Voglio ringraziare Debora, lei che è stata la prima a leggere questo romanzo senza neppure sapere che l'avessi scritto io (e la ringrazio per la clemenza che ha avuto nei miei confronti una volta scoperto), i miei amici, Katia, Luciana, Andrea, Annalisa per avermi aiutata a far conoscere questo libro e una piccola grande donna, conosciuta come Psycho, che mi ha fatto crescere in tutti i sensi. Nicola, che mi ha tutelata senza alcun interesse e ha cercato di portarmi sulla strada giusta quando la pubblicazione di questo libro era ancora agli albori. Ringrazio i miei genitori, che sono le fondamenta della mia vita, per non avermi mai fermata, per avermi sostenuta e per avermi aiutata a coltivare le mie passioni, liberandomi la strada dagli ostacoli e facendomi arrivare al traguardo sana e salva. Infine, ringrazio GB, lui che c'è sempre stato.

Tutti voi siete i soldati che mi hanno protetta e questo libro è anche vostro.

Susy Vizzo (Emma White)

Indice

Se questo libro ti è piaciuto potrebbe interessarti anche:

Deborah Muscaritolo
All' Alba saremo Liberi

"All'alba saremo liberi", la speranza
disillusa di un giovane militare di origini
italiane, Antonio, che nel giro di 48 ore
vede tramontare la gioia per l'armistizio
dell'8 settembre 1943 e spalancarsi le
porte dell'inferno rappresentato dal Lager
nazista di Dora-Mittelbau, passando per
un lungo e lento percorso fatto di
sofferenza e desolazione.

www.ingramcontent.com/pod-product-compliance
Lightning Source LLC
Chambersburg PA
CBHW081227020726

47503CB00011B/2927